大宋景德

詹明荣 著

中国出版集团公司
华文出版社

图书在版编目（CIP）数据

大宋景德 / 詹明荣著. —— 北京：华文出版社，2021.5

ISBN 978-7-5075-5450-2

Ⅰ.①大… Ⅱ.①詹… Ⅲ.①长篇历史小说-中国-当代 Ⅳ.①I247.5

中国版本图书馆CIP数据核字(2021)第073972号

大宋景德

作　　者：	詹明荣
责任编辑：	景洋子
出版发行：	华文出版社
地　　址：	北京市西城区广外大街305号8区2号楼
邮政编码：	100055
网　　址：	http://www.hwcbs.com.cn
电　　话：	总编室 010-58336239　编辑部 010-58336252
	发行部 010-58336202
经　　销：	新华书店
印　　刷：	三河市龙大印装有限公司
开　　本：	710mm×1000mm　1/16
印　　张：	26.75
字　　数：	370千字
版　　次：	2021年5月第1版
印　　次：	2021年5月第1次印刷
标准书号：	ISBN 978-7-5075-5450-2
定　　价：	68.00元

版权所有，侵权必究

◈ 内容提要 ◈

《大宋景德》是一部展现北宋前期风云变幻的历史画卷式的长篇小说。

作品以励精图治、奋发有为的大宋皇帝赵恒为主线,通过跌宕起伏的情节,叙述了他分别作为韩王、襄王、寿王和皇太子的经历。赵恒与宰相吕端一起,粉碎政变,登上皇位一统天下。发展文化,振兴经济,宋辽大战,澶渊之盟,泰山封禅……一幕幕故事被揭开,情节扣人心弦。

最动人的是赵恒与民女刘娥的生死爱恋。汴京码头邂逅,戏台重逢,明月轩结缘,新宋门被逐,紫云别苑栖身,盈月殿承恩……一场大宋版王子与灰姑娘的爱情传奇贯穿全书。小说在刘娥册后大典中收篇,宣告了这一神圣爱情的最后胜利。

作品的另一条主线,围绕着景德镇瓷业的发展而展开。这一时期,浮梁昌南大力发展瓷业生产,北宋影青瓷被意外发明;通过参加御瓷评选及瓷业生产方式的变革,影青瓷引起了朝廷乃至皇帝的重视;赵恒亲自以景德年号赐名昌南,在景德元年(1004)置镇。在作者的优美文笔中,昌江、古码头、浮梁县城、瑶里、东河以及饶南、湖田、湘湖等窑址的山水风光尽入眼底,景德镇特有的制瓷工艺也得到展示。

《大宋景德》中塑造了霍老伯、娟娟、洪柱、香妹、上官云林等在陶瓷发展中的平凡人物,还写了胡舜智、张功措等主政浮梁的县官,让他们与赵恒、刘娥、吕端、寇准、张耆、陈尧叟、杨延昭、钱惟演、晏殊们一起,耸立起垂范后世、富庶兴旺、繁荣昌盛的"咸平之治"。

目录

第 一 章	隋堤下鞍接兄长　汴京上岸遇韩王	/001
第 二 章	霍老瓷行诚待客　兄妹外城欲租房	/009
第 三 章	君臣朝堂议北伐　主仆汴京寻路人	/019
第 四 章	皇家狩猎武艺高　王室救人身手强	/026
第 五 章	辽主太后渡难关　元休刘娥喜结缘	/037
第 六 章	兄妹栖身韩王府　小娥临帖明月轩	/046
第 七 章	县令搭船下昌江　都头擒拿黑衫帮	/050
第 八 章	刘娥琵琶奏《楚汉》　元休古筝觅知音	/057
第 九 章	杨亿金殿显文采　刘娥骏马展英姿	/061
第 十 章	元佐疯疾伤侍卫　赵炅颁诏定王妃	/069
第十一章	潘府欢喜嫁女儿　韩王誓难舍初恋	/076
第十二章	楚王纵火遭谪贬　皇上王府探儿伤	/083
第十三章	雍熙北伐三路军　浮梁重整官瓷厂	/093
第十四章	王妃大闹明月轩　杨业报国雁门关	/099
第十五章	潘美告状崇政殿　刘娥被逐新宋门	/106

第 十 六 章	张耆农家救人命	韩王泪崩洒雪天	/112
第 十 七 章	紫云别苑获新生	大相国寺沐佛光	/118
第 十 八 章	元禧救女纳张氏	刘娥别苑会英才	/124
第 十 九 章	父皇喜识昌南瓷	娟娟巧成影青釉	/131
第 二 十 章	状元父子承圣恩	襄王书法得真传	/140
第二十一章	赵炅悲恸哭爱子	元侃刑场挽救人	/146
第二十二章	小柱娟娟喜制釉	别苑群英临《阁帖》	/152
第二十三章	元侃监军征川蜀	刘娥千里任参军	/160
第二十四章	大军智取青城山	活捉李顺凯歌还	/169
第二十五章	皇上立储问寇准	元侃上任主赈灾	/176
第二十六章	御瓷甄选冠影青	火攻章府擒凶犯	/185
第二十七章	专业制釉定寺前	陶瓷寻根登涌山	/196
第二十八章	善待李母继迁稳	天下昌南瓷器新	/201
第二十九章	皇储赵恒谒太庙	大事尽可托吕端	/208
第 三 十 章	宰相智擒王继恩	赵恒登基金銮殿	/211
第三十一章	新帝恸哭送太宗	刘娥慈悲领绮霞	/216
第三十二章	美人喜进盈月殿	永福慈宁两请安	/221
第三十三章	广西打井灾病除	昌南考察瓷业兴	/227
第三十四章	皇后宰相皆清廉	减税免赋解民忧	/236
第三十五章	六郎浇冰保遂城	赵恒雪天亲出征	/241
第三十六章	大姐驸马皆诚服	皇子齐诵《劝学诗》	/249
第三十七章	黄河治水宴功臣	占城新稻香朝堂	/256
第三十八章	阅罢牡丹看龙门	少林寺僧保明君	/264
第三十九章	望都继忠陷敌阵	痛失爱子再点兵	/271

第 四 十 章	改元景德任宰相	知白临川识晏殊	/277
第四十一章	奉诏千里送御瓷	生擒劫匪救香妹	/284
第四十二章	瓷工游历开封城	皇上命名景德镇	/290
第四十三章	辽军南下频战报	郭后病重嘱刘娥	/297
第四十四章	张耆请命率先行	赵恒披挂再出征	/305
第四十五章	渡河驾临澶州城	张瓌射杀萧达凛	/313
第四十六章	旗幡倒悬辽营悲	帅印闪亮宋军振	/319
第四十七章	辽军袭桥再失利	萧绰决意要求和	/326
第四十八章	两使交涉终成书	宋辽澶州喜会盟	/331
第四十九章	花灯万盏闹元宵	君臣欢喜游汴京	/340
第 五 十 章	三千英才会科考	皇上喜颁景德瓷	/346
第五十一章	寇准罢相知陕州	郭后驾崩留遗嘱	/352
第五十二章	杨亿拒拟立后诏	暴雨疾摧赵安仁	/361
第五十三章	赵恒再题海棠诗	惟玉智献借腹计	/367
第五十四章	皇城门上天书降	泰山封禅国运昌	/376
第五十五章	赵恒临幸李绮霞	牵手登高卜玉簪	/384
第五十六章	娟娟千里送观音	将军山寺代报恩	/389
第五十七章	初夏赵祯喜降生	贬逐妄议杜才人	/394
第五十八章	《册府元龟》庆功宴	西昆酬唱众才情	/400
第五十九章	皇子又读《劝学诗》	再议立后群臣拥	/405
第 六 十 章	景德瓷街庆揭牌	天子皇后喜并肩	/408

后记 /414

第一章　隋堤下鞍接兄长　汴京上岸遇韩王

宋，太平兴国八年（983），汴京开封。

天地之际，一抹淡淡的城郭和绵延不绝的屋脊，仿佛展开的灰色云廊。皇城规矩方正坐北朝南，重重叠叠赭黄的飞檐翘角，鳞次栉比，彰显着浮华和威严。皇城宣德门巍然矗立，临靠皇城的宣德门大街分别通向东西外城。作为京城主轴线的御街，宽阔平坦，自宣德门南下，穿越内城朱雀门，延伸至外城南薰门。簇拥着皇城的各色屋宇，绵亘至内城城垣处被阻隔。内城乃京城最繁华之处，是衙署、寺观和商家集中的地方。外城纵横的大街小巷，喧闹的瓦子勾栏，错落有致，密密层层，一直到被河边的岸柳遮掩。开封"四水贯都"，相互连通，汴河自西北而东南，连接大运河、蔡河和五丈河，转运数州漕粮，金水河供皇宫所用。城内多码头，一些河段成为街河相接的繁华闹市。外城城墙是在后周柴世宗所修建的基础上增筑的，南薰门、陈州门、新郑门、新宋门等十四座巍峨的城楼屹立在绵亘四十余里的城墙上，和宽阔的城壕构成京城第一道坚固屏障。万千著名的开封金丝秋菊，尽管隐没在恢宏的城市格局之中，但那沁人心肺的清香，依然弥漫在京都每个角落。

西城突兀而起的鼓楼，和东边高耸的天清寺兴慈塔，遥相呼应，直指天穹，诉说着古城的古往今来……

开封地处中原腹地，亘古不息的黄河在北边奔腾而过。再往西北，从黄土高原上崛起的巍巍太行与华北平原相接，太行余脉的沟沟壑壑中留下华夏始祖娲皇和伏羲的足迹。相传黄帝出生于开封新郑，他与炎帝阪泉之役后分治大河上下，带着他们的子民农耕、渔猎、冶陶。四千年前，疏浚了大江大河的夏禹，在这里放下大斧和尺、绳，他的后人就将夏朝建都于此，这是开封历史上有明确记载的第一次建都。春秋郑国在此修城储粮，定名启封；汉初避汉景帝刘启名讳，更名为开封。战国魏惠王年间曾治称大梁；北周武帝改梁州为汴州，又称汴梁，升为州治的开封逐渐恢复往日失落的元气。

"隋堤柳，汴河旁，夹岸绿阴千里。龙舟凤舸木兰香，锦帆张。"隋炀帝杨广携萧后乘坐四层的高大龙舟，带着千条彩船，从东都洛阳而下，沿汴河穿越开封，浩浩荡荡，船队见头不见尾，千名妖娆的宫娥和万名民工在两岸拉纤，灯火通明，鼓乐喧天，开封是道不尽的奢华。风云突变，十八路反王六十四路烟尘会战于中原，隋朝终成浮云，而汴河岸柳依然。唐朝以后，自五代后梁开始，后晋、后汉、后周和大宋均定都开封。开封正式取代洛阳，成为全国政治、经济、文化和交通中心。

堤岸上传来急促的马蹄声，汴河如烟的柳枝间，掠过几位青年策马疾驰的身影。

"韩王，码头到了。"后面的蓝衣青年一夹枣红马，赶上来轻轻说道。

韩王赵元休猛然勒住缰绳，座下芦花驹飞蹄腾空，昂起头来，一声骄傲的嘶鸣唤来码头上众人的注目。

赵元休足踩马镫，飞身下鞍，将缰绳扔给早已跟随在身后的少年贴身随从夏守赟。十六岁的韩王赵元休，头戴嵌红宝石紫金冠，清秀的脸颊已经彰显出青年男子的英俊线条，河风吹起他绣着祥云的绛红色长袍，身材颀长，腰间佩一把杏黄鞘长剑，映衬出王子的风流倜傥。他是当朝天子赵炅（即赵光义）的第三子，去年封为韩王，并加同中书平章事。兄弟五人同时封王并改名以"元"字相连，他原名赵德昌，改名为赵元休。

赵元休信步走下堤来，立在右侧的迎宾台上。韩王府两名挺拔魁梧的青年给事张耆、夏守恩赶紧跟上前来，手按佩剑，分立于韩王两侧。张耆和夏守恩、夏守赟兄弟均是为国捐躯将领的子弟，从小就被安排在赵元休身边，实为贴身护卫。张耆和夏守恩已是王府九品给事。他们精明灵活，武艺高强，两人均一身蓝色短衣，头戴幞巾，足下一双黑色麂皮靴，他们的眼睛像鹰一样犀利，不时环视四周。

率队在此迎候的楚王府虞候孙坚实迎上前来，欲跪下向韩王行礼，被韩王拦住。

"孙虞候，免礼。"赵元休问道，"楚王几时可到？"

"禀报韩王，约未时末或申时初刻，楚王的船就可到达码头。"孙坚实恭恭敬敬答道。

赵元休点点头，侧光映照着他年轻英气朗朗的脸颊，他微微转过脸来，凝视着东南方汴河下游，黑宝石般清澈的瞳仁里闪烁着真诚和纯情。

他与楚王赵元佐为一母所生，他九岁时母亲李妃去世，仅长他三岁的大哥元佐对他百般呵护。大哥为父皇所看重，擅长骑射，从小就跟着父皇征战沙场，大哥与父皇一样，他们都是元休心中的英雄。大哥元佐这次是奉旨前往淮河一带安抚灾民的，已经一月有余，今日将返回京城，元休是一定要来码头迎接的。

想起了大哥，赵元休的眼眶里有点湿润，一瞬间，汴河里舟船上的风帆仿佛化作无数猎猎旌旗，飘拂着的重重烟柳化为滚滚烟尘……

那是三年前，宫里接到快报，皇上御驾亲征即将凯旋，宰相赵普和大内都知事王继恩将率文武百官在汴京城外迎候。

禁不住赵元休的再三请求，养母李德妃交代王继恩，让他带年仅十三岁的元休前去迎接。

就在两个月前，辽军绕开雁门关，直插东线瓦桥关，辽帅耶律休哥率轻骑渡河强攻宋军，大获全胜。国家危难之际，父皇不顾尚未痊愈的箭伤，迅速集结京师精锐，御驾亲征，辽军溃败，一路退回辽境。

捷报早已飞传到京城。

天空飘着雪花，北城的箭楼和绵延不绝的高墙上插满了旌旗，在呼啸的北风中，展示出与往日不同的隆重。

陈桥门广场上，分列着整齐威武的皇家禁卫军，大臣们在风雪中熙熙攘攘，空地上，拥挤着围观的百姓。华丽的伞盖下，聚集着皇家贵族们。身穿貂皮戎装，足蹬黑色麂皮靴的赵元休，禁不住踮脚朝北眺望……

翘首以盼的人们终于看见遥远的天边，滚滚烟尘飞腾而来。

越来越近，他甚至看清了飘舞的大"宋"旗帜下，那骑着赤兔马的正是英勇无比的父皇。左边是大哥，右边是二哥，后面是叔父、秦王赵廷美。

赵元休冲出人群，伸长手臂左右摇晃："是我！是我！"

凯旋的将士们一个冲刺，纷纷跃下马来。

他冲上前去，一下子攀上了大哥的肩头，二哥也奔了过来，三人紧紧抱在一起。父皇也顾不得尊严了，敞开飞扬的战袍，将三个孩子揽入怀中。

秦王赵廷美见此情景，泪水夺眶而出，扯过一角战袍，掩住模糊了的眼睛。

这样的生离死别与重逢，又何止一次。

太平兴国三年（978），也是在汴京北城，年幼的他见到了北归的父皇。没有往日的威严，父皇受了箭伤，脚不得动弹，是坐牛车回来的。

即位不久的父皇建功立业心切，率三十万大军北征，势不可当，扫平北汉，又移师攻打幽州，遭到了辽军守将韩德让顽强抵抗，辽军援将耶律斜轸迅速扑来，父皇中箭深陷重围，是大哥英雄少年，一杆银枪重新杀进辽阵，与杨业父子冒死救出父皇，寻了一辆牛车返回涿州。但是，乱军找不到父皇，竟一度曾议立太祖长子堂兄德昭。父皇为此非常恼火，在朝会上当众训斥了为出征将士请功的德昭。德昭后来自尽，二堂兄德芳也暴毙了，他知道不能乱问，但他十分怀念二位堂兄，越发靠近同胞皇兄楚王。

韩王赵元休用衣袖擦去迷惘，眼前忽然一亮……

在刚下船踏上码头石阶的人群中，有一位白衣少女，正翩然走来。

她发髻高绾,三千青丝用一根浅绿色的丝带绑着,几绺秀发飘落耳边,将光洁如玉的脸庞映照得分外清新动人,蛾眉微挑,丹唇嫣然。她低垂眼帘关注着脚下石阶,肩背一个蓝底白花的包袱,柔细的腰肢袅袅娜娜。忽然,她似乎感觉到什么,抬起头来,她的黑眸仿佛闪过一道如星辰般灿烂的光芒,与不远处正注视着她的韩王赵元休的清澈目光碰撞在一起,她感到羞涩,又垂下了眼帘。

　　只一瞬间,赵元休怦然心动,已萌生起一生一世的爱恋……

　　似曾相识,他想起来了,前天夜里,在如水的月光下,一位白衣仙子飘落在他韩王府花园中,步履轻盈,仪态万千,如梨花般清纯,如樱花般灿烂,美目顾盼,似电光勾魂摄魄。他欲上前,白衣仙子已随风而去,飘向明月……前日乃南柯一梦,而此刻他犹在梦中。

　　他是皇子,从小在无数佳丽的环绕中长大,但从未感到如此被一位女子的美所震撼。白衣女子正款款而来,他无法再将目光挪开……

　　"韩王,楚王的官船已经靠岸了。"张耆禀报。

　　赵元休这才回过神来,顺着张耆手指的方向望去。

　　楚王赵元佐奉旨赈灾只用了一只中型官船,船已泊岸,两名船工正在收拾降下的船帆。楚王从船舱中走出来,身后是楚王府记室等随员。

　　赵元休仍禁不住将目光移向东边,这时,白衣少女已上到与他同级的台阶上,她已感觉到这位头戴金冠的英俊少年的非凡,回头望了一眼,在目光的再次碰撞中,赵元休已经销魂蚀骨地感受到了"回眸一笑百媚生"那无法抗拒的魅力。

　　"小娥,你跟上,不要走散了。"少女前面一位挑着行李和工具箱的青年男子喊了一声。

　　"哦,好的。"白衣少女答应着加快了脚步。

　　赵元休注意到她背上的包袱里露出一半琵琶,还插着一面鼗鼓。转眼,她已消失在岸上的人群之中。

　　楚王已经登岸,赵元休忙迎上前去。

　　赵元休仍然想扑上去抱住大哥,但楚王赵元佐有力的手掌已把住他的双臂，说："皇弟，你现在已不是小孩子了，你是王爷。"

赵元休脸红了，忙拱手行礼："皇兄，您辛苦了。"

赵元佐这次公差是以检校太尉、同平章事的身份下去的，他头戴进贤七梁冠，身穿绯红一品锦袍朝服，腰间一根玉带，袖口露出绣兰叶花纹的内衣白边，足蹬一双黑色黄边锦靴。他只比元休年长三岁，但多年的沙场历练让他显得格外英武，俊朗不凡。

楚王府虞候孙坚实率八骑在前面开道。

楚王赵元佐与韩王赵元休兄弟并辔缓缓而行。

赵元休与皇兄走在一起，感到格外温暖，胸中澎湃着代代相传的热血。他出生在五代十国乱世的英雄家族，祖父赵弘殷是后汉、后周的大将；伯父太祖赵匡胤被众将以黄袍加身，建立大宋，他文以治国武以安邦，平息了安史之乱以来二百多年的战乱，完成了华夏主要地区的统一；文武双全的父皇即位后，收复越国、北汉，大宋在"太平兴国"中逐步走向繁荣兴旺。

楚王府记事等紧随，然后是张耆和夏守恩兄弟，多名官员骑马紧紧跟上。

十六名东宫卫士骑着高头大马殿后。

楚王虽未被明确封为太子，但已奉旨移居东宫。

经过王府大街，他们很快来到皇城，进了东宫，楚王妃和王府众官员都在门前迎候。

楚王携着兄弟的手一同在前厅坐下，韩王已经心不在焉，想尽早离去。多日不见，楚王一定要留他用膳。

谈起这次出巡安抚灾情，楚王赵元佐感叹之中又有欣慰。江南各路已奉旨令州县及时开仓赈灾。

他一转话题，江淮一带虽然遭受洪灾，但因多年没有战事，恢复较快，很快就已重现繁华景象。大宋若想要都如此兴旺发达，就一定要让北方的战乱平息下来，无论是对契丹还是对党项，泱泱大宋不可能降，只能用胜利来赢得和平。

韩王赵元休啜了一口茶，站起来，眉宇间英气凛然。他说："大哥，以后您可要带我出征边疆，驰骋沙场，像您一样建立功勋。"

"是的，三弟。"楚王说，"帝王之家的子弟都要有点虎气，不然怎么能率兵出征？怎么能镇住封疆大吏？怎么能治国理政？"

"我记得你小时候带着皇弟们玩耍，喜欢作战布阵，自称'元帅'，指挥众人，甚得太祖喜欢，他常把你留在宫中玩。太祖和我们的父皇开创了大宋，只用了短短二十几年的时间，就改变了烽烟四起民不聊生的局面。现在天降大任于大宋，大宋就一定要为百姓带来福祉与安宁。"楚王已经很激动了。

大哥的豪气深深感染了赵元休，几杯酒下肚，热流在胸中涌动。

庭院传来张耆枣红马的嘶鸣，随后，他的芦花驹也响应了。韩王明白，这是张耆饭后给他的信号。

元休向大哥告辞。

他和张耆晚上还有重要的事情，命夏氏兄弟先回府。

在码头时，细心的张耆已观察到韩王的关注，他比韩王大不了几岁，同是青年男子，自然了解韩王心中的萌动。

"她就是我梦中的仙女，曾像云彩一样飘走了。而如今，她实实在在出现在京城，从本王身边走过，我们一定要找到她，绝不能错过。"赵元休跟张耆交代着，"她身边一个鲜明的标记，就是那面羯鼓，张耆，你要记住。还有，她的名字叫小娥。"

张耆在马上拱手作揖："卑职明白。"

赵元休心急，一夹马肚，芦花驹疾奔起来，张耆紧紧跟上，一下子又到了汴京码头。

星星点点的桅灯映照着依然热闹的码头，人们还在忙碌着装卸货物，一眼望去，灰褐褐的一片。

"王爷，既然她已经上岸，就不会在码头。"

赵元休说："她背着羯鼓和琵琶，说明她是艺人，也许会住在附近客栈。"

"好的。我们先从码头的客栈找起。"张耆应道。

隋堤历来商贾云集,这一带能够住客的小店不少,张耆上前,一家一家叩门。

店小二提着灯笼开门,以为是要住店的客官,一看头戴幞巾的张耆,知道是位公人,后面还有戴着金冠的王爷,均忙不迭地招呼,回答。

他们找遍了东西两头几十家客栈,都说没有年轻的女子住店。

月上中天,赵元休心急如焚。

张耆提醒:"王爷,明早要上朝的,还是先回去吧。"

"明天再接着找。"赵元休答应回去了,"一个挑担的男子,唤她小娥,说不定是她的家人,再问时将这也作为一条线索。"

回到王府,赵元休仍然无法入眠。

他索性打开格栅窗,仰望明月,多么想重回那个夜晚,白衣仙子临风而至……他虽然已是七尺男儿,但还稚气未泯,况且柔情似水,他是大宋皇子呀,苍天一定不会辜负他的……

五更的梆子声和轻轻的叩门声同时响起,赵元休纵身一跃,穿好朝服,就出门了。张耆和小随从夏守赟牵着马已等候在门外。

马蹄嘚嘚。王府大街上不少王侯和官员已经出门,赶去上朝,参加议决国家大事。一日之计在于晨,朝堂上作出的决策立即可以快马传送至各地,这正是朝气蓬勃的大宋……

第二章　霍老瓷行诚待客　兄妹外城欲租房

晨光熹微,整个汴京在这时醒来。当年宋太祖曾下令开封府"京城夜市至三鼓已来,不得禁止"。分布在城内各处的州桥夜市,马行街店铺,大相国寺广场,都是"夜市直至三更尽,才五更又复开张"。倒是以卖文房四宝瓷器古玩为主的西角楼街巷,夜里则安静得多。

西角楼正街上有一家"新平瓷行"老店,这时也开门了。

店主霍仲玉老先生推开店门,心里一惊,屋檐下坐着两个人呢。借着晨光,他看清了,是一男一女。女的一身白衣,怀抱一个蓝底白花的包袱,似是琵琶,包里还插着一面鼗鼓。她蜷着身子坐着,靠在门板上已入睡了,头发披散在肩上。男的坐在石阶上,抱着根扁担也睡着了,身边一担挑子,一头是铺盖行李,一头是个银匠用的打银柜,脚下将两头的绳子套在一起,倒是周到。

晨露盈盈,外面湿漉漉的。这两个人一定很累,别受凉了,霍老先生心疼了。他轻轻敲了一下门板,两个人同时都惊醒了,男的挂着扁担站了起来,他说:"老伯,我们这就走。"

"我不是那个意思。"霍老先生说,"早晨外面多凉啊,出门在外不能受寒生病,现在还没大亮,二位就到小店里歇息一下吧。"

二人已太疲倦,不再客气,就搬着行李随霍老先生进到店内。满屋货架货柜上,都陈列着玲珑精致的瓷器,目不暇接。

霍老先生招呼他们进了里屋,这里是谈生意的厅堂,摆着一张有坑桌的红木榻床,还有两张有软垫的靠椅。他们就靠着坐下了。

不一会儿,霍老先生端来有名的开封胡辣汤,分成两碗,叫他们喝下。接着,他又煮了一盆热气腾腾的汤粉,让他们挑到碗里吃。

女孩眼泪都快出来了:"老伯,太谢谢您了。"

霍仲玉问道:"孩子,你才十几岁吧?"

"是的，老伯，"女孩说，"我叫刘娥，已经十六岁了。他是我哥哥刘美。我们是川蜀人，昨天傍晚才来到汴京。堤边小客栈已住满了，城内高档旅店要连住数天以上，且收费太高，就凑合着过一夜。打扰老伯了。"

刘美站起来拱手致谢。

吃饱了，二位年轻人也没有了睡意。交谈中，他们得知霍老伯是江东东路饶州府浮梁县人，名仲玉，陶瓷世家。唐初时，祖上携瓷来到长安，被誉为"饶玉"，就在长安开了家"新平瓷行"。安史之乱后，霍家逃难到了洛阳，后来又迁到开封。新平已叫浮梁县，但霍家仍然挂着"新平瓷行"百年老店的牌匾。老伯的儿子媳妇们都在浮梁昌南做瓷器，只有一个六岁孙女在膝下做伴。

这时，左厢房门开了，探出一个女孩子胖乎乎的小脑袋，诧异地望着家中的不速之客。她不认生，跑到刘娥身边说："小姐姐，你真好看。"她发现了插在包袱里的鼗鼓，高兴地拨弄起来。

霍老伯喝住孙女："娟娟，不要弄坏了姐姐吃饭的家伙。"

"让娟娟玩。"刘娥不好意思了。

刘娥告诉老伯，像娟娟这么大的时候，她父母就离世了，她和哥哥由知书达礼的祖母抚养成人，靠变卖家产和祖母的一些首饰艰难度日。祖母常说"艺不压身"，让刘美学了一门银匠手艺，让从小能弹琵琶的刘娥学了流行的鼗鼓演唱。去年兄妹俩将病故的祖母草草安葬后，离开了动乱的成都，来到渝州顺长江而下到了扬州，又听说京城繁华或有生计，才又搭船来到开封。

霍老伯说："你们兄妹再在里屋歇息一下。店门是虚掩的，我去店堂招呼了。"说着，就牵着孙女的手走了出去。

刘美靠在榻床上就睡了过去，打起鼾来。

刘娥靠在椅子上，却怎么也睡不着，她的双手自然地护在胸前，却触及了放在衣服里的那锭银子……

那锭银子足足五十两，是在扬州遇上的恩人普元法师送给他们作盘缠的。

兄妹二人挤在一艘中型的客货船上，底层装满了货物压仓，二层不分男女，人挨着人席地而睡，刘娥怀揣着这锭银子总是不敢入睡。

那天在扬州迎銮镇江畔，一群人围着正在演唱的刘娥，多是艘公民夫。

刘娥如旋风般舞动腰肢，双手击奏鼗鼓，清脆高亢的歌喉有如高山飞泉，激起波澜，响彻云天：

> 蜀道之难，难于上青天！
> 蚕丛及鱼凫，开国何茫然！
> 尔来四万八千岁，不与秦塞通人烟。
> 西当太白有鸟道，可以横绝峨眉巅。
> 地崩山摧壮士死，然后天梯石栈相钩连。
> 上有六龙回日之高标，下有冲波逆折之回川。
> 黄鹤之飞尚不得过，猿猱欲度愁攀援。
> ……
> 但见悲鸟号古木，雄飞雌从绕林间。
> 又闻子规啼夜月，愁空山。

唱到这里，刘娥腾空来了一个大回还，连击鼗鼓，奏出长短相间的一连串鼓声……

> 蜀道之难，难于上青天……

观众之中突然有人高喊："小女子唱得好！"
"蜀道难，世道更难啊……"
一位五十多岁的高僧在来江畔的路上急匆匆地走着，袈裟挽起来塞到腰间，时而驻足聆听江风送来的声音。他是东山云禅寺住持普元法师，刚才还在镇上白鹤亭听华山陈抟大师讲学。

陈抟，五代宋初的著名道家学者，长须飘飘，穿一身灰色直裰，算来已有一百一十三岁。初夏，他受皇上赵炅召见，赐号"希夷先生"，后顺汴河而下，拟往故乡亳州，经扬州迎銮镇应邀讲学。普元乃"佛道双修"，来听先生讲课。忽然陈抟大师把他唤到边上，说："普元，你听，天籁之音……"他告诉普元，一位贵人落难在山寺前面江畔，演唱为生，要去寻找并搭救，指引其往汴京。

听到这位女子演唱，普元法师惊住了，民间卖唱的女子一般只会唱些低俗的小调，而这位击鼗的白衣少女竟能整段整段地咏唱李白的长诗，且能声情并茂地表演，表达心中强烈的感情，必定不是平凡女子。

这时，一位青年男子站出来，拿着一块小铜盘伸向前面，说："我叫刘美，是北汉右骁卫大将军刘延庆的后人，和妹妹刘娥从蜀地来到扬州地界，历尽艰难，权请各位朋友相助。"

鼓点中，一些人往铜盘丢下小钱。

普元法师即从衣袖里摸出一块碎银，约有五六钱重，欲放进刘美伸出的小铜盘中。

普元法师被刘美拦住了，刘美说道："出家人的钱来之不易，我们不能收，多谢师父！"

刘美将铜盘移过，笑了笑走了。

鼗鼓如雨点般地奏响，刘娥依然在仰天长啸：

锦城虽云乐，不如早还家。

蜀道之难，难于上青天，侧身西望长咨嗟！

她哥哥不收出家人的钱，也是明事理之人。

感叹之中，普元法师需要理理思路，就走到江边了。

刘娥清清喉咙，说："这里已归扬州地界了。我再给大家唱一首轻松一点的,就唱李白的《送孟浩然之广陵》吧。"

伴着有节奏的鼓点和飞扬的舞姿,刘娥的演唱变得甜润而悠远:

故人西辞黄鹤楼,烟花三月下扬州。
孤帆远影碧空尽,唯见长江天际流。

普元法师这时又走回来,对兄妹二人说:"你们看,东山坳处是老衲所处云禅寺,可到寺中一叙。"说完,背起手就走了。

未时三刻,飘飘洒洒下起雨来,乌云满天,雨竟越下越大。

东山云禅寺内,正在佛堂坐禅的高僧普元法师却为这突如其来的风雨感到不安。片刻之后,普元法师站了起来,吩咐僧值觉空速去打开院门,迎接"希夷先生"陈抟大师悟到的贵人,要送他们搭船去汴京。

觉空刚刚开启院门,普元就随后赶到了。

觉空有点好笑,哪有什么贵人,门庭下只有两位似在此避雨的青年男女。

普元法师迈出门来,正是在江边演唱的白衣女子和她的兄长来了。"万物皆因缘而生,因缘而聚,缘起缘灭缘自在,情深情浅不由人……"高僧恍然间悟出什么,倘若他们不来……

兄妹俩赶紧合掌行礼。

刘娥莞尔一笑:"高僧。"

觉空答道:"高僧是云禅寺住持普元法师。"

普元法师合掌还礼。他看清了,这白衣女子气质高雅,印堂发亮,脸部红润,婀娜丰腴,前程似锦,日后必贵不可言。

"老衲请二位施主入寺一坐,喝点热茶,以驱风湿。"普元法师做了个请的手势。

觉空忙帮刘美将行李移进了寺内。

刘美刘娥兄妹到宝殿跪拜,刘美往功德箱里放进了仅有的一块碎银。

然后，兄妹俩随普元法师来到后殿的会客室坐定，觉空端来了热茶。

普元法师说："看你们知书达礼，必不是一般人家出身。女施主才华横溢，鼗曲雅致，老衲亲眼看见，实属非凡，定有平步青云之日。"

刘美谢道："高僧慧眼，祖父刘延庆曾任北汉将军，父亲刘通为宋虎捷都指挥使。父亲去世后，家道败落。我们从川蜀来到这里，江波万里，却感到山穷水尽。我的银匠手艺用不上，仅靠小妹鼗鼓演唱已难以度日了。"

普元法师捋捋长须，却说："你们从巴山蜀水中走出来，是对的，但这只是走对了第一步。《易经》云：'穷则变，变则通。'动者，生吉凶也。动何能生吉凶？由时间、空间配合而生差异。配合之妙，自由吉祥。时间，吉日良辰，空间，方位也。两者合之，古人之奇门遁甲者也。就如你们说的，在这里你们无用武之地，这所谓，方位不对。"

刘娥似乎听懂了一些，点点头，问道："敢问高僧，哪里才是我们兄妹去的地方呢？"

这时风雨已歇，普元法师指向西边晚霞满天的地方，说："你们去汴京开封吧，那里是蒸蒸日上的大宋京都，充满了机会和希望。从这里逆运河而上，可达汴京。京城繁华不可想象，看女施主的运势，不久就能在汴京遇上贵人扶摇直上，令兄也能在汴京发迹。"

刘美目瞪口呆，心想连住店的钱都没有，还能去远在天边的京城吗？

普元法师说："但天使我然。你们就此等候，待老衲去后面卧室取些银两来赠予你们权作盘缠。不须多久。"说罢就匆匆走了。

兄妹二人一天只能吃两餐。刘娥打开包袱，取出两块炊饼，一人一块，就着茶充饥。僧值觉空告诉他们，是"希夷先生"陈抟大师悟到并要普元法师资助他们去汴京的，本来玄机不可泄露，但他觉得还是应告诉他们。

普元法师来了，他将一锭五十两的白银放在刘娥手中，要她放入怀中藏好。他说:"你们到了汴京,要租房子定居下来,演唱也要租有固定场所,不可流落街头。"

然后,他将袖子里的碎银全倒了出来,约有七八两,交给刘美:"搭船还得交银子,还有一些作零用。"

刘美刘娥兄妹跪下拜谢,被普元法师拦住了。

"高僧大恩大德,小女谨记心中。"刘娥已是热泪盈眶。

普元法师又说:"我现在就领你们兄妹去运河码头,去汴京的客货船白天装货,现在搭客,晚上发船,能赶上最好了。"

三人赶到运河码头,恰好一艘客货船要起锚了。兄妹俩跳上船头,船扯满风帆西进了,码头上普元法师还站在那里挥手,飘动的红色袈裟,如同一抹晚霞……

普元法师,刘娥记住了。

刘美还在熟睡,刘娥不忍心叫醒他,就转身来到外屋店堂。

刘娥胸中还汹涌着扬州激起的波涛,她非常信服普元法师的预言,霍老伯就是他们来到京城遇到的第一个好人。那么,她一定还有一个贵人,在哪里呢?她下意识地想起了码头上那个头戴金冠、英俊潇洒的年轻王爷,他们曾四目对视。她脸红了,但富家公子与贫穷姑娘在一起,毕竟是话本里的故事,那是不可能实现的。

霍老伯观察到少女眼光里闪烁着的好奇,于是走上前来,领着刘娥细细观赏瓷器。

东边货柜上一格格摆放着的都是浮梁昌南的瓷器,也就是霍老伯家出产的。精巧的瓜棱壶,小口的斟酒壶,薄如纸片的斗笠碗,带茶托配盖的茶盏,各色各样的小香炉,配盖的菜盘和汤面碗,青瓷为主,也有带浅黄色釉的。还有一个黑花釉的腰鼓,已经是蒙了牛皮的成品。

刘娥忍不住在腰鼓的牛皮上敲了几下,声音浑厚,她想象着挎上这款腰鼓演唱将呈现什么效果。

霍老伯打开一个蓝色锦盒,内衬的橙色绒底布上,嵌着一套精美的白瓷文具——一个带盖的墨盒，一个小的印泥盒，一个圆润光滑的水盂，还有笔架、笔筒、瓷镇纸，六件套。光洁白皙的釉面有如美玉，温润而又炫目。这是霍窑瓷庄新近在仿制定窑白瓷基础上研制的，如白玉一般，这套文具已为京城文士所关注。霍窑那边由他的两个儿子分别掌管制瓷和销售。

看见这么精美的白瓷文具，刘娥心里又泛起涟漪。十二岁以前，她一直在祖母教导下练字，楷书工整挺秀，行书都显洒脱。后来练习鼗鼓演唱，疏于练习，如今四处奔波，何谈写字。而对于书法的爱好就像小小的火苗，在她心中又何曾泯灭。

霍老伯的店堂，一边是青白素雅，一边则是色彩斑斓。特制的博古架上，摆放着一排排有着中原特色的唐三彩，各种唐俑、波斯人俑、骏马、骆驼，形态迥异，一些骆驼上坐着乐伎和波斯乐手的唐三彩，更显别具一格。

靠里边的三格大货架上，放着六件草原上出土的红山彩陶，古朴大气，令人震撼。

"谢谢老伯，"刘娥说，"我像是走进了历史的长廊，听您讲述，受益匪浅。"

刘美也起来了，他说："霍老伯，我们要在汴京长住了，住客栈显然不合算。我和小娥到外头走走，看看有什么合适的房子可以租住。"

霍老伯说："也好。现在还是半晌午，你们出去可以看见汴河虹桥，过桥就是汴河南岸，那边靠近外城，要清静得多，应该能租上房，房租也能便宜些。"

"谢谢老伯指点。"刘美说，"那我们行李先放您这里，麻烦了。"

出得门来，汴京街市，已是热闹非凡。

东去就是名闻天下的虹桥码头区，车水马龙，熙熙攘攘，河桥相交，形成了开封闹市区水陆交通重要交会点。

街面上的店铺一家挨着一家，卖绫罗绸缎的、卖珠宝香料的，门诊药铺、大车修理，还有茶坊、酒肆、肉铺，等等，应有尽有。大的商铺门前还搭着彩楼，或高悬牌匾，招揽生意。街市行人，摩肩接踵，络绎不绝。

走过繁忙的店家，就看见了宛如飞虹般横跨汴河两岸的宏大拱桥。刘娥被好奇心驱使，加快了脚步，还不时招呼刘美，以免在川流不息的人群中兄妹失散。

避开岸柳的掩映，兄妹俩走到堤岸边。只见一只大船正待穿过巨大的桥洞，大船已倒下高耸的桅杆，收拢的船帆平放在豪华木舱的顶部。船夫们用长篙撑着，还有几位用竹竿钩住虹桥桥体，以免碰撞。船里船外都在为此船通过而紧张忙碌。桥上也有人扶着栏杆伸出头来吆喝着，似在为大船穿过桥洞而担心。

约莫一刻钟，大船顺利地通过了虹桥。饱览惊险的刘娥兴奋地拽着刘美的衣襟，缓缓上桥。桥上人来人往，有骑马的官吏，有坐轿的贵妇，有卖炊饼的小二，有摇着折扇的乡绅，一派祥和景象。到了虹桥的顶部，他们兴致勃勃地靠在栏杆上，汴河两岸一览无余，岸上繁花似锦，桥下舟船竞渡，京城的魅力在这里绘声绘色地展现。

兄妹俩下了桥，径直往南，五六里还是店铺街市，间杂着酒肆，店小二端着盘子穿梭在八仙桌间，猜拳行令声、说笑声、碰杯声混杂在一起……

除了那锭大银，碎银和铜钱所剩无几，兄妹二人舍不得进酒店点菜。又走了几家，刘美被一家开封包子铺弥散着的肉香馋住了，点了两客六个热气腾腾的大灌汤包，打了两碗面汤，二人大吃一顿。

这里已是近外城的城郊，可以看见街陌屋宇后的榆树和村庄了。

刘美说："小娥，我们晓得去处了。要回新平瓷行去取行李，再去问询租屋。"

两人原路返回，在虹桥街市，刘娥买了开封有名的花生糕和杏仁桂花酥，打作两个包，上面放了红纸。到了瓷行，刘娥将糕点塞到娟娟手里，说："快拿着，这是哥哥姐姐给你的。"

霍老伯反倒不好意思了,说:"你们还买东西来,这是干什么?"

兄妹俩说清了要赶时间到外城一带去租屋的意思,就收拾行李告辞了。

娟娟依依不舍地拽着刘娥的包袱,小手还在拨她的鼗鼓。

走过西角楼街口,刘娥仍止不住回头回头再回头,回望"新平瓷行"牌匾下为他们送行的霍老伯和小娟娟的身影。

第三章　君臣朝堂议北伐　主仆汴京寻路人

皇宫。

紫宸殿内，铜鹤，瑞兽，四周的香炉，都飘出袅袅青烟。带着淡淡的檀香，升腾、汇集，成云涌雾飞之势，将整个殿堂笼罩，如人间仙境。

大宋天子赵炅，美髯飘飘，目光炯炯，正襟危坐在高高的龙椅上面，严肃、冷漠，没有一丝表情。

百官朝拜之后，他一句"众卿平身"，威严的声音回响在大殿的椽梁之间，飘荡在缭绕的烟雾之中，形成久久的共鸣……

大太监、大内都知事王继恩手持拂尘，用公鸭子一般的嗓音，干号着："有事启奏，无事退朝。"

枢密使曹彬禀报："有雄州知州贺令图上表道，辽景宗去世后，契丹二百余部落不服幼主，纷纷起哄。辽主耶律隆绪年幼，国事听凭于其母萧太后，请圣上抓住机会再次北伐，收复燕云十六州。"

燕云十六州，长城雄踞，地势险要，西起太行山，东至燕山，含云州、幽州等共十六个州，是中原与大漠游牧部族之间的屏障。五代十国时，北方契丹族耶律阿保机灭回鹘建立辽国。后唐节度使石敬瑭为称帝，求助于辽，将燕云十六州拱手献给辽太宗耶律德光。十六州尽失，从此再无可守之险。十六州，成了坐在龙椅上中原历代君王的一块心病。

赵炅拍案而起："收复燕云十六州的时候到了。"他站立的时候，脚有点摇晃。

太平兴国三年（978），即位不久的赵炅急于建立功业，率军亲征收复北汉，乘胜攻打幽州，遭遇劲旅，兵败高梁河。现在箭伤常发，仍然心悸，重提收复燕云十六州，然已无力亲征。赵炅命枢密院迅速拿出北伐方案，令潘美、王侁诸将重整兵马准备粮草。

一时间，朝堂上议论纷纷。

位列前排的楚王元佐撩起长袍，跪奏道："收复燕云十六州，儿臣愿带兵出战。"

赵炅需要的正是像楚王一样的响应，他欣慰地说："皇儿平身，大宋皇室应敢于担当，勇冠三军。"

开国元勋潘美起步向前，奏道："末将请求再次领兵北征。"

枢密使曹彬奏道："臣愿重披战袍领兵。"

赵炅说："潘爱卿、曹爱卿忠心可鉴。"

这时，宰相赵普闪出班外，长揖不起："北伐之事，还是应当从长计议。"

赵炅明白，赵普要阐述的，无非还是过去所说的先安定南方然后再是北方，辽军骁勇善战，大宋国力尚弱，不宜开战之类的陈词滥调。赵炅心中有数，现在南方早已安定，北汉已收回，收复燕云十六州不可错失良机。

赵炅挺直了身子，说："赵相请起，这事你不必操劳，让枢密院与诸将去准备吧。"

立在左侧廊前的韩王赵元休，身板挺直，努力让自己显露出大人的架势，面对着父皇，颔首低眉，始终是洗耳恭听的姿态。

父皇站起来时晃了一下，站住了，但脸上闪过一丝痛苦的神情。细心的元休看出来了，赶忙走到台阶边搀扶。赵炅将手臂搭过元休肩头，倚靠着儿子缓缓走进西厢房，在软榻上坐下。

元休轻轻问道："父皇，是箭伤处疼吗？"

赵炅无语，只是点点头。

元休轻声召唤赶来的内侍太监周怀俊："还不快去请御医。"

赵元休在父皇膝边单腿跪下，帮父皇褪下右脚的皂靴，将他的右脚轻轻搬上软榻平放，用手在白色衬裤外，避开伤处轻轻按摩。

感受到儿子的孝顺，赵炅伸出手来在元休的肩头摩挲，他紧锁的眉头微微张开了。

御医院专治外伤的王皓元匆匆赶来。

赵元休抱住父皇的腰，御医把皇上将右脚衬裤褪到膝处，可以明显看到，两处箭伤疤痕都红肿起来。

"启奏皇上，伤处内部热毒作祸，臣帮皇上敷药膏散去。"王皓元说。

王皓元打开药箱，剪了一大块干净白布，挑了药膏涂上，又用白酒清洁伤处，再将药膏敷到脚上，用白布裹绑好。

御医交代周怀俊："热毒要忌口，御膳不能上鹅、鸡、鱼和牛肉，可用干笋煲老鸭汤，清热带补。须吃些香梨清火。"

韩王赵元休嘱托王皓元："请先生多来为皇上观察伤情，更换药膏，对症下药。"

王皓元忙说："下官谨记韩王之命。"

周怀俊拿了锦被，盖在赵炅身上。

元休就此告辞："父皇静心歇息一会儿，儿臣先回了。"

怜子如何不丈夫。高高在上的皇帝伤痛中体察到儿子的孝顺，有点恋恋不舍，他转过身来，说："三儿有空多来陪陪朕，马上就是重阳了，父皇好了带你们去狩猎。"

元休眼含着泪水，跪下："儿臣知道了。"

赵炅唤过王继恩，说："再过几天就是重阳，今年的皇室狩猎照样进行，告诉皇子皇侄们，朕也参加。你去准备吧。"

赵元休急匆匆出宫门，张耆和夏守赟仍在那里等候。

回到王府，饿极了的三人狼吞虎咽吃了个饱。

韩王赵元休说："张耆，我们现在就去换下官服。等不了午后了，再吃点正餐立即出行。"

"遵命。"张耆当然明白还有任务。

夏守赟望着韩王，他年纪尚小，贪玩，巴不得一天到晚跟着王爷出去。

赵元休给他一个脸色:"你速去厨下,要将中膳早点送来。下午你就在王府看书写字吧,不要心野,疏漏了挨罚。"

夏守赟乖乖点头,向厨房跑去。

韩王赵元休换了一身浅蓝色斜领的锦缎学子服装,头戴蓝色万字巾,腰间系一条深蓝绣花宽腰带。再望望张耆,他脱下了九品官服,换上了一身淡褐色短装,束褐色头巾,一条黑色布围巾系在腰间,俨然一副仆人模样。

用膳时,张耆不敢与王爷同桌,要等到与王府官吏随从一起坐。

赵元休说:"本王已经等不及了,等他们吃要待何时。时间拖得越久,希望就越渺茫。我们化装在外,在客栈还可以一起用膳。动作快点。"

两人出了王府,上了马,韩王在前,张耆紧随侧后。

不多时便到了昨日的汴河码头。一眼望去黑压压一片,多是忙碌的民夫,哪有什么窈窕淑女。

赵元休依然保持着热情,他说:"码头一带我们还是要巡视一遍,然后再扩大范围,到闹市区去。他们的的确确进了开封,京城虽大,但不可能不留下踪迹。"

"公子说得是。等会儿我们去大相国寺附近吧。"

虽说他们对堤边的客栈不抱希望,但张耆还是牵着马匹一家家再次问询。

大相国寺是一座隐藏在闹市中的古寺宝刹,位于汴京最繁华的鼓楼东侧。

这里北齐时原来名为建国寺,后来唐睿宗李旦为了表达他由相王即位之意,遂钦赐为"大相国寺"。

殿宇瑰丽宏大,有着"金碧辉煌,云霞失容"的美誉,就连当今皇上也来这里祈祷。大相国寺外院中庭可容万人,每月五次开放百姓交易,凡是市面上流通的服饰、文具、药物等日常用品,应有尽有,各类交易，尽萃其中。

正好遇上交易日，人涌如潮，男女老幼，士农工商，三教九流，尽在其中。张耆牵着马在前头开路，韩王骑在马上观望，喧嚣之中，哪里有他赵元休心中的倩影。好不容易到了弥勒殿前，元休下马，吩咐张耆捐些银子，讨些香来。

赵元休将三根长香点燃，来到菩萨像前，举香便拜，心中默默许愿。

韩王对张耆说："你看到没有？弥勒佛对我笑了，我们一定能够如愿。"

张耆调皮，眨眨眼，笑道："那是哦，我家公子何等人物！顺便说一句，弥勒佛一直是笑着的。"

韩王举起檀香扇，要敲他，张耆一闪躲开了。

二人沿着鼓楼附近的街市，一家家客栈都找了。

赵元休有点懊丧了，一勒芦花驹，这马却昂头嘶鸣起来，惹得张耆的枣红马也跟着唱和。

"它们是饿了。"张耆从鞍座下的布袋里摸出两块玉米饼，塞进二马口中。

"你这叫堵住它们的嘴。"赵元休笑了，又愁了："现在往哪儿找呢？"

张耆思忖半晌，说："公子，你不是说她背着琵琶还插着鼗鼓吗，说不定与文化市场有缘，要不，我们往西角楼街市，那里或许能碰上。"

从西角楼街中间插入，张耆远远看见西头正街新平瓷行门前，有位五六岁的小女孩靠在门边，他立即下马。

"小孩子不说假话，公子，我去问问便来。"张耆将枣红马的缰绳塞到韩王手中。

"小女孩，你真好看。"张耆走近，招呼女孩。

"我叫娟娟。"娟娟扬起头来打量张耆,见他英武齐整,不像坏人,便喊,"叔叔。"

"你家是卖瓷器的?等我家公子到了,就一道进去看看。"张耆指指不远处骑着高头大马的赵元休。

娟娟高兴了:"好呐,我爷爷在店里。"

张耆蹲下来:"娟娟,叔叔还要找两个人。有个穿白衣裙的小姐姐,她的蓝布包袱上插着一面鼗鼓。"

还没等张耆说完,忽闪着大眼睛的娟娟就先说了:"你们是找我刘娥姐姐吗?"

真是"踏破铁鞋无觅处,得来全不费功夫"。张耆高兴极了,站起来向韩王招手。

这时,霍老伯出来了,他听见孙女在门外与人说话,赶快出来照应。

霍老伯朝张耆拱拱手:"客官请里面坐,鄙人姓霍。"

韩王赵元休也到了跟前,张耆忙介绍:"霍老伯,这是我家宋公子。"

"请宋公子店堂里看看,请。"霍老伯躬身邀请。张耆即将两根缰绳系在青石马桩上,又掏出两块玉米饼喂了马。

张耆掇弄着元休的檀香扇,轻声说:"有着落了。"

赵元休瞥了一眼张耆,他的眼里放出光来。

"不要被马伤着了。"赵元休亲切地牵着娟娟的手进店。他在宫里什么珍宝玉器没见过,今日走进民间瓷器店,琳琅满目,倍感新鲜,跟着霍老伯缓缓看过去,聆听店家娓娓道来。

忽然,一套装在蓝色锦盒里的白瓷文具让赵元休停下脚步,细细观赏起来:水盂、笔筒、墨盒、印泥盒、笔架、镇纸,六件,洁白如玉,莹莹夺目,摆在书架上能使整个书房熠熠生辉。赵元休动心了,问道:"请问老伯,这套文具多少银子?"

"宋公子,这是饶州昌南我家霍窑新近出炉的。"霍老伯免不了又将霍家历史数说一遍，接着道："如果公子看中，就算十六两，如何？"

"你付吧。"赵元休吩咐张耆。

张耆从怀里掏出一个钱袋，摸出两锭十两白银。

霍老伯接过银锭，放入小抽屉，又拿出一锭小银子要找给张耆。

赵元休走过去按住了，说："别找了，剩下的是我给娟娟买桂花糕的。"

霍老伯谦让一番，说："这怎么好意思？"

张耆岔过话题，将霍老伯拉过一边，说："宋公子的远房亲戚刘娥兄妹昨天到了汴京，我们去码头没接上，听娟娟说你们见过，老伯你们知道他们去哪儿了？"

"哦，是这么回事。坐下来说吧。"霍老伯说。

而赵元休心都快要跳出来了，急于要去找到他们。霍老伯只好长话短说，告诉他们刘美、刘娥早上在这里的情况。末了，霍老伯将赵元休张耆领到屋外，指着虹桥方向，说："刘娥说过了虹桥一直向南靠外城附近租房的。"

张耆马上解开系马桩上的缰绳，两人跃上马背。

娟娟追出来，朝张耆喊："叔叔，你瓷器还没拿呢。"

张耆说："这么精美的瓷器，放马上恐会弄破，下次叔叔专程来取。"

二人在马上拱手向霍老伯辞别，一抖缰绳飞也似的去了。

到了外城，哪有刘娥刘美的影子，赵元休不甘心，骑着马蹓到郊外，夕阳已经西下，远处只有散落在袅袅炊烟的村庄。

他们只好顺着外城的官道往东折回。

之后几天，他们都一直在这一带寻找，没有进展。韩王赵元休觉得还是有收获的，他们知道了刘娥、刘美的名字和简单的身世。刘娥是蜀人，而这位有如梦一样神秘和美丽的川蜀女子又在汴京哪里呢？

第四章　皇家狩猎武艺高　王室救人身手强

出汴京陈州门去狩猎场，约有二十里。

黄澄澄的稻谷低垂着，秋风吹来，一望无际的原野，不时翻起金色的稻浪。农夫们已经在猫着腰收割，看见驿道上浩浩荡荡的皇家狩猎队伍，有的伸直了腰张望，有些长者则点点头躬腰以示恭敬。

禁军们举着旌旗骑着高头大马在前面开路。

身穿金色铠甲的赵炅，骑一匹高大的西夏赤兔马，鞍座上挂着箭胄。尚处知天命之年的大宋天子，英武挺拔，风流偶傥，随着骏马的步伐，美须在风中飘扬。他经过御医的诊治，箭伤不痛了，看见郊外的丰收景象，心情如重阳的天一样晴朗。

元佐、元佑紧随父皇左右。

元休和弟弟们都身着戎装，骑着骏马，精神抖擞地跟在后面。

开国皇帝们都非常看重皇室子弟的军事能力训练，要求他们学习兵法，练习骑射和剑术。大宋初立，太祖就在北郊选中一处丘地，以此为中心围建猎场，栽树种草，放养了不少獐麂兔鹿，常年有人看守。赵炅与太祖一样，在军营一直就是一员出色的战将。他即位后也身先士卒亲自参加每年的重阳狩猎，为子侄们率先垂范，让皇家子弟们在重阳节都能用弓弩和佩剑在狩猎中获取成果和荣誉。

在猎场辕门，全体集合在一起。

赵炅看见元俨等几个幼小的皇子，拿着小弓小箭，摇摇晃晃，就交代王继恩："你看护好他们，不要到林子里去，以免受伤。"然后挥鞭策马，上前去了。

赵炅骑马在林子里带起一阵旋风，密密飘落的树叶撒下一片片金黄。

元佐随手捡起一片落叶，是正转金黄的银杏，叶柄边还微微透着青色。他忽然间想起了叔父廷美，每年都与他们一起狩猎，如今却远在房州，不免心酸，吟道："冉冉秋光留不住，一片朱黄寄相思。"扬鞭进北边林去了。

忽然，一只梅花鹿在林深处探了一下，被百步穿杨的赵炅张弓搭箭，梅花鹿身子一晃倒下了。禁卫军迅速上前按住了。

往北面出击的赵元佐很快就有了战果，两个侍卫抬出了一只金黄的獐子。楚王的阴郁一下子就散去了，在父皇的夸赞下春风满面，英姿飒爽。

赵元佑的飞雕海东青追赶一只肥壮的三尾锦鸡，锦鸡一头钻进柴窝子，无法挣脱，只露出硕肥的屁股，漂亮的雉尾在晃悠，被元佑扑上前，逮了只活的。

赵元佐看见弟弟元休还没有猎物，就叫侍卫将獐子抬给元休。他说："为兄再去射一只就是了。"

赵元休金冠一扬，说："谢谢皇兄。我一定会有自己的猎物。"

赵炅听见了，赞道："三儿有志气！这才像朕的儿子。"

林子深处传来骚动，禁卫军士兵还在赶场。

赵元休策马就进去了，扬起一阵烟尘。

一只肥壮的山羊看见有人，紧急转头逃去。赵元休紧追不舍。忽然，蹦出一只圆滚滚的白兔，元休一放箭，利箭穿过兔子，径直插进前面山羊的后腿。

侍卫们高兴极了，一拥而上，活捉了肥羊，将四脚绑上，砍了根树干穿上，将兔子也挂上。

元佐禁不住赞扬："皇弟一箭射了两只！"

赵炅停住奔马，美须还在铠甲边飘动。他高兴地说："本朝以军功立业，皇儿们射猎的战果都不错，大宋有望！国家尚未安定，边疆还有战火，常备不懈，才能让百姓太平。围猎猎物加在一起，可以美餐一顿了。"

王继恩已经在围栏旁安排好了，军士们支起三脚架，燃起篝火，烧烤野味。

豪爽的赵炅呼唤："拿酒来！"

他放开嗓子，吟诵孟浩然的诗句："何当载酒来，共醉重阳节。"

元佐、元佑和元休带着皇弟们进入一领禁军架起的大帐篷。侍从就在草地上铺上一块块厚厚的毛毡毛毯，让皇子们盘腿席地坐下休息。

一位内侍将一块毛毯随意放下，眼看就要压在一株小小的黄花上，被赵元休拦住了，他接过毛毯，往边上移过去半尺，大家都好奇地望着元休。

元休有些尴尬，不好意思地说："今天重阳，是冷热季节交替的日子，其他五颜六色的花都凋谢了，剩下这些小黄菊，不要压坏它。"

陈王元佑在心里骂道："这个书呆子。"

侍从们摆上一张张小条桌，一盆盆烤羊肉、鹿肉、兔肉被端上来，帐篷里充溢着烤肉的特别香味和酒的醇香，皇子们用刀，动手，快活极了。

赵炅和皇子们围坐在一起，略感安慰。他抚摸着伤腿，还在想，能否再上战场呢？

北风由萧瑟变得凛冽，王府里已经能感觉到黄河北面飘来的寒意。

灰暗的天空中，不时有一队候鸟列队南飞，留下一两声凄厉的哀鸣。

王府的格栅窗都关上了，糊上了厚厚的挡风纸，可是赵元休仍禁不住将窗推开，他的白衣少女在哪里呢？寒风将书案上展开的澄心堂纸吹得呼啦啦响，正好张耆进来，连忙将格栅窗重新关拢。

"韩王……"张耆欲说还休。

赵元休看他神神秘秘的样子，笑着问道："张给事有什么事禀报？"

看见韩王放晴的脸色，张耆心中豁然开朗，他从束口的衣袖里摸出一张红纸，交到韩王手中。

赵元休展开：

演出告示

平安里大槐树下，新搭戏台，每逢双日，巴蜀名旦刘娥登台演出。

刘娥小姐，芳龄二八，花容月貌，美目俏丽，仪态万方，原大户千金，自幼聪颖，琴棋书画、诗词歌舞，无不精通。刘娥善琵琶弹唱，鼗鼓说唱，舞之翩若惊鸿，婉若游龙；琵琶拨弹如珠落玉盘，出谷黄莺；鼗鼓说唱似惊蛰春雷，余音绕梁。名旦巡演，机会难得。每晚一场，不可错过。

特周知各界。

即日

张耆对韩王眨眨眼，调皮地笑了笑："王爷，梦中嫦娥下凡了。"

赵元休被他说笑，有些难堪，伸出檀香扇直戳张耆胳肢窝："好你个张耆，敢拿本王寻开心。"末了，又笑着加上一句，"张给事有功了。"

张耆双手作揖："谢王爷嘉奖！"

他接着说："王爷嘱托，卑职不敢懈怠，常去外城和郊外一带巡走寻觅。今日午后在外城一处墙上揭下这份布告，这就过来禀报王爷。"

赵元休责备他："你把人家告示揭了，哪能有人去看？"

"王爷放心，那戏台的东家帮她到处张贴了，岂止一张。"张耆道。

"那我们早点用毕晚膳就去。"赵元休迫不及待了。

夏守赟这时进来，嚷嚷也要去。

赵元休瞪他一眼。

张耆忙靠近元休，跟王爷耳语了几句，元休点了点头。

张耆拍了拍夏守赟的肩膀，说："王爷同意你去了。你去找你哥和王继忠，晚上酉时三刻赶到平安里戏台外围等候，不要主动联系我们，见机行事。"他又重复了一句，"记得，南城外平安里大槐树下戏台。"

吃过晚膳之后，韩王赵元休和张耆依旧主仆打扮，骑马出门，元休换了一套紫色的锦缎直裰，紫色方巾，一条紫色腰带上系了一块白色玉佩，挂着红色的璎珞，骑着他的芦花驹，一位少年公子模样。张耆淡青的短装上扎了一根宽边绸腰带，腰间暗藏了一把短佩剑，头巾歪在一边，像位侠客。枣红马兴奋极了，老是要赶上芦花驹与它并驰。

西下的夕阳如同一个蛋黄，用不再炽烈的橘红，为灰色的天空带来一点明亮。

他们从东门过桥，沿汴河南岸河堤走了一阵，穿过南城的勾栏瓦肆，来到了城外。天色慢慢暗了，郊外路上一株株高大的柿子树，上面挂着熟透的柿子，如一颗颗红宝石。

张耆走到了前面，他路熟，指着不远的地方，说："那里就是平安里。"

大槐树下，已经灯火通明，响起了热场子的锣鼓声。

大槐树左右两边分别吊着松明子灯，油烟被风吹得向上散开，用杂橡木构搭的简易戏台被照得贼亮。前台一位短装青年边来回走边敲着手中的铜锣，后台的鼓声密集清脆，与锣声热烈地响应着。从四面八方赶来的人群迅速向台前靠拢，人们拥挤着，呼喊着，台前热闹非凡。

张耆接过韩王手中的缰绳，把两匹马系到青石系马桩上，掏出一块碎银给专门看马的人。

突然，锣声和鼓声同时停住，台下也变得安静起来。

从台后布帘子处闪出一位白衣少女，盈盈含笑，手执鼗鼓，踩着碎步走到台前，躬身道个万福，说道："各位父老乡亲，刘娥先给大家唱一曲《春江花月夜》。"

"好！"台下不知道哪位青年喝起彩来。

刘娥退后两步，忽然来了个大飞旋，手中的鼗鼓随着白色裙子的展开，鼓点重又密集地响起来，她亮开银铃般的嗓子唱起来：

"春江潮水连海平，海上明月共潮生；

滟滟随波千万里，何处春江无月明……"

韩王元休已经认出眼前千娇百媚的刘娥正是他在码头上邂逅的白衣少女，是他朝思暮想的梦中仙子。他这时眼前满是她白裙飞旋的倩影，心中充盈着她充满磁性的声音，吸引着他不由自主地跟着人群朝台前涌动。

"江流宛转绕芳甸，月照花林皆似霰。"说唱声随着鼓声铃声在人群中摇曳荡漾……

婀娜身影翩翩起舞，少女在缥缈的梦幻中问道："江畔何人初见月？江月何年初照人？"她深情地唱道，"此时相望不相闻，愿逐月华流照君。"

元休看得入神了，仿佛一股清泉淌过他的心灵，他不顾一切往前挤……

后面的张耆慌了，他不敢离两匹宝马远了。他环视四周，突然看见场外树旁，一位蓝衣少年正对着他笑呢，夏守赟他们到了！他指指马匹努了努嘴，就往王爷方向去了。张耆心里有底了，他虽然年轻，但多年的历练使他的眼睛像鹰一样锐利，他已经觉察到场子里混杂着坏人。保护王爷就是他的天职。"公子小心！"张耆用有力的臂膀拨开人群，挤出空当，让元休挤到了台前。

刘娥饱含深情的说唱声与铃声鼓声的交响，震撼了全场……

"斜月沉沉藏海雾，碣石潇湘无限路。不知乘月几人归，落月摇情满江树……"刘娥举起鼗鼓腾空跃起，白裙完全展开，她上身后仰，轻盈地劈叉坐在台面，鼗鼓自然收回落在胸前丝线绣的牡丹花上，灵巧的右手仍在鼗鼓上拨弄。鼓声戛然而止。

台下响起一阵阵热烈的喝彩声。

刘娥宛如一只洁白柔嫩的天鹅仰卧在戏台上，忽然间，她向台前转过脸来，回眸一笑……

她明媚的目光刚好与韩王元休清纯的目光电火般相撞在一起，只一霎时，她已经意识到这位青年公子曾经见过。

元休只觉得心猿意马，他距台上的刘娥不足六尺，因为演出，她的眉眼是浓妆的，弯弯的眉毛下，卷起的上下睫毛将一双丹凤眼衬得如墨潭一般清澈，松明子灯在瞳仁处映出一点高光，下眼睑在光照下格外动人，形成一双极好看的蚕蛾；鼻子的线条坚挺高贵，灿烂无瑕的笑容绽放在丰盈的脸上，像熟透的苹果；下巴微翘，完美的曲线顺着白净的脖子延至胸前。

元休在宫里长大，皇宫佳丽何止见过三千，据说绝代佳人小花蕊夫人还抱过小时候的他。但是眼前她的妩媚娇美，只片刻便印在他心里了。

刘娥手一撑，已站了起来。她再次躬身作揖，但台下的喝彩声不让她退下去。她只好再次拨响鼗鼓，说："那小女刘娥再说一段评书吧，《唐太宗求贤纳马周》。"

"话说大唐贞观改元，太宗皇帝仁明有道，信用贤臣……"刘娥踩着鼓点满台子转悠，略带蜀音的金嗓子娓娓道来。

这时，开场时敲锣的青年男子、刘娥兄长刘美，从台左侧走到台前，那面铜锣反过来，就成了一块铜盘，里面装着一条银链子，他躬了躬身子说："我们是后汉右骁卫大将军刘延庆的后人，落难从蜀地来到京城。小妹刘娥的演唱承蒙大家捧场，敬请大家赏光。这根银链子送给捐钱最多的朋友。"说完，他将铜盘置于戏台前沿。

台前的人们有的从衣袖里摸出碎银，有的从布褡里拿出一吊铜钱，不一会儿，铜盘里就放了不少，有一位青年公子在铜盘里放了一锭五两白银。

"张耆，拿银子。"赵元休有点慌了，怎能让别人占先！

张耆赶紧从怀中掏出一锭银子，银锭足足有五十两，在灯下迸射出炫目的光芒。

赵元休接过银锭，端放在铜盘中。

刘美连忙拱手答谢："谢谢公子！"

"好！""好！"场子里响起雷鸣般的喝彩声。

满脸喜色的刘娥随着鼓点还在说："马周在御前，口诵如流，句句中了圣意。太宗皇帝是言无不听，谏无不从。马周不上三年，便做到吏部尚书。"

刘美已将铜盘端在手中。

刘娥走到台前，一拨鼗鼓："一代名臣属马周！"

刘娥放下鼗鼓，双手从盘中拿起银链，捧向元休，嫣然一笑："公子请笑纳。"

银链放在赵元休张开的掌心上，他脸红了，竟痴痴地说不出话来。

喝彩声之后，人群渐渐散了。

张耆用一块手绢帮赵元休包好银链，放入怀中，说道："公子，回去吧。明后天我们再来便是。"

刘娥将银锭揣入怀中，跟刘美进后台去收拾行装，她回过头来朝赵元休点点头。

赵元休魂不守舍地与张耆来到系马石桩前，张耆望见夏守赟还在不远处，就朝他眨眨眼，做了个手势，要他们远远地跟上。

一弯上弦月已经升起在树梢，向沃野洒下银辉。

总算找到她了，赵元休还沉浸在刚才的情景中。张耆牵着两匹马跟在后面缓缓沿着汴河前行。

隐隐约约，张耆听到传来鼗鼓声，他警觉起来。

鼗鼓声好像是在左前方树林里，断断续续，没有节奏，急促，紧张。

"给我！"赵元休抓过缰绳，纵身跃上芦花驹。

两人纵马飞奔，一阵风便冲进了树林中。

三个蒙面人正将刘美、刘娥围在中间。

刘美舞着一根扁担抵挡着。

短装打扮的刘娥背靠哥哥，一只手拿着鼗鼓准备还击，一只手捂住胸前的银锭。

"把银子交出来，就放过你们。"一位蒙面人拦住刘娥说。

"强人休得无礼！"冲在前面的张耆扬起短剑，紫电青光，刘娥面前匪徒的蒙面巾已被划开。

张耆俯身从鞍座下抽出一根水火棍，手起棍落，与刘美对峙的匪徒肩膀一斜，仰面朝天。

赵元休飞驰过来，芦花驹的铁蹄已将刘娥面前的另一匪徒踩翻。

"快走！"月色中，三个黑影落荒而逃。

赵元休已经下马，将刘娥扶起。

刘娥捡起一块玉佩，借着月光，读出声来："韩王……"她大惊失色。

"哦，是我刚才打斗中落下的。"韩王赵元休笑着将玉佩按在刘娥手中说，"小王就送给你了。"

刘美一听是小王爷，赶紧跪地答谢："小民刘美拜谢韩王殿下。"

"快请起，路遇不平，见义勇为乃正当之举。"元休说道。

张耆已将翻在旁边的一副挑担扶正，说："刘美，原来你是个银匠，你们住在哪里？我们护送你们兄妹到家。"

"我们在外城贵仁巷租了房子，顺汴河走就到了。刚才是被他们逼到树林里的。"刘美挑起银匠担子带路。

元休见刘娥脚有点打软，就扶她上马。芦花驹太高，刘娥上不去，但很奇怪，芦花驹竟温驯地伏下了，刘娥伏在马脖子上顺势上了马鞍。

张耆牵着马殿后。

刘美说："其实，这些人也不是什么江洋大盗，我认出他们就是这汴河边的市井泼皮。看见小娥喝彩人多，他们早就虎视眈眈，今天见王爷赏赐，遂见财起意，打劫我们。"

忽然，月光又隐进黑烟似的云影中，前面有一片黑松林，阴森森的十分可怕。

"不用担心，有我们在此，没人敢来欺侮你们。"元休安慰刘娥。

说时迟，那时快，林子里一下子闪出七人，手执木棍，将他们团团围住。为首的戴着面罩，但光头脑袋依旧在月下泛着白光。

"就是他们，我们将银锭拿到，就上瓦子大吃一餐。"那位蒙面巾被挑破的歹徒说道。

两人过来就要扯刘娥下马。

韩王就势蹲下一个扫堂腿，前面的人摔了个狗啃泥，后面那个人收不住脚，两人滚在一起。张耆从腰间摸出绳子，将这两人捆了起来。

为首的光头一扯面罩，举起棍子向韩王赵元休劈来，忽然斜刺里飞来一匹快马，黑暗中朴刀一挑，歹徒虎口震开，棍子已飞去天外。

"王爷勿惊，继忠来也。"

这边一匹快马已冲到最前面，夏守恩伸出手来，抓住一个歹徒的腰带，就势提了起来，重重地丢在地下。

夏守赟少年英雄，在马上朝两位歹徒一棍扫去。"哎哟！"两人应声倒地。

一名歹徒看清夏守恩他们的装束幞头，大叫："不好！官府来人了。快走！"

刘美干脆放下挑子，拿出绳子绑了一个。

逃走二人，绑了五个。

刘娥揣着银子伏在马背上一下都不敢动。半晌才坐正身子，感慨地说："这才见识了王府的英雄，迅雷不及掩耳就打败了强人。"

王继忠跃下马来，擒住光头。夏守恩、夏守赟兄弟过来，拜见韩王。

元休说："三位辛苦了。"

夏守恩吩咐弟弟："你留下吧，我与王给事将歹徒送开封府。"

张耆再找了绳子，将五名歹徒脚也串起来了。

王继忠扬起朴刀，对歹徒们说："若想逃走，头就没有了。"

被反绑着手的歹徒全部跪下来："将军饶命！"

夏守恩在马上牵着绳子串起一溜歹徒，王继忠手握朴刀押在后面，往开封府去了。

机灵的夏守赟过来，要为刘娥牵马。

"去去去！你没有看见我们要说话吗？"赵元休说。

夏守赟舌头一伸，做了个怪脸闪一边了。

刘娥向为她牵马的韩王元休诉说了她的身世。

赵元休说:"那天在码头接皇兄耽搁了,后来在新平瓷行得知你们的信息,找到外城又没线索了。过了数月,还是张耆看见了演出布告,才见到你。"

刘娥心潮起伏,这位为她牵马的英俊王爷就是普元法师料到的贵人吗?她的一生会因这纯情男子而改变吗?

她告诉韩王,那天他们兄妹从新平瓷行出来,在外城贵仁巷找到一处住屋就租下了,刘美打银器也有个接单的地点了。她在勾栏瓦子的场子里唱了一阵子,租金太高,场子又小,只适合坐着说评书,容不了她手执鼗鼓满场转。倒是一位老板带她到郊外平安里,让她在戏台上说唱,租金不贵,他们先交了二十两银子,然后买了几套行头就开始了。

贵仁巷在外城的城中村里,他们租的是一套厅堂带两厢房的屋子,还有个小院,倒也清静。

刘娥要进里间去为韩王烧水,几匹马在院外嘶鸣起来,这是一个信号。

张耆说:"如果内城守卫将城门关了,就回不了王府了。"

赵元休恋恋不舍跨上芦花驹,刘娥目送着他们消失在夜幕中,仿佛一切都在梦中,触到了怀中的银锭,才知道一切都是真的。

第五章　辽主太后渡难关　元休刘娥喜结缘

辽，上京郊外。

天似穹庐，笼盖着连成一片的王室大帐。

辽太后萧绰披一件褐色裘皮大氅，裹着紧身的黑色棉袍，倚在奢华的大帐雕花木门旁，向席卷起飞雪的遥远天边眺望。

她的儿子耶律隆绪，才十二岁的文殊奴，已经即位为辽主。萧绰接到了宋将举大军北征的快报，因此急召南京节度使韩德让和几位近亲将领前来商议。

这位冷若冰霜的年轻太后，她并没有住在上京高墙重叠的宫殿里。她是草原的女儿，不仅从小骑射皆精，在父亲、宰相萧思温的培养中，对宋辽文史尽通，是契丹难得的才貌双全的奇女子。足智多谋的萧绰十分睿智，面对着契丹二百多个部落，不住宫殿，在大帐里，在草原上，才能随机应变，才能给他们孤儿寡母以平静和安全。

六十多年前，乘着中原内乱，契丹杰出的领袖耶律阿保机统一了各部，即可汗位，控制了长城以北的广袤大漠与草原。到耶律德光时期，又轻而易举地得到了石敬瑭拱手献上的燕云十六州，契丹终于用铁骑叩开了中原的大门，在汴州成立了辽国，但遭到顽强抵抗，耶律德光撤兵时病亡途中。后周世宗意欲收复燕云十六州攻辽，只夺回关南之地，也遭到了同样厄运，患病而还。风云变幻，赵匡胤建立大宋。而辽景宗中兴，各项改革使辽更加强盛。宋朝赵炅即位后攻陷北汉又北伐幽州，兵败高梁河。宋辽之间已成僵局。

大帐之内，炭火融融，没有一丝寒意，而这帐中的萧绰心中怎么也无法平静，北风呼啸，翻滚着太多未知的信息，王朝或许在瞬间撕裂而势不可当。

一串急促的马蹄声由远及近变得清晰，在帐门外突然停了下来。萧绰激动地向门外迎去。

门外卫士禀报:"太后,南京节度使韩德让求见。"

萧绰道:"宣他进来。你再去速请圣上过来。"

韩德让在帐外抖去身上的雪尘,进入大帐,喊道:"臣韩德让拜见太后。"

韩德让被萧绰一把拉起:"不用了,让哥。"

萧绰擦去哀怨的泪花,顺势靠在韩德让宽阔厚实的胸膛上,用双臂围住他的肩头,以灼热的温情融化她久违的让哥。

"燕燕,我接到你的懿旨,立即起程,马不停蹄,六万精兵已安顿在王室营帐东侧和南侧,你可以安心了。"韩德让轻抚着萧绰披在肩上的发辫。

"宋朝又要北征了。"萧绰闪着美丽的眼睛望着韩德让,眼里没有一丝畏惧。

"燕燕,兵来将挡,水来土掩。"韩德让坚定地应答,"当下,紧要的是,要让我耶律阿保机的镔铁契丹,围绕在太后和少主的周围,形成不可推毁的磐石。"

韩德让是辽朝汉人望族,经常随父亲韩匡嗣拜访宰相萧思温。韩德让斯文淡定和刚强勇敢的双重气质,吸引了萧家三女儿燕燕,两人相恋。他们的恋情却因朝廷不可逆转的决定突然中止。

耶律贤即位后,按照惯例从述律族萧家选美女进宫,萧燕燕进宫为贵妃,改名为萧绰,生下王子耶律隆绪被册封为皇后。耶律贤因狩猎发病逝世,留下孤儿寡母。

卫士在帐外道:"禀太后,圣上到了。"

刚过十二岁的少帝耶律隆绪撩起帐帘进来:"母后。"

睡眼蒙眬的耶律隆绪抬眼看见了站在母亲身旁的韩德让,下意识地挺直了腰板,向前迈了几步,说:"文殊奴见过相父。"

韩德让将他拉进自己的怀中说:"宋军将要北征,相父会尽全力保护文殊奴和你母后。形势变得严峻,契丹会因此而团结起来。圣上尽管安心。"

耶律隆绪在韩德让宽阔温暖的怀中感到安全。他即位后，母后让他拜韩德让为相父，他读懂了母后对韩德让说的"你要把文殊奴当作亲生儿子"那句话，这位与母后十分亲近的相父就是他和大辽的靠山。

门外人声鼎沸。

"几位大将军到了。"卫士进来禀告。

萧绰说："让他们进来。"

北院大王耶律斜轸，元帅耶律休哥，以及萧绰的族兄萧达凛三员大将，齐刷刷地走进大帐，伏下跪拜："愿圣上万岁万岁万万岁！太后千岁千千岁！"

"诸位爱卿平身。"萧绰含笑招呼。列位大将的到来，让萧绰心中有底了。

萧达凛身后跟着一位约莫十岁的英武少年，一身银色小铠甲，十分威风。

萧绰问道："这位是？"

萧达凛答道："二公子萧排押，十岁就上战场了。"

"又是我大辽一员猛将！我们亲上加亲吧，我的二公主小他两岁，许配于他。"

萧达凛喜出望外，忙拉着儿子一道跪下，说："谢太后赐婚。臣铭记隆恩于心。"

三天之后，上京辽宫。

天转晴了。北方冬日难得的阳光，由窗栅中射进来，宫殿里充满了生机。

头戴凤冠，身穿大红袍服的萧绰，手牵同样盛装的少帝耶律隆绪登上大殿，在龙床坐定。萧绰的美丽不是像江南女子那样细嫩白净，而是透出那种经历了风霜的草原女子的成熟结实，两边脸颊如红透了的苹果，微抿的上下唇线显得特别有力度，秀眉下的大眼炯炯有神。年轻的太后身上有一种无可超越的威严。

韩德让、耶律斜轸、耶律休哥、萧达凛，领着文武大臣和二百多位部落首领，在阶下三拜九叩。

韩德让身为宰相，执掌全国政事，同时负起指导少帝的责任。

耶律斜轸统领北方军务，耶律休哥为南方行军都统领，萧达凛为南院都监。

按韩德让之计，封西夏李继迁为夏国国王，让夏成为宋辽之间的缓冲。

一天上午，韩王赵元休带着夏守赟，便装轻骑到了外城贵仁巷。

系好马匹，夏守赟轻轻敲门。打开院门的正是云鬟初绾淡妆轻描的刘娥，她一抬眼，看见后面的韩王元休，又惊又喜，竟有点不知所措。家里来贵客了，她很快反应过来，连忙道个万福，说道："王爷请进。"

赵元休见她一个人，问道："你兄长呢？"

"刘美他挑银匠挑子出去揽活了，等会儿回来吃中饭的。"刘娥招呼韩王在厅堂坐下，说道，"王爷大驾光临，中午一定要在家中用膳，待小娥出去买些菜来。"

夏守赟忙说："刘姐你就陪韩王坐会儿吧。买酒菜的事王爷早就安排张耆去办了，待会儿他会让御街上最好的馆子弄好了送来。"

韩王怕上次抢劫的事再次发生，一段时间来每天晚上都安排张耆、夏守赟护送刘娥兄妹到家。初冬已经来临，演出不便，看戏的人也越来越少。这次他白天来到这里，是想帮他们把长期的安排落实下来。

"小娥，你也坐下来吧。"赵元休说。

"民女不敢与王爷平起平坐。"刘娥答道，尽管她已经与韩王花前月下说过多次话，可少女的矜持让她害羞得竟不敢抬头。

"不用拘礼，不坐下来怎么说话？"

刘娥还是在下首坐下来了。

少年王子近距离地端详垂下眼帘的少女，想起了南朝何思澄的诗句："媚眼随羞合，丹唇逐笑分。"不正是眼前刘娥的写照吗？她脉脉含情，低眉合眸，轻启朱唇，笑靥生辉。下眼睑双蛾略略浮现，微微的弧度生动极了，无法形容。他想，曾闻一笑倾城，再笑倾国，倾国倾城不就在眼前吗？刘娥乌云般的黑发高挽成髻，几绺发丝垂落在雪白透红的脸颊上，有如巫山神女，尽揽云霞的光辉。

少女的感觉是最灵敏的，她下意识地抬眼望了望眼前的元休，又马上垂下了眼帘。祖母教她读过曹植的《白马篇》："白马饰金羁，连翩西北驰。借问谁家子，幽并游侠儿⋯⋯"韩王端坐着，挺直的背脊就像白杨树一样，目光满含深情，饱满端正的鼻翼，刚毅含笑的唇线，象征男子汉力量的喉结，这不正是她心中的白马王子吗？元休那样优雅而又充满阳光，吸引着少女的全部爱恋。

在少女少男相互感受的时空里，两颗纯洁美丽的灵魂是多么渴望贴近，天地间一下子如此宁静，宁静得仿佛能听到心的跳动⋯⋯

赵元休左手轻轻搁在台子上，手指轻轻地抵住茶盏，蠕动的嘴唇像是要倾吐如诗的话语。突然，他的右手情不自禁地握住了刘娥的手，刘娥的手有点颤抖，没有动，脸羞得通红。

元休说："小娥，你住到我那里去吧。天越来越冷，晚上表演太辛苦了。我已经在装修一幢楼作为书房，你就在书房做我的司书。那里有你的住处。刘美也到王府去，你们是将军的后人，让刘美跟着张耆他们练习武艺，做王府侍卫。"

爱意隐藏在他欲语还休的窘态里⋯⋯

少女的双肩有点在抽搐，这不正是她最希望的吗？她仿佛又看见了离开扬州迎銮镇时那一片昭示着希望的灿烂晚霞，她更加相信和感激普元法师了。

刘娥噙住幸福的泪水，望着元休点了点头。

夏守赟轻轻敲门了。

赵元休松开了手。

张耆带了御街京味第一楼的三个店小二挑了三担菜盒共十六个菜和面食。刘美随后挑着挑子也回来了。韩王元休将刘美拉到门外院子里，告诉让他们兄妹进王府的打算。刘美连忙跪下拜谢王爷，还要刘娥过来拜谢，刘娥说："我谢过了。"

开封著名的桶子鸡、汴京烤鸭、炸紫酥肉、黄焖鱼、茶香鸭、孜然羊肉、糖醋软熘鲤鱼、烩面、扒羊肉、酥肉丸子、琥珀冬瓜、羊汤肉串，还有羊肉炕馍、开封大汤包、驴肉火烧等很多面食、主食、小吃。菜盒里的菜全拿出来，八仙桌上都摆不下。店小二从菜盒里抱出一坛温热了的双黄米酒。

张耆跟店小二们讲："你们明天下午来取菜盒。"刘美到里屋找了个大碗，夹了个炕馍，和汤包、火烧，要到里屋厨下去吃，说："小民怎么敢与王爷同桌呢？"

韩王赵元休不高兴了，对刘美说："今天我们到你家来做客，你倒走开，这怎么能行？你就坐下首吧。"

韩王元休坐了上座，刘娥坐王爷的左侧，张耆和夏守赟坐右侧，刘美坐下首。

每个人面前舀了一碗酒。

元休先发话："刘娥、刘美不久就要进王府了，以后就是一家人了。"

张耆说："刘美你要敬酒，你跟我练武，我就是你师父了。"

夏守赟也争着当老大："师父还有我，别看我年龄小，我跟着韩王已经六年了。"

刘娥豪爽，端起酒来一饮而尽，说："小娥谢王爷。多谢张将军、守赟弟关照！"难以言表的喜悦闪耀在少女娇羞晕红的脸颊上。

一个吉日之夜，明月当空，一乘四人抬小轿，缓缓前进，张耆擎一盏风灯走在前面，王继忠殿后。

王府街婆娑的树影，在平整的青石板上摇晃。小轿来到韩王府门前，侍卫忙将油着红漆镶嵌虎头铜环的大门打开，小轿悄然而进。在张耆风灯的导引下，小轿沿着王府高墙翠竹林荫下的弯弯小道，在一幢别致的小楼前停下，张耆掀开轿帘，刘娥款款而出，她穿着一件红绸缎的紧身小袄，又披了一件莲子青的丝绒披风，裙裾随风而扬。

刘娥抬头一望，"明月轩"，一块崭新的牌匾高悬于门上。她微微一笑，心领神会，她曾与元休说，祖母生前告诉她，母亲生她时曾梦见明月坠入怀中，这匾的寓意已很明确了。

"刘姐请进。"韩王元休的贴身随从夏守赟守候在门前。王府中原来的资善堂是王府侍讲来讲课的，已设书房。元休将一幢搁置未用的小楼装修后用作自己的专用书房，取名"明月轩"，实际上是安置刘娥。

进了厅堂，刘娥眼前一亮，烛光映照中，韩王元休头戴束发嵌宝紫金冠，穿一件大红团花锦缎棉袍，腰间玉带上挂一块白色玉佩，黄色的璎珞微微晃动。元休眼睛里闪烁着欣喜的光芒，俊美绝伦的脸上挂着笑容，他向刘娥热情地伸出双臂。

"民女刘娥拜见韩王殿下。"正要跪下的刘娥被元休慌忙扶住了。

"没有旁人，不必多礼。"元休道。

刘娥的紧身红袄与元休的大红锦袍相映生辉，格外楚楚动人，她美目含情，丹唇如花，尽显婀娜娉婷，如仙子飘落人间，张扬着无与伦比的魅力。

刘娥早已被激动的元休揽进怀里，他说："小娥，这明月轩就是我们的小天地了。"

虽然没有喜字高挂，没有张灯结彩，但是王府才有的四根立柱铜烛台，燃起的特大红烛，将厅堂照得喜气洋洋。中堂是一幅后梁荆浩的《匡庐图》，两边的对联是："高山流水诗千首，明月清风酒一杯。"落款是：赵元休。

紫檀的长案上摆着一对越窑的青瓷瓶，一只青铜香炉里冒出檀香的缕缕青烟。红木方桌上，竹茶盘中放着四只晶莹剔透的定窑白茶盅，盖、杯、托碟齐全。围着方桌只放了四张圈椅，显得十分宽敞。

刘娥没有见过这么优雅的环境，情不自禁地连声赞叹。

元休牵着刘娥的手，去看东厢房，那是他的书库，红烛映着一排排书架，摆着整整齐齐叠放的线装书，不少书里夹着书签，标志着曾经阅读的痕迹。旁边放着一些写了字的稿纸签，那是元休读书时写下的笔记。

他们又来到西厢房，靠窗有一张带斗的红木书桌，桌前一张靠椅，空旷的房间中央摆放着一张特别的丈二长的画案，文房四宝置于案上，靠墙角一张高脚红木花架上的吊兰，微微飘动，像是在呼吸着。一个两尺多高的青瓷箭筒里，竖放着十几卷装裱好的书画卷轴，插着一把鎏金宝剑，尺长的红缨十分显眼。东边琴台上安放着一把暗红色的古筝，摆着有锦缎软垫的长榻。

刘娥在古筝上拨了一下，屋子里满是叮叮咚咚的共鸣。她兴冲冲从带来的布包里拿出她最心爱的鼗鼓，插进放着书画和佩剑的青瓷箭筒，将她的琵琶挂在书柜的侧面。

书柜上面有一个宝蓝锦缎的盒子，刘娥觉得似曾相识。元休将锦盒拿下，放在画案上打开，正是她在新平瓷行见过的那套白瓷文具。

元休说："你以后就用这套文具写字画画吧。"

"那你教我呀！"刘娥说。她没想到梦想都成了现实。

元休把她牵回厅堂，他说："我明天还要去上早朝，待我安排一下。"

他打开门，张耆、王继忠和夏守赟还挺直地立在门前。

韩王说："王继忠，你和夏守赟明早随本王入宫。张耆你明早去把刘美带来，接上刘娥，我下早朝后在刘夫人处等你们，就说他们是你的远房亲戚来投奔你。我来说，让刘美跟着你做侍卫，刘娥留在书房做司书。你们都回房去睡吧。"

大门闩上了。

元休和刘娥站在厅堂中间，面对着上方的中堂，元休说："小娥，今天没有三媒六证，对不住你了。荆浩的这幅画有山有水，有天有地，我们就以山水画为媒、天地作证吧。元休写了'明月清风酒一杯'，小娥就是我的最亲最爱。我们拜一下吧。弟弟们都喊我三哥，你就叫我三哥吧。"

"哎，好的。三哥还是叫我小娥，我喜欢。"刘娥应道。

随后，两人对着中堂画作了三个揖。

二楼朝南温馨的大间是卧室，从窗帘到床褥都是全新的，龙凤呈祥的丝绸被面发出柔和的光辉，箱柜衣架一应俱全。

韩王元休望着刘娥闪亮的明眸，早已按捺不住心中的冲动，轻轻挽过刘娥的腰肢，坐在了床前的软榻上。他用手臂枕住刘娥的玉颈，低下头去，吻过意中人的脸庞，靠住她的香唇，少女的心房早已开放，她微微低头，少男少女激动人心的初吻由羞涩、轻柔而变得热烈急促……

元休靠住刘娥滚烫的脸，深情地说："有一天，我看见月亮越来越大，月宫里走出一位婀娜多姿的白衣仙女，她轻舒广袖，飘然向我飞来。我伸出双臂眼看就要接住，却醒了，原来是梦。那天在码头遇见你，跟月宫仙女一模一样。我相信一定能将你找到，小娥，你是上天赐给我的，我要一生一世对你好。"

刘娥紧紧靠住她英俊的情郎，禁不住热泪潸然："我怎么这么命好呀！在扬州，一位高僧对我说，'孩子，你们去京城吧，你们的红运在那里。孩子你将来一定会遇上贵人。'王爷，我现在像做梦一样，遇上你了，还进了王府。"

元休将刘娥的紧身红袄与自己的大红锦袍挂上衣架，说："今天就是我们大喜的吉日。"

一件抹胸小衫勾画出刘娥窈窕的身段，光滑洁白的颈脖下，少女的酥胸骄傲地隆起，就像最美的出水芙蓉。刘娥含羞将头低下，紧紧地依偎在元休的胸膛上。元休就势将刘娥抱起，放在床上，他的头靠在了刘娥的胸前，那少女饱满的盈盈欲滴的娇乳，一下就让他着迷了，他如痴如醉地将头埋在这曾带给他无限想象的酥胸上，双手在少女柔滑的腰间游弋，喃喃絮语："我听到你心跳了。"

刘娥还是羞涩，元休这才起来将红烛吹灭了。薄薄的丝帘依然透进银色的月光，照着这对世界上最美好最幸福的少男少女，他们终于经历了人生第一次的珍贵洗礼……

第六章　兄妹栖身韩王府　小娥临帖明月轩

待韩王赵元休带着王继忠和夏守赟从宫里下朝回来。张耆和刘美已经在门厅等候。

元休说:"张耆,你将他们兄妹带来见夫人,我到那里等你。"

刘夫人是韩王的乳母,元休母亲去世以后,刘夫人一直跟着照顾韩王,独立建了王府后,刘夫人就是韩王府的监府,大小事情总管。

刘夫人正在王府议事厅忙着,听得一声:"韩王到。"忙迎出来:"王爷。"

元休说:"乳娘早安。"

看着自己倾注心血带大的少年王子,十七岁就出落得英俊修长、风流倜傥,刘夫人满心欢喜,说:"王爷上早朝来,快用膳吧。"

"用过了。"韩王敬重地望着刘夫人,"乳娘,张耆昨天跟我请求,他表兄妹来投奔他。张耆从十岁起就陪着我,情同兄弟,我答应了,让哥哥跟着张耆做侍卫,妹妹到书房做我的司书。一会儿可能就会带来见您。"

刘夫人一怔:"我还是才听说。王府进人要慎之又慎。"

韩王站了起来:"我懂的。我长大了,不至于答应一件事都做不了主吧?"

正说着,张耆已进得大厅,单腿跪下行礼:"卑职张耆见过韩王,见过刘夫人。"

韩王问:"你的表兄妹带来了?"

"已在大厅门外。"张耆答道。

韩王说:"让他们进来。"

刘美、刘娥进厅,伏地而拜,报上姓名。

刘夫人见刘美年轻壮实,忠厚正气,倒也欢喜:"刘美,你就跟着张耆吧，认真习武，当好侍卫。"

刘夫人见刘娥依然低着头，一动不动，就说："你抬起头。"

刘娥直起腰，缓缓抬起头来，一双黛眉如弯月般展开，丹凤眼水汪汪地晶莹闪亮，挺直的鼻梁，微抿的丹唇，少女刚刚成熟的身姿仪态万千。

刘夫人只觉得眼前一亮，她在宫中见过多少嫔妃宫女，都觉得无法跟面前的少女相比，一霎间，她仿佛明白了韩王的心思，他真正长大了，也应该有喜欢的女子了。

韩王用茶盏盖清了一下杯中浮起的茶叶，端起托碟喝了一口水。作为王子，他从小受到良好的训练，在习剑和狩猎中继承建功立业的两代皇帝的雄风，腰板似钢铁般挺直，一举一动都具备王者英雄气概。

刘夫人笑着对刘娥说："刘娥模样倒也配在王府做事。王爷的书房刚刚重新装饰一新，你就在那里侍候，做司书吧，沏茶添水要细心。我还会安排当差的。"

刘娥谢过刘夫人，和刘美跟着张耆退了出来。

明月轩里，元休与刘娥如新婚宴尔，耳鬓厮磨。

坐了片刻，刘娥忽然意识到不妥，抽身站了起来，说："王爷，倘若小娥在你身边，耽误了你读书作业，岂不是违背初心了，我也要学习。"

元休应道："小娥言之有理。"

书案上有几本拓印线装的字帖，刘娥翻看到欧阳询的《九成宫帖》，就拿出来对元休说："王爷，小娥不耽误你。这欧体楷书在我小时候祖母教我临习过，十二岁以后，就没机会练字了。我现在就从这楷书开始临帖，写几张后再请王爷教正。"

元休沉声静气，打开那蓝色锦盒，将洁白如玉的昌南瓷文具依次摆好，说："小娥练字，三哥自然要让你用最好的文具开端。"

他在砚台里倒了一点水，用上好徽墨研磨起来。

刘娥刚刚铺好一张上好的连丝纸，用檀木镇纸压好，看见韩王为她磨墨，吓住了："王爷，让小娥自己来。小娥怎敢让王爷磨墨。"

元休不以为然，说："这有何不可？"

"我是书童还是王爷？"刘娥憨笑着反问，又说，"王爷去看书吧。"

元休这才住手，说："以后你还是叫我三哥吧，叫王爷太多礼，感觉生疏。"

刘娥在砚台里又加了一些水，熟练地磨起来，她说："我多磨些墨，装进瓷墨盒里，用起来方便。"

元休取出一支双料寸楷湖笔，交代刘娥："新笔要用热水发开一半多一点。"

元休从书架上拿下一本贾谊策论集，坐到靠窗的书桌旁也认认真真地阅看起来。他读到《论积贮疏》时，拿起一支小号朱笔，在字里行间圈点，他于页眉上批注："加强积贮对国计民生何其重要，此论至今仍需借鉴。"

刘娥正襟危坐，左手按住《九成宫帖》，右腕枕在书案上，目不转睛，憋住心气，自上而下，从右到左，一下子写了几行。她想了想，又转而从头开始，重写这几行……

刘娥穿一件蓝色裙服，一条淡莲青的绸带围在腰间，她生性爱穿白色衣裙，但在书房说不定就会弄上墨迹，她就将白色的衣服都放进箱柜了。

元休看完几篇，站起来伸伸腰，还是背手走到刘娥这边。

刘娥写完手下的字就停下，将笔搁在笔架上，赶紧站起身来："王爷，请教正。"

元休说："又来了，叫三哥。"

"王爷，在书房主仆之分，还是称王爷好，以免王府的人议论。"

元休想了想，说："小娥考虑周全。"

元休背着手，像个老学究，一行行看来，脸上露出欣慰的笑容。

他说："小娥书法功底很扎实，看你横竖撇捺点勾这些笔画都很到位，挺秀有力，字的间架结构也把握得不错，尽显欧体楷书的特点。你临帖的方法也是对的，一行行临写过来，容易悟出楷书排列的章法，再找出这几行的差距，重新临习，就能进步。"

"不过，欧体的'成'字、'我'字、'武'字，这些带长斜勾的字，比较难掌握，你注意到了吗？欧老先生七十五岁写此帖时，这些字的斜勾，他都拉得很长，上部向左倾斜，借势，形成一种动态。"说罢，元休坐下来，写了几个"成"字，再写了"我"字和"武"字示范给刘娥看。

刘娥看元休行笔刚劲有力，提按使转尽在方寸之间，禁不住赞叹："王爷写得太好了。"

元休放下笔，说："你练一段时间楷书，算是复习，就进入临习行书，先练天下第一行书，王羲之的《兰亭序》。"

"还要学写草书吗？"刘娥忽闪着眼睛问道。

元休摇摇手，说："不必太急，草书学孙过庭《书谱》，熟悉字形。学无止境，草书练行草即可，也不必练到张旭、怀素狂草的境地。投入时间太多也会耽误正事。"

夏守赟带着厨子将韩王的晚膳送到了明月轩。刘娥要跟着他们离去，到厨下与丫鬟女佣一起吃。

当着厨子的面，元休说："本王一个人吃得了这么丰盛的饭菜吗？刘娥，你就在这里一起吃，王府还可以少些耗费。"

把他们打发走了，元休将刘娥拉到餐桌边坐下，他说："我不在的时候，你不是过去了吗？"

刘娥的眼里闪着泪花："王爷，小娥明白在王府的位置。"

元休将刘娥揽在胸前，说："本王让他们明白小娥在本王心中的位置。"

第七章　县令搭船下昌江　都头擒拿黑衫帮

江南丘陵，山浪峰涛，层层叠叠，祁门县城在漫溢着三月温暖的晨曦中醒来。白墙黛瓦的徽派民舍被一团团云烟簇拥着，有如海市蜃楼。阊江似一条白练，从峰壑中蜿蜒而来，穿过城前一座彩虹般的石拱桥，随着粼粼波光片片舟帆，漫涌到宽阔的码头……

泊在岸边的一条条乌篷船，在晨风中动起来了。桅灯、马灯，倒映在水面上，一道道橙色的光影闪烁着，摇晃着，星星点点，漾起微澜。

李洪柱将在舱板上展开的被褥卷起来，和船工坐在船板上，从炭炉上的钵子里取出热粽子吃，望着渐渐变得清晰的堤岸，等候着客人的到来。

头天下午他们在往底舱装瓷土块的时候，祁门县上的朋友，带来两位客人搭船去浮梁昌南，说好了早晨赶来的。

洪柱是昌南霍窑的领班，经常带船来祁门进瓷土。祁门瓷土分布很广，但昌南船只过县城就搁浅了，矿上都只能派人用手推车送到码头上船。

朝霞的万千光芒从东方的峰峦上方透射出来，给祁门县城、群山和江桥铺上一层金晖。开船的号子声一下子响起来了，在江面上群峰中回荡，形成一支雄浑壮美的晨曲。

两位搭船的客人到了，那位胡先生头戴方巾，身穿一件直裰，手里一把折扇；一位随从挑着铺盖和一个藤条书箱。洪柱帮他们放好行李，取出两个木箱当凳子，让客人们坐下。

洪柱打了个呼哨，船工就拔篙开船了。

船工在后面摇橹，洪柱在船头撑着长篙。

离开了码头，江面渐渐变窄了，深不见底，两旁石壁高耸入天，洪柱用长篙轻轻一点，船似箭一般穿行……

"两岸青山相对出，孤帆一片日边来……"胡先生激动地站起来，双臂展开，吟起诗来。

"先生，坐下吧，船会摇晃。"洪柱慌忙招呼道。

胡先生问道："这是阊门吧？"

"是的。"洪柱答道。

"阊门，就是天门。"胡先生说，"端午节划龙船纪念的楚国三闾大夫屈原，他写的诗句'倚阊阖而望予'说的就是靠在天门上……"

洪柱说："昌南有三闾庙，是供奉屈原的，但不知道阊门就是天门。"

"昨晚我在朋友那里看了祁门县志，阊江流出阊门后就叫昌江了，没有门字框了。其实，昌江就是一条从天门流出的天河，河水由天上的雨水汇聚而成，清澈无比，甘甜香醇。"胡先生竟想将手伸到水里去，奈何够不着，坐凳晃了一下。

洪柱站直，船就稳住了。

胡先生说："我老家原州，在贺兰山麓，荒漠一片。北方的河舀一瓢水，一半是泥沙。"

驶出山来，江水徐徐缓缓，河面又变宽了。

后面追上来两条船，没有带客，船夫伸篙一撑，超过去了，留下一串带着嬉笑的哨声。

"董家湾过去，前面的水路叫十八拐，两岸都是高山，航道时宽时窄，经常要拐弯。先生在船上，我们还是平稳些好。"洪柱说，"先生对昌江这么了解，我佩服。昌南瓷器好，与水质有很大关系，昌江是天河，别处瓷器怎么能超过昌南呢？"

"我以后要在昌南做事，就要了解昌南的山水民情。小兄弟，说不定很多事还要靠你呢。"胡先生笑着答道。

到了芦溪，洪柱让船工靠岸。他往小炉里添了点木炭，为了热粽子。

洪柱剥开热气腾腾的腊肉碱水粽，递给胡先生和他的随从："在船上，吃粽子方便，糯米抗饿，吃了有力气。"

胡先生让随从打开两个特大的竹饭筒，里面是香油拌米粉，已经凉了。

洪柱将钵子里的粽子都拿出来，把米粉倒进去热滚，拿出几个青瓷碗，四个人米粉加粽子，香喷喷的，好不开心。

十八拐又叫十八湾，两岸青山叠翠，飞瀑高悬，碧水潺潺，一群群白鹭在山涧中嬉闹，一丛丛凤尾竹左右摇曳，风篁成韵，在芦溪十八湾就进了山环水绕峰回路转的百里画廊。

胡先生赞不绝口："这真是身在画中游啊！"

出了倒湖，谈笑间，日头已经偏西了。

前面江面变宽，江水却浅了，小小乌篷船，也不会搁浅。水清沙细，鱼翔浅底，洪柱的长篙更好使劲，船发飙了。

这一段刮起东风，洪柱将篙放在船舷，说："我也该歇歇了。"

他松开帆绳，扯起一半，调整好风向，船就鼓着帆前进了。摇橹的师傅也笑了，说："我现在只要把住方向就行了。"

从潭到清溪，一路顺风。

夜幕渐渐降临了，东边峰峦上升起一弯新月。虽说江面宽阔，水流平稳，但洪柱只能凭借着一丝月光，格外小心翼翼。

胡先生哈欠连天，也疲倦了。

洪柱说："马上就到了，我们歇下来的时候再吃吧。"

船头拐过杨村，远处岸边出现了星星点点的灯光。

胡先生激动地拍掌说："峙滩到了吧？"

从祁门过来的船，都在峙滩过夜歇脚。

还是吃粽子米粉，饿急了，四人饱餐了一顿。洪柱要胡先生入里舱去睡，他说什么也不肯。结果船工跟他的随从进舱去了。

洪柱与胡先生铺盖挨着，就铺在外面船板上。凉风习习，胡先生说："这多惬意啊！"而一旁洪柱已经响起了鼾声。

待胡先生醒来，天已大亮，已经不知船行多少路了。

洪柱喊大家吃粽子，胡先生这才想起装米粉的竹筒已底朝天了，他不好意思地接过粽子。洪柱还给每人发了两个煮蛋，说："今天只能这样吃了。"

河水非常平稳，四个人都坐下来吃，就让船在水上漂。

突然，一只水鸥掠过，叼走了舱板上一片还沾着饭粒的粽叶，引来了几只水鸥，追逐盘旋，都想抢走散发着清香的人间美味。水鸥这一闹，大家都捧腹大笑起来。

胡先生温和地问洪柱："小兄弟，在昌南做瓷器很难吗？"

洪柱说："再苦再累我们都无所谓，只是不少做瓷环节常有把头欺行霸市，我们却无可奈何。你看吧，等到了昌南在码头卸货就有麻烦了。"

"是吗？我们一同下船，倒要见识见识。"胡先生答道。

快到浯溪口，顺风顺水，洪柱拉满风帆。

汇集了大北河和东河的昌江，在浮梁县城一带变得宽阔起来，从东河上游瑶里、东埠过来的船只也很多，触舻相继，首尾相连，船工的号子声和悠扬的民歌声交织在一起，伴着白鸥在江面上荡漾。

洪柱说："昌南码头的船只更多，这是因为浮梁制瓷主要在昌南，所以运载瓷土、装运瓷器的都到昌南码头。"

船往西去，船队浩浩荡荡。

夕阳西下，西边天空布满橘红色的晚霞，仿佛都缀上了金边，辉煌瑰丽；一片片舟帆在霞光的映照下，变得透明，绚丽万千。

绕过弯来，西岸河中兀立着两块巨石，背衬着灿烂的晚霞，有如两块半透明的血红宝石。

晚霞黯然，夜幕立刻就降临了，依稀可见昌江两岸的灯火，江面上的船只也都点燃了桅灯。

洪柱指着西岸说："这就是三闾庙码头，从江州、都昌、鄱阳方向来的粮食、生猪等物资，都从这里过渡到对岸昌南。"

东边码头一字排开，泊满了大小船只，有几里长，人声鼎沸，到处是装货卸货的人影。

有条大船驶离码头，往下游而去。

洪柱一看空出一个泊位，立刻看准空当驱船上前，长篙插在船头洞里，再抛下一个小铁锚，然后将踏板搁上码头。

胡先生已经站了起来，吩咐随从取出二两银子，将搭船的钱付给洪柱。

"洪柱，我已经找好卸货民夫了。"码头一位穿黑布长衫头戴方巾的中年人在向洪柱招手。

"胡先生，这就是我们霍窑新平瓷行的霍永正老板。"洪柱向胡先生介绍。

霍永正已上船来，和胡先生打了招呼。

"霍老板，这位小兄弟很能干啊。"胡先生夸奖洪柱。

霍永正答应道："那是啊，洪柱是我霍窑的顶梁柱，里里外外都靠他。"

这时，船头上忽然跳上一位彪形大汉，豹眼圆睁，一脸络腮胡子好像张飞，他后面两位穿黑衫的打手也跃上船来，船立即摇晃起来。

洪柱一看，心想："糟了，码头黑衫帮。"他还是跟大汉打了招呼："余四爷。"

余四爷叉开手："你钱准备好了吗？"他边说边打量着旁边这位个头不小的搭船来的先生。

余四爷说："码头保护费加卸货费，八十两，还有搭船的，每人抽五两，一共九十两。"

霍永正说："不敢有劳余四爷，我已找好了卸货的民夫。码头管理费一年一结，早已交过了。"

余四爷怒吼起来："霍老板，我看你霍窑不要烧了！"

这时，胡先生上前一步："我二人公差，船费付过一人一两银子，你怎么要讹诈五两，难道没有王法了吗？"

余四爷看他蓝布长衫，不过一介书生，于是冷笑一声，吼道："什么王法？在这码头，就得听我余四爷的。就是浮梁县令来了，也管不了老子。"说着上前一拳。

胡先生的随从用臂膀一挡，余四爷一晃。随从闪到先生前面，将一卷黄绢展开，大声喊道："浮梁县令在此，不得乱动。"

余四爷将手挥了挥："还有假冒县令的？抓起来送官。"

突然，码头上响起一阵尖锐刺耳的哨声，飞上一个人来，余四爷被他压倒在舱板上，双手已被扭到背后捆绑起来。余四爷扭头一看，按住他的正是浮梁县衙都头焦晃。

霎时间，码头上涌出几十位便衣捕快，将黑衫帮全部拿下。

焦晃面向胡先生拱手作揖："县令大人，卑职按大人的指令，在此已经等候多时了。"

霍永正、洪柱看着这一幕，不禁目瞪口呆。

这位仿佛空中降临的县令大人，名胡舜智，进士及第，原任浮梁邻县休宁县令，以整治地方豪强还百姓平安著称，工部接到报告，浮梁昌南制瓷业中充斥欺行霸市，码头恶霸横行，强行收取泊位费、卸货费、搭船费等，商户船工怨声载道。工部与吏部商议，奏请皇上，诏命胡舜智调任浮梁县令，急令速往浮梁任职。

胡舜智接到诏命后，决定从陆路来到祁门，搭运瓷土船顺昌江南下，微服私访，早已密令浮梁县衙都头率便衣在昌南码头接应。

霍永正一抖长衫，忙拉着洪柱在胡舜智跟前跪下："县令大人，小民有眼不识泰山，有失恭敬。谢过大人，让小民避过一祸。"

胡舜智忙牵起二位，安抚说："霍窑是制瓷世家，声振京城。本官一定要登门拜访求教。本官还承担着光大复兴昌南瓷业的责任呢。"

新任县令亲率捕快现场抓获黑衫帮的消息，不胫而走，人们向这边拥来。

胡舜智已在里舱换上五品官服，头戴三梁冠，威风凛凛走到船头，洪柱举着风灯站在县令旁边，焦晃立在县令侧后。

余四爷和被抓获的黑衫帮,被捕快押着,在船前面的码头上一字跪着。

码头上人头攒动,群情激昂,长期受黑衫帮盘剥的船工、民工和商户们终于扬眉吐气了。

胡舜智拱了拱手,说道:"乡亲们,胡某奉朝廷之命来到浮梁,就是要扫黑除恶,彻底打击欺行霸市。大家有冤情的可以大胆申诉,本县一律查实审理,还浮梁一个太平世界,还昌南一个制瓷的公平环境,将我饶州瓷美名继续发扬光大,让制瓷业加快繁荣发展。"

捕快们将一干人犯押上船只,带回县衙大狱。

河街上响起了经久不息的爆竹声。

第八章　刘娥琵琶奏《楚汉》　元休古筝觅知音

早朝后，赵炅将诸位亲王留下来，共用早膳，然后一起到后花园里的演武台练习剑术。手执木剑，本没有危险，禁军教头还是怕万一哪位亲王受伤，担当不起，一定要他们操着革制的盾牌上场。经过轮番交叉对决，韩王赵元休六胜一负。楚王赵元佐生病告假。只有二皇兄、陈王赵元佑胜他，元佑从金戈铁马的沙场上走来，是唯一有实战经验的，肯定胜他一筹。元休与皇弟们较量，开始时都避让，到数十回合里再找个破绽用木剑拨开盾牌，点到为止，让弟弟们不失面子，而自己又保持在应有的位置上。

韩王赵元休穿着一身银白的甲胄回到府中，将缰绳扔给夏守赟，就往明月轩去了。

走近竹林，已经看得见明月轩了。几树粉色桃花开得正盛，散溢着清新的芳香。走得近了，清风中流淌着的琵琶声，越来越清亮，忽快忽慢，忽高忽低，柔和中交织着铿锵，低沉中响彻着力量……

赵元休感觉五更起来的疲惫，都被这动人心弦的旋律淡化了。

他走进明月轩，厅堂中的男仆意欲跪拜，被他止住了，不让有声响。他悄悄坐下来。

刘娥正端坐在书房里软榻上，面朝窗外弹奏琵琶，已入佳境。元休可以看见她。她身穿一件紧身的紫色裙，系在腰间的白色绣花绸带自然地飘落下来，环抱琵琶的左手随着节奏上下滑动，拨弹的右手则优雅地颤动，琵琶声从她的指尖飞扬，衣袖飘拂，弹奏的姿态，娉娉婷婷，虽然看不见她的面容，但元休已经想象到小女子驾驭《楚汉》这样高难度的古曲，是如何的激昂慷慨。

……乐声激烈，震撼人心，仿佛有金鼓声、剑弩声、马蹄声，闻者而奋，感觉两军正在集结。音乐由散渐紧，调式交替转换，旋律高低起伏，仿佛战鼓号角齐鸣万千将士呐喊。

只见刘娥扭动腰肢，双手运势如虹，用接连不断的上下长滑手法，和扣、抹、弹的指法，进一步将军队勇武矫健的雄姿拉近……

决战前的十面埋伏，四面楚歌，萧瑟而起，气象趋向宁静而又紧张。黎明初启，楚汉两军已短兵相接，刀戈相击，生死搏杀，战马嘶鸣声，兵器撞击声，阵阵喊杀声，交织起伏，震撼人心。

刘娥大幅度地俯身又昂起，她右手指飞快地用划排交替弹法，左手用双弦推拉手法，将战事的炽烈推向高潮……

暴风骤雨似的惨烈之后，是琵琶低低的呜咽……元休感到窒息，他合上双眼，满目是无边无际的芦苇荡，突围的盖世英雄项王落荒而走，汉军穷追不舍，一段悲壮的旋律，仿佛项羽拔剑悲号："力拔山兮气盖世，时不利兮骓不逝……骓不逝兮可奈何！虞兮虞兮奈若何……"

突然，琴声戛然而止。

元休热泪夺眶而出，走进书房。刘娥也是满眼泪水，额头上淌下汗珠，她热望着一身甲胄的元休，欲语又止。

"小娥你弹得真好！"元休紧紧地抱着刘娥。

刘娥说："王爷，小娥趁着你尚未回来，赶紧温习琵琶。我小时候听祖母讲过楚汉相争的故事，楚霸王项羽就在我心中留下了盖世英雄的印象。十四岁那年，长安一名姓刘的乐师到我们场子演奏，弹的就是《楚汉》，十几天我都躲在场子里偷听，后来被他发现，他送了一本曲谱给我，还手把手教我演奏……"

"琵琶原本是西北牧民的乐器，适合运动中弹奏，"刘娥接着说，"而古琴古筝是中华自春秋所传，王爷你弹奏古筝好是优雅，能否教导小娥？"

"好的，"元休笑着说，"小娥天资聪颖，这有何难，况且古筝与琵琶同为弦乐，乐理相通。"

元休边说边将甲胄卸下，刘娥从檀木衣架上取下一件白色织锦的斜领长衫，披在穿着栗色内衣的元休身上，元休伸手套上，在古筝前坐下，开始抚琴调弦，白色长衫垂落在地，丰神俊朗透出高贵、清雅和飘逸。元休套上裹指拨弹了几下，空弦音有如大江东去磅礴宽广，整个书房顷刻共鸣成了一个巨大的音箱。

元休示意刘娥在琴架旁坐下。

"我们弹一曲《高山流水》吧，"元休说，"乐曲取材于春秋时期'俞伯牙摔琴谢知音'的故事。说是晋国司乐太师俞伯牙在楚地采风，他在长江边的山崖上抚琴，曲高而和寡。终于有一天，一个砍柴的樵夫钟子期，听懂了他的《高山流水》，两人还交流了很多乐理，俞伯牙将他视为知音，约好两年后见面。可是，两年后钟子期却不见踪影。伯牙在路口见到他的墓碑，顿时热泪长流，悲恸欲绝，复弹一曲后将琴摔在知音墓前，从此终生不再弹琴，却留下了摔琴谢知音的千古佳话。"

"小娥听过话本说唱，略晓一二。"刘娥点点头。

元休俯身拨弹，从容不迫，铿锵的音符从指间流出，豪迈雄壮，浑厚有力，十六根琴弦震颤响彻，昂扬奋起的音流矗起一座座耸入云霄的山峰，仿佛红日从峰巅一跃而出，将整个山峦和云海全部染上一层金红色……忽然，音流在低沉中呼啸，云涛翻滚，涌向高山之巅……

元休打住，朝刘娥微微一笑："听出来什么？"

刘娥神情庄严："这表现了高山之雄伟苍劲。"

元休将裹指往上顶了顶，重新滑了一把空弦音，然后边示范，边说："这一段，用摇指表现长音，把弦在无形中提起来，还要以磅礴豪迈的气息来贯穿，让心绪先高亢而逐渐保持沉稳，表现出意境的空灵、悠远。在演奏中把握速度，要让音乐流动起来。要记得右手中指加重音，向下压弹，左手不断地滑音，要让琴声在流动中变化……"

元休在谱架上为刘娥摆好曲谱，让刘娥坐到他的位置上来："小娥你来弹，大胆一点！"

刘娥套好裹指后落座，使出浑身解数，十指跳跃，划动细细的琴弦，如歌的琴声，叮叮咚咚，嘈嘈切切，高古之音御风而来。

"好！"元休为她喝彩，"换位子，我来弹下阕。"

元休缓缓划动琴弦，惬意的神情不自觉地随筝音露出。他说："古筝曲美，美在韵律，美在古朴，美在清新，美在优雅，美在飘逸，已臻化境，引人入胜。"

元休手指曲谱："流水一段是最难演奏的部分。在刮奏时要轻，不要断，左手的上滑音配合也很重要，将水流潺潺生生不息的意境，将水变化万千的自然形态表现出来，让音流时而柔和，时而流畅，时而跳跃，时而沉淀，形成小溪涓涓细流，大江东去磅礴，瀑布飞腾倾泻的万千意象……"

独坐幽篁里，弹琴复长啸。

元休将刘娥揽到自己坐的软榻上来，两双手在古筝上划动，弹奏，任优美音流涓涓低回，蜿蜒百转，汇流成河……

第九章　杨亿金殿显文采　刘娥骏马展英姿

紫宸殿。阳光透过殿脊上的琉璃瓦映照下来，整个大殿更加富丽堂皇。

赵炅摸着美须，心情像早晨的阳光一样灿烂，他为大宋的人才辈出感到自豪。治理国家，君王不可能事无巨细，面面俱到，要广揽人才，重用人才，让王朝的旨意和新的政策能够如春风化雨，让百姓在润物无声中得到恩惠。他与宰相宋琪谈到科举考试时曾宣称："天下英杰，皆为我贤臣矣。"科举取士要十倍于唐，要采取糊名制封卷，让平民子弟与王孙贵族有同等机会。太平兴国二年（977），他即位后第一次科举考试，就录取进士多达五百人。

在待遇上，朝廷从优授官，起点很高，体现"天子门生"的地位。一时间，"天子重英豪，文章教尔曹。万般皆下品，唯有读书高"成为天下共识。

参知政事李至趋步而进："启奏皇上，神童杨亿已到殿外。"

"宣他进来。"赵炅挥挥手。

"宣杨亿觐见。"内侍太监们的声音此起彼伏，一直传到殿外。

一个身穿紫衣的小孩儿颔首疾步上殿，行了几步便跪伏在地，高呼："小民杨亿拜见圣上，愿吾皇万岁万岁万万岁！"

赵炅含笑说："杨爱卿请起。"

皇上见小杨亿眉清目秀精神焕发，非常喜欢。他问了杨亿在建州读书生活的一些事，杨亿应答自如，虽然还是童音，但已现奇才。

他招招手吩咐周怀俊："笔墨伺候。"

皇上对杨亿说："今天朕考考你，就以这次来京为题，写一首五言诗。"

小杨亿一抖衣袖，跪伏揖拜："小民遵旨。"

周怀俊带内侍们在殿左侧廊边摆好书案凳子,放上文房四宝。

杨亿在砚中研墨片刻,便持笔立于案后,一边用带着建州口音的童声咏诵,一边用熟练的王羲之行书笔法在纸上挥毫:

七闽波渺邈,双阙气岧峣。
晓登云外岭,夜渡月中潮。
愿秉清忠节,终身立圣朝。

这时,赵炅已走下台阶,悄然来到杨亿身边,看到杨亿用清秀明丽的行楷,抑扬顿挫,行云流水般题上"喜登京阙,雍熙春月杨亿"。

皇上高兴地吟道:

华堂高宴卜良宵,宾客当筵斗珥貂。
天转玉绳星落落,风传银箭漏迢迢……

杨亿转身,一看是皇上在诵读他的诗作,惊得赶快伏地,拜谢道:"小民不才,竟敢让圣上背诵臣小时候作的诗。"

这时,杨亿的族叔公御使杨徽之过来说:"谢圣上记得侄孙小杨亿的诗作《夜宴》,这是我杨家莫大的荣誉。"

他说,四年前,杨亿才七岁,有一次随父做客宴席,有人想试试杨亿的文才,就邀请他与众人一起即兴赋诗,大家边喝酒边作诗,一首首吟来,轮到杨亿时,他就在席间吟诵了这首《夜宴》。

赵炅接着面向大臣们说道:"正是这首随口即兴的诗,让杨亿神童声名大震,传到汴京,朕闻之大喜,随令江南转运使先试杨亿才艺,一连三天,十一岁杨亿作赋五篇,一气呵成,文采彰显。"

他提高了声调接着说:"小杨亿诗中写道,'愿秉清忠节,终身立圣朝',表达了他的远大志向和忠诚的品质,值得褒奖。"

众臣齐口赞道:"恭贺我大宋朝人才辈出!"

赵炅对参知政事李至说:"杨亿的字比秘书监的人还要好。以后,他长大了朕要任以知制诰。拟旨,命杨亿为秘书省正字。"

杨亿耳聪目明,十分机敏,他又一次伏地拜谢:"臣杨亿恭谢圣上隆恩,愿吾皇万岁万岁万万岁。"

赵炅转向杨徽之:"杨爱卿,你是杨亿叔公,杨亿年纪尚小,就先让他住你家吧,由你照顾他。"

他对元休说:"三儿,你也喜好诗文书法,要多与小杨亿交流,钱惟演也是位小灵童,你们要为光大诗词做些探讨。"

元休已闪到杨亿身边,高兴地朝父皇跪下:"儿臣领旨。"

散朝早,辰时未过赵元休就回了王府。

用了早膳,他就牵着芦花驹溜达,芦花驹自然就往明月轩来。夏守赟牵着他的马跟在后头,那是一匹年轻的栗色马。

听到芦花驹一声清亮的嘶鸣,刘娥喜出望外地迎出门来,夏守赟赶快过来接过韩王手里的缰绳。刘娥摸摸芦花驹,芦花驹竟亲切地靠过来,刘娥就从夏守赟手里接过刷子,帮芦花驹梳起披散下来的长长的马鬃来。温暖的阳光斜照过来,骏马身上通体的毛发,呈现出一种白里透出米黄的光辉,身上圈圈淡棕色的花纹像金子般闪亮,彪悍的身子后面一条长尾巴潇洒地一甩,就像一道银色的闪电。刘娥忍不住用手抚摩马的脖子、饱满的胸肌和健硕的腿部。

谁知芦花驹竟前腿匍匐下来,刘娥好奇地看看元休。

元休笑了,他说:"那天晚上你骑过它,芦花驹也认识你了,以为你要骑它了,它知道你是它主人的亲人。"说完,将夏守赟手里的缰绳塞到刘娥手中,教她踩住屈下的马腿,然后就身一纵,元休将她托上了马鞍。

夏守赟赶快站近,生怕刘娥会摔下来。

刘娥顽皮地对元休笑了笑,说:"王爷放心,小娥十三四岁时在场子里骑过几天马。芦花驹这么温驯,好像早就熟悉似的,它不会摔我。"

听她这样说,元休就让她骑在马上在门前缓缓走了几圈。

元休看她不过瘾,笑道:"要不我们出去到汴河南面去骑,如何?"

正遂刘娥心愿,她应道:"听王爷安排。"

元休对夏守赟说:"你去叫张耆一起去,不要穿官服。把你哥的黄骠马牵来我骑。"

刘娥想了想,说:"免得府中议论,我穿男装出门吧,包袱里有一套。"

元休与张耆主仆打扮,夏守赟本身就随从服饰,不过是上好丝绸料子。

明月轩闪出一位蓝衣少年,深莲色幞巾,黑色腰带,一双黑靴。

元休忍不住喝彩:"小娥,这样打扮做跟班,可以跟本王进宫了。"

牵着马出府门,不多远,元休就与刘娥换马,他说:"芦花驹认你,你今天就骑它。"

张耆带头,他的枣红马高昂着头颅,飞扬起骄傲的鬃毛,有时发出几声动听的嘶鸣。张耆抑住性子,不敢骑快,快了王爷会责怪他。元休与刘娥并辔而行。

元休骑着夏守恩的黄骠马,这匹马腰背滚圆,雄姿勃勃,脖子上的长鬃像鬈发一样,一绺一绺地扬起。夏守赟跟在后面,他骑的栗色马蹦蹦跳跳,一刻也静不下来。

穿过街市,到了东边的汴河桥,四人都下了马,牵着马上桥。

南面开封外城大道上人不多了。张耆回头说:"王爷,骏马当作毛驴骑,我耐不住性子了,稍稍加快点吧。"他一夹马肚,就拉开了一段距离,枣红马得意地嘶鸣起来。

后面的都跟上了,元休问刘娥:"能适应吗?"

刘娥双颊红扑扑的,又似还了女儿身,她说:"王爷的宝马稳着呢。"一紧腿,芦花驹上了前。

张耆一会儿领着他们来到一处坡地前,他下了马说:"这里原来做过马场，待会就在这里练吧。"

坡地上长满了青草，尽管有的地方稍稍带点暗黄色，但远望过去，仿佛铺上了一层绿绿的地毯，一直绵延到小丘尽头。

夏守赟从芦花驹的鞍下取出牛皮水壶，呈给韩王："王爷，你们喝口水吧，还保温呢。"

刘娥很喜欢这位机灵的小弟弟，赞赏地对他使了个眼色。

夏守赟说："今天我唤你刘哥，回明月轩我就叫刘姐吧。"

张耆领着刘娥，两骑由慢到快，由溜达到疾走，在草地上转了好几个大圈。枣红马与芦花驹配合得很好，它要么带头，有如冲锋陷阵，赴汤蹈火，敢于上前；要么伴随，并辔骑行总是要比芦花驹居后半个身子，它仿佛明白自己的随从身份，从不敢逾越半步。

回到元休身边，刘娥喝了点水，笑着说："芦花驹对我太好了，骑在它背上，平平稳稳，没有一丝风险。"

元休取出一块丝织的手绢，帮她掠去额头上的汗珠，说："我才不愿意小娥有风险呢。"

忽然刘娥对张耆说："我骑下你的枣红马吧？"

"枣红马性子烈着呢。"张耆转过来征询韩王。

元休笑了，说："就试试吧。"

张耆拽住缰绳，元休抱住刘娥的腰，让她踏着镫子跨上马鞍。

张耆将缰绳交到刘娥手里："你小心哦。"

高大雄壮的枣红马感觉到身上没什么分量，轻视起背上的这位蓝衣少年了，它开始躁动起来。马蹄嘚嘚原地踏了几步，就冲出去……

赵元休一看，纵身一跃，飞上芦花驹，跟了上去。

枣红马如一支射出的利箭，顷刻间跃上了远处的小丘，飞身下冲，一下子便消失在人们视野之中。

赵元休一急，扬鞭策马，芦花驹刹那间便飞上了小丘的制高点，他举目望去，百步之外的枣红马一蹦一跳，还在飞奔，马背上的刘娥被弹起又落下，随时都有落下马鞍的危险……

一声尖利的口哨，赵元休嘴里发出最严厉的指令……

欢快的枣红马忽然扬起尖尖的耳朵，踏空的双蹄落下，脚步放缓了……

"王爷。"刘娥回过头来，她还在笑。

疾驰的芦花驹在超越枣红马时，元休伸出有力的臂膀，一下子将刘娥抱过马来揽入怀中，紧紧地拥在胸前。

心有灵犀的芦花驹在双蹄腾空的一瞬间，就势将屈起的双腿伏下缓缓侧卧，那紧紧拥抱在一起的元休、刘娥，自然地滑在草地上……

刘娥正好全身伏在元休滚烫的胸膛上，双手与元休紧抱着她腰肢的双手缠绕在一起，脸颊贴在他温暖光滑的颈窝里……

"怎么本王在下面，不行……"元休脱出手来在草地上一撑，翻身就将刘娥压在了下面，对着她潮红的脸狂吻起来。

小丘上出现两骑的身影，那是张耆、夏守赟风驰电掣般追了上来。

元休松开双手，往左一翻，他和刘娥都平躺在松软的草地上，哈哈大笑，仰望蓝天……

回去的时候，刘娥提出从西边过虹桥，去西角楼大街新平瓷行，看看霍老伯和他的孙女娟娟。

在虹桥街市，刘娥还买了上次的花生糕和杏仁桂花酥。看到小孩玩的大号拨浪鼓，带铃的，刘娥也捎上了。

一位公子带着三个随从，牵着四匹骏马出现在新平瓷行门口，惹来众人注目，霍老伯赶忙迎出来，请里面坐。

张耆和夏守赟将四匹马的缰绳系在两块青石系马桩上。

"这位是宋公子。"霍老伯记性还好，他招呼元休。见刘娥一身男装，头戴幞巾，他只觉得面熟。

娟娟从里面出来，第一眼就看见了拨浪鼓，伸出手就拨弄了几下。刘娥将鼓柄塞到她手里，说："娟娟，这是给你的。还有花生糕和杏仁桂花酥。"

"你是刘娥姐姐!"娟娟一下子扑在刘娥的怀里。霍老伯这才反应过来,对刘娥说:"刘娥姑娘,你们还好吗?你哥刘美呢?"

刘娥竟一时不知如何回答。

娟娟扬起脸来,伸手揭掉了刘娥的幞巾,一个乔装打扮的俊俏少女,活灵活现,呼之欲出。

娟娟说:"我刘娥姐姐多好看,干吗戴这个?"

刘娥接过幞巾放入袖中,笑着说:"你不懂,女身多有不便,长大了你就知道了。"

"还不请客人们到客厅坐?"里面出来一位二十七八岁的男子,头戴褐色方巾,穿一件斜领灰色长衫,褐色腰带,彬彬有礼。

霍老伯说:"快见过宋公子。"又接着介绍,"这是鄙人二儿子定正,娟娟的父亲,在昌南管理霍窑,前天送货来开封,顺便来看我们。"

主宾都到里屋客厅里,霍老伯请元休上座,谦让了一会儿,两人在软榻上挨着坑桌坐下,霍定正用茶盘端了几杯茶来。

娟娟还缠着刘娥玩耍。

霍定正坐在边上圈椅上,陪宋公子说话。

元休赞扬道:"昌南的瓷器名不虚传,上次那套白瓷文具,真是美不可言。"

霍定正说:"霍家是昌南陶瓷世家,唐初以来,见证了昌南瓷器的兴衰起落。近二百年来,北方战乱频起,而南方五代更迭,南唐至宋朝崛起,没有战争,百姓安定,百业繁荣,昌南瓷器日益兴旺,尤其是近二十多年,种类式样推陈出新,广为商家欢迎。"

"是哦!昌南瓷器现在已是大宋出口西域和南洋的主要商品,国家兴旺增强国力,一定要发展工商,扩大边贸,与重视农业摆到同等重要的位置。"

霍定正说:"宋公子虽然年轻,但有此见识,实属难得。"

这时,夏守赟忽然进屋,单膝跪下拱手参拜:"王爷,天色不早,张给事请示回去否?"

霍老伯、霍定正听得一声"王爷",吓坏了,慌忙要跪下参拜,被元休拦住了:"不必多礼。"

赵元休走出里屋,刘娥知道要走了,抱抱娟娟:"姐姐走了。"她从衣袖里取出幞巾戴上。

元休还是让刘娥骑芦花驹。

四人跃上骏马,在马上与霍家父子拱手作别。

马蹄嘚嘚,与清脆的铃声交响在一起,四人矫健的身影,消失在开封喧闹的街市之中……

第十章　元佐疯疾伤侍卫　赵炅颁诏定王妃

黄河的风席卷而来，带给人们一阵阵寒意。

周怀俊侍奉皇上用过早膳，就手托拂尘来到崇政殿外。

一匹快马急匆匆从宫门方向驶来，跳下一名武功太监，送上一份封口的信札，说："周公公，房州急报。"

坐在龙床软榻上的赵炅，正在批阅奏章，忽听到周怀俊一声"禀报皇上，房州急报"，立即抬起头来，接过信札。

一听到房州，赵炅就知道与御弟赵廷美有关。太祖两个儿子德昭、德芳先后去世，按《金匮之盟》，唯一对皇位有威胁的只有赵廷美了。

太平兴国七年（982）三月，有官密奏赵廷美意图谋反，夺取皇位，赵炅罢免了赵廷美的开封府尹之职，贬其为西京留守，后宰相赵普又举报赵廷美与兵部尚书卢多逊勾结，欲乘皇上游览金明池时发动兵变夺取皇位，即被软禁在家，又降为涪陵县公，放逐房州。房州，古称"房陵"，以纵横千里，山林四塞，其固高陵，如有房屋得名，是王公贵族流放之地。

赵炅一瞥，信札上有"臣阎彦进呈"。阎彦进，是朝廷特命的房州知州，担负着监视赵廷美的使命。

赵炅心头一紧，扯掉信札上的封条，匆匆阅看急报。当看到廷美在住所吐血而终时，掐指一算，头尾已有四天了，赵炅的眼泪立即涌了出来。

赵炅不能自制，捶胸跺脚，号啕大哭，边哭边说："傻弟弟呀，朕本来只是想让你在房州反省反省，再召你回来，谁知你竟愤懑成疾，就此而去呢……"

周怀俊一时不知如何是好，欲去前殿告知大内都知事王继恩。

谁知王继恩正托着拂尘，惊慌失措地跑进来，喊着："不好了，不好了，东宫楚王杀人了。"

当听到周怀俊告知皇上都要哭晕时，王继恩马上收敛起自己的失态，放慢脚步走进内殿。

王继恩只敢轻轻说："请皇上节哀。"

赵炅止住悲痛，问道："有什么事吗？"

王继恩赶快跪伏在案前，头叩得像鸡啄米似的，连连说："奴才不敢禀报……"

赵炅站起来，恨不得一脚踢过去，他还是忍住恼怒，叱斥道："你快说！"

王继恩塞塞窣窣倒爬几步，伏在地下说："东宫来人急报，楚王也接到赵廷美死讯，发疯了，先是拿棍棒打人，现在操刀乱捅人。下人都吓坏了。"末了，王继恩又加上一句，"是不是奴才先带人去处理？"

一波未平，一波又起，赵炅脸都青了，瘫倒在龙床上，口中喃喃地说："那你去传朕口谕，让元佐安静下来，诸事由你定夺，再来禀报。"

王继恩一声："领旨。"随即站起来。他交代周怀俊，照看好皇上，不得离开半步，再多来几个人，有事随时通报。

王继恩到底是两朝大太监，他传令御前指挥带一队禁军将东宫包围，再吩咐御医院速派御医赶到，自己带上十二名武功太监匆匆赶往东宫。

东宫院子里黑压压的人群，都是吓坏了的下人，楚王府虞候孙坚实看见王继恩，忙迎上来。

楚王妃哽咽着哭诉："一个时辰前房州送来密信，王爷拆开看后，大喊一声'叔啊，完了！'就异样了，操起一根木棍就横扫厅里的人和物，一位近侍想去劝阻，被楚王拔出刀来捅伤。屋里人吓得全都躲到院子里……"

王继恩很镇定，吩咐武功太监们："随我进去后，你们分两边排开，听我号令。"

楚王赵元佐长发杂乱披散在肩上，一件斜襟的紫绸衫解开，露出里面似乎被汗水濡湿的白内衣裤,手持一把短柄朴刀摇摇晃晃地站着,一对血红的眼珠痴呆地瞪着,诧异地注视着院子的人……

这时,禁军已到东宫门前。王继恩壮胆领着武功太监们踏上台阶,一抬拂尘,大喊一声:"赵元佐听旨!"

赵元佐听到"听旨",突然一怔,腿一软就跪下了,刀扔在一边。

"皇上口谕,将元佐拿下!"王继恩将拂尘向下一挥,向武功太监做了个眼色。

众太监们听得号令,一拥上前,将元佐按倒在地,手臂扭到背后,反绑起来。

三位匆匆赶来的御医也来到厅堂,观察了一下,其中一位靠近王继恩耳边,说:"像是疯疾,先用药让他镇定下来。"

王继恩走近赵元佐,说:"楚王,就委屈你了。"

太监们将楚王绑在椅子上不得动弹。

御医写了方子,在药箱里,找出镇静安神的琥珀、龙骨、朱砂,再加上酸枣仁、柏子仁、茯神、元肉和远志夜交藤,要内厨速煎一刻钟,待稍凉后再喂。

楚王府给事泡来香茶:"王公公请坐。"

王继恩就在前厅坐下,看着他们办事。

汤药煎上来了,使唤丫鬟们不敢上前,楚王妃接过药碗,说:"王爷,臣妾喂你喝,喝了就好了。"

楚王妃用小汤勺一勺勺喂元佐,他盯着王妃,乖乖喝药,不再吵闹。

王继恩急着回去复旨,问御医们:"楚王要多少时候入睡?"

御医报告:"约莫一个时辰,药力发挥才能入睡。"

王继恩说:"你们几个这几天就在这里轮班守候。要让楚王病情好转,如有懈怠,拿你们是问。"

王继恩留下八个武功太监在此守候,交代说:"待楚王睡着了,再弄到榻上松松地绑上,不能挣脱就是了。"

这时，韩王赵元休已闻讯赶到，他与皇嫂打个招呼，就去安抚皇兄，元佐已迷迷糊糊，认不得人了。

王继恩带着四个太监赶回崇政殿，急匆匆小跑来到皇上跟前，刚想跪下。

赵炅内心焦急，挥挥手："别跪了，就站着说。"

王继恩将东宫发生的事讲述了一遍，说："楚王已经入睡了，御医轮班守候，请皇上放心，奴才会时刻关注着。"

焦头烂额的赵炅叹了一口气，说："依据大宋律法，王子犯法，与庶民同罪。告知大理寺介入，立案吧，对元佐捅伤的侍卫要验伤，秉公办事吧。"

"王卿，你去处理吧，朕累了，想歇息了。"赵炅转身向寝宫走去，周怀俊徐步跟在后面。

几天后，大理寺正蔡齐在朝堂报告赵元佐案情的最后处理：一、按照大宋律法，对患疯疾的病人在发病时犯的案件，不能判处徒刑。御医馆对赵元佐病的结论：疯疾。正在此列。二、经大理寺狱医对赵元佐捅伤的侍卫验伤，仅在大腿上划破表面，敷药后正在痊愈，属轻伤，应不予追究。

赵炅挥挥手，表达了对案件处理的认可。

元佐，毕竟是自己的长子，他也非常赏识元佐的英武、勇敢以至正直、率真，厚望于元佐，虽未立为太子，但已经让元佐入住东宫。他明白儿子的心里，从决定廷美被贬为涪陵县公放逐房州时，元佐抱住他的脚为叔父苦苦哀求，不愿意历朝历代为皇位争斗的悲剧在当朝重演；这次也是就廷美去世宣泄不满的情绪，只能以观后效了。

韩王赵元休早已悄悄溜到了后殿，待王继恩宣布"退朝"，他马上走出殿门，向东宫去了……

元休走进东宫，皇兄元佐已经完全平静了，他坐在椅子上，楚王妃正在一勺一勺地喂他喝汤药。

元佐看见弟弟，像往常一样招呼他坐。

第十章 元佐疯疾伤侍卫 赵炅颁诏定王妃

武功太监和禁军们已经撤离，只留下一个时刻关注病情的御医。

楚王妃喂好汤药后，元休与皇嫂大致说了一下朝堂上大理寺的最后决断。元佐已经心知肚明，他站起来，朝着崇政殿的方向，自语道："儿臣谢父皇了。"

元休怕皇兄激动，没有与他交谈，还是如同儿时一样，抱了抱元佐的肩头，说："皇兄好好休养，元休会多来陪你。"元休来到皇宫城门外，脑子里还在想着皇兄元佐的事……

芦花驹和枣红马看见韩王，踏动前蹄，嘶鸣起来，夏守赟的马也跟着躁动。

午休后，在崇政殿，赵炅坐在软榻上翻阅奏章，有时从御案上拿过朱笔圈点或批示。但是，元佐患疯疾的事烦在心头，做什么事都提不起精神。

元休单膝跪地，帮父皇轻轻捶腿。他知道父皇为楚王事心烦，经常来宫里侍奉父皇。他是个懂事的孩子，跟严肃的父皇亲近，也许他这个年龄还能做到，弟弟们还小，不懂事。而二位兄长已经步入成人行列，与父辈有着天然的反叛心理，一般都与父亲保持着距离。

赵炅摸摸元休的头，心中感到慰藉。高高在上的他非常渴望亲情。嫔妃们免不了厮磨，但只能在帐帷里。儿子的贴心和孝顺，才是对父亲最好的报答。

内侍来报："宰相赵普已在殿外。"

赵普是后周的老臣，在陈桥兵变中竭力拥立赵匡胤为帝，为太祖所重用，一直是宰相。但坚持建议太祖削减晋王赵光义的权力。

开宝九年（976）十月壬午夜，太祖赵匡胤大病，召晋王赵光义议事。席间有人看见宫内烛影摇动，又听见斧子戳地的声音。赵光义离座退避回府。当夜，太祖驾崩，宋皇后让太监王继恩召秦王赵德芳进宫。王继恩奉诏后并未召赵德芳，而是直接通知赵光义，赵光义径直进入太祖寝殿，王继恩喊道："晋王来了！"宋皇后大吃一惊，知道事有变故，只得以对皇帝称呼之一的"官家"称呼赵光义，乞求道："吾母子之命，皆托于官家。"赵光义当时哭着，回答道："共保富贵，勿忧也！"晋王赵光义即位，改名赵炅，改元太平兴国。

当"烛影斧声"的传闻产生压力时，赵普选择了支持当朝天子赵炅，他拿出了《金匮誓书》。

赵普公开了《金匮誓书》的始末。建隆二年（961），杜太后病重，赵匡胤是孝子，始终在旁服侍不离左右。太后自知命已不长，召宰相赵普入宫。太后问赵匡胤："你知道怎么得天下的吗？假如周世宗不是传位幼儿，天下岂能为你拥有？你当传位于弟，四海至广，能立长君，国家之福也。"赵匡胤顿首泣道："当谨记教诲！"太后转过身对赵普说："你把我的话记下来，不可违背。"赵普于床前写成誓书，于纸尾写"臣普书"，藏于金匮，命谨慎小心的宫人掌之。

《金匮誓书》为赵光义即位的正名起到了重大作用，赵普又重新回到了宰相的位置上。

看见元休正在为皇上捶腿，赵普忙向皇上请安，他说："韩王孝顺，为众亲王做出表率。太祖与皇上为建立和巩固大宋王朝，不惜浴血奋战，当被世代铭记。皇上亲征，收复了北汉，乃开国奇功，后高梁河之役蒙受箭伤，次年为抗击辽军进犯华北，又御驾北征，使我宋军前线将士斗志昂扬，勇不可当，还我大胜。"

"知朕者，爱卿也。"想起历年的征战，赵炅不免惆怅。

赵元休却对这位宰相赵普没有好感，他听皇兄元佐说过，是赵普诬陷叔父秦王赵廷美，告秦王交通大臣谋反，叔父才被贬，而死在房州。导致了元佐暴发疯疾，殃及父皇健康。他不愿与宰相对话就退下了。

周怀俊来报："枢密使曹彬求见。"

"宣曹彬进殿。"赵炅道。

曹彬禀报："西部边关送来捷报，我军主将王冼率军出征，在银州城外将党项李继迁打败，战败的李继迁走投无路，逃入茫茫戈壁。"

赵炅大喜，露出很久未见的喜悦。他不顾宰相赵普的异议，立即交代枢密院开始着手收复燕云十六州的战前准备。

曹彬一声"遵旨"，匆匆又回枢密院了。

皇上吩咐大内都知事王继恩："王爱卿，将为三位皇子遴选王妃的预备名册送上来。"

皇子们长大了，只有楚王元佐已婚，陈王元佑、韩王元休、冀王元俊，如今都长大成人，应该赐婚。

王继恩诺诺答应。

"老臣告辞。"宰相赵普感觉皇上决定家事的时候，他不便在场，也退下了。

赵炅看了名册，三位皇子的王妃候选人各为六位，均为朝中大臣的千金，赵炅依次看来，圈点之后，降下旨意：

皇次子陈王元佑，赐婚隰州团练使李谦溥之女；

皇三子韩王元休，赐婚忠武军节度使潘美之女；

皇四子冀王元俊，赐婚崇仪使李汉斌之女。

次日早朝时，宣布了皇上的赐婚诏命。

三位亲王伏地叩谢父皇。韩王元休心里却忐忑不安。

第十一章　潘府欢喜嫁女儿　韩王誓难舍初恋

靠近西城万胜门的忠武军节度使潘府，历来安静，这些天却喜气洋洋，热闹非凡，飞檐翘角的门楼挂上了大红灯笼，门前雄踞的一对石狮也仿佛很高兴，张开大大的嘴笑着。潘府上下一片忙碌，准备八小姐潘蝶的婚事。

辰时初刻，万胜门西大街拐弯处出现了涌动的人群，市民们簇拥着皇家的纳彩队伍向潘府缓缓行来。潘府虞候皇甫霸赶紧吩咐："鞭炮欢迎。"一时间响声四起，震耳欲聋。

为首的大太监周怀俊骑着高头大马，身后是四行分列的十六个武功太监，接着是抬着十二栏彩礼的二十四位太监，后面又是十六个武功太监护卫。因为是皇上指婚，事先调取了配婚人的生辰八字，就省去了民间的"提帖子""插钗子"等俗礼，直接进入纳彩定婚，小定相当于纳吉，大定相当于纳征，大婚日期就定在中秋之后的黄道吉日。

潘美手抚着已经花白的长须，抑制不住内心激动。他出自将门，跟随后周太祖郭威、世宗柴荣，累建军功，后参与陈桥兵变，拥立宋太祖赵匡胤，继而效忠当今皇帝，为大宋统一大江南北，尤其在挂帅平定南汉一战中，功勋赫赫，为皇上器重的开国元勋。目前，朝廷已经在广泛征兵征粮，对辽大战在即，皇上赐婚女儿潘蝶为韩王妃，实际上也表达了对他的信任和重托。

那天下朝后与曹彬谈到北征之事，二位老将都料到必定再披甲重上战场：楚王犯病，重要担当少不了他们。只是廉颇老矣，比不了当年了。

潘美心中还在激荡，如今是真正的皇亲国戚了，为了荣誉，为了女儿，只能奋勇向前。

周怀俊下得马来，皇甫霸忙接住缰绳。

周怀俊正正乌纱，一抬拂尘，手捧圣旨迈上了门庭的石阶。

他大声喊道："忠武军节度使潘美接旨。"

潘美带着全家跪伏在院子里，八小姐潘蝶跪在他的身旁。

周怀俊满脸喜色宣读完皇上赐婚的圣旨。

潘蝶跟着父亲谢恩，只觉得头热烘烘的，她的名字与韩王妃、莒国夫人连在一起，心里像喝了蜜酒似的。

潘美请周怀俊到客厅喝茶。

皇甫霸赶紧往周怀俊怀里塞了一锭百两大银："给周公公喝喜酒。"然后对账房说，"打发。"给所有前来潘府的太监每人发了二十两喜酒银。

库房忙着登记核对彩礼，都是珍奇宝物。

潘蝶赶紧回到了内屋。

潘蝶算不上花容月貌，乍一看也还端正。额头微微前倾，被她用密密的刘海儿遮拦，也许是遗传了武将家族的太多基因，两撇浓眉又粗又黑，最突出的还是两边脸颊上的颧骨又高又硬，展示出从小就抑制不住的权力欲，还好是喜事盈门，嘴上倒是充满了笑意。她耳闻韩王英俊潇洒，一表人才，就要成为自己的夫君，少女的向往、羞涩、矜持以及将门虎女特有的自豪，交汇成满满的泉流，在心中都快要溢出了。

潘夫人深知女儿从小受到的骄纵，抱着女儿百般嘱咐："女儿，你长大成人了，豆蔻年华，潘府千金，蒙皇上赐婚做韩王妃也值了。皇恩浩荡，你可要好好服侍韩王啊。但你也是王府女主，也要拿出气派来，管好下人，王府诸事自然摆得平。"

潘夫人叫过张妈，说道："你是小姐的乳娘，你随小姐去韩王府我才放心。小姐虽说嫁为王妃，但还是孩子，衣食寒暑还靠你担待，她又任性，难免惹气。小姐以后就交给你了。"

张妈其实也只有三十五岁，二十岁进府的。听了夫人相托的话，眼泪竟掉下了，她连忙行礼："我在潘府十五年，承蒙恩惠，当涌泉相报。请夫人放心。"

潘蝶倒觉得好笑，她说："瞧你们。韩王府又不是老虎窝。况且我是王妃，家事由我做主。"

这时，潘蝶的贴身丫鬟桂香进来，轻声说："周公公他们要走了。"

潘蝶抬头望了一眼母亲，潘夫人笑着说："送客有老爷就行了，不会失礼。"

潘夫人对桂香说："桂香你是要随小姐到韩王府去的，到那里，你是王妃贴身的人，帮忙掌管王府的事，王府上下都得另眼相看。你以后不光要眼疾手快，还要察言观色，替王妃关注事哦。"

桂香的脸上泛出红晕，她比潘蝶还小一岁，是个聪明伶俐的女孩，听说去王府，那是个新鲜的地方，心里乐开了花。

她懂事地靠近正得意的潘蝶，说："我会服侍好小姐的。"

外面人声鼎沸，马匹嘶鸣，宣旨太监要率队走了。潘夫人使了个眼色，张妈和桂香都去了庭院。

韩王府在翊善杨崇勋的安排下，一切准备得井井有条。门庭客厅以及回廊，凡是宾客会到的地方全都装饰一新。北边一栋二层楼房是韩王的新房，飞檐的横梁和二楼环绕一周的木栅栏油漆锃亮，被命名为玉锦楼；楼里全部是新置办的小叶紫檀家具。楼周围移栽的六株高大的桂花树已经成活，桂花黄灿灿的像是金子镶嵌在满树绿叶间，香溢四方。韩王府还到花圃里调了千盆开封金丝菊置放各处，中秋已近，清香醉人。

而主角韩王赵元休对这一切却表现得极为冷漠，任凭家人怎样折腾。他下了朝，依旧将缰绳丢给夏守赟去喂马。

赵元休沿着竹林环抱的小道，急急地去明月轩。

在秋风送来的窸窸窣窣的竹叶声中，他依稀分辨出断断续续仿佛低低鸣咽着的丝弦拨弹声，不由得加快了脚步。

看见明月轩了，他知道是他的小娥在弹琵琶，嘈嘈切切声音凄楚流露着无可奈何的哀怨，用琴声倾诉难以平静的苦闷，她在诉说，这哀怨这苦闷来自平生的命运，她却无力抗争，无法解脱。赵元休终于听出她是在弹古曲《湘夫人》。她在整理书架时发现了这本曲谱，细细听元休讲解和用古筝演奏。湘夫人是湘水的女神，湘君与她相会却错过时间，成了永久的遗憾。屈原在《九歌》里写了《湘夫人》《湘君》，后人将《湘夫人》谱曲。刘娥用表现哀怨之情更细腻的琵琶来演奏。

赵元休悄然无声走进屋来，刘娥毫无察觉，她仍然对着曲谱全神贯注地弹奏着，但极力控制着动作的幅度，努力使声音不大，权当自己心声的溢出。

天性聪颖的刘娥对音律有着不同常人的悟性，她轻轻地拢，慢慢地挑，一下子抹，一会儿揉，大弦深沉悠长如河底潜流，小弦细细切切似涓涓山泉，琵琶声忽然变得清脆动听，如仙子临风，那是湘夫人降落在北洲之上，叮叮咚咚，九嶷山的众神都驾着车来欢迎，湘君想象着，他却错过了。婉转流畅的琴声突然有如在冰下受阻而艰涩低沉，凝结而不通畅，声音几近断续。

暴风骤雨来了，那是湘君驱使着湘水滚滚而来，但是湘夫人已经乘云而归。琵琶声刹那间好比冰山撞岩冰凌四溅一样不可遏抑，裹着绞肠滴血般的痛苦，琴声在呜咽中休止。

在悲戚的刘娥正要伏下的时候，泪流满面的元休已经将她拥在怀里了。

刘娥回过神来，眼泪还是禁不住地往下流，她赶紧用手绢擦泪："皇上为韩王赐婚，小娥应该为王爷高兴才是。"

韩王抱住她还在抽搐的双肩，问道："又是哪个嚼舌的跟你说了些什么？"

刘娥："府里张灯结彩，这么大的动静，我还用问吗？"

韩王心疼地抱紧她："好了好了，父皇旨意难违。但你是我的初恋，什么人能与你相提并论呢？你如月宫嫦娥，无与伦比。我的心依旧在明月轩。"

刘娥无话回答，她竟抹着泪水吟出两句李商隐的诗来："相见时难别亦难，东风无力百花残。"

元休用手绢帮她擦去泪水，他突然站了起来，左手平放在胸前，右手向天说道："我赵元休以大宋韩王的名义起誓，一生一世不与刘娥分离，不让分离的悲剧在我们之间发生。以后我一定要还刘娥一个十倍于婚礼的盛典。"

元休还未说完，刘娥就哭着笑着扑上去堵他的嘴了："三哥，谁让你发誓的。"

元休顺势把刘娥抱起来，两人又缠绕在一起了。

中秋到了。

满城弥散着菊香的季节，一个黄道吉日，韩王府迎来了年轻尊贵的王妃。

皇子纳妃，是有严格礼仪的，使用国家规定的仪仗。韩王妃莒国夫人潘蝶坐在用孔雀羽毛装饰的压翟车里，红绸盖头罩住了她整个的脸庞，但她心中是明亮的，她含着笑容，想象着透着红光的头盖外的一切，想象着王府大街上热闹的人群，想象着自己骑着高头大马的郎君，想象着旌旗、鲜花和红灯高挂的王府……

最前方的，是雄壮的护卫马队，英武的禁军卫士，一色的西夏汗血宝马，铁蹄在青石板上踏出清脆的响声。接着是整齐的鼓乐队，锣鼓阵阵，特制的长唢呐朝天奏鸣，闪着锃亮的光辉。然后，花束似海、彩旗如林的仪仗队，簇拥着韩王妃的压翟车。车后，是骑着骏马的新郎官韩王元休，与身上绣着团花的绵锻大红袍相对照，是新郎官一张苍白的脸。王府街上涌动的人群，也许会以为新郎官喝多了酒。其实，韩王元休的心依然在他的明月轩、在他的刘娥身上。骑马跟在韩王后面的，是三名韩王府七品给事张耆、王继忠、夏守恩，和准给事、韩王的贴身随从夏守赟，这几位英气勃勃的年轻随员也是迎亲队伍中的亮点。中午在潘府，面对众多前来祝贺的将军和官员举杯，心情不好的韩王赵元休的杯中酒都被他们代了。"哪位想要拼到韩王，请跟本给事先干三碗。"张耆连干三碗，面不改色，把宾客们都镇住了。他们后面，又是整齐的三十六名铁骑侍卫，百名禁军步卒殿后。

刘娥是跟着王府所有的仆人跪伏在庭院迎接新娘的。

韩王妃从压翟车中下来，十五岁的女孩身材袅袅娜娜，拖着颀长的裙裾，显得千娇百媚。她不便自己揭去大红头盖，但还是对未知的一切充满好奇，从头盖晃动的间隙里打量着。随嫁贴身丫鬟桂香帮王妃托住左手肘部，强势的张妈把红绸塞在王妃手里，将另一头交给韩王让他牵着王妃。

刘娥抬起头来，看见了本属于她的情郎。

头戴金冠身着红袍的韩王赵元休此刻却显得木讷，只露出为了迎送而勉强的笑容。刘娥看见韩王牵着新娘过去了，她顿时觉到魂魄都被元休牵走了，猛然一阵心疼，眼前一黑，细心的张耆一把拉住了她。她害怕晕倒在众人眼前，悄悄回了明月楼。

依然是月上柳梢头，依然是望眼欲穿的时刻，刘娥依然在琴房望着箭筒里的毽鼓发怔。

韩王赵元休依然来了，他还穿着那件红袍，仓促而来。贴身随从夏守赟默默尾随。

两人一下子就抱在一起了，没有力量能将热恋中的少男少女分开。刘娥生怕眼泪沾湿了韩王的红袍，尽量抬起头来偏向一边。

刘娥："今天是王爷大喜的日子，怎么还到这里来？"

"我跟她说，还有点事。这是我的王府，有谁管得着我吗？"元休抚摸着刘娥的肩膀，说道，"小娥，我的心还在你这里。我天天还来。"

很快，月亮已经升上了蓝黝色的夜空，半个多时辰就过去了。两人还是抱在一起，只不过已经坐到了古筝前的软榻上。

元休说："要不我今天还在这里。"

"不行的。王爷，时间不早了，别冷落了新人。"刘娥挣脱身子站起来。

"王爷，快走吧。"被刘夫人催促来找韩王的张耆也在喊了。

元休这才站起来，整整衣衫，恋恋不舍地离去。

到了新房，张妈塞根木棍给他，说："王爷，新娘还等着你挑红盖头呢。"

心力交瘁的赵元休接过木棍，帮潘蝶挑掉红盖头，就支持不住了，颤颤巍巍倒在床上睡下了。桂香替王爷脱掉皂靴，就再也翻不动他了。

潘蝶只好站在床凳上爬上床去，红绡帐拉不拢，一半搭在王爷身上。潘府八小姐哪里受过这种委屈，只是借着烛光，看见她的新郎风华俊朗略感安慰。她又爱又恨，直过半夜才睡去。

隐隐约约听到三更鼓响，赵元休就醒了，他急急起来，新娘拉住他："王爷，你哪里去呀？"

"上朝啊，以后经常如此。"元休一拽红袍，换上朝服就去找他的随从了。

赵炅看见亲王的行列里有元休，问道："三儿，你昨天大婚，今天怎么就来上朝？"

元休跪伏答道："家事再大，也是小事；国事朝事，才是大事。"

像一点火星溅进父亲的心里，赵炅一下子就明白了，儿子对指婚的新娘不大满意。

第十二章　楚王纵火遭谪贬　皇上王府探儿伤

岁岁重阳，今又重阳。重阳的诗酒情怀，人们都希望在与亲人的团聚中得以满足得到升华，尽享最真实最朴实的幸福。

赵炅觉得腿部箭伤处有些不适，没有带领子侄们去狩猎，而是让王继恩在宫里准备了家宴，嫔妃都没有安排出席，皇子们参加但不带家眷，楚王元佐有病不便喝酒，没有邀他来。这次重阳聚会，让赵炅心生暖意。已经完婚的元佑、元休、元俊，都仪表堂堂，高大英武，风流倜傥；最小的皇子元俨也已步入少年。因美酒而涌动的热流撞击着胸膛，赵炅感到舒服，就牵着小皇子元俨上了皇辇去了王贤妃处。

晚宴后回到王府的元休，正在明月轩外竹林里与刘娥在一起说话，忽然间却望见东宫方向火光冲天，他立即上马往元佐府奔去。

元休和张耆、夏守恩、王继忠，还有跟着去的十几个韩王府侍卫，立刻和东宫侍卫、太监们一起，分别从几个养鱼池中提水猛浇。

皇宫禁军配有水龙，带着水龙紧急赶到东宫，水龙射程远且高，禁军们发挥了救火主力的作用。

当烈火扑灭，东宫的主殿已烧得只剩下倒塌的残梁断栏和冒着水汽的余烟。

被抢救出来的楚王元佐衣衫褴褛，一脸漆黑，目光呆滞地望着天，一声不吭。救火的人都已筋疲力尽。韩王元休陪坐在皇兄身边，不敢作声，衣袍被烧得七孔八洞破烂不堪。张耆他们则俯下身子在水池洗去脸上的污垢。

正在王贤妃宫中歇息的赵炅，睡梦中被宫中的喧闹惊醒，匆忙披衣起床，只见东宫方向火焰冲天，急问："何事？"

众人说："东宫起火，楚王危险。"

赵炅心急如焚，忙带着王继恩、周怀俊等急急赶来。众皇子们都赶来了。"

楚王妃李氏慌忙跪下接驾，韩王元休也跟着跪下。

赵炅瞄了一眼仍然呆坐在水池边上的元佐，满脸怒色，问道："怎么回事，你从实禀报。"

楚王妃李氏吓得直把头往地上叩，哭着说："父皇，晚上宫里热闹，元佐叫人去看看，得知是宫里举行重阳宴会，众皇子都参加了，没有叫他。他一气之下，推倒立柱灯，帷帐就烧起来了。请父皇饶恕。"

"你这个畜生！"赵炅突然从侍卫腰间抽出一把剑，指向元佐，"晚宴没叫你，是考虑你还在养病，不能喝酒。赏赐给你的东西，一件都没少！"

这时，王继恩已叫小太监将几篮赏赐的礼物抬到了元佐跟前。

赵炅剑一挥，几栏礼物倒在地下，都是珍宝玉器人参燕窝，他气上来了，一阵乱砍。

元佐这时猛醒了："儿臣该死，请父皇宽恕！"他匍匐在地，额头接连叩地，鲜血直流。

赵炅将剑一丢，厉声说道："你纵火焚烧东宫，已犯下弥天大罪！自即日起，元佐贬为庶人，发配沧州，立即起程，报大理寺立案执行。"

王继恩忙应诺。大理寺正蔡齐也已赶到。

赵炅带着怒火和剜心之痛拂袖而去。

剩下韩王元休与兄长抱头痛哭。众皇弟也一起陪着流泪。

刘娥听元休讲了元佐的事，也已泪流满面，她深知韩王与兄长骨肉情深。苦苦思索，刘娥忽然双眸一亮，一个主意来了，她说："王爷应去告诉李德妃，你们哥俩生母去世时，不是把你们托付给她吗，她知道了一定会去向皇上求情的。倘若元佐真的去了沧州，就不知何年相见了。"

元休想到皇叔廷美被流放房州，不到两年就病逝了，不禁一阵心寒。他下意识地抱紧了刘娥："对的。我即刻去找母妃。"

刘娥擦干泪水，目送元休和张耆飞驰的身影消失在夜色中。

一早，元休就来到崇政殿前跪下。

悲愤的赵炅一夜未睡，听到禀报说元休来了，知道是为兄求情，深感元休重情义。他对周怀俊说："宣韩王进殿。"

元休进殿后立即跪下，他见父皇一脸沧桑，已是泪如雨下。

内侍太监又报："李德妃求见。"

李德妃夜间听元休诉说后，也是哭了一夜，没有梳妆打扮，踉踉跄跄，一进来就跪伏在皇上脚下。

诸位王妃中李德妃才貌出众，人品善良。她恃着皇上宠爱，大胆哭诉："皇上，元佐、元休母亲去世时，托付臣妾将他俩带大，我费了多少心血。有什么过错，皇上就宽恕他吧……免得又与廷美一样。"

"你知道什么？他先是杀人，这次又纵火。"赵炅被李德妃的话刚好戳到痛处，抬起脚来，一下就把李德妃踹翻了。

"母妃。"元休忙将李德妃扶起，母子正无望之时，内侍又报："宰相赵普、参知政事李至和大理寺正蔡齐求见。"

众臣进来，见韩王与李德妃跪在这里，也一起跪下了。

赵炅问："大理寺可问罪否？"

蔡齐不敢抬头，奏道："昨晚大理寺断案，根据御医院的诊断，认定元佐不是有意纵火，而是疯疾发作所致，应该留在京城治疗，按照宋律不能发配。请皇上饶恕。"

"求皇上饶恕。"众人同声奏道。

元佐是赵炅长子，从小随他征战沙场，在高梁河之战中冒死救父。赵炅对他是又爱又恨，将他逐出京城流放也是一气之下，现在李德妃、元休和宰辅求情，蔡齐列举了御医院的诊断，大理寺作出了对他有利的判决，何不顺势而下呢？

"既然经大理寺审决，判定元佐犯病，不是故意纵火，那么，就依众卿奏请，留下元佐治病吧。烧毁东宫，还是废为庶人，幽禁南宫自省。"赵炅望了望跪在跟前的元休,说,"元休你同周怀俊去宣旨吧。"

韩王元休和带着圣旨的周怀俊一行,飞也似的赶到东宫。皇嫂李妃哭着告诉他们:"元佐凌晨就决意离开京城,往沧州去了。"

韩王元休和周怀俊带着侍卫们纵马急追。过了十里长亭,向北已是一片荒凉,秋风怒号,黄尘滚滚,几乎分不清哪是路哪是坡。元休用衣袖遮挡眼睛,继续策鞭急驰。

广袤的地平线上依稀出现一辆牛车和几个人的身影。

韩王元休冲上前去,一把抱住大哥痛哭。

后面的人也赶了上来,周怀俊喊道:"赵元佐接旨。"

元佐一头就跪下了:"罪臣元佐听旨。"

周怀俊念道:

奉天承运皇帝诏曰:

查楚王元佐,因狂疾发作而纵火,致使东宫烧毁,皇城涂炭。经大理寺根据御医院诊断审理,念其犯疯疾而不知所为,故酌情从宽处理,留京师治疗。贬为庶民,禁于南宫自省。

钦此!

突然,一队人马疾驰而来。

"不好!"韩王大喊一声,一头扑在元佐身上,一支飞镖擦肩掠过,鲜血顿时渗出锦袍。

张耆、夏守恩二骑似飞箭般冲出,顷刻就追上最后一人,张耆手起刀落,蒙面歹徒已跌落马下,待二人下来抓捕,歹徒已咬破衣角中毒身亡。夏守恩一看,歹徒右手腕刺着一个黑色狼头。

"是黑狼帮!"元佐警觉地说,"当年攻打太原时,我一箭将北汉王弟刘元谅射落城头,他手腕上也刺着狼头,他是黑狼帮帮主,从此,黑狼帮便与我大宋王朝赵家结下不解之仇。元休,以后要提防黑狼帮啊。"

张耆用刀尖帮韩王刮去镖毒,抹上金疮药膏,夏守赟扯下衣襟,含着泪水帮韩王元休包扎好。

风沙似乎变得平静了。虚弱的元佐倚靠在牛车上,元休说:"追上大哥,我就安心了。"

回到韩王府,已经是深夜子时了。

韩王元休左臂上的镖伤还是红肿了,人有点迷糊,额头上开始发热。夏守赟含着泪水不知如何是好。韩王不愿去新房,觉得如果深夜去明月轩也不好,一定会把刘娥急坏了。张耆想起资善堂书房空着还保留了卧室,和韩王商量后,就把他先送到那里安顿下来。资善堂里还有不少听讲的长椅,正好权当他和夏守赟的卧榻。

张耆让其他人都回去睡了。

早朝时,赵炅坐在龙椅上,右眼一直跳得厉害,用手按住,一放手又跳起来,下面大臣们都望着,他又不能老按着。赵炅已经观察到元休并没有出现在众亲王的行列中,总觉得有什么事不妙。

周怀俊很会察言观色,一退朝他就跪在赵炅面前禀报昨天追元佐宣旨的经过,当他讲到韩王左臂被"黑狼帮"的毒镖擦伤时,赵炅立即站了起来,问道:"伤势怎么样?"

周怀俊说:"伤口开始红肿,额头有点发热。"

"王继恩,速宣御医院最好的御医随朕去韩王府探视。"赵炅记起他当年箭伤正是被耽误了,未能及时治疗留下痼疾。元佐出事后,他的三儿一定不能再有什么意外。

禁军卫队八十名精骑护卫着皇辇,从御街转入王府大街,在韩王府前停下。

一向肃静的韩王府突然传来王继恩高亢的尖喊:"皇上驾到!"

王府翊善杨崇勋,给事夏守恩、王继忠所料不及,赶紧伏跪参拜。

赵炅:"起来。带朕去看看元休。"

夏守恩在前面引路。资善堂门前又响起了王继恩的叫喊。

还躺在床上的韩王元休听得一声"皇上驾到",吓得连忙将锦袍套在一边肩上,半披着来到厅里就跪下来:"儿臣恭迎父皇圣驾,愿父皇万岁万岁万万岁!"

张耆、夏守赟赶紧将皇上迎到案前椅子上坐下。赵炅看到这两位衣袍未解守卫了一夜的年轻人,赞扬起来:"三儿,你韩王府这些人员倒真心实意。"

御医要看伤。元休在椅子上坐下来,张耆为他揭开锦袍,夏守赟轻轻解开包扎的衣襟,露出左臂,伤口红肿范围明显比昨晚扩大了。

御医王皓元用药水轻轻清洗伤口,韩王元休眉头不禁皱一下。

张耆说:"昨天包扎前,我用刀尖帮韩王刮过了伤口。"

王皓元:"你的做法是对的,不然会肿得更厉害。"

赵炅关切地问道:"三儿,很疼吗?"他对王皓元说,"你们要想尽一切方法,尽快将韩王的伤口治愈,不能留任何后遗症,不能有疤痕。"

王皓元用特制药膏抹在伤口上,用白布带包扎好。然后转过身向赵炅躬身作揖:"微臣遵旨,当尽心医治。据臣观察,伤口红肿处发黑,凶手有可能在镖尖上涂了蛇毒。臣的药膏中调入了白花蛇舌草,臣还会开一些白花蛇舌草与蒲公英煎汤让韩王喝。不过,如用新鲜的七叶一枝花就更好了,江南会有,开封很难找到。用七叶一枝花治疗就能一点伤痕都没有。"

这时,韩王的乳母刘夫人和韩王妃潘蝶急急赶到,跪拜之后,赵炅吩咐:"平身。"

虽然潘蝶跪拜时也称"父皇",但赵炅还是第一次见儿媳,他认真地打量起潘蝶来,二八的人身材还过得去,只是感觉这个女孩眉毛过于浓黑,眉间有一股杀气。赵炅自己倒好笑了,武将的女儿都如此吗?

王皓元又对韩王元休说:"王爷服用白花蛇舌草药汤后,会出现腹泻,尿会变黑,这些都是排毒,很快会过去,不必惊恐。"

王继恩又喊了:"皇上起驾回宫!"

资善堂前，刘娥跪伏在王府的人群里，她是听到喧哗声，特地赶来资善堂外的，她大胆地抬眼望了一眼她极度崇拜的皇上，只见他魁梧高大，风姿英伟，元休像极了父皇，但文雅善良。

刘娥叫住从资善堂出来的夏守赟，问他："韩王伤势怎么样？"

夏守赟说："御医已帮他上药了，但御医说，要是能采到新鲜的七叶一枝花草药就好了。他又说了江南有，但开封很少见。"

刘娥："七叶一枝花，我采过。他说开封很少见，那就可能有。我们一起去采，叫我哥也去。"

他们在侍卫班找到刘美，刘娥说："哥，记得你在青城山打柴被蛇咬了，是祖母教我们找到七叶一枝花治好的。韩王受了镖伤，御医说要这草药，我们去找吧！"

刘娥让夏守赟把张耆找来，让他帮刘美跟侍卫班请假，告诉他不能让韩王知道她也去找草药了。

张耆想了想，点点头："现在急需七叶一枝花用，马上去寻找也好。只是要小心，三个人，万一有事，可以派夏守赟回来报告。"

刘娥换了一套男装，骑上她所熟悉的芦花驹，与夏守赟、刘美出了王府。

夏守赟说："开封没有山，但皇家狩猎场有点丘地，那里树草茂盛，说不定可以找到。"

出了北城，一路疾驰，三人很快来到猎场。

守卫猎场的禁军认得夏守赟是韩王的小跟班，听说是为韩王寻草药，马上答应了，还帮他们看马。

守卫说："你们放心进去，只有獐麂兔鹿和山羊，没有野猪和狼，不会有危险。"

林子里满是荆棘，刘娥只顾着看地上，难免被划伤。夏守赟紧紧护卫着刘娥，他知道，要是万一刘娥有事，他只能拿头来谢罪。

刘美在林子里钻了一圈，弄得像个大花猫。夏守赟一看，笑得前俯后仰。刘美推他一把,说:"你俩还不是一样。"

刘娥还在林子外看了许久,只好就此罢休。

回去的时候,几个人就像被霜打蔫了的茄子,耷拉着脑袋。到了街上,刘娥还提出来,到舟桥附近的集市看看,或许有卖草药的。

忽然有人喊:"刘娥姐姐,刘娥姐姐!"

刘娥一看,竟是新平瓷行的小娟娟,她勒住缰绳,说:"鬼机灵,姐姐穿男装你还认得出。"

娟娟却说:"姐姐你脸上有污泥和血迹,到店里洗洗吧。"她又认出了刘美和夏守赟,笑着说,"你们两个像唱花脸的。"

三人在瓷行门口下了马,将缰绳系在马桩上。

霍老伯和霍定正忙迎出来。

刘娥:"霍先生,你没回昌南吗?"

"是啊,我不能空手而归,我得跑点订货。"霍定正说。

刘娥洗了脸,跟霍家父子说起急需七叶一枝花的事。

霍老伯说:"开封还在黄河以南,跟我们那里气候相差不大,阳光和水分都挺充沛的,说不定能找到。"他又说,"要么到外城南郊去找找吧。"

"我陪你们去找。在山区会遇到蛇,经常要用七叶一枝花,我有道道。"霍定正说,"这种草药往往长在坡地与草甸过渡地带,又有水分又不会烂根。"

夏守赟马上说:"刘姐,我们到练骑马的坡地去找。"

不像城北的狩猎场,南郊坡地上的草还没枯萎,霍定正就领着大家顺着坡与草甸子相交接的地带找去。

"七叶一枝花!"刘娥惊叫起来,向前方扑过去。

就是这长着七片叶子一株花蕊的仙草,神奇得很,竟在这里朝着南方顽强地长了一大片。

刘美将他的外衣脱下来,把下面的衣襟打了个结,几个人将采摘下来的仙草满满装了一大兜。

刘娥对霍定正说："霍先生，就让我哥送你回去吧。我和夏守赟直接送药回韩王府，还得找御医来。"

进了王府，到了资善堂门口，夏守赟拦住心急如焚的刘娥，说："刘姐，我先进去看看。"

刘娥反应过来，他是进去看看王妃是否在。

不一会儿，夏守赟出来笑了笑，没事。

韩王元休看着脸上划出血痕的刘娥心中不忍，强装笑脸："我的仙娥，让我如何报答你啊！"张耆奉命去御医院找王皓元了。

刘娥却坐在床沿拉着元休的手，给他讲起故事来："祖母带我去找七叶一枝花的时候，跟我讲了一个故事。有一天，天上的七仙女姐妹偷着跑出来玩，看见天目山的芳草地上倒着一位年轻英俊的皇子，他昏迷过去了，小腿上有一个伤口在流血。仙女们明白皇子是被毒蛇咬伤，就用拂尘蘸天池里的水帮他洗净伤口，每人拿出一条随身携带的罗帕盖在他伤口周围。这时天上响起惊雷，仙女明白是王母娘娘在催她们，老七小仙女急忙拔下头上的宝石簪子放在罗帕上面，凌云而去。皇子被雷惊醒了，一看全身和草地上都是这种七片叶子中间长着花蕊的仙草。以后人们把这种仙草叫作七叶一枝花。"

元休已被这个故事感动得热泪盈眶，他握住刘娥的手说："我明白了，我就是那个皇子，你就是那位最小的仙娥。"

资善堂前响起了张耆枣红马的嘶鸣声，王皓元背着药箱坐在张耆马背上又来到了韩王府。

王皓元对韩王元休说："真是神奇得很。还不到一天，在这么短的时间里，居然在开封找到了鲜嫩的七叶一枝花，这就是仙草啊，用上了它，王爷的镖伤很快就能完全清除毒素好起来，而且没有伤痕。"

他要夏守赟去找来洁白的小瓷碗，将采来的新鲜草药在碗里捣出汁来，汁气绿茵茵的。他说："我看这现采撷的草药，上面没有尘土，非常洁净，生怕用水洗去了汁气，减轻药效，就这样用。"

王皓元重新将韩王的伤口清洗干净，然后将捣碎的草药敷上，再重新用干净白布包扎。

王皓元说:"韩王,我每天辰时和酉时来,一天换药两次。还是服用原来的白花蛇舌草蒲公英药汤,以后再复方。"

他看了看夏守赟和刘娥划出一道道血痕的娃娃脸,感慨地说:"难怪皇上夸赞韩王府的人实心实意啊!谢谢你们,帮我一起完成了使命。"

韩王元休笑起来,刘娥赶紧扶住他。

元休拉着刘娥的手说:"晚上你不能走啊,得在这里守着我。"

刘娥说:"那是自然哦。"

夏守赟说:"刘姐你放心,我会把资善堂的大门闩好。"

七叶一枝花真是神奇,第二天,元休镖伤处的红肿就消了,一个星期就落痂了,一个多月,就看不到一点伤痕了。

御医王皓元带去了一些新鲜的七叶一枝花捣碎,帮皇上敷在箭伤处,对多年的老伤也有较好的疗效。

当赵炅听御医说,是韩王府的人当天就在开封城外找到仙草,也很感慨,他对已经痊愈重新来上朝的元休说:"三儿,你长大了,以后许多事可以交给你去做了。"

圣旨下,皇帝诏曰:"德妃李氏,为淄州刺史李处耘之女,德才兼备,含章秀出。入宫数年敬慎持躬,有贤淑之德,含辛茹苦,抚养幼子成人,人品贵重,母仪天下,堪为后宫懿范。今赐宝符金册,册封为中宫皇后。钦此!"至此,皇后之位确定下来。

第十三章　雍熙北伐三路军　浮梁重整官瓷厂

雍熙三年（986）正月，未过元宵，开封还沉浸在此起彼伏的焰火和通宵达旦的灯市里……

朝堂上，赵炅和重臣们为就要开始的北伐，正在认真谋划着。边关守将贺令图、贺怀浦、薛继韶、刘文裕、侯莫陈等相继上表，请求攻辽，夺回燕云十六州。群臣激昂，枢密院报告调兵遣将准备粮草的前期部署也已到位，赵炅也认为收复燕云十六州的时机已到，只有宰相赵普执意反对，但被皇上否决。

这是一场规模空前的北伐，三十万大军分东、中、西三路，曹彬率东路军出雄州，田重进率中路军策应东西两路，潘美与杨业会合后率西路军直指辽西京大同。

出征的将士们聚集在开封北城外，旌旗猎猎，战马嘶鸣，队伍一直排列到驿道的尽头。二月的北风依然裹着黄河边的寒流向人们扑来，却压不住出征大军"还我河山"的雄浑呼喊声。

潘美、曹彬都是身经百战的老将，飘扬的"宋"字大旗下，他们头戴锃亮的头盔，身着铠甲，披着战袍，任呼啸的北风扬起花白的胡须，面对送行的皇上，饱经风霜的脸上仍然大写着坚定、果敢、刚毅和勇气。战鼓催人，老将们带领将士们拱手向大宋天子辞行……

明黄的伞盖下，赵炅向官兵们挥手致意。怕腿伤发作，这一次他不再亲自出征。世事沧桑，曾随他出征的廷美、德昭均已不在人世，元佐发病。虽然陈王元佑、韩王元休正骑着马陪在他左右，但他也没有勇气安排他们带兵北征。

作为皇室的子弟，韩王元休自然懂得父皇最希望看到的就是每日的战报，他每天都早早地同二皇兄陈王元佑、四弟冀王元俊，一起来到父皇御案边，等候前方的快报飞骑。

踌躇满志的赵炅在崇政殿里，背起双手踱步，有时候手捋美须哈哈大笑，也和皇子们讲讲话，但几位皇子都是以聆听为主，一般不发表意见。

开始捷报频传，东路军曹彬进军顺利，连续攻克新城、固安、灵丘，斩获贼相贺斯；中路军田重进破了飞狐城，抓获辽马军指挥使何万通和康州刺史马群；西路军潘美更是老当益壮，他和杨业会合后，千里直插环州，活捉环州刺史赵彦辛得了城池，朔州、应州、云州守将均献城而降，四州百姓见到大宋官兵，夹道欢迎，欢呼回归。

短短两月不到，燕云十六州已得数州。三路兵马正向幽州会合……

赵炅从红木架上拔出龙泉宝剑，在崇政殿徐步边舞边歌：

> 大风起兮云飞扬，
>
> 威加海内兮归故乡。
>
> 安得猛士兮守四方。

皇上等待的就是那一天，北上幽州，接收燕云十六州的回归。

一天已过子时，枢密院仍将加急战报送到崇政殿。

周怀俊不敢延误，还是战战兢兢叫醒了皇上。

赵炅一看，拍案叫好。

曹彬攻克涿州。涿州是幽州的门户，拿下涿州，这正是他所企盼的，西、中两路兵马再压过来，幽州就指日可下了。

赵炅再也没有一点睡意，竟披起锦袍站了起来，对着壁上的宋辽战时形势图察看，周怀俊忙掌灯迎了上去……

炭盆里的火烧得正旺。

浮梁县衙。杨柳的枝条轻拂着格栅窗，发出沙沙的声响。

"叽叽喳喳……"几只燕子聚集在西厢房屋檐下，衔来泥草筑巢。而几个衙役去找来竹竿，要把燕子赶走。正从后衙走出的浮梁县令胡舜智阻止了他们，他说："燕子愿意住进这里，是多么和谐的好事！只要不是在前面正衙梁上筑巢，都不要赶它们。"

分管户房的主簿过来，向胡舜智拱手行礼，说："县令大人，县里在昌南珠山南面有一处多年未用的瓷厂，有四人留守，每年要发薪银，极不合算，是不是干脆将它处理掉，省些开支。"

主簿瘦得像块风干的枯树板，脸上除了横纹还有竖纹，双眼无光，几根稀疏的胡须，无力地飘动着，几根稀疏的头发，连一方幞巾都很难挂住。

胡舜智说："我知道这家老瓷厂。前任留下的，要是在我手里没了，别人会说我是败家子。我还有个职责是要使浮梁的瓷业兴旺起来，今天公务已处理完毕，我们一起去看看。"他吩咐备马。坐船去昌南，时间太长，他也不坐轿，骑马快，办事也快。

主簿连忙推辞："大人，老夫不会骑马。"

胡舜智说："我派个捕快骑马带你去好了。"

四个人三匹马，在县城码头上了两条渡船。才到对岸，很快便到了昌南。

瓷厂在珠山脚下，正门临街。

主簿敲敲歪斜的门。一个人将头探出来，看见是主簿，后面是头戴乌纱身穿官袍的县令，吓得赶快打开门，恭恭敬敬地行礼。

门内是一片凋敝的景象。庭院里有很深的积水，根本无法进去。

厂内范围是很大的，从门往北，差不多有一百五十丈吧，最北一排瓦房是办公的地方，横向差不多有二百丈，东边的几幢瓦房半敞开，用作厂房，拉坯、利坯、吹釉、成型都在这里。北边和东边所有房子的窗户都坏了，全部是吊着的、歪着的。偏西几间竹棚全部倒塌，几根竹子撑在那里，棚顶的篾片席惨不忍睹地挂着，在风中摇摆。再往西，几座瓷窑顶上都出现了大洞。蜘蛛丝稀稀拉拉地挂着，还在空中拉网。

守门的跪下："县令大人，别进去了。等小的们打扫打扫，整理一下，或许好些。"

胡舜智皱皱眉头，说："好吧。"

他对主簿说："四个人，不做事。减掉两个人，留两个身强力壮肯做事的，总薪酬不减，两个人拿四个人的钱，但要日夜住在厂里，白天打扫、整理，晚上守护财物。不干者请走，县衙自然会另请高明。"

胡舜智看到北边珠山上的亭子，问："那就是唐代留下的聚珠亭吧？我们上去看看。"

主簿面有难色："大人，请恕卑职腿脚不便，我就在这门房等候吧。"

两名年轻的捕快很灵活地陪县令从东边残缺不全的台阶上了珠山。

珠山突起，一坐飞檐翘角的亭阁，矗立峰上，一块匾额挂在亭上，黑漆斑驳，隐约可看出"聚珠亭"三字。

胡舜智抚摸着早已褪尽朱漆的廊柱和破损不全的栅栏，感慨地说："'聚珠亭'就是二百多年来战乱的缩影啊，自中唐以后，中华不得安宁。"

一位捕快好奇地问："县令大人，你刚刚上任为什么对浮梁的历史这么了解？"

胡舜智说："看书啊，珠山和聚珠亭的来历，县志上均有记载。秦时番君吴芮跃马登上此峰，见山脉分五支绵延，似五龙抱珠，便挥动响鞭，说：'好，就叫珠山。'聚珠亭，乃浮梁第一任五品县令柳国钧修建的。唐天宝年间，唐玄宗高配瓷茶大县浮梁县令为五品，柳国钧到任后，即将唐武德二年始建的官窑厂恢复起来，烧制贡于朝廷的茶具。瓷盏玲珑精美，唐玄宗见后大喜，大笔一挥，题写'浮梁御封窑厂'，又拨专款，诏命柳国钧在珠山上修建'聚珠亭'。这都是老祖宗留给浮梁的遗产，是后人的自豪。我们绝不可遗弃啊。"

捕快似乎听懂了，点了点头。

胡舜智围着"聚珠亭"绕了一圈，青苍的树木覆盖着峰麓的余脉，东边傍山搭建着一座座民窑，再过去，便是临江的中渡口码头，与对岸三闾庙码头隔江相望。江渡往返，舟帆起降，码头上忙碌着搬运的人们，抒写着古镇最集中的喧嚣。

胡舜智问道："你们知道霍窑的新平瓷行吗？"

"霍窑，昌南人都知道，唐代以来的陶瓷世家。霍家瓷行就开在昌南中心地带的赛宝滩。"一名捕快回答。

瓷厂离赛宝滩不远，几个人便牵着马走过去。远远望去，一排粉墙黛瓦的徽式房屋依次延伸，错落又相对独立，与一般民居不同，这些房屋门面都开得较宽，一看就是店铺，里面透出灯光来，店里摆的都是瓷器。

有座店屋高大的马头墙上，墙角上装饰着精致的图案，中央画着一个很大的双圆圈，里面规规矩矩地书着一个欧楷的"霍"字。

胡舜智笑着说："我知道了，这便是霍家新平瓷行了。"

霍家新平瓷行的侧墙边系马桩上，引人注目地系着两匹高大的骆驼。

店铺里走出两位棕色头发、背着粗布褡裢的波斯人，霍永正送出来，看见胡舜智，打了个招呼忙比画着介绍。

听说是这里的最高长官，一个年长的波斯客商点了点头，对胡舜智说："撒拉姆，阿拉库姆。"

霍永正翻译说："他向你问好。"

送走客人，霍永正将县令迎进瓷行坐定。

伙计泡上茶来，胡舜智啜了一口，说："波斯人来买昌南瓷，好哇。"

霍永正指着货架上一排黑花釉的瓷腰鼓说："自晚唐以来，西域对这种瓷腰鼓的订货从未断过，还有青瓷的大碗、大盘、深长而带把的首肯壶，都是适合他们的瓷器。在西域的路上，人们问瓷器是什么，回答的人就说：昌南。现在'昌南'就是瓷器了。"

胡舜智很兴奋："我长见识了。"

霍永正给县令介绍琳琅满目的瓷器。这时，李洪柱进来了，看见胡舜智，忙喊"大人"并行礼。霍永正说："洪柱主要在湖田管理霍窑瓷器的生产，我弟定正是掌柜。"

胡舜智拍拍洪柱的肩膀说："小兄弟，我们是老朋友了。我要去看你的窑哦。"

霍永正介绍："霍窑在湖田有十二座依山而建的龙窑，都是生产青瓷。杨梅亭还有馒头窑，生产白瓷的高档餐具、文具。"

胡舜智赞叹不已，说："这么兴盛啊。"

洪柱说："县令大人来后，打击了恶霸豪强，再也不担心欺行霸市，做瓷器顺利多了。"

"今天看了瓷行，下次再去湖田看霍窑吧。"胡舜智就此告辞。

在赛宝滩街上，遇上焦晃骑着快马带着捕快巡逻经过。焦晃看见胡舜智，赶紧下马行礼。

胡舜智说："焦都头，这样很好，遇到歹徒及时抓捕，恶人就不敢露头了。"

回县衙后，胡舜智静静地在后衙向朝廷写了一本奏折：

因浮梁是瓷茶大县，县衙按五品配置，目前县令到位，另还有一名主簿，其他职员衙役都是县衙自行聘请，特请求速任命一名县丞到任，主抓瓷业及相关事务。

唐武德二年所建官瓷厂，虽经唐开宝年间整修生产，已多年失修。唐所建聚珠亭急需维修，以免完全倒塌。请工部拨专款修整。

胡舜智派了一名衙役速送驿站，让快骑从速带往京城。

第十四章　王妃大闹明月轩　杨业报国雁门关

清明寒,汴京飘来阵阵黄河化冰的寒意,天地灰蒙蒙的一片。

韩王妃潘蝶,依然裹着一件貂皮的大氅,刚用完早膳,她靠在红木的圈椅上,多日的睡眠不足,显得十分倦怠。

究竟是为什么呢?在新婚郎君身上得不到真正的爱,每天韩王都是冷冰冰的,大部分时候白天外出,用膳也不在一起,有时晚上也不回来,说是有事晚了就不回来。

前些时候元休借口臂上受了镖伤,经常要换药,要贴身随从夏守赟守护在身边,干脆就在资善堂开了房。潘蝶想起那次父皇驾临韩王府探视,那注视着她不是欣赏且没有笑意的目光,至今仍让她心悸。最近两个月元休说大军北伐,要在宫里多陪陪父皇,晚上也不回新房,没见过人影,也从来没说过她父亲出征的消息。

女人的心是很敏感的,她有时隐隐约约感觉到韩王并未离开王府,但就是不回来。她警觉起来,一定有一位娇娘,箍住了韩王的心,这个情敌一定就在韩王府内。

"张妈,"潘蝶坐正了,"你去和王府翊善杨崇勋说,叫府上全部的女佣和丫鬟到我厅堂来参拜。"

翊善杨崇勋一听王妃这道号令,知道她是趁着韩王不在,要搞大清查。他害怕刘娥吃亏,一边拖延时间,一边安排夏守恩去找韩王赶紧回来,这里吩咐给事王继忠暗中保护刘娥。

府内的女佣和丫鬟听到王妃有召,都放下手中事来了,不到半个时辰,就跪了四十几位,宽大的厅堂已快容不下了。"给王妃请安了"的祝福此起彼落。张妈报告:"王妃,翊善说,已都来了。"

潘蝶一看,臃肿的中年女佣占了一半多,她对张妈说:"让女佣们都回去吧,厨房里正忙着呢。"

年轻的丫鬟们有十几位，潘蝶扫了一眼："你们都抬起头。"

她一眼就看到后排左数第三位，可能比自己略长，但如仙娥一样妩媚生动，她的美貌远远超过自己，潘蝶马上明白了，死死盯住她。

"你报上姓名，在什么地方当差。"潘蝶用手指点着。

"奴婢刘娥，明月轩书房司书。"刘娥的声音镇定，但她心里已经惶惶不安了。

"哦，是韩王的书阁，我还没去过呢。"潘蝶说，"你带路，我想去看看。"

潘蝶披着貂皮大氅，起来向门外走去，张妈领着四个丫鬟忙跟上。

刘娥走在边上，她知道，一定有事了。

韩王元休交代过王继忠，他不在家的时候要护卫刘娥，而现在是王妃亲自往明月轩去，王继忠只能悄悄尾随，以防不测。

潘蝶进了明月轩看了书房里的琴棋书画，她意识到她的郎君每天就在这里与这个女的厮混，顿时心生妒意："刘娥，你每天陪着王爷，在这里享福了。"她手一挥："给我搜！"

刘娥到了楼梯前，将手一拦："你们敢？！"

明月轩当差的男仆和小丫鬟都到了厅里，看到气势汹汹的潘蝶，谁也不敢阻拦。

潘蝶指着刘娥："把她抓住！"她带来的两个丫鬟上前，抓住了刘娥的手。

王继忠见势不妙，赶紧进屋，向潘蝶拱手作揖："禀报王妃，奉韩王之命，让明月轩司书取一本《史记》。"

潘蝶将脸一横："你是何人？"

"王府七品给事，韩王侍卫王继忠。"王继忠答道。

潘蝶没想到还是一位朝廷命官，皇上管的，只好说："让她找书。"

刘娥随王继忠进了书库。

潘蝶朝张妈使了个眼色，张妈领着两个丫鬟上了二楼。

一会儿，张妈就下来了，禀报潘蝶："王妃，在上面找到王爷的睡袍。"一位跟在后面的丫鬟双手托着一件叠得整整齐齐的蓝色睡袍。

刘娥正好从书库出来，王继忠端着灰色书套装着的《史记》。

潘蝶一看，妒火中烧："你这个妖妇，竟敢媚惑王爷？！"一把就把刘娥乌云般的发髻抓散了，接着一掌向刘娥的脸上打来。刘娥一闪，潘蝶的手掌重重地将王继忠手上的书打翻在地。刘娥心疼极了，就要蹲下捡书。

潘蝶又是一掌打来。刘娥轻轻用肘部一挡，潘蝶右手有点发麻，身上的貂皮大氅已经掉落地上。

"奴婢从小习过武，不敢伤了王妃。"刘娥双手作揖。

王继忠捡起书来，放到厅堂香案上。

"我乃将门虎女，还收拾不了你？"潘蝶猛地跑到书房从箭筒里抽出宝剑，发疯似的向刘娥刺来。

刘娥轻捷地闪过，潘蝶又连连刺来。

王继忠已挡在了刘娥的前面，他用手握住了潘蝶的利剑，鲜血从指间渗滴在地。潘蝶还想拔出剑来再刺，忽然，她肩上被劈了一掌，身子一歪倒了下去，宝剑应声落地。

韩王赵元休已站在眼前。

潘蝶号啕大哭："王爷你刚行大婚，就被这妖女魅惑，我要面见父皇，请他为我做主。"

韩王赵元休挺直了腰杆，指着地上的鲜血说："今天你胆敢在王府执剑行凶，若不是本王来得快，王府就要陷入血光之灾了。王继忠是吏部在册的朝廷命官，把他刺伤是要报大理寺立案的。父皇正为北伐的事每天不安，你却在这里造反，该当何罪？本王要把你这个泼妇带进宫里去见父皇，向父皇请旨休了你。刘娥是我的书房司书，侍寝丫鬟，王府人尽皆知，我和她在前，已快一年了，你在后，本王以后还要将她正式纳为侍妾。"

潘蝶一听要面圣，说不定被休了，马上不作声了。

夏守赟已经在帮王继忠包扎手掌。

赵元休当着匆匆赶来的刘夫人的面,搀扶着几乎崩溃的刘娥,厉声说道:"明月轩是本王的书房,也是我赐给刘娥的居所,以后任何人不得到此撒泼刁难,违者定治重罪不饶。"

刘夫人出来解围了,她盯着张妈:"王妃不是这几天心口疼吗,张妈你还不赶紧扶王妃回去歇着。"张妈立即将潘蝶扶了起来,回去了。

众人都退出了明月轩,堂里只剩下韩王与刘娥。

刘娥依偎在韩王宽阔的胸膛上,只是汩汩流下无声的泪水。

韩王抱住她抽搐的肩头,斩钉截铁地说:"小娥,我决不会让潘蝶欺负你,我会每天安排侍卫保护,这个恶妇不敢再来明月轩了。"

已进五月,淫雨霏霏,崇政殿依然充斥着寒意。

枢密院接连送来快报。

赵炅已迫不急待。内侍太监和守护在父皇身边的韩王元休,急急地将连夜送来的快报全部拆封。

曹彬占据涿州十多天,而西路军护卫着环、朔、应、云四州百姓行动迟缓,中路军也仍未赶到,东路军粮草已被辽军切断;辽太后萧绰、辽王耶律隆绪率大军赶来,已与耶律休哥会合,然后兵出幽州,分两路向曹彬部包抄而来。辽军骁勇,曹彬见援军未到,难以抵挡,下令退兵,宋军一路败退,在岐沟关被辽军全面击溃。中路军闻此消息,也不战而退。

赵炅感到寒栗,叫周怀俊重新燃起炭盆。

辽军十万精兵已经全力向西路军占领的环州集结。

赵炅用颤抖的手亲自草书诏命,速令西路军马上护送四州百姓回代州。

辽军主力几乎全是骑兵,一个部落就是一个方面军,他们的给养来自"打谷草",自我补给,很少带有后勤和辎重。耶律斜轸的十万铁骑像旋风一样攻破环州,两路将领在帐篷里以烈酒庆祝胜利。

宋军和环、朔、应、云四州的百姓在西撤的古道上拖了有十几里长，百姓们拖儿带女呼天抢地，艰难地跋涉着。

风沙扑打着枯裂了的古槐，斜阳艰难地在灰戚戚一片的太行山脊上挣扎，就要落入那漫长难熬的黑夜。

几个月的征战，让潘美彻底地苍老了，他望着军民混杂的队伍，心里也像沙尘暴一样昏暗，怎样才能按照爱民的皇上诏命，将百姓们转移到代州？老将杨业向潘美建言，绕道而行，避辽精锐，保证宋军和百姓安全撤回关内。

监军王冼却讥笑杨业胆小，他提出要从雁门关北川大路进军，直面迎敌。多年征战在雁门关具有实战经验的杨业，认为如果这样做，宋军必败无疑。

蛮横无理的王冼却指着杨业斥责："你这个北汉降将，关键时刻损我大宋军威，该当何罪？"

杨业愤恨难平，关乎荣誉和生命，他只有舍身赴汤蹈火了，况且在场熟知耶律斜轸战法的，唯有他了。明知此次出击必败，也不能让别人领军，杨业向主帅潘美请命率兵前去。

主帅潘美明知王冼是在损毁杨业，然而王冼是皇上派来的监军，他不能轻易与之抗衡。他想杨业与辽国交战多年，应是无碍，就同意了杨业的请命。

杨业将宝刀搁于战马背上，拱手向潘美："辽兵战骑神速莫测。我与其决战后将退至陈家谷，此处险峻，请潘帅埋伏重兵于坡上，乘势而下，即可大败辽兵。若无接应，我军将困死于此。"

潘美拱手还礼："杨老将军放心，潘某自将率军在此接应，共败辽军。"

杨业纵马飞驰，三千将士顷刻消失在烟尘之中。一路向北的宋军深入敌境。辽军统帅耶律斜轸，听前哨报宋军只有杨业一支人马，厮杀片刻，便佯装败退，副帅萧达凛将杨业引到狼牙村，然后伏兵四起，包围了杨业。

杨业见辽兵黑压压一片逼来，急叫杨延玉传令："快撤！"

辽军席卷而来的骑兵一下子将宋军淹没了。

杨老令公舞动大刀,横扫辽骑,和杨延玉、岳州刺史王贵一起杀出重围,跟着冲出来的只有几十骑。

杨业戍守雁门关三十年,对这一带地形十分熟悉,他深知要扭转战局,只有将辽军引至陈家谷,让潘美率领的宋军居高临下展开反包围。

耶律斜轸和萧达凛率兵紧紧追来。然而当杨业与众将士撤退到陈家谷底部,山坡上并没有出现埋伏的宋军,只有凄厉的山风吹动着少得可怜的几株红柳。

宋将们被逼到谷底,纷纷跳下马接战。

杨业与杨延玉、王贵形成一个背靠背的犄角,他们血刃数百敌人之后,已经遍体鳞伤血肉模糊,站立不住。

耶律斜轸大喊:"不要伤害杨老令公。"数百名辽军围将上来,几十支长矛直插杨延玉、王贵,二位英雄倒在血泊之中。

杨业仰天长啸:"天亡我也……"

萧达凛指挥辽兵用绳索将杨业套住、捆绑。

耶律斜轸在马上拱了拱手:"杨老令公受惊了。"

在辽军的毡包里,面对送来的羊肉、炒米和米酒,杨业老令公不吃不喝,在第四天早上的时候,兵士发现他已经倒下,再也醒不过来了。

耶律斜轸深深叹气:"如此忠烈之人,要厚葬他。"

辽兵用狼皮褥子将杨业裹起来,再包了一层稀少的锦缎,将他抬到营外的沙丘旁,挖了一个深坑,缓缓将壮士放下,然后推入沙土,堆成一个高丘。将老令公的宝刀深深插在坟茔的南边。

杨业壮烈殉国的噩耗震惊了汴京朝堂,赵炅和众大臣们为之泪崩。皇上想到太平兴国三年(978)杨业的冒死营救,内心几近溃塌,他在极度悲伤中挥毫题下:"诚坚金石,气傲风云。"追封云州节度使杨业为太尉。杨业的儿子都被升迁。

没有凯旋的号角,没有激昂的战鼓,只有雁门关山口扑来的北风和沙尘。

那天潘美并不是没有履行承诺，他带领宋军来到陈家谷两边的坡上，等候了一夜，一直等到中午，四个时辰没有进食，监军王侁率先领兵离去。收复北汉四年多来，潘美一直与杨业并肩作战，他从未见过号称"常胜将军"的杨业打过败仗，高梁河一仗更是在乱军之中救出皇上，建立奇功。官兵们饥肠辘辘，一些将领已在议论，杨业许是乘胜追击，不知到哪里去了。潘美疑惑之中，也动摇了，率兵离去。

杨业的英勇和大义凛然殉职，让潘美这位开国元勋不仅感到惭愧，更是剜心一般的悔恨。

面向残垣累累依旧巍然屹立的雁门关，潘美踩稳马镫，在侍卫的搀扶下跨下马鞍，接过三炷点燃的长香，掀起战袍，单膝跪下，老泪横流，禁不住说："杨老令公，老夫对不住你。"

大军撤回了，但是，大宋的军事实力在雍熙北伐中受到了重创。

圣旨下，监军王侁发配金州，军器库使刘文裕发配登州。

天平军节度使曹彬降级为右饶卫上将军，河阳三城节度使崔彦进降级为右武卫上将军，彰化节度使米信降级为右武卫上将军，检校太师潘美降三级为检校太保。

潘美回到家中，就病倒了。几个月的风餐露宿，沙场征战，更严重的是战局的扭转导致大军溃败，加之同僚杨业将军的牺牲，使他身败名裂，愧恨交加，心力交瘁，使他就此倒在病榻上了。

第十五章　潘美告状崇政殿　刘娥被逐新宋门

元佐因纵火焚烧东宫，虽然被免除放逐，但已被贬为庶人，囚禁南宫。一母同胞，打断骨头连着筋的兄弟，元休自然心情不畅。

连月来父皇为北伐战况殚精竭虑，他们几位亲王每天都和枢密院知事陪候在崇政殿，有时直至深夜。而现在他更不愿意将潘美兵败降级的消息告诉潘蝶。

回了王府，只要望见作为新房的玉锦楼，想到那位蛮横凶狠的王妃潘蝶，元休更加愤懑，自上次潘蝶到明月轩争闹之后，他便没有再踏入玉锦楼一步。他每日派两名侍卫守护明月轩，不容潘蝶仗势欺人，上朝或在外有事回来后，也只在明月轩歇息。看见王爷如此，王府上下将重心转到这边，韩王的膳食自然送到明月轩，刘夫人也只能看在眼里急在心里。

潘蝶见韩王元休再也不来，心里一急，心痛病真的犯了起来。她叫张妈去找韩王的贴身随从夏守赟，夏守赟总是说王爷在宫里有事。有时候说是韩王请来一位御医帮她看病，御医号了脉开了药，也只是说："王妃，你这是心疾，心病一除，自然就好起来了。"

往日在潘府如宝贝一般的千金，如今只能一边服药，一边以泪洗面，丰腴的脸庞日渐憔悴。

刘夫人难得过来，有时免不了派些中层管事的过来嘘寒问暖。

潘蝶愁眉不展，她的脑海里总是想着"心病"二字，她的心病就是刘娥，除掉了刘娥，韩王自然就会回到她的身边。

日已晌午，潘蝶依然将厨子送来的丰富午膳晾在一边，对着铜镜里那个消瘦的影子想心事。

"小姐，还是趁热吃点吧。"张妈已经将冒着热气的八宝粥放到了潘蝶面前，在身边的她还是习惯了如在潘府一样称潘蝶"小姐"，让潘蝶听来亲切些。"

"好吧。"潘蝶应道,她随手将铜镜翻过来平放在桌上。

潘蝶边喝粥边痴痴地端详着铜镜背面的虎头和下面的铸字"潘府",心中翻腾起来,心想:"难道我将门虎女斗不过一个贫女?"顾不了那么多了,只有修书诉之父亲,请他老人家禀告当今皇上,才能治罪刘娥,除掉心病。

她将碗重重一搁:"笔墨伺候。"

一会儿,一封凄凄切切的家书已经写好。

张妈挎着篮子,说是去大相国寺为王妃再配几味药,便回了潘府。

但是,张妈带回的却是潘美出征回来已病倒在榻的消息。而且,潘美因战败降了三级,潘府声望已大不如先前。

潘蝶一听,心疼病更重了,竟卧床不起。

赵炅召回告假在家的宰相赵普。其实,这几个月来,老宰相心里一直装着北伐的事,前方的战况他都了解。

周怀俊报:"赵普已到殿外。"

"宣他进殿。"赵炅说。

宰相赵普头戴七梁冠,身穿一品朝服,仅仅几个月,他越发老态了,几绺白发从七梁冠下飘下,与脸颊上稀疏的白须,随着蹒跚的步履飘动,他颤巍巍地走来,上殿便三拜九叩。

赵炅:"给赵相赐座。"

见皇上提及北伐失利,谈到收复燕云十六州实现北疆回归的宏图大略已难实现,赵普才提出以防御为主的战略。

赵普说,还要用一些边关名将镇守雁门关等重点关隘,后备大军由枢密院机动调配。在与辽境接近的华北平原,根据地势挖掘深沟,阻挡辽军骑兵,以防其铁骑快速挺进。

赵炅一声叹息,意识到领兵亲征也许再也没有力量,老宰相的战略转移需要实施,于是说:"赵爱卿,你说的意见很好。有劳赵相与枢密院商议仔细,迅速部署。"

"老臣领旨!"赵普赶紧离座拱手作揖。

赵炅将几位亲王改名的事也与老宰相商议了。

次日,在朝堂上,皇上又一次为三位亲王改名:

陈王元佑改名元僖,领开封府尹兼侍中。

韩王元休改名元侃。

冀王元俊改名元份。

在纷纷扬扬的雪花中,宁静的潘府忽然传来战马的嘶鸣。

特意换上戎装的潘美,拽住兴奋的战马,踩住马镫,却很难再跨上马背,幸好皇甫虞候帮扶了一把,当年何等健壮的军中主帅已经老矣。

刚才,潘美打开厅堂香案上的小抽屉,看到一封信札,是他回京时女儿潘蝶写来向他诉苦的,算来已有四个多月,夫人恐惊扰病中的他,瞒住未说。潘美阅信,才知道女儿在韩王府受到的冷遇,刘娥不除,潘蝶在韩王心中永远没有地位。潘美怒发冲冠,立刻要进宫面陈皇上。泣不成声的夫人恐生出事来,拦住尚未痊愈的潘美。

潘美将夫人一把推开,还特意穿了一身戎装,要引起皇上的重视。

夫人只好将一件裘皮镶边的棉袍,塞给皇甫虞候:"给老将军披上。"

赵炅正在崇政殿批阅各地送来的奏折,大殿四周分布的几个大型青铜炉中木炭火势白热化了,没有一丝呛人的烟火味。赵炅已经脱去裘皮大氅,只穿着锦缎的棉袍。

四十七岁的赵炅年富力强,一抹美须垂挂胸前,彰显出帝王风度。而戎马一生和过度的操劳却让他两眉间的竖纹过重过深。

"韩国公潘美求见。"一名近侍太监轻轻向赵炅报告。

"宣他上殿。"赵炅说。

赵炅抬眼望下,潘美已伏在阶下,山呼万岁。

"潘爱卿平身。"赵炅又吩咐近侍:"赐座。"

"臣叩谢陛下。"潘美坐下,将棉袍脱下抱在手中,现出一身戎装。

"你不是生病在家吗?今日戎装上殿是为何事?"赵炅问道。

忽然,潘美起身单腿跪下,双手捧着一封信举过头顶:"臣有一事,奏请陛下为小女做主,小女嫁入韩王府,臣感恩陛下。但不料小女受到欺负。"

内侍接过信件,呈给赵炅。

赵炅阅过潘蝶的信件,龙眉紧锁,双手微颤,说:"不会吧。三儿经常在这里陪朕,他负伤时朕去韩王府探视还见过潘蝶呢。"他见潘美还跪着,就说:"爱卿平身,朕派人去韩王府将刘夫人唤来问明白就是了。"

刘夫人来了,看见潘美戎装在座,明白是怎么回事,跪伏在地,悉悉作抖。

赵炅严厉地说:"刘夫人,朕将皇儿托付于你,现在韩王府闹出事来。你速将前后始末从实述来。"

刘夫人不敢隐瞒,跪伏着从头说来。她说,一年多以前,韩王新修的书房明月轩配了个司书,叫刘娥,韩王喜欢。潘王妃进府后,趁韩王不在去了书房,对刘娥动武,结果韩王赶来了,韩王与王妃从此不和。

"老身有罪。"刘夫人不敢抬头。

"你回去吧。"赵炅听完后,心里清楚了。

赵炅:"待朕下旨将刘娥逐出京城便是。"

潘美:"刘娥以下犯上,已成大罪,仅仅驱逐太轻饶她了。"

赵炅:"虽说朕与爱卿已是儿女亲家,但不能徇私治罪。韩王妃与刘娥都是大宋子民,况元侃喜欢刘娥在前一年多,他一个王爷有这份爱恋也属正常。将刘娥逐出京城不让他们来往已够了。"

"王继恩。"赵炅说。

王继恩拉嘴一张马脸,很快来到跟前。

"韩王现在后花园与众皇子操练,不必惊动他。"赵炅吩咐王继恩,"你立即前往韩王府宣旨,直接将刘娥带走,逐出汴京城。"

"领旨。"王继恩。

潘美也只好谢恩,退下。

崇政殿外,潘府皇甫虞候走近王继恩,塞给他一个钱袋,王继恩松开袋口,黄澄澄的光亮炫目,足有一百两,他心领神会了。

王继恩带着一队武功太监来到韩王府,直奔明月轩。皇甫虞候也跟在后面。

夏守赟随同韩王元侃练武去了。

张耆在家,一看大事不妙,潘府虞候一同至此,定是潘家向皇上告状了,刘娥危急,他立即叫夏守恩去向韩王禀报。又安排好王府四个侍卫着便服,有什么事以便尾随晓得踪迹。

当张耆换上便服悄悄来到明月轩外,王继恩已威风凛凛闯进了厅堂。

王继恩向屋里叫道:"圣旨到。刘娥速速接旨。"

刘娥正在书房整理翻乱了的书籍,听得有人呼唤,出来一看,厅堂里黑压压都是人,一下子惊呆了。

"刁女刘娥,还不跪下接旨。"

刘娥已被两个武功太监按住肩膀,跪了下去。

奉天承运皇帝诏曰:

查民女刘娥,魅惑亲王,祸乱王府,现着令即刻将刘娥赶出韩王府,逐出汴京城。

钦此

王继恩念完圣旨,手一挥。

刘娥哭喊着:"公公,我还怀着韩王的骨肉啊,请公公向皇上禀报。"

刘夫人和王府翊善杨崇勋赶到,一听惊住了,但谁敢抗旨。

王继恩怔了一下,手腕触到硬邦邦的钱袋,声音更大了:"带走!"

太监们已将跪着的刘娥拖出明月轩,刘娥扭过头来,记住了王继恩这张丑陋的马脸。

张耆见势无法阻挡,只得悄悄紧一阵慢一阵跟在后面。

"王爷,救我呀!救我呀!"刘娥的声音呼天抢地。随着刘娥被拖出王府,候在王府大街的四个便衣侍卫也跟上了。

雨雪霏霏,刘娥在两个大汉的挟制下,踉踉跄跄,喉咙里像咽了一团火,已经喊不出声来,她自知大难临头,泪水已经流干。

出了旧城,王继恩一行押着刘娥已来到新宋门。守城兵士看见王继恩,赶紧站得笔直。

王继恩手一挥队伍一下子就出了城门。皇甫虞候见刘娥已被带出城门,就折回潘府复命了。后面的张耆使个眼神,几个便衣很快跟了上去。

沿着汴河的长堤走了一阵,王继恩已走不动了,他停下说:"就扔这里吧!"

两个太监手一拉,已经被拖得奄奄一息的刘娥已跌倒在堤边,上来几个太监,顺势一推,刘娥便从堤上滚了下去,立刻被已经枯黄的水草和积雪掩盖了。

第十六章　张耆农家救人命　韩王泪崩洒雪天

待王继恩带着太监们走远,张耆和便衣立即上前。看到堤下塌下的水草,他们赶紧下到堤底。

张耆扒开水草,抱起冰雪里的刘娥。刘娥已昏死过去,湿透的衣裙都是凝固的血迹。

"不好!"张耆将自己的棉袍裹住刘娥,将她抱上了大堤。

一位侍卫喊道:"张给事,左边有座村庄,先找户人家吧。"

张耆抱着冰冷的刘娥,三步并作两步,进到村里,侍卫急敲最外边那户人家院门。

开门的是位老农,看到这么多人,他面有惧色。

张耆说:"老伯,我们都是公人,你不用害怕,救人要紧。"

里面出来一位妇人,摸了下刘娥的脸,说道:"是个女的,都快没气了,赶快让他们进来。"

将刘娥放在炕上,张耆赶快从身上摸出一锭五十两银子,塞在老农手里,老农傻了眼,他从来没见过这么多银子。

那妇人很利索,吩咐老农:"你去煮姜汤,柜子里有红糖。我来找几件衣服替她换上。"

妇人替刘娥扒掉身上湿透了的棉袍,一股血腥味冒了出来,她一看血糊糊的衣裙,鲜血还在渗流出来,说:"怎么出血这么多,是小产了。可能是拖拽过重造成撕裂,先止住血呀,不然没命了。"

她在炕头上打开一个瓦罐,倒了一把毛茸茸粉状的东西,就要往刘娥衣裙里抹。

张耆用手挡住:"这是什么?能止血吗?"

"这是毛蜡烛,止血特灵,我们农家常备的草药。"妇人说。

她又看了看张耆,说:"你一个大老爷们,出去吧。我要帮这孩子换掉湿衣服。"

张耆退了出来，他心急如焚，刘娥生死未卜，也不知道派出的人找到韩王没有，眼看就要关闭城门了，韩王也无法出城……

妇人用热毛巾擦去了刘娥脸上的污泥和血迹，帮她换了干爽的衣服。炕上是热的，老农从厨屋里端来了热姜汤。张耆又进了里屋。

刘娥依然是昏死过去的，脸色苍白，双目紧闭，牙关紧闭。妇人一勺勺喂她的姜汤，都汩汩地流在脸颊旁的毛巾上。

夏守恩有进出皇宫的令牌，他将马交给候在宫门广场的弟弟夏守赟，急奔皇宫校练场。

韩王穿一身银甲，手执一把木剑，正与冀王元份练习剑法，你来我往，如雷霆万钧，江海清光，正在激烈之中。

夏守恩不敢惊扰亲王练剑，心急如焚，突然看见架上一面锃亮的铜锣，想起一句话：鸣金收兵。他抓起锣槌，在铜锣击了一下，"铛"的一声，两位亲王都停住了。冀王知兄长有急事，就告辞走了。

赵元侃一听是父皇下旨驱逐刘娥，又是王继恩和潘府亲兵执行，他一下子蒙了，意识到事情的严重性。

他想到了张耆这个跟随自己多年、勇敢机智、武艺高强的贴心侍从，他相信张耆的忠诚，一定会千方百计地救护刘娥。他一定要赶紧与张耆会合。

他立即拉上夏守恩一同跨上芦花驹，出了宫门。

夏守赟眼泪都流出来了，急着说："王爷，就要关城门了！"

夏守恩骑上自己的马，说了句："韩王我先去了。"

韩王元侃这才想起宋辽开战以来，为加强京城戒备，汴京外城开关时间调整为寅时三刻至酉时三刻。此时若去城外，必定已关城门出不去，还要将刘娥设法在半夜救回城内。城门开关大权为殿前都指挥使李继隆掌管，正是皇后的胞兄。

这时，元侃返回皇宫，匆匆奔进福宁宫见到李后，跪伏在地已泣不成声："母后，儿臣要即刻出城解救刘娥。"

李后也顾不得问许多，扶起元侃，立刻在一幅黄绢上写下："殿前都指挥使李继隆，韩王要即刻出城办事，速发令牌。"然后重重地盖上皇后玉玺宝印。

拿到令牌，元侃带着夏守赟飞骑直抵汴京外城新宋门。这时，沉重的城门已经关闭，士兵们正在上门闩横杠。

门洞前的守城士兵用长枪拦住了高举令牌的韩王元侃，看了看铜铸的皇宫令牌，赶快上城楼去通报了。

一个头盔上飘着红璎珞的城门校尉下来，看到一身戎装的韩王元侃，赶紧行礼，验过令牌，即命开门。

韩王一行裹着飞雪如旋风般驰出城门……

妇人也止不住流泪了，说："血是止住了，人怕是难救回来。"

张耆再摸出一锭银子，说："你再喂，哪怕从牙缝里渗一点进去也行。"

"军爷，你看到了，不是银子的事。"妇人一边流泪一边再喂姜汤。

这时，韩王赵元侃掀帘而入。张耆派出的几名侍卫守候在几个路口，终于等到了韩王。

老农与那妇人看见头戴金冠的韩王，连忙要跪拜，被元侃扶住了，元侃说："你们救了人，本王应该感谢才是。"

元侃接过姜汤，亲自喂服，也是一口也喂不进去。元侃急了，端着汤碗，含了一口温热的姜汤，用嘴对着刘娥紧闭的嘴，想让汤水流进去，结果还是流到了毛巾上。

元侃吓坏了，大声哭起来，边哭边喊："小娥，小娥！"他脱下甲胄，将自己滚烫的胸膛贴在刘娥身上，紧紧抱住刘娥，贴着刘娥的脸颊哭喊着："小娥……你不要吓我了好不好……小娥，你不能走啊，你若没了我也不活了……小娥，你走了我怎么办呀……我们说好了要好一辈子的呀……你若走了我也会死的……小娥啊……"元侃声嘶力竭的哭喊，惊天地，泣鬼神，在场的人都掩面而泣，连身高七尺的张耆、夏守恩也泪如雨下。

忽然，元侃感觉到刘娥的头似乎动了一下，被丝绒战袍裹着的手挣了挣，他抹了一把眼泪和鼻涕，说："小娥没有死，快，快，再热碗姜汤来。"

元侃依然抱着最爱的人，胸贴着胸，手伸进绒袍里搓她的手，嘴里喃喃地喊着："小娥，我是三哥，我是三哥……"

忽然，夏守赟喊起来："刘姐醒了！刘姐醒了！"

元侃抬起头来，看到刘娥睁开了双眼，她望着元侃："三哥，我不是死了吗？"泪水盈盈。

元侃抱着她："小娥不会死的，三哥不是在吗……"

元侃端过热姜汤，一勺一勺地喂她……

刘娥忽然想起了什么，她挣出手来，环绕着元侃的脖子哭喊："我的孩子呢？我的孩子呢？三哥，我们的孩子没有了啊……"

元侃抱紧她，哭着说："小娥，我们可以再生，我让你给我生一群孩子……"

遥远的鼓楼隐隐约约送来二更的鼓声，张耆说："王爷，我们必须在四更一刻赶到城门前，在第一时间返回城内。"

"现在王府是无法回去了……"元侃正在想。

张耆果断地说："到我家去，我家只有老娘和一个妹妹，正好照护夫人。"又补了一句，"尽快回到城中，请御医诊治。"

晨钟暮鼓，当第一声钟声响起的时候，一辆牛车已经等候在外城新宋门外。老农驾车，刘娥平卧车上，身上盖着厚厚的棉被。韩王元侃紧握住她的双手，步行护在车旁。

城门洞开，守城士兵欲上前查看。夏守恩高举令牌，大喝一声："韩王在此，还不回避。"

新宋门城门校尉验过令牌，远远给韩王行礼，令士兵放行。

张耆的住宅也在王府大街，居于西头。张耆敲门之后，他老娘掌灯一看，忙迎进来，叫醒张耆妹妹起来帮忙。

夏守赟又取出一锭银子，交到老农手中："老人家，这是王爷答谢你的，请收下。"

"王爷和大家一宿都饿了。"张耆老娘找了一大堆杏仁糕花生酥，给众人填肚子。

小妹熬了红枣糯米粥，加上红糖，缓缓喂刘娥。

肯定是暂时不能上御医院找御医了，韩王元侃想了想，派夏守赟去淮海王府找钱惟演，让他府中的太医迅速赶来。

钱惟演是原吴越王之子，有名的江南小灵童，吴越王降宋后他随父来到汴京，小小年纪被命为韩王府侍读。钱惟演听得韩王有事，立即与夏守赟来了，他带来了跟随他家多年的吴太医。

吴太医为刘娥号了脉，说是脉象虽虚弱，但已趋平稳；伤害太深，要调养数月才能恢复。吴太医低声告诉韩王元侃，说夫人这次小产，会受到长远影响，他开了一些药配以红参温补。

张耆对吴太医说，农妇是用毛蜡烛止血的。吴太医点头，说就是蒲粉，止血良药，他的药箱里也带了。

穿着一身裘皮的钱惟演跟着比他大几岁的夏守赟在雪地里骑马，两个孩子的顽皮给沉寂的院落带来了一点点生气。

张耆领着韩王元侃踏着晨雪在院子里边转边议。张家院后还有一处空着的庭院，院内有一幢小楼和两处平房，原是一位扬州商贾的，他搬回原籍了，张耆已将庭院买了下来。张耆的意思是可否将庭院修整改造，让刘娥住在这里，韩王过来既避人耳目又很方便。

元侃命密传给事王继忠过来，协助张耆，安排工匠尽快开工，抓紧时间完成。

"多移栽插紫藤，移种几株海棠花和牡丹，这个春天就要让花盛开。"元侃知道刘娥喜欢紫藤，说："这处庭院就叫紫云别苑。"

刚好小灵童钱惟演走过来听见了，他用银铃般的童音赞道："紫云别苑充满诗意。"

第十六章 张耆农家救人命 韩王泪崩洒雪天

韩王妃潘蝶早已获悉刘娥被传旨太监带走的消息，而且，潘府虞候皇甫霸也来了。她知道一定是自己的信起作用了，幸灾乐祸之余却也忐忑不安，她无法想象韩王会如何对待自己，甚至有点后怕。

潘蝶就在这种不安中熬过了三天，在大雪慢慢停下来的夜晚，韩王回到了房中。

潘蝶几乎没有勇气抬起头来看一眼韩王。

韩王元侃用犀利的目光仇视着潘蝶："这下你满意了吧？我告诉你，她没有死。但是，你害死了我的孩子，你以为除掉她你就会得到我的真情吗？你去做你的王妃吧，我还住我的明月轩。"元侃理了几本书，掀开棉帘，要走。潘蝶知道韩王离开这屋也许就再也不会回来了，赶紧上前抱住韩王的脚："王爷你不要走，你不要走。我错了。"

元侃一抬脚："你这个恶人，还会后悔吗？"潘蝶松开手跌倒在地。

第十七章　紫云别苑获新生　大相国寺沐佛光

冬去春来，繁华的汴京在飘拂的杨柳装点下，一派生机。

张耆院中，一座新近装修的小楼前，刘娥靠在软榻上晒太阳。

冬天里的那次摧残简直是太无情、太惨烈了，她的脸依然惨白，美丽的双眸懒洋洋地眯着，一本书放在软榻上，这是她每天必修的功课。刘娥深知，只有勤学，她才能与她的王爷对话。

"洛浦疑回雪，巫山似旦云。倾城今始见，倾国昔曾闻。媚眼含羞合，丹唇逐笑开……"韩王爽朗的吟咏声还在起伏，人已站在刘娥跟前了。

刘娥慌忙站起来行礼："小娥见过王爷。"

韩王元侃把她按坐在软榻上。

"不是媚眼随羞合，丹唇逐笑分吗？"刘娥疑问道。

"我是在吟诵眼前的小娥，你的双眸用'含'代替'随'更具神韵，'逐笑开'表达了我的愿望，我愿意看见你笑得更加灿烂，因为苦难再也不能拆分我们的深情。"

随张耆走来一位文雅的少年公子，公子躬身行礼："惟演见过夫人。"刘娥慌忙还礼。

韩王笑着说："这位是父皇为我钦点的伴读，淮海国王的公子钱惟演，名扬江南的小才子。上次是请他派原吴越王府的吴太医为你诊治的。他比我们小好多岁呢，惟演从小饱览诗书，才华横溢，来与我们一起读书，我真高兴。他还有一位妹妹惟玉，当年为吴越国公主，以后也常常来陪伴你。"

"夫人这样用功，以后要超过卓文君了。"钱惟演拿起软榻上的书，一看是《汉乐府辑稿》，知道是皇家藏书。

"称夫人太生疏，惟演比我们小，你和惟玉都称小娥为姐姐吧。"

韩王笑道。

说着，三人都进了屋。

这幢别苑完全仿明月轩而置，连书房画室的摆放也几乎一样。

钱惟演出身王侯之家，与韩王仿佛神交已久，拨弄了一下古筝，道："姐姐空弦音调得这么准，难得，难得。"

韩王说："惟演你弹奏一曲。"

"谢韩王，那惟演就不推辞了。"钱惟演坐下抖了抖长袖，戴上裹指，弹起了《平湖秋月》。小楼里一下子就充满了清新明快悠扬华美的旋律。流畅的音流中，仿佛出现江南湖光山色的美景，寄托了人们向往和平安宁的心愿……

刘娥习惯性地想去拿墙壁上的鼗鼓，怔了一下，没有动，而是轻轻唱了起来。钱惟演深情的演奏中，有一丝低低的叹息。元侃抚着刘娥的肩头，轻轻说："这琴声里诉说了惟演对故乡的怀念，他也许在梦幻中望见了久违的保俶塔。"

淮海王府也不是很远，张耆奉命，一会儿就把钱惟玉也接来了。

刘娥和钱惟玉也是一见如故，有道不完的亲热。

中午，厨子已备好宴席，韩王、刘娥、惟演兄妹、王继忠、刘美加上张耆和陪伴刘娥的妹妹，刚好一桌。

刘娥本来还隐藏着阴霾的心里一下子云消雾散了。

而韩王妃潘蝶却陷入自己布阵的抑郁之中……

韩王元侃自那日起再也没踏进过她的房间，潘蝶日日以泪洗面。每天清晨，都会问她的贴身丫鬟桂香："王爷回来了吗？"

又是早晨，潘蝶朦胧中感觉到天转晴了，喊道："桂香，拉开窗帘。"深栗色的帘子揭开后，仿佛院子里的春燕叫得更欢了，朝阳将燕子追逐的剪影投射到窗子上。"燕子归来了……"潘蝶嘴张了张。

桂香忙说："昨晚王爷回来了，看见你睡了，他就上他房间了。现在已经上朝去了。"

潘蝶看到桂香不敢抬头，知道她又在当面撒谎。潘蝶一只手撑着本想坐起来，但极其无力，肩一歪突然又斜躺在了床上，嘴里直冒白沫。

这可把桂香吓坏了，她赶紧用围巾围住潘蝶的颈脖，用枕头将潘蝶的背垫好，桂香流着泪说："王妃，我去找韩王，叫御医。"

潘蝶说："现在还早，王爷还没下朝，找不到他。王府大街离大相国寺不远，桂香你去寺里帮我拜下菩萨，潘家是大施主，菩萨会保佑我的。"

张妈已经端了早膳进来。

"王妃，你喝点热粥吃点蒸糕吧。"桂香含着眼泪走了。

桂香来到大相国寺，她一眼看到熙熙攘攘的人群中，有个似曾熟悉的身影，定睛一看，竟是被逐出王府和京城的刘娥。蓝色花巾罩住她几乎苍白的脸，一件显得宽大的棉袄使她像个农妇，一位十五六岁的丫鬟，陪伴着她。桂香还注意到，离刘娥不远有几个年轻人不紧不慢地尾随着她，估计是负责保护她安全的便衣侍卫。

桂香用脖子上的围巾遮住自己的脸，不远不近地跟在刘娥的后面。

到了主殿，刘娥跪上拜垫，禁不住泪流满面。桂香也跟着跪在旁边，四个侍卫在门外挡住了众人。

那个小丫鬟揭开篮子上的罩布，拿出三炷香点燃，递给刘娥。丫鬟接着将篮子里的供果摆上了佛龛。

桂香上香时听见泣不成声的刘娥喃喃小声祷告："过几天就是清明了，求菩萨让我亡儿早日超生……"刘娥被逐凄惨流产，桂香早已知道，现在听她哭求，禁不住也流下泪来。

刘娥被丫鬟搀扶起来后，她们来到西偏殿处一阁，桂香跟上前想看个究竟。几位已经拜过佛的信徒正在这里求开光的玉器。刘娥稍等后，上前对里面一位身披袈裟的高僧说："我要为我家生病的女主求一件开光宝物，请师父指点。"桂香好奇，扯了扯遮脸的围巾靠了过去。

高僧看了一眼，是位农妇，说了声："男戴观音女戴佛，你就请尊玉佛吧！这尊要捐五两白银。"

第十七章 紫云别苑获新生 大相国寺沐佛光

这位头戴蓝花布巾的农妇,眼睛却盯住了一尊有寸二方圆雪白温润的羊脂玉佛,她说:"师父,我请这尊玉佛。"语言十分肯定。

"阿弥陀佛,女施主,请这尊玉佛,你要捐一百两白银。"

哪知道农妇却很爽快地从衣襟里掏出银子,递给高僧。

高僧小心翼翼取出玉佛,用黄绸包好,放在特制的锦盒里,双手捧给农妇。

刘娥苍白的脸上露出喜色:"但愿我家女主会好起来。"

桂香依旧跟在她们后面。走出大相国寺大门,她们朝王府街西边去了,桂香便往东回韩王府。

韩王赵元侃已经下朝,骑着芦花驹和张耆来到了紫云别苑。

韩王喝着刘娥亲手泡的菊花茶,用手掠开刘娥额头上的刘海,望着这张美丽精致却还是苍白瘦削的脸,心疼地说:"这两夜我住明月轩写奏章,没来看你,你还要多喝些人参汤哦。"

这时有人敲门,韩王:"进来。"

王继忠进门叩拜了韩王,接着又拜见刘娥。

王继忠与韩王耳语了几句,都被刘娥听见了。

刘娥跪下:"王爷,王妃病重,你赶快去为她请御医。虽然我还恨她,但她毕竟是一府王妃呀,我希望她能好起来。今天,我在大相国寺为她请了一尊玉佛,你带去为她挂上,让佛祖保佑她。"

元侃接过锦盒:"她要有你这般善良就好了。"

到了御医院后,韩王与张耆骑马先回王府,二位御医跟着王继忠急匆匆地走在后面。

原来张妈在院子里看见王继忠,就告诉他王妃病重,请他禀报韩王请太医。

潘蝶听见门外芦花驹嘶鸣声,知是韩王来了,就挣扎着要起来更衣梳妆。

韩王元侃推门而进,忙扶住潘蝶:"你何必讲究礼数,御医马上就到。"

潘蝶看见日思夜想的韩王，早已泣不成声。

看见瘦得不成人形的潘蝶，本来善良的韩王元侃已没有记恨之心，他想起了刘娥相托的玉佛。

韩王从单腿跪下的张耆手中揭开锦盒，拿起那尊玉佛，挂在潘蝶脖子上，韩王说："这是在大相国寺为你请的，佛会保佑你的。"

从韩王打开锦盒请出玉佛的那一刻起，桂香就眼直直地望着，心想，韩王和刘娥真是宽厚仁慈的好人。

隔着一层绸巾，御医为潘蝶号了脉，就在桌子上写好了方子。他向韩王告辞，带桂香到御医院去取药。

韩王跟了出来，问御医："王妃怎么样？"

御医战战兢兢，不敢开口。

韩王一把抓住他的衣襟："你只管说，我不问你罪。"

御医："禀报韩王，王妃气极过度，冬日以来咳中带血，已病入肺经，药方以滋补为主，还需病人克制，不然……"

韩王元侃抓紧他的衣襟，进一步追问："不然会怎样？"

御医已经吓出汗来："韩王，恕臣不敢说了。"

当桂香一勺一勺地喂潘蝶喝药时，潘蝶的心情好多了，她甚至伸出手来抚摸那尊玉佛，桂香眼里却流下了泪水。潘蝶诧异地望着她，桂香慌忙跪下："奴婢该死，惊扰王妃了。"

潘蝶说："你有什么事瞒着我。"桂香流着泪说："奴婢想王爷和刘娥都是好人，请王妃不要再记恨他们。"桂香把在大相国寺遇见刘娥、刘娥为亡儿祈求超生后又去为王妃请玉佛之事一起道来。

但这恰恰深深触动潘蝶心中的隐痛，她说："是啊！我杀人了，我杀了他们的孩子，我不配戴她为我请的玉佛。"

说着，潘蝶用无力的手取下了玉佛。桂香怎么也劝不住，就将玉佛放进了锦盒。

张妈从潘府回来，带来了潘美病重的消息，正是那次披挂上马面圣受寒，气急攻心所致。潘蝶泪流不止，仿佛见到了因她病倒的衰老的父亲,一口血涌上来,就咳在了被头上。

桂香哭着喊着,将王妃的头垫起,用热水擦去她嘴上的血,张妈从紫檀柜子里找来一床新被换上。

韩王元侃下朝后过来探望潘蝶,看到她病重的模样,也忍不住掉下泪来,毕竟是父王赐婚的王妃,他吩咐张耆速速去请御医过来。

第十八章　元僖救女纳张氏　刘娥别苑会英才

北宋初年,开封府尹历来由皇室宗亲要人担任,德昭、廷美之后,由元佐担任;元佐发病之后,元僖继任。

元僖上任第一天,判官吕端和属官还是唤"陈王"。元僖说:"在开封府只有府尹,没有王爷。"开国皇帝的皇子们都很敬业,元僖将开封府尹这个位置看得很重,虽然他暂时还没被封为太子,但通往东宫之路已经不远了。在吕端的协助下,元僖升堂判案,公正廉明。元僖不要开封府仪仗每天去王府接送,坐轿太张扬也不自由。除了上朝要穿亲王服,别的早上他都是便服骑马,王府给事吴晓、韩军两骑随同,到了开封府换装上堂,两位王府给事又是开封府旗牌官。

那天不上朝,元僖三人一早就往开封府来。

"救人啊……救人啊……"前方忽然传来声嘶力竭的呼救声。

元僖策鞭急驰,很快就到了汴河边。一位老人正在拼命呼喊。

紧跟上来的吴晓指向河里:"河里有人!"

只见河面上有人挣扎,看飘散的长发和浮动的衣裙,是个年轻女人。

吴晓跃下马来,把缰绳扔给赶来的韩军。

吴晓已跳入河里。元僖扶住老人,安慰道:"老人家放心,他是长江边长大的,有救了。还好是夏季,不然要冻死了。"老人哭着说:"是我女儿,说不愿活了,她往河里跳,我怎么也拽不住。"

水里的女人被吴晓托住头救到了河旁,韩军弯下身子接住,就上了岸。

人已经没了知觉,老人惨哭着,吴晓一把抹掉脸上的水,二话不说,就把女人抱上了马背,将她卧伏在马鞍上,说:"刚才还动的,喝多了水,一会就没事了。"吴晓叫韩军将女人的脚抬高些,"呼"的一声，女人口中呕出许多水来，随后就哭叫起来，两只手挣扎着乱动。

吴晓将女人抱了下来。元僖过来，对韩军说："人交给你了。时候不早了，我与吴晓先走，让他把湿衣服早些换下来。"他转过身对老人说："你带女儿上我们那儿去歇歇，不远。"然后和吴晓上马去了。

女人还在哭着："干吗要救我？嫁给王继恩，我还不如死了好。"她的衣服还在滴水，鞋落水里了，寸步难行。韩军只好把她扶上马，给她牵马。老人步履蹒跚，脚一瘸一拐的，跟在后面。

韩军好笑，问老人："你刚才怎么追她的？"老人无可奈何地说："我怕她死了。"

老人问："这是上哪儿去？"

韩军说："开封府啊，我们是开封府的。"

听者有心，年轻女人一听去开封府，倒也不哭了，心想：进了开封府我就不出来。

老人告诉韩军，他是开封县张元伯，女儿张丽君，年方二八，尚未出嫁。就在前天，王继恩从张府门前经过，撞见轿里下来的张丽君，见她袅袅娜娜，仪态万千，便上前用拂尘挑起她的脸看了看，便扔下一句话："张小姐，本都知事要娶了你，跟着我尽享荣华富贵。"

王继恩便叫小太监们抬来聘礼，送来红帖，后天是黄道吉日，就要张家送女儿过门。王继恩，大内都知事，堂堂二品大员，仗着是皇宫大总管，什么都不怕。但他说什么也是阉官，张家乃大户人家，哪会将如花似玉的女儿嫁给他。

昨天张丽君哭了一夜，早上不肯开门，如果不是撞门进屋，她就上吊了。女儿一出来，就往汴河跑……

街边多是商铺，老人从怀里取出银子，赶紧帮女儿买了衣裙、鞋及手巾。

开封府坐落在御街西边，汴河北岸，宽阔的操场可容纳数千兵马，八字形的高墙拱着府衙的大门，一对青石的狮子威严地守在那里，几位府兵手执水火棍，立在门前的平台上。吴晓已经换了旗牌官服，站在门边等候他们。

韩军扶张丽君下了马,吴晓对她说:"你就到门房里面换上干衣裙吧。"

太阳从云彩里跳出来,明媚的阳光倾泻到开封府的院落里。

换好了衣裙的张丽君从门房里走出来,变得娉娉婷婷,她躬身向吴晓道了个万福:"谢谢老爷救了小女。我有冤,进了开封府我就不走了。"

韩军也换了一身旗牌官服,显得格外精神。他跟吴晓耳语了几句,吴晓轻轻对他说:"那你把张小姐娶过来,也是救她一命。"张丽君见他们窃窃私语,仿佛听懂了,眼神悄悄地打量起二位年轻英武的旗牌官来,她拿着父亲刚买的木梳拢起头来。

而张元伯心里还是七上八下的,他清楚,即使女儿出嫁了,那王继恩对他张家照样不会放过。

这时,头戴七梁冠、身穿一品朱明官服的开封府尹元僖,从正堂台阶上走下来。他是来过问一下,救的人怎么样了,到底是怎么回事。但是首先映入他眼帘的是一位千娇百媚的窈窕少女,手持一把木梳,正在梳她披散开来的乌发,虽然她脸色依然苍白,但一双美目和秀丽的鼻梁、小嘴,却散发着无法阻挡的青春活力,让元僖心神不定。

张丽君只觉得眼前一亮,朝着她走来的青年官员,目光炯炯,英姿勃发,魁伟挺拔,也许才二十岁出头,尊贵的七梁冠和一品官服都显示着他就是这里的最高长官开封府尹。她认出来了,这位英俊的青年府尹就是在河边指挥救她的恩人。张丽君立即跪伏在地:"民女张丽君拜谢老爷救命之恩。"

老人知道开封府尹就是陈王,赶紧跪伏:"小民张元伯拜谢陈王殿下搭救之恩。"

元僖上前一步,俯身:"请起。"

老人依旧跪着,喊道:"请青天大老爷为小民做主!"

元僖发问:"你们有何冤屈,从实道来,本府为你们申冤。"

老人说:"我们要告王继恩。"

王继恩,这名字如雷贯耳,一片肃静。

还是元僖问道:"是哪位王继恩?请老人家说明白。"

"就是皇宫的大总管,大太监王继恩。"老人说。

元僖听了一怔,他明白大内都知事王继恩和父皇的紧密关系。韩军轻轻对府尹讲述案情的始末,他说:"这事很难办,王继恩岂是开封府能宣得来的。张家不可能拒婚。"

元僖知道这事不能上堂立案,他眉头皱起来,对老人说:"你们起来,我们先进去商议一下。"

张丽君看见府尹要进去,竟大哭起来:"小女进了开封府就不走了,我还是死了算了。"

吴晓喝住她:"不要哭!开封府岂是喧闹之地?"

元僖在内堂坐下,两个旗牌官一人一边。

吴晓又说:"让韩军将她娶回去,王继恩还敢强抢民妻?"韩军呛他:"我们算什么,哪能跟王继恩抗衡。就是暂时保住了女的,那老的一家还不是要被王继恩吃了。"

府尹听了两个旗牌官的对话,觉得好笑,但也不晓得如何决断。

忽然韩军走近府尹,靠近他耳朵轻轻说:"除非王爷将她娶回王府去做侍妾,王继恩才不敢为难张家。"

元僖这才明白韩军是将他作秤砣与王继恩放在一起称了。张丽君的容貌身材早已让他动心了,那女子的妩媚动人不知比府里将军小姐出身的王妃要强多少。只有这样,王继恩才不敢闹事;也保住了声誉,免得议论开封府有案不敢接。他细想片刻,对吴晓说:"你去把张家父女请到内堂来。"

吴晓走过去,对张老和小姐说:"有请二位到后厅说话。"

张元伯听了吴晓的话,豁然开朗,只有王爷才能与王继恩抗衡。张丽君知道能进王府,心花怒放,恨不得马上就和这位年轻英俊的王爷比翼双飞。

韩军想了想，靠在元僖耳边说了几句，然后对张元伯说："恐王继恩去张府抢亲，小姐就不要回家了。只对他说，你女儿已嫁入王府了。"

果然，王继恩知道张小姐进了王府，一声不吭了。

张丽君因祸得福，得到元僖的宠爱，成了王府的良娣，也恃傲起来。

在春神来临的紫云别苑，移栽来的紫藤都开花了，一片沁人心肺的紫色，幽芳而烂漫，浅绿色的叶子，一串串粉紫色的小花，随长藤挂在别苑长廊的花架上，随风轻轻飘荡着，洋溢着一阵芬芳，和谐安详，一切烦扰、忧愁，都抛到九霄云外了。

刘娥带着新来的丫鬟文兰，在庭院里的圆桌上摆上茶托，放上茶盏，等待着客人。

院外响起沉甸甸的马蹄声，文兰匆匆过去把门打开，笑着对刘娥说："一下就来了三位。"

夏守赟进来通报："刘姐，钱公子兄妹接到了。"他是奉命去接钱惟演的，妹妹钱惟玉也要来。结果钱惟演抱住夏守赟的腰，钱惟玉伏在她哥背上，一匹马载了三个人。

"刘姐。"钱惟演进门就喊了。他才十一岁，穿一件浅蓝色直裰，系一条挂着玉佩的腰带，头戴方巾，好一个小书生的派头，还有点奶声奶气，但早已名扬江南了。

"刘姐姐。"钱惟玉过来就要往刘娥怀里钻，小女孩银铃般的笑声响了起来。

张耆进来："襄王到了。"

头戴紫金冠、身穿朱明袍服的襄王赵元侃，气宇轩昂地走进院子，身后跟着一位十五六岁身穿官服的少年官员，白白净净的脸上飞扬着神采。

元侃是三个月前晋封襄王的，陈王元僖晋封许王，冀王元份晋封越王。

　　襄王元侃牵着少年官员的手，跟众人说："这位是秘书丞正字杨亿，建州人，跟钱惟演一样，是早已扬名的神童。父皇安排杨亿、钱惟演和我一起读书作诗，我让他们到紫云别苑来，大家不是很开心吗？"

　　文兰已经将茶盏添好开封菊花茶。

　　襄王坐定上首，刘娥坐在他的左边。众人在椅子上坐下，谈起诗来。钱家兄妹挺起胸来，如大人一般。

　　襄王元侃的本意就是给刘娥带些朋友来，这些少年围着她"刘姐刘姐"地叫，她很开心。襄王说："你们写的好诗在这里吟出来，让这紫云别苑更多些文气。"

　　刘娥说："这最好了。我小时候会背诵几首诗。我是蜀人，先背上一首蜀人李白的《独坐敬亭山》吧，等会听了你们的诗，一定对我有启发。"

　　刘娥放开嗓子："众鸟高飞尽，孤云独去闲。相看两不厌，只有敬亭山。"

　　惟玉说了一句："好！"大家喝起彩来。

　　襄王点名了："杨亿，你来。"

　　杨亿站起来，将手一背，说："不久前还是新春，上元灯会我写了一首诗，还记忆犹新，就献上这首《上元》：天碧银河欲下来，月华如水浸楼台。谁将万斛金莲子，撒向星都五夜开。"

　　又是一阵叫"好"声。

　　美少年才子钱惟演也站起来，用好听的童子音念道："绮霞初结处，珠露未晞时。宝树宁三尺，华灯更九枝。亭亭方自喜，黯黯却成悲。欲作飞烟散，犹怜反照迟。这是我去年看到淡黄色的槿花时写的，想到花开终有竟时，难免感伤。"

　　钱惟玉迫不及待就开始了："人闲桂花落，夜静春山空。月出惊山鸟，时鸣春涧中。"小女孩的吴音特别动听，她说："这可不是我写的，这是唐朝大诗人王维的《鸟鸣涧》，我以后跟着哥哥姐姐写吧。"

襄王元侃说："我准备了刻板印的诗抄，待会儿送给大家，就不念了。受父皇的影响，我也非常喜好诗词文赋。大宋两代皇帝都是金戈铁马建功立业的英雄，我还不如二位皇兄，还没有真正上过战场。但是，我酷爱唐代高适、岑参、王昌龄等边塞诗人的诗篇，'青海长云暗雪山，孤城遥望玉门关'，'雪净胡天牧马还，月明羌笛戍楼间'，就如一幅幅波澜壮阔的长卷；'大漠孤烟直，长河落日圆'，'忽如一夜春风来，千树万树梨花开'，气势恢宏，瑰丽万千；'不教胡马度阴山'，'不破楼兰终不还'，'风掣红旗冻不翻'，'欲饮琵琶马上催'，这些又表现了何等壮怀激烈的英雄情怀和视死如归的精神。我每读这些诗篇，就会激动得热泪盈眶，热血沸腾。以后有机会，我一定要去疆场报效大宋，在战斗中抒写最壮丽的诗篇。"

襄王赵元侃的话让在场的人都激动不已，大家都对他投去信任而赞许的目光。

张耆还是让御街京味第一楼的小二们送了菜来，带上了一坛温热的开封双黄米酒。这双黄米酒不伤人，上了头，一会就过劲了。

众人都敬襄王和刘娥。襄王招招手，要张耆和夏守赟都坐下。几位少年都唤刘姐，脸都喝红了。

来了紫云别苑，都有礼物，一本刻板印的襄王诗抄，一套新平瓷行的白瓷茶具，锦盒包装，里面一把小茶壶，六套带托带盖的茶盏，如白玉一样，漂亮极了。

送走客人，刘娥跟元侃说："我跟夏守赟去买的茶具。皇上不久要做五十大寿了，他酷爱书法，我在新平瓷行挑了一套最好的白瓷文具，特制了红木礼盒。"

刘娥眼圈有点红，说："这次没有看到娟娟，她跟霍定正回昌南去了。"

第十九章　父皇喜识昌南瓷　娟娟巧成影青釉

端拱元年（988）十一月，是赵炅的五十寿辰。

本来，宋代皇室诸事都提倡节俭，但这次是逢十的五十大寿，诸皇子都已出去立府，纷纷问着做寿之事，以表孝意。赵炅想，前几年的北伐造成的阴云也应当驱散，和李后商量，在后苑玉清楼全家聚会庆贺，交王继恩去办。

寿宴定在申时正牌举行。

襄王赵元侃在紫云别苑接过刘娥精心包装好的寿礼，交给夏守赟。夏守赟上马后小心翼翼，把包寿礼的红绸挂在脖子上，再紧紧地端住，紧跟张耆说："你的马可不要跑快了。"

皇家后苑长廊上的雪光，映着夕阳，分外刺眼。玉清楼金碧辉煌，里面已经人声鼎沸。

到廊桥入口，襄王将缰绳交给张耆，带着提着礼盒的夏守赟进去。

夏守赟新晋襄王府给事，他身穿七品紫红官服，头戴进贤二梁冠，脚蹬黑色皂靴，分外精神。在玉清楼门口，两位武功太监收下了他端着的礼盒，还是把他挡在了襄王身后。

襄王说："那你就和张耆他们等我。"

赵炅神采飞扬地坐在上方的龙椅上，看见元侃进来，他十分高兴地笑了笑。

满面笑容的李皇后坐在左首，浓妆华丽的王贤妃坐在右边。

襄王元侃注意到，各位亲王带着王妃均已早早地都到了，他们在各自席位上向他微笑。

襄王元侃上前，向父皇、皇后行过大礼。皇后见他一人，关切地说："皇儿，母后知道你可怜，襄王妃重病多年了。"

诸王的寿礼已经献过了，无非是奇珍异石，都置于两边案上。

太监已经将红绸包着的寿礼捧了上来,周怀俊禀报:"襄王献上寿礼。"

揭开红绸,是一个精雕着龙凤呈祥的红木礼盒,红烛下光彩熠熠。

赵炅示意:"打开礼盒,朕要看看。"

周怀俊轻轻揭开,上面端端正正置放着一本澄心堂纸的诗集,封面上写着"元侃诗抄"。周怀俊拿起诗集,呈给皇上。

赵炅翻阅,都是元侃新的诗作,用小楷端端正正地抄写了六十首诗共八十张,装订得整齐、雅致。赵炅感叹:"朕要三儿与杨亿、钱惟演一起研究诗词,练习书法。在朕五十寿辰的日子,三儿是用他的成绩向朕报告啊!"

红木礼盒中一套白玉般的文具,橘黄色的绒布衬底做成凹凸的定型,平整地置放着水盂、笔筒、笔架、带盖的墨盒,一个小的是印泥盒,还有镇纸,共六件套,在绒布辉映下发出温暖的光芒。

赵炅远远地看去,问元侃:"这不是白玉雕出来的吧?"元侃忙回答:"父皇,是瓷器。"

周怀俊连忙捧起礼盒,跪呈在皇上面前。

赵炅拿起水盂,笑着说:"瓷器能制成像白玉一般,这套文具确实不错,朕写字正好用得上。元侃,是哪里的瓷器?"

元侃忙站起来回答:"禀报父皇,这是饶州府浮梁县昌南产的瓷器。"

"饶州瓷在唐代就被誉为'饶玉',柳宗元还为之写过文章呢。瓷器是我中华特产,要振兴起来。朕要下诏到浮梁征选御瓷,要工部派员下去考察,我朝现在要把发展经济文化放在重要位置。"赵炅接着说,"朕已下诏给御书局,要将历朝历代帝王大臣保存下来的最好的书法作品,摹勒刻板,然后拓印,装订成册,奖掖给皇室子孙、大臣和科举考试中的佼佼者,将优秀的书法遗迹万世保留,发扬光大。"

看到父皇高兴,元侃多喝了几杯。晚上回到别苑,元侃抱着刘娥吻了又吻,"小娥,小娥"叫个不停,他说:"你都成了我的军师了。父皇

第十九章　父皇喜识昌南瓷　娟娟巧成影青釉

对礼物倍加赞赏，我写八十张小楷认真，你装帧得愈见仔细。"

刘娥笑着说："张耆帮我找的红木雕匠做工更精致。我是觉得，做寿礼用那个蓝色锦盒不好，改用红木，盒子里的绒布定型我想了很多办法才做好，就显得精致。"

元侃坐起来："是啊，你是怎么定型的？"

"我用棉花放在桃胶水中浆好，放在先钉好的同等大小木盒里，放上橘黄绒布，然后用瓷盂、笔筒、笔架、墨盒、印泥盒等，一个一个放在上面挤压，使其凹陷，然后晒干，再将边缘皱起花纹压好，最后取出放入红木礼盒，放上瓷文具，就如镶嵌在其中。"

元侃将刘娥抱起来，转起来。

"三哥你这么抱，小娥吃不消了。"刘娥沉浸在二人的世界里，比在明月轩更称心了。

南河，实际上不过是昌南一条随山蜿蜒的小溪，潺潺汨汨，制瓷的人们却非常重视这难得的水力资源，隔一段距离拦起一条小挡水坝，筑一条水渠，让湍急的水流推动巨大的水车，石锤轮番落下，打在石臼里的瓷石上，发出雷鸣般的声音。

溪边几十座水碓，隆隆巨声汇成一曲制瓷壮歌。

黛瓦白墙，杨梅亭有如犹抱琵琶半遮面的仙子，隐藏在遮天蔽日的古樟林里。

村外道上，传来朗朗笑声，从邻村湖田方向走来洪柱几个年轻人。他们还带着刚跟父亲霍定正回到昌南的娟娟，娟娟已经十二岁，长成姑娘了。他们进村来到一处院落前，敲敲门，大声喊："上官叔，我们来了。"

门开了，上官云林笑呵呵将他们迎进院子让大家屋里喝茶。

一位束着头巾的小伙子却说："上官叔，快开窑吧？时间过了，窑温一定不高，我们都急着看瓷器呢。"

上官云林三十多年前随父辈一起从河北定州来到昌南，上官家是定窑陶瓷世家。他们发现南河这一带瓷土细腻,就在杨梅亭落户下来。霍家在杨梅亭有套房子和瓷作坊,让上官家住了,还聘请上官云林为霍窑的把桩师傅。上官云林用北方的方式建了馒头窑,摸索着烧出了与青瓷不同的白瓷,销路很好,受到乡亲们的关注。上官家带着杨梅亭瓷工们一起烧白瓷,杨梅亭成为南方最早烧制白瓷的窑口。霍家包销了杨梅亭的全部白瓷,也影响了附近湖田和湘湖的制瓷作坊。

"洪柱,"上官云林笑着说道,"我知道你们迫不及待了。"

一段时间来,上官云林在试制新的釉料,霍窑领班洪柱经常上杨梅亭来,跟着上官师傅一起,帮忙改变釉灰的成分和比例,喷在瓷坯上,隔几天就烧一次对比色泽。这南河一带的瓷土特别白、细腻,加之附近涌山和寺前送来的石灰质量好,配好瑶里釉果,制出的釉灰好,烧出来的瓷器真是堪比白玉,几近透明了。调整了釉灰成分,每次釉色都有变化,洪柱他们都做了记载。

上官师傅建的馒头窑规模不大,就建在院子内,馒头窑与昌南传统的龙窑不同,无须靠坡修建。上官建馒头窑略略做了改变,吸收了龙窑长处,增加了窑门通至烟囱的长度。这种窑非常实用,周围许多工场都在龙窑之外增建馒头窑。

停烧已经几天,窑门炉口处余温不高。几个人没用多少时间,就将耐火砖搭封的窑门拆卸了。

让炉膛通风,洪柱他们就围坐在上官师傅身边,听他讲定窑。

娟娟知道这是自己霍家的窑,她就去帮上官师母做事了。

上官师母听说娟娟是京城长大的霍家小姐,哪里敢让她做事,端了张竹椅给她坐:"小姐你歇着。"娟娟对什么都新鲜,哪里肯坐。

定窑是继唐邢窑白瓷之后兴起的,产地主要在定州曲阳一带,历来有北白南青之说。但五代河北一带历经战乱,定窑停烧,上官一家也逃难来到江南。到了昌南,霍窑将上官云林当作自家人,霍永正、霍定正两位老板,对他都很敬重,他又有用武之地了。

上官师傅说:"昌南真是制瓷的好地方。水土宜陶,且松柴烧成温度高，北方战乱而昌南二百年安宁稳定，只要我们悉心烧试，一定能独树一帜。"

屋外有人喊上官，他应了一声就出去了。

洪柱带领伙伴们干起活来。几个人将练好的泥再搓了一把就上轮车拉坯，踩一脚轮车飞转，一排排成型的茶盏、茶托、盏盖就摆上了长木板，很快晾在外面了。

利坯就靠洪柱一把刀。几个人将已晾干的瓷坯一排排摆在架子上，让洪柱伸手便能拿到。

随着洪柱手中小而薄的利刃的调整，一片片粉状的瓷泥从他手边飞扬出来，一个个漂亮的盏、盖、托脱颖而出，落在长板上。是因为霍窑出去的白瓷每一个都必须是精品，这些试烧的瓷器更是得确保每套瓷器每件的大小高度厚薄，都必须达到标准化。这还是成型，剩下的就是釉色。

娟娟想："我才不让他们把我当大小姐呢，得找点事干。"结果她终于在后面灶台边发现有她可以做的事。

灶台前一个大深坑，都是烧剩的草木灰，应该清理到外面去。娟娟拿起灶边一个大簸箕，在灰里撮了一下，将簸箕装满灰也没多重，她就端着一簸箕灰出去了。被上官师母看见了，她心疼地解下围裙，帮她擦去脸上的灰，说："小姐，把你衣服弄脏了。我帮你罩上吧。"然后，在娟娟身上围上一个大围裙。

从灶台到院外，要经过吹釉的工棚。

娟娟干得很欢，她的目标是把灶前的灰都清理干净，再跟洪柱他们回家。她端着一大簸箕草木灰经过最前面的釉桶时，围裙被挂了一下，手一抖，一簸箕灰全打翻在釉桶里了。

娟娟看着浮在桶里釉上的一大堆灰，感觉自己闯祸了，哭丧着脸不知如何是好。

这时工棚外闯进一个毛头小子，年纪比她大不了多少。他瞧见娟娟在为难，看了看釉桶里的灰，说："没事，他们调釉都要放很多熟石灰下去，都是灰。"

毛头小子找了根搅釉棍来，稀里哗啦一搅，将草木灰全搅进釉里了。他对娟娟说："我叫小柱，是本村的，洪柱是我堂哥。"

这时，上官师母喊："小姐，吃中饭啦。"小柱听有人喊小姐，他伸伸舌头就走了。

吃饭时，上官师傅说："今晚酉时满窑。"

洪柱说："等会儿大家一起吹釉，让坯干一下一起进窑。"

当娟娟看见吹釉师傅们一个人一只小木桶，全是到那只大木桶舀釉，心里七上八下的，而那个毛头小子小柱却对她吐舌头，偷着乐笑。

下午，她父亲霍定正来看满窑。她再不敢去运灰了。

满好窑，封好口。洪柱带着伙伴们一起搬了一大堆干柴到炉口，剩下的事就留给上官师傅了。

停止投柴后七天，挑了一吉日开窑。

娟娟忐忑不安，一直盼着这一天，想看个究竟。

娟娟跟着父亲、洪柱他们又到了杨梅亭。

上官师母看见她，老远就在招呼："小姐。"

小柱站在她后面，牵牵她衣服，告诉她："等下还要拜菩萨。"

果然，洪柱到里屋搬出一张方桌，上官师傅将香案上的"制瓷始祖赵慨牌位"摆到桌上，再摆上香炉、供品。

霍定正站中间，上官师傅、洪柱分列两边，众人都站后面，每人手拈三炷香拜祭。

炉内已降至常温，洪柱第一个进入，捧出炉膛中的匣钵。

他将匣钵放在台子上，把叠起的匣钵一个一个放平。上官云林和青年人都围了过来，眼睛都露出惊诧不已而欣喜万分的神采。

淡褐色的匣钵里漾着一层清冷的光辉，一个瓜棱执壶，一个茶盏，一个茶盏盖，一个盘碟都晶莹如淡淡的翡翠，静静地或立或卧在匣钵中，淡绿中透出白胎，厚处呈深绿色，莹润精细，晶亮透彻。瓜棱执壶凹处的积釉有如透亮的祖母绿。

第十九章 父皇喜识昌南瓷 娟娟巧成影青釉

洪柱和几个年轻人欢呼起来。娟娟心安了，小柱朝她挤挤眼，笑得不正常。

上官云林却在一旁纳闷儿：怎么会变成这种颜色？一定是改变了釉的成分。

洪柱在上官师傅的神色中也感觉不对头，他走过去和上官师傅轻声交换了看法。这时候，他关注到两个半大不小的孩子神情不正常。他想了想，从怀里掏出一把铜钱，有十个，他说："这是有人在釉灰里加了别的东西，才烧出淡青绿的颜色，这是好事，应该发奖。是哪个做的说出来，这十个铜钱就奖给谁。"

"是我们！"小柱高兴得跳起来，一把就抢来了洪柱手中的钱，解开分出五个铜钱塞到娟娟手中。

"怎么回事？"洪柱发问，霍定正也感到奇怪。

娟娟噘着小嘴解释："那天我没事干，就帮忙撮灶前的草木灰，后来不小心打翻在釉桶里，小柱把灰搅和了。我不是有意的。"

霍定正一把将娟娟抱了起来："女儿，你知道吗？你第一天来霍窑，就干成功了一件天大的好事。从青瓷到白瓷，现在烧出了带着翡翠色的青白釉，这是昌南制瓷史上一个崭新时代的开始！你为我们霍家、为昌南、为浮梁、为饶州争光了。"他在女儿脸上猛亲了一下，"你真是霍家的宝贝。"

洪柱也抱着小柱的头亲热不止，小柱却说："哥哥你以前老说我捣蛋，现在你知道我大胆也有好处吧，你要答应，带我做徒弟。"

洪柱这下心软了，说："好！我答应你。"

上官师傅跟洪柱说："这次只是偶然。娟娟装的灰都是山上狼箕草烧的，也有狗尾草烧的。我们现在就要重新研究，用多少狼箕草灰与多少熟石灰配制得到这种颜色，添加多少狗尾草，还有什么变化，怎样配制的方法最好。"

霍定正将娟娟放下来，严肃地宣布："这是霍窑的专利。暂时谁也不许出去说，更不能说出配方的组成。"

试烧的瓷器全搬出来了，有一组釉色更偏天一般青色，还有一组积釉处有些偏豆青色。

上官师傅晶莹的泪花在眼中闪烁，这些白中透青温润如玉的瓷器石破天惊问世，不是昙花一现，而是宣告了一个瓷器发展新时期的到来。

"我们还须多次用狼箕草灰配制多次试烧，颜色稳定了才算成功。"上官师傅说道。

病入膏肓形容枯槁的襄王妃潘蝶离世了，年仅二十二岁。

刘娥在紫云别苑烂漫开放的海棠树下，摆了一张供桌，为她设了灵位，刘娥用端端正正的欧楷写着：

襄王妃莒国夫人潘蝶之灵位

张耆妹妹带着钱惟玉在炭盆里烧纸钱，受刘娥的感染，她们脸上也是流不尽的泪水。

刘娥噙着眼泪跪拜后，在那尊越窑青釉的瓷香炉中，插上燃着的三炷香，然后手执她昨日写好的祭文，哭祭：

襄王妃莒国夫人潘蝶在天之灵

小民刘娥泣祭

惊闻襄王妃莒国夫人仙逝，娥悲感万分，旧事历历，思之凄梗。汝贵为朝廷命妇，吾乃平民百姓，无奈已先入王府，岂敢与汝争矣。

吾大祸临头，被逐出城，胎儿夭折。吾欲轻生，然苟且幸存，呜呼！吾闻汝患心疾，为病魔所缠，吾岂心安，再三思忖，汝吾同为妇人，同命相怜，倘若汝知吾已怀身孕，绝不会如此相煎，吾故捐玉佛以求化解，愿佛祖佑汝也。孰知天意诚难测，寿者不可知分，汝竟就此辞世矣。哭汝又不闻汝言，吾悲极痛切。愿汝香魂驾云直升九霄，早登仙界。呜呼哀哉！

刘娥念完祭文，悲恸过度，摇摇晃晃。

刚刚在王府处理丧事的襄王元侃，进来已经多时。听刘娥读祭文，元侃也声泪俱下，他赶紧上前扶住刘娥，一把将她揽在怀中，说："我代她谢谢你好了，你这么好心肠，感动苍天。"

刘娥喃喃地还在抽泣："她毕竟是王府女主呀，只是想不到命薄。"她还在对元侃说，"她是女人，若是她知我已怀孩子，绝不会逐我的。只是那王继恩太恶毒。"

跟在后面的钱惟演抹去泪水，说："刘姐的祭文感人肺腑，真情寄于字里行间，蕴藏着极其细腻的女子情感，是我们所不能及的。"

聪明的杨亿含着泪水想调节气氛，说："刘姐文章如行云流水，读来朗朗上口，可进秘书监了。"

刘娥知道这二位小弟在讨好她，但还是一下子调整不过来。

元侃被刘娥的善良深深感动，有杨亿和钱惟演这些小年轻在，他只能握紧刘娥的手，心里热乎乎地感到，人生第一次的选择是正确的，有刘娥在身边，就能把握"善"这个根本。

潘蝶逝去不到一年，已复检校太师、加同平章事的潘美也走了。

崇政殿。赵炅斜坐在软榻上，腿上的箭伤隐隐作痛，他英武的双眉紧锁着，心事重重。潘美毕竟是曾经与他一起征战沙场的开国元勋，本来，赐婚潘府是对潘美的一种奖赏，而襄王妃却因记恨刘娥，与元侃不合，久病而亡，雍熙北伐兵败和这件事使得潘美心力交瘁，导致了他的去世。

周怀俊在龙案上放平一卷黄绢，皇上怀着悲痛亲自拟旨，交给他："你速去潘府宣旨。"

潘美，赠中书令，谥武惠。

第二十章　状元父子承圣恩　襄王书法得真传

太阳从彩霞中一下子跃上来，金光万道，红墙黄瓦重重叠叠的十里皇城，顿时变得分外清晰和宏伟庄严。

紫宸殿里，朝会已经结束。

赵炅依然端坐在龙椅上，微微显胖的脸上笑容可掬，飘拂的美须垂在胸前，已过天命之年的大宋天子，踌躇满志而又十分亲切地望着下面满朝文武。

这一次端拱二年（989）共取进士一百三十八名，比上届多取二十名。正是在每届科举考试崭露头角的莘莘学子，脱颖而出，为国家政坛和文学艺术注入了新鲜活力，使得崛起的大宋朝气蓬勃，勃发生机。而名列前茅的青年才俊，则能步入金殿，受到皇上的接见和褒奖。

国子监来报，新科状元等已到殿外。

赵炅对身边的大内都知总管王继恩说："宣他们上殿。"

王继恩匆匆走出殿外，拂尘一摆，喊道："皇上口谕，宣新科状元陈尧叟等上殿。"

陈尧叟排在头上，二十九岁，气宇轩昂，他虽然来自川蜀，但祖上是北方人，显高的身材着面圣特赐的绯衣，头戴花翎乌纱，更显风度翩翩。

陈尧叟和新科进士中前十名佼佼者徐步入殿，即跪伏参拜，山呼万岁。

赵炅吩咐："众卿平身。"

皇上看见排在前面的新科状元陈尧叟一表人才，心想："我大宋官员若都是相貌堂堂，如此威仪，处理政事则要顺畅得多。"

赵炅唤陈尧叟："陈爱卿，你的试卷我调来看了，立论鲜明，见地独特，切中时弊，颇有文采，不错。"

"听国子监禀报,你参加乡试、会试、殿试均为第一名,连中三元,很好!"赵炅接着说。

"谢皇上褒奖。"陈尧叟答道。

赵炅问:"爱卿优秀,与从小家庭教育培养一定相关。你的父亲是谁?"

"禀报皇上,臣的父亲陈省华。"

吏部侍郎说:"陈省华,是娄烦县令。陈尧叟之弟陈尧佐,是上届进士。"

"朕倒想见见这陈省华,问问是怎样培养双进士的。"赵炅于是急传陈省华进京陛见。

赵炅与进士中的精英都一一对话,看到他们举止大方,辞意畅达,乐呵呵地勉励再三。

三天后,陈省华赶到,在崇政殿门前等候。

赵炅召见陈省华,他觉得陈省华是个人才,年近半百,实属不易,诏命陈省华为太子中允。

襄王元侃写了几幅字,送来向父皇请教。赵炅接过元侃用澄心堂条纹笺写的小楷,细细看来,赞许说:"不错的,秀丽而俊挺,刚劲工整又不失柔韧。"

他吩咐周怀俊:"宣翰林侍书王著。"

元侃又展开一幅临写的王羲之《兰亭序》。

赵炅嘴角挂起笑容,他捋着美须,眯起龙眼,一个个字一行行章法认真评判。他说:"三儿平常还是用功的,已经悟到二王行书笔法的真谛了。以后可以由行入草,再学草书。"

"谢谢父皇夸赞,儿臣谨记心中。儿还要将楷书、行书写精写好,练习行草,不负父皇教诲。"元侃说。

周怀俊急急进来,说:"翰林侍书王著到。"

"宣他进来。"赵炅说。

王著来了，矮矮的个子，但昂首挺胸，气度不凡。他原是蜀地的一名小官，书法造诣很深，赵炅看了他的书法，非常欣赏，任命他为翰林侍书与侍读。

赵炅吩咐："给王爱卿赐座。"又说，"这是襄王元侃，他的几幅字请爱卿予以点评。"

襄王忙向王著拱手行礼。

王著背着手，细细看了元侃临的《兰亭序》，说："字形临得很准。看来襄王对羲之笔法是掌握了。请襄王注意到，王右军写此帖是一气呵成的，章法特点之一是连贯性很强；而襄王临习时，一句一句之间，停息久了，故而章法还要深练。小楷字形很美，但点划之间，没有彰显抑扬顿挫，反露笔力不够，还须多练，才能运笔自如。"

襄王忙说："多谢王侍书指点。"心想："此人鉴赏评判能力非同一般，怪不得连父皇都向他请教了。"

赵炅问道："王爱卿，刊刻字帖之事准备得怎么样了？"

王著答道："皇上亲自决定编辑这部丛帖，自先秦至隋唐一千多年，似浩瀚大海，微臣遵旨先对御书局里保存下来的历朝历代法帖整理，甄选了帝王和名臣的佳作。搜访先贤笔迹，得到了诸方和大臣们的支持，荆湖献张芝草书，漳州献唐明皇书，升州献王羲之、献之及恒温凡十八家石版书迹，殿直潘昭庆献唐褚遂良、欧阳询、虞世南墨迹三本。微臣选用了最好的枣木锯板并进行处理，部分名家法帖正在摹勒上板。这部法帖预计收录一百多名帝王名臣书家的四百多帖，让极其珍贵的真迹保存和普及。遵照皇上重视'二王'的旨意，王羲之、献之的书帖占到较大篇幅。目录尚在编辑之中。"

赵炅很高兴："这部法帖应算得上丛帖始祖吧，王爱卿功不可没。"他又说，"朕还有两幅字请王爱卿点评。"

元侃惊诧不已，为父皇的谦逊和对文人雅士们的敬重而深深钦佩。

周怀俊在御案上展开一幅澄兴堂纸的条幅，上面用草书写道：

> 促轸调弦急，碎声用意弹。
>
> 指头轻妙处，莺舌五音端。

赵炅："王爱卿，这是书朕的诗作，如何？"

王著："乍一看，草书的结体很到位。但细细品来，感觉还没有写出诗的意境。诗是写音乐的，而书作缺少的正是旋律。还需练习。"

还有一幅也是赵炅书写自己的诗作：

> 晴霁夜清秋，星繁月似钩。
>
> 乐耶兴我意，绝唱入冥搜。

元侃看父皇的草书，已达绝佳境界。可是王著却说："诗欲写景寄情，而书尚未跟上情感，应像杜甫观公孙大娘舞剑，'来如雷霆收震怒，罢如江海凝清光'，舞者瞬间收剑，书者运笔之势也就此而敛，再练吧。"

而赵炅始终恭听，没有一丝嗔怒之情。

散朝后，襄王元侃走出紫宸殿。

早春二月温暖的阳光照在身上，漾起全身昂扬的朝气。他习惯地伸出双臂，扩扩胸，真想快点回到别苑，吃点便膳，开始一天新的日程。

皇后宫里的内侍太监在候着，说是李后在等他一起用膳。

"母后，皇儿给母后请安。"元侃跪下。

李后忙将他扶起，说："三儿，不要多礼，快到内厅与母后一起用膳。我昨天就吩咐今天早膳要送开封大汤包、桂花糕，还有胡辣汤，这些都是你小时候喜欢吃的。"

提到小时候，元侃仿佛又回到了童年。生母病逝后，他和兄长元佐就被送到李氏这里抚养，依然享受了浓浓的母爱。

"还是宫里的大汤包好吃。"年轻力壮的元侃一下子就吃下去三只。

看到原来每天围在膝边的孩儿，出落成风华正茂的青年王爷，李后感慨万分，说："皇儿呀，你要常来母后这里坐坐。"

她接着说："昨天你父皇跟我说了，考虑到潘妃离世已久，又为你选了宣徽南院使郭守文之次女郭怡然，为襄王府新王妃，择日下旨迎娶。"

元侃没什么反应，喝完胡辣汤，还是说了："如与潘氏一样，不如不娶。"

李后笑了笑，说："母后知道你身边还有她。你上次不是来讨懿旨要出城令牌吗？其实你父皇也知道了，不是潘府闹，他也不会下旨逐她，得悉她已怀你的骨肉，因此夭折，他也十分自责。这次对郭府之女再三打听，郭怡然虽说也是将门之女，但性格文静，心地善良，大户人家却能节俭，也难得了。"

元侃不说话了，他又不能抗旨，只是刘娥这边……

李后叫宫女梦芸从柜子里取出一只黄花梨木盒，揭开盖子，里面是一只晶莹剔透的翡翠玉镯。

李后盖上盖子用红绸包好，交给元侃，说："这只上等的祖母绿翡翠手镯，是前年安南国进贡的。你父皇赏赐给母后，母后舍不得戴，早就想好送给你那位。今天正好你带去，也是母后的一点心意。"

元侃接过手镯，母后的一番真情，将他感化了，他点点头，说："我替她谢谢母后。"

李后又说："皇室应子孙满堂，你房中现还没有子嗣，多配侍妾也无妨，你看这梦芸杨氏，也是官宦人家出身，如花似玉的，宫女里我最喜爱的，为她今后好，在你娶妃之后，赐给你做侍妾了。要多生几个孩子。"

李后一说，她身边的那位秀丽的宫女杨梦芸，面对襄王元侃，脸一下子就红了，害羞地低下了头。

元侃来到别苑，一时不知如何张口，坐着发愣。

泡上茶来，他低着头闷闷地猛喝。

刘娥一看他的神情，就知道有事，一猜八九不离十，准是与她挨着边。

刘娥说："有什么事？王爷你说吧，小娥都是死过一次的人了，什么扛不住？"

"又给我赐婚了，还是个将门虎女。"元侃开口了。

"这很符合人伦。潘妃走了这么久，王妃之位不能总空着，我一个被逐贫女，永远不能企盼。王室子嗣还要多多益善。"刘娥坚强但忍不住泪水。

元侃站起来，抚着她的肩头，一时无语。他想了想，从怀里掏出那个红绸包着的黄花梨木盒，小心翼翼拿出玉镯，给刘娥戴上，祖母绿的光辉浸润了一切。

元侃说："这是母后赠送你的，安南国的贡品，父皇赏赐她的。"

刘娥抬起头来，眼睛里的泪花闪着晶莹的光芒，她问："母后知道我了？"

"你不知道，上次救你，是她下懿旨领取令牌进出城的。"元侃抱住刘娥。

皇室总算有人默认她了，不是妃，不是妾，还是一个活在圈子外的孤魂……刘娥伏在元侃的肩头上大哭起来。

很久很久，元侃将她按坐在椅子上。

他竟举起手来："我一个大宋襄王……"

刘娥忙站起来说："三哥，别这样，小娥想得开，我们在别苑挺好。"

元侃接着说完："在一起六年了，什么都难不倒我们，现在还需要忍耐，我们一定会修成正果。"

第二十一章　赵炅悲恸哭爱子　元侃刑场挽救人

入冬不久，北方战事再起。

辽帅耶律休哥率八万铁骑再次大举入侵，攻克涿州，陷长城口。大宋派李后的兄长、年富力强的名将李继隆北上驻守唐河。

耶律休哥的精锐如暴风般扑向唐河。

李继隆在北岸设下两千名伏兵准备背后突袭。耶律休哥发现埋伏后，率先对宋军伏兵展开攻击。李继隆见情况有变，立即下令战将荆嗣出兵救援。荆嗣杀入重围救出伏兵，迅速退至河边，背水抵抗。

耶律休哥亲率骑兵主力冲击，荆嗣顽强抵抗撤至南岸与李继隆主力会合。

李继隆下定决心决战，他喝退太监监军林延寿，命田敏率数百名精锐骑兵列于阵前，摧锋先入，李继文、荆嗣和镇州都部署郭守文乘势掩杀，大将裴济也率军与敌人短兵相接，奋力拼杀，辽军大败，宋军一直追击到满城，初步遏制了辽军南下的势头。

数月后，耶律休哥率兵卷土重来。李继隆召集镇、定、高阳关精锐，援助威虏军。李继隆派大将尹继伦偷偷进至辽军后背，到凌晨时，尹继伦乘耶律休哥不备，突然从背后袭击辽军。辽军正在用餐，顿时一片混乱。尹继伦冲进辽军主帅营帐，劈面一刀，耶律休哥手臂差点被砍断，狼狈逃窜。辽军很快开始反击，但此时李继隆和大将王杲、范廷召领兵杀到，尹继伦得到增援，军心大振。辽军溃败，又在曹河遭到宋军孔守正伏击，狼狈逃窜。此战使宋辽战争的形势为之一变，此后十年辽军没敢再次大举进攻。

元佐发病幽禁南宫，赵炅就把希望都放在许王元僖身上了。

元僖不像元佐淡于功名，他非常注重让自己实至名归，他在开封府判官吕端和众属官的协助下,短短几年,已将京城治理得"夜不闭户,路不拾遗"。感情也称心如意,许王元僖十分宠爱那个意外获得的侍妾张丽君,回到许王府都是在张氏屋中。许王妃李氏非常贤惠,见许王专宠,也不妒忌,处处包容。

那天散朝后,赵炅在崇政殿用过早膳,翻开案上的奏折,正要批阅。忽然内侍来报,许王突发重病,已快不行了。

赵炅一听,立即起身,仅带了几个人直奔许王府。

李妃急急忙忙赶到前院接驾,哭道:"早朝后王爷感觉心里难受,就没去开封府,一到家中就倒下了……"

里面已哭成一团。赵炅急匆匆穿过回廊,赶到内厅。

元僖已平躺在他常坐的软榻上,眼睛闭着,面色苍白,两只手抓着胸前的衣服。

赵炅走上前去,用手试了一下,几乎没有鼻息,急唤:"儿呀,你不要吓朕。"又急召:"御医何在?"

一位御医已跪伏在脚下:"启奏皇上,许王心衰,乃过度劳累所致。"

赵炅脚一抬,御医已滚下台阶。

他抱起元僖,还是急唤:"儿呀,你睁开眼睛,父皇在此。"如注的泪水淌在元僖的脸上。

已昏死过去的元僖,渐渐冷去的身体上传来父亲强大怀抱的温暖,缓缓睁开眼睛:"父皇,恕儿不能再尽孝了。"

还是浓妆的张妾跪着,想喂他一匙水,但元僖却头一歪,噙着泪水的眼睛又闭上了,再也没有睁开。

五十四岁的赵炅怎么能经得起丧子的打击,知道无望了,紧紧贴在爱子的脸上,不由得号啕大哭。李妃和许王府所有人都跪下来大哭。

大内都知事王继恩和急驰而来的襄王元侃等人,几乎是同时到的。

跪着哭泣的张丽君听到王继恩的声音,抬头看了一眼,刚刚接触到王继恩的眼光,她就突然打了个寒战,意识到自己已经大祸临头了。

元侃虽然也是泪流满面，但他已经像是个真正能够理事的主心骨，他搀扶着已经被悲痛摧倒的父皇，吩咐许王府给事吴晓、韩军，和张耆、王继忠一起上前，将赵炅半扶半搀，抱上王继恩带来的皇辇，护送到宫中崇政殿。

宫中内侍太监们急忙上前，与襄王一起将皇上扶到龙榻上躺下。外人一般是不能上殿的，张耆、王继忠就在殿外候着。

元侃守护在父皇身边，不敢离开。

赵炅伤心过度，昏昏沉沉，躺到中午才睁开眼睛，看见元侃一动也不动，伫立在身边，略感慰藉。

周怀俊递上一条热毛巾，赵炅将脸上的泪痕都擦去了，元侃将热茶递到他手中，他喝了点。

赵炅略有所思，对周怀俊说："笔墨伺候。"

赵炅含住泪水，强忍住肩膀的战栗，手执长锋羊毫在素锦上疾书，草就一首《悼亡子诗》。

赵炅行云流水般挥毫速度很快，磨的墨有点干，写在素锦上形成很多飞白。元侃难得看到父皇这样写草书，适时牵动素锦，让父皇不必移动身子，就可运笔自如。

崇政殿一片寂静。

元侃从那跳跃的字里行间中，读出与天地一样广大深厚的父爱，他早已热泪潸然。

内侍太监端来一碗参汤，赵炅接过用汤匙舀来喝了，吃了两块桂花杏仁糕。含泪写完一幅长卷，他已非常疲惫，又在软榻上斜躺下了，闭上眼睛。襄王将丝绵被盖在父皇身上，吩咐内侍好生服侍皇上休息。

冬至时分，天一下子就黑了。当赵炅再次醒来，已过子时。他站起来，看见元侃坐在圆凳上，和着身上的棉袍，靠在柱子上已睡着了。赵炅轻轻拿过丝绵被为爱子盖上，吩咐内侍将火盆拨旺。

外殿台阶边，王继恩手执拂尘，似乎是在等候。赵炅见状，问："那边怎么样了？"

王继恩:"禀报皇上,许王已经装殓了,只是……"

"只是什么?"皇上问道。

"许王突然离世,必有原因,应该查明,涉罪之人应从严处理。"王继恩说的似乎很是在理,他心里却怀着鬼胎。

皇上说:"这是你职权范围之事,朕就特命你去许王府勘查,诸事由你定夺。"

王继恩领旨而去。

赵炅将元侃叫醒:"朕知道你一片孝心。你也回去歇息,有空就去许王府帮忙料理后事。"

襄王应诺回府了。

内侍们服侍赵炅到里面寝宫睡下了。

待襄王元侃再带着张耆、王继忠来到许王府,这里已被王继恩闹得天翻地覆。

王继恩说奉旨搜查,一身缟素的许王妃李氏毫无办法,王府其他所有人员的住处都受到搜查。

李妃跪在灵堂,带着四个丫鬟往火盆里烧纸。她和元侃打过招呼,一切无可奈何。

王继恩手持拂尘,稳坐在太师椅上,等候他安排好的结果出现。

一位太监手捧一个瓷罐,说是从侍妾张氏房中找到的。王继恩看了看里面,对御医说:"里面的药物你们验证。"

两个御医分别从瓷罐中拿出一块类似生姜的中药,用手掰开一块,放在口中尝了尝,确认是"乌头",又叫"黑附子",是一种有毒性的中药,长期服用会引起心衰。

王继恩阴险的脸上露出一丝奸笑:"这就对了,分明是张氏毒害了许王。"

什么瓷罐、乌头,都是莫须有的,张氏从未见过。但是王继恩指使太监将罪证带走,向皇上面奏。

元侃无法介入,他是来帮忙料理后事的。问到元僖病情,李妃告诉他，元僖心痛有很多年了，操劳偌大一个京城，的确太累，心痛近来发得勤了。

到头七出殡之前，王继恩来了，他来宣旨。

张氏被按倒在元僖灵前，她知道根本无法解释了，许王的救命之恩她只图报答，哪里还会去害他呢？

王继恩："张氏听旨。"

> 查张氏用毒药"乌头"毒杀许王，罪不可赦。赐白绫着即自缢，张氏合族二百二十四口，皆于三日后午时三刻处决。

四尺白绫，四个太监。一个妙龄女子，就这样一命归西了。作陪死去的还有她房中四个女孩。

王继恩早已紧急拘捕了张氏九族之内亲戚。

开封府判官吕端和属官们心知肚明，都知道这是报复。但因开封府尹的死亡，他们也已经受到牵连，此刻什么也不能说。

看见襄王元侃，王继恩只拱了拱手："恕老奴领旨办案，失礼了。"

晚上，襄王元侃回到王府，正要歇息，夏守赟来禀报："开封府判官吕端前来拜访。"

吕端进了厅堂，就要给襄王下跪。

襄王元侃赶紧扶起吕端："不要折杀小王。"

吕端先开口："我今日前来实为张氏二百余口，只有襄王可以救他们性命。"

吕端完全清楚王继恩是趁机报复张家父女，并殃及合族，又不好向襄王说破，只是再三说："大宋以宽厚仁慈治天下，这件事岂能株连九族。如王继恩得逞，则使得朝廷威望明显下降。"

许王的离世，辍朝七日刚过。

无精打采的赵炅看见元侃急冲冲上殿，长跪不起，问道："三儿何事？"

元侃简单地讲了王继恩办案的事。

赵炅说："那天我见到张妾了，她面善，不像是恶毒之人，她毒害元僖没有任何理由。但王继恩奉旨办案，从她房里搜出证据，死有余辜。"

元侃依然跪在那里，再次叩首："儿臣只为二百二十四条性命讨一圣旨。大宋立朝以仁慈宽厚治世，才出现多年太平盛世。张氏之事，不应坐连九族诛灭。叩请父皇下旨赦免。"

赵炅含泪将元侃扶起："难得我儿有如此慈悲之心，朕准了。王继恩也确实过分了。"

西郊校场上的日晷已近午时，王继恩正坐在监斩官位上，得意地摇着一双臭脚，他借机杀掉了张氏，再斩草除根，就无人为其申冤复仇了。

襄王马快，擎着圣旨，和张耆、王继忠疾驰赶到了校场。

"刀下留人！"张耆、王继忠首先拦住刀斧手。

襄王元侃宣读了圣旨，张氏父亲张元伯留开封府杖责四十，余者全部赦免。

王继恩趴在地上，他惊呆了，他已经清楚这年轻的襄王必是他的克星。

第二十二章　小柱娟娟喜制釉　别苑群英临《阁帖》

昌南珠山南面的官瓷厂里，再也不像原来那样死一般的寂静，很早便传来叮叮当当的敲击声。

工棚顶上，一位瘦削的瓷工正猫着腰垫上缺失的瓦片。当他立起来，想挪动位置，椽木打滑，脚没踩稳，摇摇晃晃，还是滑下来了……

门廊里正走进一个人来，说时迟那时快，他瞬间一跃，冲到工棚下面，伸出双臂，将滑下的瓷工接住了，几个正在做事的瓷工都放下活围了上来。

摔下的瓷工站到了地上，说了句："谢谢！"他抬起头来，立在他面前的竟是一位头戴进贤二梁冠、身穿紫红袍服的官员，如铁塔一般挺立在那里，正朝他笑。

"小民陈世海多谢搭救之恩。"瓷工拱手要跪下道谢，被官员扶住了。

浮梁县令胡舜智紧跟着进来，他对众人说："大家干活要小心哦。这位就是朝廷新下派的县丞张功措，他是河北临城人，邢窑陶瓷世家。北方战事不断，他进士及第后就要求到浮梁来了，管全县瓷业和官瓷厂。大家要跟着张县丞好好干。"

张功措说："以后本人与大家就是同事了，不要太拘礼节。县令大人安排恢复官瓷厂，已经取得明显进展，朝廷拨款到后，珠山上的聚珠亭已整修一新，成为昌南瓷业兴旺发达的象征。"

"现在昌南瓷业欺行霸市的少了，民间的窑口都红红火火，兴旺着呢。"陈世海说。

胡舜智说："今日我与张县丞到昌南来，就是要加快恢复官瓷厂，成为全昌南制瓷的典范，扬我昌南之名。官瓷厂立足完成朝廷下达的任务，还要向民间的瓷窑请教，将能工巧匠们引进官瓷厂来。"

第二十二章 小柱娟娟喜制釉 别苑群英临《阁帖》

"听说昌南湖田杨梅岭一带瓷窑很多,不少正在由青瓷转烧白瓷,我们要去看看。"张功措说。

陈世海说:"我家外甥李洪柱就在湖田霍窑,小民愿陪二位大人去看。"

胡舜智笑着说:"那洪柱还是我朋友呢,现在就去湖田。"他吩咐随行来的都头焦晃,安排一名捕快,骑马带陈世海。

焦晃问道:"大人,我们要陪同去吗?"

张功措说:"你看我们北方大汉还怕强人吗?县令大人的意思,下村去不扰民,我们自己骑马去,你派名捕快带陈师傅就行了。"

湖田村,位于昌南的东南方。一片郁郁葱葱的绿荫,前面是一排排整齐的院落,几乎是同一格式,院里有青瓦白墙的民舍,盖瓦的瓷业工棚,院后是一座座缭绕着青烟的卧式龙窑,间隔建起了不少馒头窑。村间道路上,推车、挑担的人们忙碌着,生机盎然。

马蹄声引起了人们的驻足,前面二骑是身穿红袍的官员,后面一骑是带着一名百姓的捕快。

"到了。"陈世海说。

在马头墙写着"霍"字招牌的院落前,几人翻身下马。

洪柱推着一车釉果正要进门,他看见了走在前面的陈世海,喊道:"舅舅。"

陈世海说:"洪柱,你回来得正好,胡县令和张县丞来了。"

"请到里屋客厅坐。"洪柱赶快上前招呼。

"小伙子,你可好哇?"胡舜智笑着说。

洪柱忙说:"托县令大人的福,现在少受豪强欺负了。"

霍定正一早就到了湖田霍窑,赶紧从里屋出来迎接:"二位大人光临,霍窑蓬荜生辉。"

胡舜智介绍:"这位是县丞张功措,他现在负责全县瓷业和官瓷厂。"

霍定正:"浮梁瓷业有县丞专门分管,一定能兴旺发达起来。"

三人坐定,一位丰满的村姑用茶盘端上三杯浮梁红茶。霍定正介绍:"这是李洪柱的妻子香妹,心灵手巧,能画一手好画。"

霍定正说:"霍窑原来在新平东山里,后来搬到白虎湾,五代时移到湖田,靠近南河,这里瓷土取之不尽,湖田制瓷作坊已增至一百多家。目前还是以青瓷为主,霍家带着杨梅亭和湖田部分制瓷户正转向出产高端白瓷。"

胡舜智、张功措在霍定正和洪柱的陪同下,先看了自练泥、拉坯到利坯的程序,在霍家屋后一排展开的龙窑前,胡舜智问道:"为什么官瓷厂没有龙窑。"

洪柱回答:"龙窑烧青瓷量大,但窑温不够稳,成品率低。官瓷厂一般只烧贡瓷,量小,用馒头窑窑温更稳定。"

张功措点头了。他与县令胡舜智碰头轻声说了会儿话。

张功措拉过霍定正,说:"官瓷厂正在恢复中,急需骨干,我要挖你墙脚了,想把洪柱招到官瓷厂去做领班,怎么样?"

霍定正一开始面有难色,想了一下,说:"张县丞能够看中霍窑的人,是我们的荣幸。小民答应了。不过,洪柱还带着人在搞新品种,得空儿时兼顾着。"

张功措:"没问题。霍窑出了新品,全昌南都要学习推广啊。"

霍定正吩咐洪柱去库房取两套白瓷文具来。

打开锦盒,精巧的文具莹莹如玉,熠熠生辉。霍定正介绍:"这是霍家杨梅亭窑生产的白瓷文具,送与二位大人。"

胡舜智说:"这怎么能行?官府不能收取百姓的礼品。"

张功措忙从衣袖里取出二十两银子,说:"我们买下来吧,作为样品,摆在县衙,供来客观摩。"他将银两交给洪柱说:"你去账房交了再写个收条,我交给主簿报了。"

捕快和陈世海还在等候。

洪柱用一个厚布褡裢,将两套文具套好,牢牢挂在马背上。

张功措对洪柱说:"你现在是官瓷厂领班了,即来报到。"

四人上马，一溜烟消失在绿影婆娑的小道尽头……

霍家杨梅亭窑的院子里，搭起了一个新的工棚，棚中间泥了个大灶台，一根砖砌的烟囱直通棚顶。棚外用砖隔了两间石灰库，分别置放涌山和寺前的优质石灰。山上采来的狼箕草、狗尾草则分别整整齐齐地堆放在棚内。

身体壮实的小柱，和霍家小姐娟娟，现在专门负责烧制釉灰。两人一下子都长成大人了，脸上、胳膊上、衣服上都沾满了草木灰，但依然保留着顽皮劲。

小柱在巨大的炉膛里搁上一个铁打的炉栅，再铺上厚厚的狼箕草，然后再往狼箕草上撒上一层石灰，又放狼箕草，再放石灰，往复多次，待装满了，才将烟囱通道的铁板插上一半，点起火来。

小柱拿根铁钩，将燃烧不充分的地方通一下，火焰就上来了。

这时候，娟娟就到靠墙的桌子边去画画了。娟娟很细心，勾画了很多线描图像，她到香妹那里找了很多刺绣图案来，她对宋代流行的团花图案、缠枝图案特别感兴趣。

桌子旁立着一个柜子，里面陈列着他们的成果，抽屉面上分别用卡片贴着"天青一号""天青二号""天青三号"或"荷绿一号""荷绿二号"，还有"翡绿一号""浅绿一号"。抽屉里面放着相应烧制的瓷片照子，和狼箕草釉灰与瑶里釉果的分别配比。

霍定正来了。

娟娟连忙站起来喊道："爸爸。"

霍定正怜爱地帮她擦去鼻头上的灰尘，看着女儿想象勾画的莲花图案，说："我娟娟画得真好。"

娟娟自幼在京城由爷爷亲自教授，诗词书画颇为熟悉，但她还是最喜欢陶瓷，跟着父亲回了昌南。偶然改变了釉的色泽，极大地激发了她的兴趣。她对霍定正说："我现在是霍家第三代，我也该为霍瓷扬名做点事吧。"

霍定正抽出"翡绿一号"的照子瓷片，惊诧不已，说："娟娟，这陶瓷都烧成翡翠了，你要清楚，这真是石破天惊的划时代创举。"

小柱看见老板来了，更卖力了。

霍定正很喜欢这个愣头青小伙子，上次他一提出来要学做陶瓷，霍定正就示意洪柱答应了。

小柱在用细筛子轻轻筛烧好的釉灰，实际上他在用手搓、摸，将没有烧化的硬块找出来。他说："老板，狼箕草的枝干稍大就烧不过心，就要挑出来。下次与釉果搅和后还要过滤，确保釉浆没有一丝杂质。"

霍定正："对的。做事就要一丝不苟，精益求精。霍家在京城的瓷行，有一套白瓷文具都成皇上寿礼了。如果有一点毛病也不可能为之啊。"

娟娟凑过来说："父亲，娟娟和小柱哥承担了釉灰的事，就一定会做好，还要继续创新，您就放心吧。"

霍定正说："你们试验得到的配方数据，一定要保守秘密，不能透露出去。"

这时，上官云林进来，将一块瓷片照子交到娟娟手中，说："这块刚出炉的叫'莲青一号'吧。每种配方最少要试烧三次以上，颜色一致，才能确定。"

洪柱来了，他现在主要在官瓷厂做领班，只能下班后天黑前赶过来看瓷片的颜色。他接过"莲青一号"，兴奋地说："这次又有颜色的细微变化。我们暂时还须保密，待合适机会，再推出去吧。"

襄王赵元侃得到了一套《淳化阁帖》，带回了紫云别苑。《淳化阁帖》是淳化三年（992）宋朝文化界瞩目的头等事件，它的刊刻是有史以来影响最大的一次书帖普及，为书法发展起到了巨大的推动作用。

别苑自然更热闹，好像枝头绽放的桃花是为这些爱好诗书的年轻人开的。

下朝后，襄王元侃与一位青年官员一起来了。

刘娥迎出来。

元侃笑道："我为你带来了一位老乡。大名鼎鼎，陈尧叟，端拱二年（989）状元，他和父亲陈省华同日升任秘书丞，弟弟陈尧佐也是进士及第，旷代殊荣。"

刘娥说："你们谈笑风生，我早就听出来了，蛮重的蜀音。"她注意到这位年长几岁的状元老乡稳重，走过来时始终落后襄王半步，不肯逾越。

钱家兄妹、建州才俊杨亿一道来了。

书案上已展开《淳化阁帖》十卷。为防虫蛀，刘娥叫张耆找人做了一只紫檀木箱，散发着油漆的香味。

钱惟演翻开了第一卷，开篇是汉章帝的书帖，他兴奋地说："过去孤陋寡闻，今天才知道章草是从汉章帝开始的。"

陈尧叟也顾不上状元的风度，惊呼起来："这第五卷诸家古法帖中，居然还收录了仓颉造的字，还有夏禹……还有李斯的小篆……"

襄王元侃说："我们还是临帖吧。父皇安排王著编辑刊刻这套丛帖，正是为了光大书法艺术。"

众人哪里敢上，还是首推襄王。

六、七、八这三卷是王羲之的帖。元侃在端砚里蘸了墨，就临起来。他临得很快，一会儿就将第六卷临了五页，也非常到位，颇有书圣王氏之风。

杨亿是知制诰，他临写了第四卷中欧公的行楷书，大家由衷赞叹。

襄王元侃说："父皇重用你不仅因你是神童，为他写诏书当然要一手好字哦。"

钱惟演练过章草，他翻到第一卷第一页，临开篇汉章帝帖，笔走龙蛇，甚是精彩。

"有请状元献上墨宝。"大家推掇陈尧叟。

陈尧叟推辞："蜀中才女在此，我怎能上前，夫人请。"

刘娥见推不了，翻到第八卷，还是临王羲之，她跟着元侃学二王，写得非常熟练。

惟玉接过笔,抬起头来看看襄王,说:"我不临,我学曹全碑的,用隶书写一首唐诗吧。"

一会儿,澄心堂纸上出现了一幅娟秀的隶书:

人间四月芳菲尽,山寺桃花始盛开。

长恨春归无觅处,不知转入此中来。

惟玉在左边用楷书题上:"书唐白居易大林寺桃花诗惟玉"。

刘娥夸赞,说道:"这幅不是临摹,我要裱好挂起来。"

末了,陈尧叟用飞白草书写了一幅李白的《望天门山》。

杨亿还在翻阅《淳化阁帖》,他说:"皇家书库藏有这么多历代名帖,如不能刊刻于世,就好比群星璀璨,却蔽于黑屋之中。当年唐太宗得王羲之《兰亭序》带入墓室,世人再也不见真迹;而今朝廷刻印《淳化阁帖》,收录先秦至隋唐一千多年的书法名帖墨迹四百余帖,真是功在千秋。"杨亿赞叹不已:"'二王'的法帖共有五卷,《淳化阁帖》真正确立了王羲之的书圣地位。"

喝茶的圆桌摆在了院子里桃树旁边。坐在灼灼桃花下,这些意气风发的大宋青年才俊又谈起诗词来。

小小才女惟玉用她软软的吴音吟起诗来:"君问归期未有期,巴山夜雨涨秋池。何当共剪西窗烛,却话巴山夜雨时。"

杨亿说:"我喜欢李贺诗句的瑰丽意象,'黑云压城城欲摧,甲光向日金鳞开。角声满天秋色里,塞上燕脂凝夜紫。'这首《雁门太守行》几乎每句都有色彩。他的诗优美而且充满魅力。他虽然也是唐宗室后裔,但一生不得志,可惜只活了短短二十六岁,犹如夜空中的流星,虽然一闪而过,却同样使那一刻的天空变得无比璀璨。"

"小妹咏诵了李商隐的《夜雨寄北》,"钱惟演眼睛里闪耀着星辰般的光辉,他说,"李商隐是晚唐能够追求语言美与情感相交融的诗人。

他的'春蚕到死丝方尽，蜡炬成灰泪始干'，已经成了千古经典名句。他一生坎坷，被党派之争所纠缠，像'东风无力百花残'这些诗句，都表达了他的处境和心境。"

"君不见黄河之水天上来，奔流到海不复回。"陈尧叟年长些，声音洪亮，他说，"我是蜀人，在李白的豪情里长大，心里流淌的都是他的诗歌。其实他的理想和抱负一开始也是想入仕，写了《明堂赋》《大猎赋》献诗并未得到赏识。后来在长安遇见了贺知章，上前拜见，呈上诗本，李白豪放的诗歌和潇洒出尘的风采令贺知章惊为谪仙人，推荐给唐玄宗，但他在三年后还是发出了'行路难，归去来'的哀叹，离开长安。高树多悲风啊！他雄奇飘逸的诗歌却永远流芳百世。"

襄王元侃激动起来："自《诗经》开始，诗由四言格、五言诗、汉赋骈文到唐七言绝句律诗和长歌，艺术的样式已经灿若朝霞。屈原，汉乐府，魏武帝，建安七子，陶渊明，将诗歌推向一个个高峰，唐诗更是光芒万丈。而我们呢，我们大宋呢，朝廷这样促进文化繁荣，一个崭新的局面一定会呈现在这个伟大的时代。"

"昨夜星辰昨夜风，画楼西畔桂堂东。"刘娥的声音如银铃一般清脆，她感慨万千地说，"大唐星辰璀璨，迸射出万丈光芒的'三李'，李白、李贺、李商隐，凭他们的诗句闪耀在我们的心间。我想，在座的诗人也会名留青史的。"

张耆和刘美让京味第一楼送了酒菜来。

刘娥亲自给张耆端来一杯茉莉花茶。

"谢谢夫人。"张耆知道刘娥其实心里非常关注王府新来的王妃，便轻声告诉她："郭王妃贤淑，与王府上下都还融洽。"

高谈阔论停下来了。陈尧叟、杨亿、钱惟演想不到刘娥会将他们与唐代大诗人们相提并论，纷纷拱手作揖："谢夫人了。"

襄王元侃却相信他的好友们，相信他的小娥的话，大宋诗词初萌新荷的绿色光华，会有一天映照天下。

第二十三章　元侃监军征川蜀　刘娥千里任参军

淳化四年（993），汴京的腊月，朔风劲吹，汴河的表面已结了薄薄一层冰，看不到河水的湍流。

崇政殿里，依然没有一丝寒意。赵炅腿上箭伤最惧寒湿，太监们每天将四角火盆的炭火保持在旺盛状态。

赵炅斜躺在软榻上，翻阅案上的奏折。

这一份奏折是崇仪使河南王得一的，王得一善占卜和星相术，颇受赵炅重视。王得一突然上疏请立襄王元侃为太子。

忽然内侍太监禀报，枢密使曹彬殿外求见。

"宣枢密使曹彬。"赵炅吩咐。

年初时，蜀地青城王小波、李顺起事，提出"均贫富"，从者万人，占青城、彭山。王小波战死，李顺继为首领，占成都，国号大蜀。

当时，赵炅以王继恩为招安使统军征讨。王继恩率二十万大军入川。剑州刺史上官正经过七天七夜鏖战，收复成都府。赵炅欣喜，还为钦点王继恩为三军统帅而甚慰。

枢相曹彬已经实实在在地老了，白发依稀，从乌纱中垂下几绺。曹彬步履蹒跚地走来，掀起棉袍，跪下行礼。

"爱卿平身，赐座。"赵炅说。

"西川密报，王继恩手握重兵，久驻成都，每日宴饮作乐，纵其所部剽掠。李顺众贼出没山谷间，郡县多有复陷……"曹彬禀报。

最初曹彬是有过异议，他提出一个宦官怎么能统率三军呢？但赵炅不悦，说："王继恩为招安使，行统帅之实就是了。"现在，曹彬也无法就此弹劾王继恩。枢密院的方案是奏请皇上任命一位监军，来左右王继恩。

赵炅同意。曹彬提出，监军只能在诸位皇子中甄选，才能对王继恩有震慑之威。

赵炅想，这是一个考察众皇子能力的时机，就安排明日上朝时议吧，他望了一眼案上王得一的奏折，心中已有了人选。他记得，上次陈抟大师来汴京，他就请大师多观察各位皇子，陈抟大师不久就告知，襄王是最值得托付的，连襄王的手下以后都是大将宰辅大臣。

紫宸殿上，诸位亲王和文武大臣晨曦之中就已经整齐列队了。

曹彬闪出，枢密院奏请派钦差监军入蜀理事。

襄王元侃、越王元份等众位亲王兄弟几乎是同时跪在父皇面前："儿臣愿为钦差入蜀。"

看到皇儿们如此振奋，赵炅感到安慰，他说："这里元侃年长一些，理应为国事上前。"诏令元侃为钦差监军，赐尚方宝剑，迅速入川，与王继恩共掌统领三军大权。

那天朝会以后，元侃一直都在王府准备，傍晚才来到别苑，刘娥早已知情，两人依依惜别。

刘娥："三哥，皇上这次钦点你，是对你寄予厚望。以你的忠诚正直勇往直前的精神，宽仁善良的人格，一定能不辱使命、克敌制胜，重振天府之国。"

元侃抱着刘娥用厚厚的棉袍裹着的肩头，轻抚着她披散在胸前的长发，念道："待卿长发及腰，我必得胜而归。"刘娥双手圈住元侃，也念道："待我长发及腰，三哥娶我可好？待得青丝绾正，铺十里红毯而到。"

两人缠绵一夜至天明。

懂事的夏守赟半晌才来。襄王赵元侃告别刘娥，再去王府。第一次出征，年轻的将军们精神抖擞，群情激昂。张耆将皇上赐给襄王的尚方宝剑以及文牒等小心翼翼包好，珍藏在枣红马的鞍座下。

晨熹之中出新郑门，八骑飞驰而去。

襄王府的几位将领都作为监军随员来了，还有文员钱惟演，他是熹微中赶到开封西城新郑门与众人会合的，同时带了一位便装的青年。

当枢密使曹彬赶到襄王府去为西行的监军送行时，襄王一行已在百里之外了。

中午已到许州地界。

人烟稀少的驿道边出现一家客栈，坐落在一棵古老的榆树边。张耆招呼大家将坐骑系好，进屋用餐。

襄王元侃打开皮包，抓紧时间翻阅这两天整理的有关川蜀各方面的文案。

不多时，热气腾腾的饭菜上来了，安排了两桌。襄王上坐，张耆和夏守恩、夏守赟作陪。另一桌王继忠、刘美、钱惟演等带随从坐。

襄王元侃一抬头，忽然发现和钱惟演一起来的那个青年有些眼熟，就问了一句。

青年连忙跪下拜见襄王，说："我是钱府侍从。"

"你站起来，抬起头来。"襄王忽然走近，将青年拽到旁边，轻声说道，"小娥，你好大胆，如果父皇知道，岂不治罪？"

众人见襄王已经识破，全部跪下。

刘娥面不改色，从身上取出一封信札交给襄王："小娥此次随王爷西行，实是奉郭王妃手谕陪同，请王爷恕罪。"

原来，郭王妃知悉襄王西行奔赴战场，心中不安，自己虽然出身将门，但从小让家中当作千金养着，况且还要在王府照料幼子赵祐。曾听说刘娥骑射皆精，就亲手写一信札托付刘娥随行，并私下交代王继忠等办妥此事。

襄王元侃阅看王妃信札，王妃已全然不顾自己的尊严，称没有名分的刘娥为姐姐，真情实意溢于字里行间，襄王深为自己两位女眷感动。

襄王元侃："大家趁热用餐，好赶路，这件事就这样吧。现在已入许州地界，我们还要穿过孝感直插江夏。江夏相邻鄂州，取一个'鄂'字，刘娥你就是司录参军刘鄂，和钱惟演一样，在监军大营当值。王继忠、夏守赟负责保护好她。"

八骑飞驰，尘土飞扬，张耆领先，王继忠、夏守赟位于襄王元侃左右，刘鄂、钱惟演紧随，夏守恩、刘美殿后。

刘美是做银匠出身的，能够分辨细微，从身后滚滚烟尘中，他明亮的眼睛觉察出有一小队飞骑，不远不近，始终在尾随着他们。

黑夜是遮掩一切不见天日行径的天幕。第三夜赶到孝昌驿馆时，魔爪还是伸进来了。

张耆与夏守赟负责襄王元侃与刘鄂的安全，他们轮班隐蔽在暗处，能直接看到驿馆房间的窗户，襄王、刘鄂的房间共一条走廊，分住两边。

因为有要员住馆，驿馆的馆卒彻夜不眠，一直在明处巡逻。

月黑风高，只有馆阁里几盏昏黄的灯笼晃动。还是动物对周围的动静明察秋毫，忽然间，襄王的芦花驹昂起头来嘶鸣几声。守在卧槽旁的刘美憋住气静听，感觉没什么异常。

正当困意上头，张耆揉揉眼睛，只见一个黑影已靠近襄王房间的窗户，他用手指捅破窗纸，正要往房间里吹气，张耆一个飞跃已到跟前，黑影一跳，往另一方向逃去，不想被暗处的夏守恩一把抱住，赶来的馆卒忙用绳索捆将起来。

突然，"砰"的一声巨响，"不好，调虎离山！"张耆紧急向南边奔去。

因为刘美通报了有人跟踪的情况，所有人员都没有宽衣休息。襄王、刘鄂听见窗外响动，已起来执剑在手，截住破门而入的黑衣人，襄王是少林剑法，出神入化，勇不可当；刘鄂的剑法如闪电霹雳，狂飙突进。黑衣人知道无法取胜，又听见外面有响动，就向门外退去，左右早有王继忠、钱惟演围住。王继忠力大无比，一剑劈下来，黑衣人闪开，剑鞘被王继忠劈掉一半，黑衣人纵上围栏，跃上墙头，消失在黑幕中。另一黑衣人慌了，用剑抵住钱惟演的剑。

张耆这时已从外围过来："我来了。"

黑衣人急忙一跃，跳上栏杆，剑刃向刘鄂指去，钱惟演忙用剑一挡，剑应声而落，黑衣人跃墙之时，剑已将钱惟演左臂棉袍划破，鲜血流了出来。

众人围过来，襄王元侃让夏守赟在药包里取出用七叶一枝花调制的药膏，在钱惟演伤口上抹上，再包扎好。

夏守恩和馆卒们将窗前被绑的黑衣人带过来，只见他头一歪，嘴角流出血来，已经死了。

馆卒们将绳索松开，夏守恩见黑衣人的外衣高领被咬破一角，毒药是藏在衣领里的。张耆扒下他的袖口，手臂上文着一只黑色狼头。

张耆一看就知道："还是黑狼帮。"

为防不测，众人和衣睡了片刻，启明星已升起在东边的天空。

第四天夜里到江夏长江码头时，已是子夜，兵部准备的官船早已等候在此，江夏水军都指挥使郑青在码头迎候。逆流而上，到渝州已经是二十天之后。钱惟演在船上养息，襄王让夏守赟悉心照料，剑伤已痊愈。襄王一行又骑马前往成都，夏守恩先行一步。

成都森严壁垒，城防严备，垛口张弓搭弩。但城门洞开，两队将士分列两边，中间一骑，是位着银白盔甲的青年将军，正是成都卫将、剑州刺史上官正，目光炯炯，凝视着远方，和他站在一起的是襄王派去打前站的监军府中将夏守恩。

一队铁骑由远而近，七位勇士均是行侠装扮，呈一字排开。

夏守恩轻声说道："中间骑芦花驹的是西川监军大人襄王殿下。"

上官正依旧坐在马上："襄王殿下，甲胄在身，请殿下恕上官正不能下鞍行跪拜大礼。"他双手做拳状合并，作揖。

高坐在芦花驹上的襄王元侃轻轻回礼："都在军中，无须多礼。以后在西川毋称襄王，只称监军职务便可。"

"遵命。"上官正说，"末将陪监军此去何处？"

襄王元侃："去见王招安使。"襄王元侃没有更衣，沿途士兵看见主帅对他如此恭敬亲近，一致站正行注目礼。有上官正的陪同，很快来到统帅大营帐外。二位下马,随从牵着侍候。

襄王在帐外就看到王继恩身着二品官服斜躺在靠椅上面,双眼眯着,手里的建窑黑釉方盏已翻过来,还在滴酒。一双脚翘起来搁在案上,已经听见他发出鼾声。

襄王:"既然招安使已经醉了,我们就不进去见面了。"

一个多时辰,上官将军已经安排几处大营作为监军行辕,并配备了六千兵马为监军行辕直属,直接由监军府将领们指挥。

傍晚过后,便有卫士通报,上官将军陪同成都府尹张咏来见。

襄王已换了一品官服,戴进贤七梁冠。皇子任职,一律着一品朝服。

张咏是穿了三品官服来见的。

襄王元侃与张咏相互见过礼,坐下饮茶。

"帘幕萧萧竹院深,客怀孤寂伴灯吟。无端一夜空阶雨,滴破思乡万里心。"忽然,襄王元侃吟出几句诗来。

张咏一听,连忙下座行礼:"谢襄王……监军记得下官的拙句,这还是在鄂州崇阳时写的。"

"张复之,太平兴国五年(980)进士,大名鼎鼎的诗人,鄙视晚唐五代诗歌的绮靡浮艳,高扬真实自然不事雕琢的复古旗帜,诗歌早为大宋青年传颂。"襄王请张咏坐下。

张咏入川后,本来乘着官军收复成都,他想做些实事,但王继恩独揽大权,他无法以成都府尹施政。

谈到王继恩进入成都后的所作所为,张咏疾呼:"这次皇上以王爷监军,是下了决心要从根本上改变王继恩的做法。是要迅速采取措施,乘胜前进,夺取剿匪叛乱的最后胜利,还川蜀以安乐太平。"

"府尹您还有什么觉得急需纠正的事情,请提出来。我们抓紧时间办。"

张咏又下座跪下便拜,襄王元侃赶紧上前请他起来。张咏坐下说:"明早卯时之后有三百条性命请监军救下,以改变官军声誉,恢复官民关系。"

根据王继恩的命令，明天将在成都北校场处决三百名叛军，还有几十名州县降官。这样先后已处死数万人。

襄王元侃震怒，一拍案台，茶盏都洒出水来。他说："这是要把人都逼回到李顺那里去。朝廷让川蜀重归安泰的诏命何日才能完成？！"

晨曦中的武侯祠，数百亩柏树林盖天蔽日，格外黑黝黝阴森森的。上官正与他的近卫带路，襄王元侃带着监军行辕中将张耆、夏守恩、王继忠，副将夏守赟、刘美，司录参军钱惟演、刘鄂和六百名精兵，从武侯祠旁直奔北校场。

北校场上一根耸入云天的旗杆上，飘着一面三角旗，晃动的魅影就像阎罗殿前的招魂幡。

监军行辕的旗牌官闯进北校场，立即控制了大门，银白戎装的上官正将军陪着身披紫红丝绒斗篷的襄王元侃，两骑相继进入，中将张耆手捧尚方宝剑紧随，其余将领策马跟在后面。

北校场刑场上，五十名刀斧手已执快刀一字排开，五十名背插亡命牌的犯人跪下，围墙依次五十名一排，还有五排犯人等候。一到辰时，立刻开斩。

张耆飞马上前："刀下留人。尚方宝剑在此，还不赶快参拜。"

一身戎装英气勃勃的上官正将军登上高处，发布了一号监军令：

一、今天的杀戮全部停止，犯人全部押回。监军行辕派员参与看守与核查。二、实属罪大恶极者继续关押。三、误入叛军的如没有罪行愿意回乡，立下字据可发给路费回乡，参加恢复生产。四、叛军占领时投降的州县官员由监军行辕直接收监，根据当时情况和而后所犯罪等审理，上报大理寺裁定。

这时，朝阳已从山梁上露出脸来，给蠕动着正在往回走的人群洒上一点阳光，也许他们能意识到，阳光和生命还是属于自己的。

猫没有闻腥不动作的。

待襄王元侃回到行辕刚刚坐下，帐前旗牌官就送来了川西招安使王继恩的名帖，说是他已时到行辕来参拜襄王。

司录参军刘鄂笑了笑，和襄王说："这个老变态抓过我，也许还能认出我。我暂避一下，和我哥、钱惟演去莲花山寻找祖母的墓，给她老人家敬炷香。"

襄王同意了，交代刘鄂一定要注意安全。

王继恩来了，他穿着招安使的二品官服，那张阴险的像传说中的妖婆一样的脸上，皮笑肉不笑，勉强地牵引着鼻翼两边的深沟。

他一进厅，掀起官服要跪拜，被襄王元侃叫中军参将张耆给拦住了。

"不知襄王殿下昨日驾到，有失远迎，奴才这里给襄王请安了。"

襄王元侃："招安使与监军平级，我们都坐下吧。"

王继恩望望身穿一品官服气宇轩昂的襄王元侃，不禁自觉形秽，伸长的脖子低下了。

襄王元侃单刀直入："事情紧急，本监军已下一号令。已经投降和被俘人员不分青红皂白杀得太多，只能使人心重新偏向李顺。我们的责任就是尽快剿灭叛军，让成都和整个巴蜀大地重新安定下来。"

王继恩知道，这位王爷，已经不是往日依偎在皇上身边的小儿，他就是未来的王储，再远一点，或者继位。王继恩只能频频点头："遵听监军教诲，本使只想杀一儆百，不够深谋远虑。"

元侃："招安使既到了本监军行辕，我看就把张咏府尹、上官正将军一起请来，就此商议平叛和恢复生产之事吧。"

在成都靠东南外城的十里亭外的山坡上，刘娥和刘美凭着十年前的记忆，找到真武观。当时他们没有钱，饿昏了的两个孩子磕头感动了几个农民，帮他们安葬祖母。本来就草草挖个坑埋下，但刘娥很有心，她瞄直真武观的中轴线，在屋后对直第十二棵树，恳请叔叔伯伯们挖穴，将仅用单薄草席裹住骨瘦如柴的祖母葬下。

刘娥、刘美重新找到那第十二棵树，树前还有个小土丘，那就是祖母的坟了。

两人"扑通"就跪下了，点香祭拜后，就烧裱芯纸刻的纸钱。二位都是将军了，他们遏制住悲痛，努力不使泪水淌出来。

旗牌官已找来十里亭的地保，刘美交给他五十两银子，请他找人重新收敛安葬祖母。不追求奢华，只求给逝者一个安宁。

刘娥早就准备了一张纸，是让立墓碑的：先妣刘母老大人贺氏之墓，孙刘美、刘鄂立。

第二十四章　大军智取青城山　活捉李顺凯歌还

监军行辕大帐里，一次西川平叛的决定性重要会议，在襄王元侃的主持下开始了。

在襄王元侃面前，王继恩平日的嚣张气焰收敛了许多，不过，张咏和上官正历来就不曾为他所挫，只是大权在他手中，说不上话而已。

虽然年轻，但襄王元侃的脸色依然很凝重，他说："民可以载舟，也可以覆舟。皇上对川蜀官府欺压百姓的作风痛恨至极，巴蜀离天子脚下太远，这些年实行的茶砖苛税，违背了大宋仁厚立国的根本，造成混乱，皇上对此十分痛心，诏命尽快结束清剿，恢复西川安定太平，让百姓能够安居乐业。目前我们尽管收回了成都，但李顺他们依然盘踞在青城山，他的国号还存在，王小波'均贫富'的口号仍有煽动性。我们必须最大限度地瓦解叛军阵营，对一些负隅顽抗的叛军头目坚决剿灭镇压；其他受惑百姓如不再抵御，劝其回原籍归业。让受到叛乱影响的所有州县尽快地将生产恢复起来。"襄王元侃将尖锐的目光投向王继恩，"招安使，你说呢？"

王继恩狡黠的奸笑又在脸上跳了一下，说："一切听监军的，现在不搞杀一儆百。"

襄王元侃将目光转向张咏："你是一省行政长官，在发动强攻之前，要把粮草给养筹集好。"

张咏表示，要把州县的政权重建起来，他说："时间急迫，我自己一定会下去督促，现场办事，亲力亲为，势必要将事情完成，办好，不负圣上使命！"

襄王元侃对上官正说："你是军事主官，剿灭叛军的重任都落在你肩上了。李顺在青城山，山势险要，一夫当关，万夫莫开，仅靠硬攻，必对我不利。你要在三天之内与将领们商议出一个作战方案，提交招安使与我们一起商定。我监军行辕的几员将领智勇双全，这次都参加带兵上战场，你一并考虑安排。"

天府之国的冬天，比开封暖和多了，不用穿裘衣大氅，也没有生炭火盆。襄王元侃和他的将领们围在一张青城山的地形图前，已经在商议出击青城山敌营的作战方略了。襄王元侃正是考虑中央禁军恃傲和目前的惰性，任命张耆为清剿军副都督兼青城山战役先锋，刘美为副先锋，率监军行辕六千精锐打头阵，以确保第一仗的胜利。

"蜀道难，难于上青天。"钱惟演吟诵李白这句诗，是在继续提醒，要考虑敌方居高临下的优势。

刘鄂则从另一角度亮出她独到的提议，她说："监军大人，众位将军，如果仅从正面山道拾级而上地进攻，定会遭到敌军自上而下的猛烈回击，造成我军官兵伤亡过大，形成不了强有力攻势。我们设想一下，假如有一支天兵从天而降，从山上打击守敌，和下面形成夹击，定能攻克蜀道之险。"

刘鄂继续说："我小时候常常听祖母讲述青城山的故事，青城山中白素贞，洞里千年修此身。青城山方圆百里，有不少洞穴上下贯穿，曲径通幽，我们要找到知晓岩洞暗道的向导带路，派兵直插老君阁李顺巢穴。或经洞穴潜伏于各个险要之处，在正面攻击之时，出其不意攻陷敌军据点，对我军主力形成强大支援，从而保证战役取得胜利。"

元侃："刘鄂这个司录参军还真来对了，足智多谋。夏守恩、王继忠，你们要迅速从上次解救的死刑犯中，找到熟知洞穴和险路的向导。在总攻之前两天各带一支突击队，从左右两侧上山隐蔽。限你们两天之内找到向导。从现在起突击队单独行动，一切军务不得泄密。"

襄王元侃和王继恩、上官正在青城山下的大帐中。上官正的总体方案是，集中兵力，先克青城山李顺部，再取绵州万州残部。由副都督张耆率监军行辕精锐担任正面攻击先头部队。还安排了第二梯队，十万官兵已分成几部，将青城山围困。

夏守恩、王继忠从上次赦免的叛军死刑犯中找到向导，有几个小头目是青城山人，长年在山上打柴，熟悉地形，还有主峰和各处的洞穴。他们还知道几条小瀑布和山溪，这个季节早已干涸，可以分别从两侧上到峰顶，只要攀住树木登上悬崖，放下绳索，突击队就可以上去。突击队是两天前分别行动的，已在山上分别潜伏。

先锋副将刘美到成都街头找了几个铁匠，打了铁皮，钉铆在门板上，镶有皮带可顶在头上箍在肩上，两人共一块大铁盾。先锋营好汉全部配备了头盔和铠甲。为了有足够的体力，张咏杀猪宰羊送到军营，让好汉们大吃了三天。

在一天雾霭沉沉的上午辰时，青城山攻坚战役打响。

初始上山的石阶都是坡度不大的，但是叛军早有提防，堆放了许多原木，幸好张耆准备了排障的带钩挠枪，清理起来要迅速得多。石阶越来越陡，两边灌木也更加密集。到清除第十段路障时，上面飞下来一阵密箭，几名清障兵卒倒下。刘美的先锋勇士立即擎着铁盾牌上前，挡住了一批批飞箭。

上面见射箭没用，就抛下石头和短木，但都被勇士们箍在肩上和顶在头上的铁盾挡掉了。在刘美亲自指挥下，勇士们冲到了鹰嘴关前。山崖上伸出块石头，像极了鹰钩嘴，石阶从鹰嘴下延续上去，坡度更陡。勇士们用头顶住铁盾，挡住不断落下的飞石，艰难地一级一级地向上。

在最险峻的台阶上，守军用原木和沙包将路彻底堵死了，他们一看还是没有办法阻挡官军勇士前进，只知道乱喊："快挡住！快挡住！"

这时刘美一只手突然抓住了岩缝中长出的一棵松树，脚踩住巨大的鹰嘴石用力一弹，借势就跃上了敌军的沙包工事，右手的大刀早像砍西瓜似的削掉了三个人的脑袋。紧接着上来的勇士们一下子就摧毁了守军的阵地。守军慌了，赶紧后撤，李顺将山上守军的三分之二都集中在清风观，集结在观里的守军扼住了上山通道，企图反扑夺回阵地。这时，张耆率先锋营勇士已登了上来。两军对峙之时，天兵突降。王继忠率兵从山上杀了下来，似一阵旋风将堵住石阶的守军全部冲开，与刘美的勇士们会师了。

张耆的部队已将清风观内外的守军全部包围起来，一一就擒。

老君阁坐落在老君峰顶前的一块平地上，旗杆上吊着一面飘动的"大蜀"幡旗。大门虚掩，门前只有四个手持长枪的哨兵。

一位扎黑布头巾的传令兵气喘吁吁地连滚带爬翻上石阶，叫喊着"不好了"，闪进老君阁大门。

早已潜伏在峰岚灌木丛中的夏守恩突击队，注视着一切，听到老君阁中突然人声熙攘变得混乱，料到张耆、王继恩已经破关了。

夏守恩纵身跃出，一个箭步冲至大门，手起刀落，四个哨兵已滚在一边，突击队闪电般冲进老君阁，以摧枯拉朽之势横扫李顺的卫兵。夏守恩手握快刀，带着几位偏将已冲进大殿。

夏守恩扫视了一下，只见李顺的宝座似乎被移动过，用力一推，果然出现一处地道。

"搜！"夏守恩带人就进去了，洞内并不黑暗，被拔下扔在地上的松明子火把还没有完全熄灭，洞里弥漫着呛人的浓烟和依稀的余火。地道并不长，夏守恩他们疾步拐过一处弯道，就进入了变得狭窄的出口道了。洞口被带刺的蓬蒿草掩盖了，透射进日光。夏守恩听见洞口的说话声，知道大鱼进网了。夏守恩两天前上山后，曾经参加挖掘地道的向导就带他来到了洞口，夏守恩安排了六十名精兵在此守候。

几乎没有战斗，先后钻出蓬蒿的人都被钩翻，一个个束手就擒，五个戴头巾穿黑色衣服的士卒被结结实实捆翻在地。

向导一看："那个个子最大的是李顺王。"

胜利的泪花从夏守恩这位年轻的战将眼中溢出。

夏守恩边写战报边瞪了李顺一眼："你知罪吗？"

李顺无所畏惧："我只不过是个茶农，做到了大蜀国王，死而无憾。"

上官正将军已赶来与打扫战场的先锋营将士会合。张耆和王继忠奉命去接监军元侃和招安使了。

襄王元侃身披一件深红丝绒的战袍，神采焕发，面露笑容，对分列两边的官兵致意。王继恩登台阶已经很累了，很多险要处都是被人抬上来的，二品的官服掀起来塞到腰间，一瘸一拐十分狼狈。

襄王元侃登上老君阁的石阶，转过身来："大宋英勇的将士们，你们立功了！"

欢呼声中，刘美一刀砍断"大蜀"旗幡的绳子，旗幡被北风抛到了墙外。

"李顺的就擒，宣告了叛军的失败。朝廷会嘉奖我们的勇士们，我和王招安使感谢你们，我们决不要懈怠，还要连续作战，扫清余寇，夺取最后的胜利，我们还要让川蜀的生产恢复起来，一定会让百姓的生活过得安定！"

襄王元侃的声音铿锵有力，如洪钟大吕，在呼啸的北风中回荡，震撼了老君阁，震撼了青城山……

青城山之战的旗开得胜，扭转了西川的军事战局。两个月之内，官军节节胜利，紧接着收复绵州，继而万州会战全胜和德阳之战报捷，随着州县政权健全，释放的俘虏领路费回家不再返回山里为寇，已经在重建家园和准备恢复生产了。张咏已安排州县发放一批款项借给农户购买种子和耕牛，秋后收粮后再还款结账。

朝廷对已生擒李顺奏章的批复飞骑送到大营，王继恩按照对李顺"就地行刑，警儆恶人"的圣旨执行，刑场依旧设在北校场。

将对李顺行刑的消息传开，成都为之沸然。那一天，王继恩以三千校卒开路，中间是被五花大绑背后插着亡命牌的李顺及刑车，刑车四周分别立着四个圆睁豹眼的刽子手，每人手中横着一把带环的大砍刀。百名旗牌官之后，是钦点监斩官王继恩，再后面，又是剑拔弩张的三千精兵。

沿途众人翘首争看，也有一些朝着刑车扔石子扔生鸡蛋，但都扔到了刽子手身上。

上官正加强了城防，以防不测。

监军行辕里，襄王元侃与成都府尹张咏在相对饮茶，谈笑风生，他们终于可以面对皇上和西川百姓了。

进了北校场，六千兵马已将行刑台围得水泄不通，只在靠围墙边上留了一小块地方让众人围观。

午时三刻一到，王继恩喊了一声"行刑"，刽子手刀光一闪，李顺已身首两分了。

大军依旧驻扎在西川，维持稳定，由上官正指挥。班师回朝的凯旋军旅，从成都回到开封府，还是先到渝州，然后行船至江夏，再登岸行军，足足走了十二天。司录参军刘鄂已于青城山战役结束后，在夏守赟和八骑校尉的护送下先行回到汴京，还了她的女儿身。

襄王元侃早已接到军报，奉皇上圣旨，宰相和枢密使将率文武百官在开封外城的南薰门外迎接。

在进开封前一夜的驿馆里，襄王元侃已将一路的尘埃洗涤干净。他头戴束发紫金冠，身披紫红战袍，骑着芦花驹，缓缓走进他久违的开封城。他下马了，将缰绳交给校尉。身着二品朝服的招安使王继恩，跟着襄王也下了马。他们走进南薰门广场，与快步迎上前来的宰相吕蒙正、枢密使曹彬及身后百官们相互行礼、问候。

吕蒙正、曹彬陪同襄王元侃重新上马，王继恩骑马在第二行列，开封街上欢声雷动，鼓乐齐鸣。

赵炅见到从战场回来的三皇子元侃，心里格外不平静。儿子棱角分明的脸庞显得刚毅成熟了，一双乌黑发亮的眼睛似乎能老练地洞察世事了，宽阔而厚实的双肩能够挑起国家安危的担子了。元侃出任监军以后，很快调整了西川平叛的政策，重新作出了战略部署，采取的一系列措施和作战方案，赵炅先后从密报、战报和奏章中了如指掌。他心中最重要的决策已经形成。

王继恩是赵炅的老臣、近臣，在许多关键的事情上帮助过他，尤其是在太祖逝去的时候，王继恩奉宋皇后懿旨传命，果断选择了宣他进宫，才有了宋皇后的无奈托孤，他在那个清晨即位，后来赵普将《金匮之盟》托出，他才坐稳了皇位。他对王继恩是极其信赖的，这次，他排除异议，派王继恩率二十万禁军入川，很快收回了成都，先行稳住了阵脚。

本来赵炅是打算封王继恩一个宣徽使的位置的，但王继恩的种种表现让他皱眉：大开杀戒，逼民为匪，收受巨贿，甚至还有让人耻笑的强逼民女等，让赵炅知道，宦官是不能担当重任的。但赵炅还是封王继恩为宣政使，宣政使是一个虚职，王继恩依然在宫里做他的大主管。

朝堂上，襄王元侃与刚刚从西北战场上凯旋的河西行营都部署李继隆相见。

李继隆拱手向前一步："祝贺襄王殿下在川蜀全胜而归！"

襄王元侃在舅爷面前哪敢居功自傲，他接过话头："元侃欣闻舅父又出征西北，大破党项李继迁，重新擒获赵保忠（李继捧），威震河西走廊，真乃我大宋神将。"

舅甥二位惺惺相惜。西北西南的胜利，为大宋带来了相对稳定的局面。

第二十五章　皇上立储问寇准　元侃上任主赈灾

元僖暴毙以来，赵炅如刀剜的内心创伤一直不得平复。廷臣冯拯等见皇上身体渐衰，上奏请立太子，一旦有提及立储，敏感的赵炅立刻反应到实际是指自己时日不多。一日他大发雷霆，竟当场下诏，将冯拯贬往岭南去了。之后再也无人敢提起此事。

退朝后，赵炅感觉到很疲惫，就斜躺在龙榻上，右腿的老箭伤钻心地痛，通过骨头一阵阵传上来。周怀俊熟知皇上，帮他用御医王皓元开的秘方，将芥叶、老姜、藏红花煎温汤浸泡，稍稍缓解了，再敷上七叶一枝花调制的药膏。

内侍来报："青州刺史寇准已在殿外。"

"宣他进来。"

寇准进殿，跪伏在阶下山呼万岁。

赵炅身材高大，龙须飘飘，年轻时就有帝王之相，他平时也十分注重自己的仪表和威严。若是在过去，他必定会穿戴整齐，才会与大臣们议事。现在腿痛，也顾不得那么多了。他吩咐赐座。

寇准站起来，哪敢坐下。他还清楚地记得，三年前，一个疯子拦住他马头山呼万岁，被人告之皇上。赵炅震怒之下，就把他贬到青州去了。

这次却是皇上前日加急六百里青州召寇准回来的。

赵炅其实对寇准是十分看重的，有一次他在听寇准启奏时发怒，起来要拂袖散朝，竟被寇准重新按回龙座上，请皇上耐心听完。事后赵炅欣然自喜："朕得寇准，有如唐王得魏徵一般，有此谏臣，朕才能做到兼听则明。"

"爱卿坐吧。"赵炅说，"六百里加急召你回京，就是想与你商议一下立储之事。"

寇准诚惶诚恐，感觉五梁冠中的毛发都竖起来了，但是他很快冷静下来："皇上选定继承人，只需自己拿定主意就是了，无须听取臣的看法。也不要问后宫以及嫔妃们，这件事涉及她们的个人利益，甚至为此而争斗，很难说她们哪位是正确的。也不要与中官们议论，中官与各位皇子之间一定有亲疏。立储从某种意义上来说，还是皇上的家事。如果征询大臣们的意见，党派众多，体系复杂，众说纷纭，反而影响皇上的决断。"

寇准看见赵炅的箭伤似乎从里边黑出来，忙说："皇上的箭伤应多叫御医诊治。"

赵炅："高梁河之战，杨业将我救上一辆牛车就跑，后面辽兵追赶，亏得他杨家将几位儿子骁勇，才拼死挡住，来不及停下及时刮毒，几天之后，箭毒已入骨髓了，以后，就从里面发黑出来。"

寇准不由得对这位为大宋征战沙场的皇帝肃然起敬："这么多年皇上受苦了。"

赵炅拉近了与寇准的距离，还是忍不住将自己最隐秘的内心世界一下子敞开，他原来急召寇准回京，就是想与一位耿直的忠臣交流。

赵炅放低了声音："我的九位皇子，元佐贬为庶民，元僖突然死去。论常理，还是从长选取。三皇子元侃，他受父兄的影响，也爱骑射，善枪剑。但他的气质还是以文为主，吟诗作画，无所不能。我感觉他心好，为君王者，上善若水，对百姓要有仁爱之心，对兄弟对家人要能宽厚包容，元侃都能做到。前不久让他去西川担任监军，能够不负朝廷，完成重任。但别人对他也颇有微词。"

"皇上对襄王的评价，实际上是私下多方听取意见经过反复比较作出的，臣感到十分公正。皇上如对襄王满意，应该立断，也可以将他安排到一个重要的位置去锻炼，再考察，成熟即宣布立为太子。臣在这里再帮襄王说几句话。襄王重民情，重兄弟之情，这都是明主的优秀品德。我还说不出他什么不足之处。臣斗胆提十年前，驱逐韩王所纳一女之事，虽是皇上亲自为准潘美所奏下诏的，但此女在潘妃之前，韩王如此重初恋之情，乃彰显了他的美德。"

提起这事，赵炅感到愧疚。

寇准说出此事时，已下座伏跪叩拜："臣这就告退，今日就回青州。"

赵炅已穿好袜，套上天靴，上前亲自将寇准扶起："这次寇爱卿回京就不要返回青州。朕已经下诏户部为你在汴梁建造一处府第，你还是留在朕身边，再任参知政事兼谏议大夫。"

寇准再拜："谢皇上隆恩。"

赵炅吩咐周怀俊："备驷马高车，派太监护卫，送寇大人回驿馆。"

群臣请立皇储后，触动了赵炅心中最敏感的神经，吕蒙正已任西京留守，他必须为接班人安排好一个好的首辅大臣。寇准为谏臣尽职，但太直，恐不能与群臣和谐；赵炅思前想后，提出吕端这个人选。有人说："吕端为人糊涂。"赵炅心中有数，说："吕端小事糊涂，大事不糊涂。"拿定主意拜吕端为相。吕端谨慎稳重，识大体，办事清平简约，一般人上朝时，总喜欢提出独特的意见，只有吕端很少乱发议论。赵炅相信新任宰相吕端，专门手札戒谕："自今中书事必经吕端详酌，乃得闻奏。"吕端更加谦让不敢承当。

淳化五年（994）九月，圣旨下，赵元侃被任命为检校太傅、开封府尹，晋封寿王。

下朝后，寿王元侃急匆匆带着张耆、夏守恩兄弟及王继忠去开封府赴任。这位二十七岁的青年皇子并没有趾高气扬，这是他获得的第一个正式职位，虽然心里已经沸腾，但他真正感到沉甸甸的还是肩上的责任。浸润着他内心的首先是父皇的热切希望，展现在他面前的灿烂光华，应是通过事业成功而获取的民众的信任。

他突然将马头折向东边，对张耆和王继忠说："每天都是从王府到宫里，往返于歌舞升平之中，很久没有到下面去看看。我去开封府上任，一定得先掌握情况。我们现在从外城走一趟吧。"

快到开封外城新宋门处，远远地望去，城门外人头攒动，熙熙攘攘，通衢大道上灰尘滚滚，似乎还有许多人往京城涌来。

驰到近处，令寿王元侃欣喜的是新任开封府都尉刘美已在此处，他带来的兵士分两边排开。

刘美速向元侃禀报，开封府下十七个县都遭受旱灾，很多人都已离乡背井往外逃难。东明县因为风沙大，灾情最重。基本上是颗粒无收，逃难的人群都向京城涌来。

元侃一听，心急如焚。经过四川平叛的他深知，开封的灾情，如不迅速安抚平息，将会酿成大乱。

年轻的皇子应急处理问题非常成熟果断，他从马上备用的皮囊中取出纸笔，给开封府判官毕士安写了一道手令，要求以开封府名义即令属下十七个县开仓放粮，根据各地各户受灾情况迅速发放粮食补助。开封府外城各城门处迅速搭棚，每日两次施粥，并要有安置老弱病残的帐篷和衣被等物。

他将手令交到王继忠手中，交代完毕，又飞身上马，和张耆往东北方向奔驰。

开封至东明县才一百多里路程，元侃他们不到一个时辰就进了东明县地界，只见一片荒凉，地里开裂，一些逃难的人群坐在路边，看到老人小孩，元侃和张耆就下马来，给他们喂口水，分点皮囊里的糕饼，到后来，牛皮水壶里的水和吃食全光了。

东明县的城门大开，人们还在扶老携幼地出城，张耆叫守门的两个士兵将人拦住，他用嘶哑的声音对大家说："你们都回家去，开封府尹寿王殿下亲自到此，马上开仓放粮。"

开封新郑门前，已搭起了粥棚。灾民们井然有序，拿着饭碗列队等候。

刘美每天都下去巡查，这天到新郑门，刘娥也穿上男装跟来了。

刘娥拿出银两，买了一些糕饼和衣物。刘美将她的包袱搁在马背上。

刘娥的刘海被包在方巾里,她低着头,怕被人认出是女身。其实,每个人似乎都在关心自己的温饱,无人关注别的。

在一灾民帐篷前,一位奄奄一息的白发老婆婆蜷缩在门边的破席上,她面前一位十岁的小姑娘跪坐着,一张大字"卖身"的黄表纸摊在地上。刘娥远远看见,禁不住眼眶热了,忍不住就向那里走去。

这时,斜路上走出一位戴着毡帽身穿长衫约莫五十岁的人来,他那邪恶的目光盯上了这位卖身的小姑娘,大凡稍微熟悉市井的人都知道,这就是专做人贩子生意的。正当他伸出手来,托起小姑娘下巴时,突然,一只强有力的大手将他的魔爪打掉了,一身戎装的刘美像一座大山站在他的跟前:"你想进大牢吗?"

人贩子吓得赶紧拱手,倒退着溜走了。

刘娥噙着泪水来到小姑娘面前,小姑娘一双呆滞的大眼睛无神地看着这位俊秀的哥哥,不知如何是好,只是用双手护着从胸前衣衫中露出的卖身文书。

刘娥打量了下四周,掀起方巾,露出刘海,她对小女孩说:"我是女身,不用怕,姐姐会救治老婆婆,安置好你。"她抽出小女孩怀里的卖身文书,和写着"卖身"大字的黄表纸,撕毁揉成一团,扔过一边。

小女孩看见刘娥如此可亲,不害怕了。她告诉刘娥,她们从延州来,一家人本来还有舅舅和四岁的表弟,不料在路上被冲散了,现在只剩下她和垂危的外婆,就求人写了卖身契,想卖身换钱救治外婆。

刘娥一听,眼泪就禁不住地往下掉。她从怀里掏出一锭五十两白银,交给刘美:"你找人将老奶奶和小女孩收容下来,要安置妥当,抓紧医治老人。"

刘美亲自在粥棚打来一碗白粥,刘娥与小姑娘扶起老人家喝了些。士卒已经找来一块门板,绑上绳子,将老奶奶抬上去。小女孩哭着告诉老人家:"姥姥,我们遇到好人了。"

元侃来东明县仅仅几天,就将东明县开仓放粮和施粥之事安排好了。灾民按村按户依据人口领取灾粮，稳定了民心，暂时没有人准备外出逃难了。

开封府判官毕士安是位任过州府主官的老臣，他接到开封府尹元侃手令后，立刻部署了开封府所有灾区紧急放粮和施粥、救治。他没有忘掉最重要的事，向中书省呈了奏折，奏明紧急开仓放粮的缘由。但是，告开封府未经朝廷允准擅自打开国库放粮的参本，已经在朝堂上掀起轩然大波。

元侃一听慌了，开封府尹的座位还没坐稳呢，他赶紧带张耆回去救火。

东明县衙门前广场上，府兵们守卫着当天将要发放的粮食，各村长各闾长拿着名册领着辖区里的灾民排着长队，经三个书记官严格核对登记后，仓役才从灾民手中接过布袋装粮过秤。

左边的书记官接过闾长呈上的名册，正要打开核对，忽然，旁边伸过一只手已经将名册翻开。书记官侧身一看，一位身材矮小穿着布衫的中年男子对他说："让我看看。"

书记官怒目圆睁："哪来的小人，胆敢妨碍救灾。"

几位府兵已经围了上来。

突然从场外闯进一队官兵，为首的喝道："大胆，竟敢围攻钦差王大人！"

早已有人报告县令。东明县令郑元守赶紧趋步出外，将专此来勘察开仓放粮的钦差王钦若迎进县衙在大堂坐下。

王钦若是新渝人，淳化三年（992）钦点状元，他高兴至极，竟当街酗酒，被人举报，又被皇上去了状元。王钦若才干过人，听取东明县令的汇报陈述，有如扁鹊望闻问切，他已心中明白。

王钦若告诫县令，开封府尹元侃在东明县的赈灾安排非常妥当，效果明显，东明县要继续按此照办。他还要去邻县考察，就此告别。

元侃从东明县返回开封后，就在府衙里住下，没有回王府和紫云别苑。

第二天一早，他吩咐张耆："今天我们和刘美一起去看看西城的赈灾施粥情况。"

元侃一身便装，戴了一顶宽边遮阳帽，披了一件银灰披风，就上了芦花驹。

还未出城门，就见到黑压压一片人群，元侃感到诧异，从账面来看，开封西边的几个县赈灾粮都发下去了。听刘美汇报，前几天，难民就先后返回了，怎么还有这么多人？

两个粥棚，六个大木桶，在士兵管理下，人们排着长长的队，一个一个挨进，饿急了的人们伸着长颈张望着。

一个在此负责的衙卒过来，说："开封府外围的州县也受灾了，灾民们听说开封府施粥都往这边逃，还有东渡黄河从延州来的。"

元侃望着那些瘦骨伶仃的老人和孩子，眼泪都淌出来了，他吩咐："再架几个粥棚。多备几个大木桶，让大家早点打到粥。"

后面的人听到了，有点骚乱，死命想往前挤。

刘美喝道："开封府尹寿王殿下在此，不得无礼！"

"王爷，王爷！"人群中有个人念了几句，突然高喊起来，"少年天子，少年天子！"

众人看到一个身材高大英俊面善的青年，就站在他们面前，都高喊起来："少年天子，少年天子！"高喊的声音此起彼伏，久久不散，他们知道有希望。

高喊声把张耆、刘美吓坏了，他们赶紧把元侃围了起来。元侃说："百姓不会伤害我。"

五天一次的朝会上，氛围有点严肃。

开封府尹、寿王元侃跪在第一排，他山呼万岁后，说："儿臣禀报父皇，儿臣知开封府诸县大旱，灾民陆续涌来，恐京城有乱，来不及报朝廷批准，就开仓放粮，并去了东明县。儿臣请父皇治罪。"

班里闪出一人，正是王钦若。他个子虽然小，声音却很洪亮："禀报皇上，臣奉旨勘察开封府私自开仓放粮一案，已有结果。当时开封城外灾民纷纷涌来,对京城安全已经造成威胁,开封府迅速开仓放粮赈灾,并搭起粥棚施粥,救济饥民。因是按村按户人口名册发放救济粮,聚集在京城外围的灾民纷纷及时返回原住地,十分有效地疏散了灾民,保证了京城稳定。臣到东明县和几个县勘察,赈灾井然有序,下一步就要开始种植农作物进行自救,百姓十分感恩朝廷。臣为开封府赈灾及时请功,并请皇上下诏其他灾区府县,参照开封府有效措施赈灾。"

王钦若高亢的声音很有力度。宰相吕端、参知政事寇准跪下了:"臣为开封府赈灾请功。"群臣也一起跪伏下了:"臣为开封府赈灾请功。"

赵炅严肃的脸上挂起了笑意,说:"朕开始还想怪罪元侃,既然众爱卿盛赞他,那就功过两抵吧。"

忽然王继恩闪出:"奴才听说在施粥现场,众人对着寿王赵元侃大喊'少年天子',臣以为开封府利用赈灾蛊惑人心,蓄意谋反。请大理寺立即按谋反罪处置。"

皇上赵炅脸色马上变了,对元侃问道:"可有这回事?"

元侃伏下不敢抬头:"有这回事。"

寇准跪下了:"寿王亲力亲为,在施粥现场众人对朝廷倍加感恩,圣上当年也曾任开封府尹,百姓自然由王爷联想到天子,这实际上是对当今天子的盛赞,这就是民心。宣政使王继恩反其意而危言耸听,利用此事诬告,应当治罪。"

赵炅黑下的脸上重新挂起了笑意:"还是寇爱卿说得对,当年朕为晋王时,就兼开封府尹嘛。百姓的赞扬是对朝廷的赞扬,是对我大宋的赞扬。开封府紧急之下开仓放粮没有错,维护了京城的安定,应当肯定,这件事不要再追究。请中书省会同各部一道商议,拟定诏令,让其他受灾府县按开封府举措迅速赈灾。"

晚上,在紫云别苑,元侃和刘娥拥抱在一起,如同曾经生离死别一样。元侃到了刘娥这里,一点距离都没有,他知道,只有这个女人,是可以尽情倾诉的知己。他说:"开始谈赈灾的事都还好,哪知王继恩闪出来一脚,告我谋反,我看见父皇脸都黑了,心想完了,廷美和大哥的事又轮到我头上了，我想到了你，不能再想下去。参知政事寇准出来讲话了，他顺着将开封府与父皇联在一起，说是对朝廷的赞扬对大宋的赞扬，难道不是在颂扬圣上吗？"

刘娥说："这倔的人倒挺正直，也敢说话。"

元侃："看人不可貌相也。那王钦若那么丑，项上还长个大瘤，但他能正确地看待开封府放粮赈灾。执政如不能以民为本，以民为重，势必覆舟。"

刘娥从元侃怀里挣出："天下没有比王继恩更坏的人了。他差点儿要了我的命，这次又置三哥于刀尖上。我在西川都避着他，他还要寻事。三哥，我们一定要主动防着他，他在大事上一定会害我们。"

不远的鼓楼传来更鼓声，已是子时了。

第二十六章　御瓷甄选冠影青　火攻章府擒凶犯

　　早晨，霍永正从赛宝滩新平瓷厂出来，到中渡口去接客商。他走得很急，头也不抬，拽住长袍，只管走路。

　　"霍老板，霍老板。"他听得有人喊，抬头看了一眼，右边官瓷厂门口一个人正向他招手，他认得是洪柱在官瓷厂做事的舅舅陈世海。

　　陈世海要他看门口墙上刚贴上的布告。

　　告示是浮梁县衙发布的，说是饶州府得到工部安排，要为秋季安南国王五十寿辰征选瓷器，作为当年安南国敬贺大宋天子寿辰的回赠礼品。昌南所有制瓷作坊都可送瓷器参加征选，拔得头筹者将得到朝廷赏赐三千两白银。

　　具体要求，工部附了图，一个带盖的双耳尊，约四寸高，实际为茶叶罐，可以装高档茶叶。茶具，一个带檐的大托盘，上面可放六个茶盏，有盖，一个略高的茶壶。

　　霍永正一看，头轰地一下发热了，自唐以来，霍瓷名声是大，但还未正式获得朝廷的荣誉。听老二说，杨梅亭窑正在试制新产品，那正好在这次征选中亮相。

　　这时，李洪柱刚好从厂里出来，看见霍永正上来招呼。

　　霍永正对洪柱说："这就是你的事了，你叫我家老二带娟娟过来描图，然后你们和上官师傅一起商量，怎么做出来。要多次试验，挑最好的参加甄选。"

　　洪柱说："霍老板放心。那边我已经叫人去说了，娟娟一会就来描图。"

　　霍永正这才放心地往中渡口接人去了。

　　洪柱傍晚时来到了杨梅亭。霍定正带着娟娟早已把图画来了。

　　霍定正和洪柱他们对制瓷参加甄选，是很有信心的。

霍定正小心翼翼拿着娟娟画的图，展示给大家看，说："娟娟的图描得又准又好，真是我霍家的宝贝千金！"

但上官师傅有些迟疑，害怕因此惹是生非。而洪柱却认为，辛辛苦苦的研烧正是为了今天，应该拿出最好的瓷器去参赛，只有得到朝廷的褒奖才能扬名，瓷器的新品种一定能畅销，影响整个昌南甚至浮梁、饶州。因为地域文化历来是以州府一级作为代表的昌南瓷从唐代就被誉为"饶玉"而闻名。

小柱发言盛赞哥哥，他说："我哥拉坯、利坯，那是第一流的，娟娟图画得好，我哥能不走样。"

上官师傅想到这是众人的成果，不能埋没这些年轻人，就笑着说："那好，我负责看好火，把好关。"

霍定正不愧是霍窑掌柜、掌舵人，对诸事有着清醒的认识，他接过话头说："霍窑的名气是祖上留下的宝贵遗产。我们应该看到，为了帮助乡亲们，这几年上官师傅帮霍窑开发的白瓷工艺，在杨梅亭和湖田都能制作了。目前霍窑的王牌就是娟娟和小柱无意中发明的新釉种，经过长时间试验，已经成熟，正好可以在这次御瓷甄选中亮相，十有八九能够取胜。我们看照子瓷片吧，定好颜色，就可动手。"

几缕阳光从南河边的树梢斜投到棚里，光洁的瓷片在夕阳映照下光彩夺目，娟娟光洁的脸上露出笑容，她说："我最喜欢'天青一号'，充满诗意的色彩。"

霍定正说："我同意娟娟选的颜色，'天青一号'，纯洁无瑕，非常好。但是，我们要定一个两种颜色参赛的方案，安南那边盛产翡翠，我看再来一种'翡绿一号'，让昌南的瓷器烧出翡绿的清新，岂不是很有创意吗？"

事情就这样定了。洪柱每种颜色都准备了六套，拉坯、利坯他都一个人上。

娟娟和小柱分别按"天青一号""翡绿一号"的配比制好釉浆，娟娟找来一块丝绸，滤过三次，洪柱用手蘸了蘸，觉得黏稠度正好，才舀来吹釉。

半个月后,出窑的瓷器放在台子上,如云霓般一片清辉,娟娟欢喜地把脸靠近釉面,在瓷器上映出她俏丽的影子。小柱也用鼻子靠过,嘟起嘴说:"我有这么丑吗?都成蒜头鼻了。"

瓷器出来了,霍定正跑过汴京,见识广,他对锦盒提出了要求,要定型,装在一个盒子里。娟娟按照父亲的意思,画出了图纸,茶叶罐和茶壶都侧放,更稳些。

瓷器装入定型制作的锦盒,在淡紫色绒布映衬下彰显出万般优雅,再装在一个牢固的云锦木箱里。

他们挑了"天青一号""翡绿一号"各一套送评。

所有应征参评的瓷器交到官瓷厂都要开箱验证登记。验证的文员已经看过一百多套了,都已经麻木了。霍定正开箱请他验证,他瞥了一眼,感觉有如月光映入眼帘,赶忙站起靠近察看,他甚至伸出手来小心翼翼地抚摸瓷器,说:"我还以为是用玉石制作的呢。"

他对上官云林说:"二位在这里稍等,我去请县丞来看。"急急忙忙往里面去了。

不多时,身穿官服的浮梁县丞张功措在文员陪同下趋步进来,他向霍定正他们拱手:"霍窑送来了。"

张功措没有轻碰瓷器,而是手贴身后俯身细察,眉头舒展,脸上露出笑意:"非常之好!"他交代文员,"两套都放在上等瓷中候评。"

大家按捺不住心中的喜悦,急急回到了杨梅亭,霍定正向上官师傅分享了"上等瓷中候评"的信息。上官家蒸了腊肉,众人喝酒猜拳闹了大半天。

御瓷选评截稿第二天,浮梁县令胡舜智就来到了官瓷厂。

胡舜智是带着两名衙役骑快马来官瓷厂的。他一下马,将掖在腰间的官服放下,扯平,走进翘角飞檐的院门。

张功措忙迎上前来,陪同县令来到议事厅。

等候在厅里的几位制瓷师傅和请来的名士一齐站立起来,因为有霍窑瓷，洪柱自觉请求回避。胡舜智与他们招呼以后，立即开始选评。

三十套属于上等的待评瓷器都装在精美的锦盒里，一盒盒紧挨着摆放在议事厅的台子上。

县令胡舜智虽已经历了几任职务，但还属年轻人，他走在前面，张功措随同，大家跟在后面。县令一直没有作声，倾听大家议论。

胡舜智突然驻足，张功措一看，正是霍窑送来的那两套，胡舜智夸赞道："真是出类拔萃啊！"

甄选分两轮，由县丞张功措主持，县令胡舜智不轻易说话，只听评委意见。第一轮筛选剩下十五套，经过第二轮认真筛选，最后留下六套，霍窑的"天青一号""翡绿一号"都在其中。胡舜智决定派张功措亲自送去饶州，由知府确定。

昌南至饶州水路畅通，张功措第二天亲自押船带着六套瓷器顺昌江而下，不到三个时辰即到了饶州。

饶州知府王祖明非常看重从昌南选评来的御瓷。他与王钦若是同科进士，诗文俱佳。身为饶州主官，他对当年饶州刺史元崔请柳宗元撰文的《进瓷器状》极为钦佩，可以倒背如流。唐武德年间，昌南镇陶玉和霍家携瓷进京被誉为"假玉器"，饶州也因辖昌南被赞盛产"饶玉"，瓷器一直是饶州与朝廷保持沟通的重器。因此，这次朝廷征选御瓷，他并没有仅要官瓷厂烧造，而是张贴告示，广泛征选。

张功措将锦盒一一摆定、打开，王祖明的目光就凝视在霍家"天青一号"上，"晶莹剔透比琼玖，雨过峰影呈天青"的诗句脱口而出。张功措打开"翡绿一号"，王祖明眼前一亮："两套一样好，一道送去工部。张县丞，你明日就从这里动身去汴京。"决断非常肯定。

"这种瓷的出现，加之这次选为御瓷，应予以推广，可以视为昌南瓷业发展的新开端。这个新品种需要一个名称，青白瓷有点直白，我看就叫'影青'吧。"王祖明说，"你的业绩州府也会一并禀报朝廷。"

霍家杨梅亭窑两套"影青"瓷在这次选评中双双获奖，如春风般很快吹遍了昌南镇，人们关注的不是器形，也不是精湛的制瓷工艺，而是霍窑发明了这种带有色泽的"影青"釉，可谓横空出世，很快将独霸天下。

"影青"釉的配方，一时间成了昌南制瓷业界的热门话题。甚至有人为之彻夜不眠。傍晚，霍定正与洪柱同时来了，和上官师傅他们忙乎了一阵，将娟娟的"影青"照子和配方都隐藏了起来，上官云林才将他们送上归程。

上官云林行到家门口，突然从黑暗处闪出几个蒙面大汉，从身后箍紧上官，一条毛巾塞进口中，随即用绳子五花大绑起来，用麻袋套头扔在一边。蒙面人进屋翻寻，将剩下的影青瓷全部洗劫一空，推搡着上官云林迅速遁去。

上官师母在厅堂听见他家的大狗吠个不停，瞧见蒙面人身影，慌忙从侧面闪进作坊，躲进一个用完了釉灰的大木桶内，逃过一劫。后来大狗也没了动静，师母战战兢兢熬过一夜，她想等天亮后再去湖田村找洪柱他们。

天蒙蒙亮，上官师母到了前院，看到大狗已倒在血泊中死去，她连忙关上门，赶到湖田村找到洪柱。

洪柱看到泪水模糊的上官师母，心里一惊，听说剩下的瓷器也被劫走，他就断定与这次选评御瓷有关。他安慰师母，这不是普通的谋财害命，上官师傅不会有生命危险。

从湖田到浮梁县衙有差不多二十里，还要过渡。

洪柱他们陪着上官师母赶到县衙门前。县衙头门已开，两名高大的衙役按刀分立，威武森严。浮梁县衙是五品县衙，从高大的头门可以看见仪门之后的大堂。洪柱也顾不得那么多了，拿起鼓架上的鼓槌，就在大鼓上敲击起来，鼓点急促而震撼。这时，衙役过来制止了，说："你和这位老人随我进入，其他人等在外静候。"

洪柱扶着上官师母，跟随衙役走过仪门，大堂上正喊"威武"，八名衙役已经按部就班，从二堂走出的浮梁县令胡舜智，迈上台阶在大案后坐下，一拍惊堂木："有冤讲来，无事退下。"

洪柱一看堂上的牌匾"明镜高悬"，连忙扶着上官师母一道跪下。洪柱讲述了杨梅亭霍窑夜间遭劫，上官师傅被抓走不知去向。胡舜智已任两处县令，断案如神，一听洪柱讲述，心中已明白一半了，问道："霍窑影青瓷之事影响广泛，可为哪些人关注？"

　　胡县令信步走下堂来，扶起上官师母："你们为御瓷的事吃苦了。不过请师母放心，强人既是为影青瓷配方而来，就不会害师傅性命。待本县速速查来。"县令让衙役搬来椅子，请上官师母坐下。

　　洪柱说："拔得头筹后，来登门求索影青釉配方的人络绎不绝，一般为附近窑厂的相识瓷工。后来声名远扬，就来了一些瓷行的富商，要用银子购买配方，但都没有答应。"

　　"你印象中，来得次数多的是哪里的？"胡舜智发问。

　　洪柱说："好像是昌南赛宝滩的几位瓷行老板，他们急于得到影青釉配方烧瓷器，卖好价钱。而且要求一旦得到配方，我们就不能再做了。"

　　胡舜智知道夜里遭劫时洪柱并不在场，沉吟了一下，就和善地问上官师母："老人家，你夜里在家，你说说吧。"

　　上官师母从来没见过这样严肃的场面，她噙着眼泪，断断续续讲述了昨夜的场面。好在她是当地湘湖人，说话大家都能听懂。

　　胡舜智对洪柱说："你扶着老人家，别跪着。"

　　他又接着问上官师母："老人家，你再想想，你发现劫匪有留下什么痕迹吗？"

　　上官师母眼睛一亮，她忙说："老爷，开始我家守门狗吠了很多时候，后来被强人杀死了。"

　　胡舜智思索一番，掷下令签，对捕快都头焦晃说："你带全班捕快速去杨梅亭霍窑勘查现场。"

　　焦晃得令，即命捕快们将洪柱和上官师母带上，快马奔向杨梅亭霍窑。

　　推开门，只见院内一片狼藉，工棚里的瓷器被洗劫一空。一条黄毛大犬倒在血泊之中。焦晃在院中巡视一番后，又回到门边。焦晃不由得蹲下身来，对死去的黄毛大犬细细观察，狗的腹部多处被匕首刺中，流出大量污血。他所不解的是狗嘴紧闭，狗嘴没有外伤，嘴中却流出许多污血来。

焦晃双手用力将狗嘴掰开，竟掉出两根血肉模糊的手指头，可以辨别出来，是左手的无名指和小指。

"这下有线索了。"焦晃吐了一口气。他吩咐捕快将手指用布包起来。

他将捕快们集中到门边开会，派出了八名便衣，在昌南布点巡查，并要求与各自眼线联系，发现左手包扎或刻意隐藏左手的人要及时检查，如有可疑人员立即抓捕。

洪柱和上官师母知道有线索追踪，略略放心。

焦晃快马回到县衙，到内堂向县令胡舜智报告了勘察情况。

胡舜智说："好！十指连心，弄不好就没命了，强人一定会出来治伤，都头你安排专人对所有诊所重点监控。"

果不其然，三天后傍晚，中渡口北街汪家下弄的仁和堂诊所，走进一个左手插在衣襟里的大汉，右手拔出匕首，逼着郎中为他左手上药包扎。门口闪进两个捕快，一看左手正少无名指和小指，霎时间他的左手已被扭到背后，右手匕首被缴获，被捕快反绑了起来。

谁知大汉头一歪，嘴竟流出血来，死了。

"完了，线索断了。"两个捕快慌了，原来在绑他时，他低头咬破了衣领角，咬到了鹤顶红。

焦晃带人赶到，一见人死了，气得直摇头，

焦晃叫捕快们将大汉的衣服扒下，仔细检查。

把死者绑住短裤衩的粗布围巾一甩开，上面竟吊着一块铜牌。

焦晃一把抓过来，铜牌镌刻着一个"章"字。这是赛宝滩章记瓷行大老板章海旺家护院们用的，在他那里有备案。

焦晃带着捕快们骑马先到赛宝滩，章记瓷行店门紧闭，敲门无人响应。

"去西山！"都头一夹马肚，飞奔到西山村章家大院。

章府豪宅同样大门不开，无人搭理。

焦晃迟疑了一下，当时有不得强入民宅的条文。况且，章府仗着州府有人，横行乡里，周围百姓忍气吞声。

都头派一骑飞去县衙向县令胡舜智禀报，同时唤西山村里正带乡丁们速到，带领捕快一起将章府团团围困。

胡舜智一听，冷笑一声，吩咐县衙中所有官吏衙役全部集中，除留下狱卒看住牢房，全部随他去西山村。

胡舜智与捕快飞马赶到西山。都头焦晃禀报后，也没有主意。

胡舜智哼了一声，说："还是用本官在休宁的老办法，用火攻吧。"

胡舜智任休宁县令时，一位汪姓豪强拒交税赋，被他派人用薪柴围住院宅，点火焚烧，吓得豪强自动开门就擒。

这时，县衙的大批人马，全部赶到，几个身强力壮的轿夫也都来了。

胡舜智交代里正，征用村民家的薪柴和稻草，记账，由县衙支付钱两。

不到三刻钟，章府八亩大的院落周围已被堆满了柴薪，柴薪下面放了易燃的干草。

章府护院听见院外的嘈杂声，爬上墙梯探出头来一看，吓得从梯上滚将下来。

肥头大耳的章海旺还坐在正堂啜茶，做他企图在昌南镇垄断影青瓷的美梦呢。看见护院们慌乱，他喝道："你们怕什么？老子铁门紧闭，在此不出，看他怎么进来。"

护院跪着说："老爷，官府已将院子包围，堆满了柴草，要放火烧呢。"

章海旺一听也蒙了，说："等我看看，竟有这大胆？"

几个护院托扶着肥硕的章海旺爬上墙梯，他伸出头来，正好与胡县令、焦都头打了照面。

章海旺倒恶人先咬一口："你们官府怎么不讲道理，围我院宅？"

"你派人扮作劫匪，抓走上官云林，劫走影青瓷，铁证如山，还敢抵赖？！"焦晃拿出章府铜牌。

章海旺像狼一样地狂叫起来："我章家州府有人，胡舜智你不过小小芝麻官，看你们倒还敢放火不成？我要去饶州府告你！"

胡舜智大笑一声，说："我乃朝廷命官，还怕你们这些土匪豪强不成？焦都头，点火。"

几个捕快将手中的松明火把塞进柴草，干柴烈火，一时间"噼里啪啦"就烧起来，顺着风向，柴烟直向章府院中灌去。

章海旺口鼻中呛了一口烟，一下子就从梯上倒下。他一抹烟熏的眼泪，大骂护院："你们这些饭桶，竟将铜牌丢失，我要宰了你们！"

不到一刻钟，柴烟已将章院灌满。院子的人已无法忍受，一会儿，火苗已蹿过墙头，旁边还在蔓延。

章海旺也无计可施了，恶狠狠跟护院们说："你们几个把自己绑起来，去蹲大牢吧！"

达成协议，章府开门就熄火。

不一会儿，门开了，走出一串用绳子缚住手的黑不溜秋的护院。焦都头命捕快们控制大门，随即带人进入院内，在柴棚里找到上官云林，帮忙解去绑住手脚的绳子。

捕快们在后院马棚的食槽后面发现了章海旺，他头藏好了却躲不下肥胖的身子，被捕快们拖出来，用捆猪的绳子五花大绑。焦都头吼一声："带走！"

章海旺浑身上下乌漆麻黑，猪一般污秽，牵出府门时垂头丧气。往日豪强之势荡然无存，洪柱他们也赶来了，接到上官师傅，上官师傅老泪纵横："短短三夜，恍若隔世。"

在门前，上官师傅跪谢县令，被胡舜智扶起，告诉他："你们还须同去县衙，当场结案。"

高大威严的浮梁五品县衙，"明镜高悬"的黑匾高挂中堂，"浮梁正堂"黑底金字牌直立下边，"回避""肃静"白粉红边牌分立两边，八个手持水火棍的衙役犹如金刚一般，怒目瞋视。焦都头出示物证，"章"字铜牌，还有缺手指的绑匪尸体和被狗咬断的两个手指，七个护院供认不讳。章海旺早已吓成一摊烂泥，瑟瑟发抖。

原告洪柱复述状词，上官师傅诉说受害经过。

胡舜智一拍惊堂木，当场宣判："主犯章海旺长年横行乡里，称霸一方。这次公然藐视官府，觊觎御瓷配方，指使八名护院家丁深夜蒙面，潜入杨梅亭村，绑架上官云林，抢走影青瓷十套，私自关押上官云林并严刑拷打，逼索影青秘方，抢劫、绑架、私押、拷打，依据宋律第十六条、第一百二十二条、第一百二十三条，数罪并罚，本县判处主犯章海旺责打六十水火棍，流放崖州，三日后羁押上路。"

从犯每人责打六十水火棍，押入大牢，并服徭役一年。

章海旺等恶人被打得皮开肉绽，拖入大狱。

胡舜智嘱归还霍窑影青瓷茶具十套。霍定正和上官云林、洪柱当场伏地，拜谢青天大老爷。

胡舜智见上官师傅他们仍长跪不起，立起来倾身询问："霍窑各位师傅乃我浮梁有功之人，还有何事请细细讲来，本县为你们做主。"

上官师傅抬起头来，拱手作揖："小民遭此劫难，能保全生命，全凭官府。"

霍定正接着说："影青瓷研制成功，被选为御瓷，上送汴京，乃是昌南、浮梁、饶州的荣耀，此等成就霍窑不敢私揽。刚刚我与上官师傅、洪柱商议，决定将影青釉配方献与官府，公开给昌南所有制瓷作坊，振兴昌南瓷业。请县令大人允准。"

胡舜智一听，赶紧走过来扶起他们："难得霍老板与众位胸襟开阔，豁达大度，能为昌南瓷户着想，实属善举，这是一件大事，请各位到内堂坐下细细商议。"

一个衙役端上茶来，茶盏还是青瓷的。霍定正接过茶盏，说："县衙的应是昌南的样板，以后都要换成影青瓷。"他唤过洪柱，轻声说了几句。

"你说得有道理。县衙会有贵客来，应当推介昌南影青瓷。"胡舜智说，"请你们谈谈推广普及影青瓷的设想。"

上官师傅说："只要官府重视，并不难，现在湖田村洪柱他们已经会配釉灰和烧制，先把湖田和湘湖的带动起来，传播很快。"

"好！"胡舜智肯定了上官云林的想法，说："上官师傅说到要官府重视，就让县丞张功措具体负责。他年轻有为，出身磁州窑陶瓷世家，且负责瓷业多年有经验，不久就要从京城回来了。"

这时，洪柱带着几个瓷工将十套影青瓷茶具抬了进来。

胡舜智问道："这是干什么？"

霍定正站起来说："县令大人，能够如此迅速破案，救回上官师傅，霍窑感恩不尽。这些茶具霍窑就捐给县衙，作为推介影青瓷的样品吧。"

胡舜智却把脸沉下来，说道："这可使不得，朝廷早有规定，官府不能白得百姓的钱物，若御史台查晓，我县令也当不成了。"

他沉吟片刻，对霍定正说："霍老板，顺你的意，县衙留下两套，已是御瓷品格，按二十两一套，让账房结算。"

第二十七章　专业制釉定寺前　陶瓷寻根登涌山

两个月以后，张功措从汴京回来了，朝廷对"天青一号""翡绿一号"都倍加赞赏，两套都选作御瓷。考虑到安南国是盛产翡翠的地方，朝廷给安南国还是赠了"翡绿一号"。

他带来了朝廷对昌南瓷的嘉奖。工部要求，贡瓷之外，昌南还要迅速形成大规模生产影青瓷的能力，设计新的品种，以适应边贸兴旺的趋势。

胡舜智对张功措十分信任，说："我们想普及影青瓷的计划与工部不谋而合，你大胆去干吧，只是不要亏待了霍窑的无私奉献。"

雨过天晴，一场由青瓷向影青瓷更新的变革，如春风吹拂昌南。

杨梅亭上官家的工场内，热闹非常，是附近瓷工们在这里学习，这已是第六批了，小柱和娟娟都成了教员。

另一边，洪柱和伙伴们在湖田的工场里，也在培训西瓜洲、天宝桥的朋友们。

张功措骑着快马来到杨梅亭，他带来了官瓷厂的配釉高手参加学习。张功措下马就脱下官服，穿着短装，与他们一起敲石灰、铺狼箕草、烧釉灰，他准备了一方铜墨盒，不时打开在记事簿上认真记写。

午后歇息时，洪柱也过来了，大家在上官家厅屋里啜茶。

张功措直奔主题，他说："我看这千军万马做釉灰效率太低，也不能保证质量。"一句话切中要害。

他到底是县衙大员，亲自体验后便能拿出措施做出决断。他将茶盏放到桌子上，站起来，说道："霍老板，上官师傅，洪柱，瑶里的釉果是在当地粉碎瓷石洗冶的，再运到昌南，这样各家作坊就方便多了。釉灰加工也要在原料生产地完成，以便统一制釉标准，让作坊到那里定货送来便好。"

上官云林这些天来忙晕了头，一听便说："县丞所说甚好。制瓷这前面的工序还是专业化生产才能提高质量和效率。"

洪柱接话："我们用的是寿安寺前和涌山的石灰石。寺前要近些，釉灰生产基地放在寺前便利，配方里加涌山石灰运些过去就行，瑶里釉果让他们厂家对接。"

"行！"张功措说，"由官瓷厂在寺前办个示范工场。寺前石灰进行深加工，山上有的是狼箕草，可以就地取材，妇幼剩余劳力可以全上阵，全昌南的釉灰在那里做，得多大效益呀！我找寺前里正再发动，人们看到有利自然愿做。寺前那些石灰窑的老板只要掏出钱来办工场，石灰便可变为成品了，制瓷釉灰定向销售，岂不一举两得。"

他接着说："洪柱，你是官瓷厂领班，推广影青瓷我们要走在前头。明天你自己在这里准备好快马，我从官瓷厂过来，会合后一起去寺前。"

那些伙伴们看到县丞重用洪柱，非常羡慕，围着洪柱："你以后可要关照大家。"

从杨梅亭去寺前才二十几里，张功措和洪柱，策马扬鞭，只三刻钟就到了。

寺前里正见了县丞，遵令照办。没有多久，他就把几家石灰窑厂的窑主找来了，一说就地石灰加工办釉灰厂，全都愿意。张功措定了一家规模较大的石灰窑办官瓷厂釉灰工场，窑主找来毛笔，张功措和洪柱琢磨着画了一张示意图留下，要窑主在近期完成基建。

里正让自己的妻子将村里有空的女人都找来了，洪柱拿出狼箕草和狗尾草，众人一看都好笑："山上多的是！"

还有涌山石灰窑送原料的事需要落实，张功措和洪柱又纵马前去。

这条道是乐平经浮梁去徽州的古道。虽说有些坡度，但离涌山不远，他们觉得骑马登石阶太累，干脆牵着马匹步行。

涌山里正姓徐，五十几岁，戴着乡绅头巾，是个读书人。见到浮梁来的县丞，非常热情，带着他们去找了洪柱常进原料的那家石灰窑主，很快将送石灰的事说妥了。

已过响午，徐里正就近在村口酒家叫了几个菜送他家里，一起吃饭。

几杯酒下肚，徐里正话多起来了。他说，涌山真是个好地方，村里民舍傍着一条小溪而建，风光旖旎，日出日落都霞光辉映，百姓是谓锦溪。这里矿产尤为丰富，有煤矿、石灰矿，还盛产白土和匣钵土，与昌南制瓷有着密切联系。

这一带主峰实为两县的分水岭，北边的水流入南河汇入昌江，南面流入磻溪河汇入乐安河，昌江与乐安河于鄱阳姚公渡汇合为饶河，在莲湖附近注入鄱阳湖。

张功措听徐里正说起涌山头头是道，充满感情，调侃道："徐伯，可知道里正在以前是何官职？"

徐里正答道："我知道，里正相当于秦汉的亭长，据说汉高祖刘邦曾任泗水亭长，实际上里正就是个地保，如与汉高祖相提并论，岂不为天下第一了。"

"汉末还有一人官位也是亭长，汉献帝封关羽为汉寿亭侯，也是亭长，不过有其名而无封地，还不如老伯您有职有地呢。"张功措笑道。

徐里正笑道："大人不要高抬我了。"

他虽然未醉，但脸已红了，他忽然使了一个眼色，去里面抱出一个木箱。轻轻打开，木箱底层铺着一层褐色的陶片。

木箱里有两个不大的木盒，一只木盒里面装着一个陶罐，形状不规整，年代久远，罐口有两处缺了。还有一只木盒里有一件淡灰褐色的三足陶器，歪歪地放不稳。

看着徐里正神秘的眼神，张功措有些惊诧不已，洪柱更是好奇。

张功措先拿出陶罐仔细观察，罐体上明显能见被硬物压制的印纹；另一件器型叫陶豆。他知道这些陶器年代久远，也许在万年以上，原来听说过浙江余姚发现过古陶罐，有印纹。

他询问道:"敢问里正,这罐来自哪里?"徐里正答道:"这两物都来自村前鸡公山上的仙岩洞内。"然后徐徐道来。

涌山是个历史悠久的古村落,流传着不少扑朔迷离的传说。据说上古蛮荒遍地都是巨兽,鸡公山却居住着古人,几万年前,天地骤然变冷,山下野兽冻死了,古人却会用火活了下来。后来走下山来,寻找更靠近水源更宜居的洞穴,由渔猎而农耕制陶,人就是这样繁衍起来的。村里人都讲鸡公山上有仙岩洞。

张功措问:"里正可知道这洞?"

徐里正说:"前年有一天,我上鸡公山上捡柴枝,半山腰一处云烟缭绕,我好奇用柴刀砍开荆棘,有一洞口,我点燃松明进入。下洞以后越进去越大,往右拐后才到底。洞内有人待过的痕迹。我先在角落里一堆陶片中找到这个陶罐,后来在洞口土灰里刨出这个陶豆。我出来即将洞口用树枝茅草重新遮好,把这些带下山来了。"

洪柱马上说:"老伯能带我们去看看吗?"

张功措读过《山海经》,记载上古之时,四方错位,乾坤大乱,野兽横行……没想到涌山却流传了古人怎么生存下来的故事,张功措想一定要到祖先的洞穴里去探寻一番。

徐里正说:"大人你脱下官服,换我的短装,鸡公山很陡,满是荆棘,村里人都不上去,没人知道仙岩洞。"

上山并没有路,徐里正是带着他们攀岩上去的。

扒开洞口,一人一支松明火把进洞,洞内灰暗吸光,松明照不了很远。洪柱眼睛被熏得难受,里正要他左手将火把拿远偏后一点,不要让烟在当面,右手空出来扶石壁。

往右拐了一个弯,一点自然光线都没有了,徐里正拿着火把在前方走。不久,他说:"到底了。"三支松明靠在一起,顿时亮堂起来。底洞不大,也不高。

突然,洪柱指着左边洞壁惊叫起来:"县丞大人你看!"

张功措仔细察看洞壁,上面竟有用褐红色勾画出的图案。

洪柱说:"这是用颜色画的两头牛。"

徐里正也发现了一些横竖短线。

出来时,张功措踢到一个东西,捡起来,是块一边钝一边有棱角的石片,不像是天然的,像是人工打制而成,他将石片小心揣入怀中。

徐里正指出了发现陶罐与陶豆的地方。

三个人都很兴奋。张功措的心中淌过一股暖流,在这里与古人神交,对于正在研制陶瓷新品种的他们,也许是神明的旨意,让他们的继承与远古祖先的创造一下子拉近了万年。

第二十八章　善待李母继迁稳　天下昌南瓷器新

北宋的文官制度十分严谨有序。

吕端任宰辅、寇准任参知政事后，吕端奏请皇上，朝事他与寇准各领一部分，寇准兼管枢密院，以免高层发生争执，下属无所适从。

中书省光线比较暗，临近傍晚，吕端看不清奏折，吩咐手下在他的书案上点盏灯。这时秘书来报，参知政事寇准大人求见。

吕端急忙请进寇准，见过礼，双双坐下。寇准呈上一份文书，是开封府呈报的。

上午，西城万水门外守备例行检查时，扣下一队人马，经仔细检查都是夏州人氏，一位年近花甲化装成汉人贵妇的，竟是西夏李继迁的母亲。老太太倒是通晓汉语，知书达理，她来大相国寺上香。按照惯例，凡是敌方首领直系亲属，被俘之后斩立决。这事报到新任开封府尹赵元侃那里，元侃非但没有拘捕这批人员，反而吩咐立即将李继迁母亲安顿在银州会馆保护，给予贵宾礼遇。并报来文书，再三要求不能处死，还提出待李母休养后，护送其回银州。

寇准说："晚生感到事关重大，特来与首辅商议。"

吕端赞同开封府的做法，只是皇上前一段时间被西边的战事搅得心烦，须得耐心说服。

最后，吕端、寇准双双去崇政殿求见皇上。赵炅正在让太监为他用艾叶红花汤泡脚，顾不得往日的尊严，只是吩咐："为二位爱卿赐座。"

果然，赵炅听寇准念完开封府的呈报，就说："又是多事。"

吕端一听，慌忙跪下："皇上，请听臣下细细道来。"

赵炅已穿皂靴，他不忍心看见比自己还大两岁的吕端跪下，忙将他扶起。

吕端说："两国交战，尚且不斩来使。纵然党项在边境生事，但李母没有罪。当年楚霸王抓住汉高祖老父，最后不也是没杀吗？开封府尹元侃能够与人为善，敬重长辈，好生安顿李母，应当肯定。他提出来，李母是来大相国寺上香的，还要从开封回夏州银川。应宽厚对待，保护她去上香，护送她去见李继迁。这对西部战事能够起到缓和的作用。"

赵炅的气早已消了，说："这三儿想事能够从长远考虑了，二位爱卿既然赞同，朕就准奏，这护送的事就交给开封府了。"

赵云侃派办事稳重、武功高强的夏守恩去陪同老太太上香，千里护送至银州城外，李母感激大宋厚德，李继迁不敢再进犯。

太阳翻过山巅，照射在东埠石拱桥上，一队快马疾驰而来，急促的马蹄声驱起东河中的几只惊鸿。

张功措和洪柱一行四人，天亮时骑马从官瓷厂出发，一个多时辰就到了这里。听说东埠村后的山上新近发现了白土，张功措早就想亲自前往，带些回官瓷厂试用。

从这里上山路陡，根本无法骑马，他们将马匹寄在东埠，张功措把衣服掖在腰间，攀着突出的岩石，拉住树枝，一直登在前面。山上本无路，只是踩住人走过的痕迹行进。突然，张功措停住了，一团带刺的荆条横在前面。洪柱赶上，抽出腰间的刀，几下子将荆条砍开。洪柱说："大人，还是我上前吧。"

上到山顶，屁股坐在石坡上不愿动了。四个人都气喘吁吁。山顶上很少树木，到处是光光的石面，仿佛已经风化，洪柱用柴刀尖一戳一个洞，露出白色的粉末。张功措从袖子里抽出手帕擦汗，站起来说："你们看，下个坡就是村庄了。村前有口很大的水塘，大家都饿了吧？下去找人弄点饭吃。"

望梅止渴，县丞的话给累极了的几个人一下子带来希望，大家全部站了起来。

三步并作两步，一行人下得山来。洪柱忍不住渴，走近清澈的池塘，捧起水就喝，惹得浣衣的村姑笑出声来。

"敢问大姐,你们高岭村里的里正住在哪儿?"张功措问道。

村姑一打量张功措,是个官员,忙说:"大人,我领你们去。"

村姑挎着竹篮走在前面,来到一家院落前敲门:"何伯,你家来客人了。"

一位五十岁上下的老人打开院门。

"何老伯,我是浮梁县丞张功措。"

"快请进,我叫何叔庆,是这里的里正。"何叔庆知是县丞,忙上前迎接。

何叔庆将案前八仙桌抽出,请张功措上座。

张功措拱拱手:"这是在老伯家里,我怎么能反客为主?"

何叔庆说:"你是县衙大员,我是里正,是你的下属,你坐上首理所应当,这才有序。"他定要请县丞坐定。

何家媳妇已用青瓷盏泡上茶来,盏里漂着的是山里最好的毛尖,泛着嫩黄的绿色。

何叔庆交代媳妇:"赶紧弄酒菜上来,大人一定饿了。"

洪柱和两个瓷工一听笑了,他们需要的就是这句话。

一大碗米粉蒸腊肉,一盘辣椒炒干鱼,还有青菜,一碟花生米,一壶热气腾腾的米酒。

张功措已打开了话匣子,听说这边山上发现了白土,想带几袋回官瓷厂试烧。他好奇地问:"何伯,听说是你遇到了仙人指点才发现白土的。"

何叔庆说:"也许是做梦吧?一天夜里下大雪,我发现门外躺着个白胡子老人,把他扶到屋里,热了饭菜给他吃。老人说,山上挖下去就是面粉,你带村里人去挖吧。我转过身来老人就不见了。我醒了,但桌上的饭菜还冒热气呢。后来我们去挖,果真山上石头很松,容易挖下去,但挖出来的不是面粉,是白观音土。村里有几个年轻人,也挖过几袋到镇上去卖。"

何叔庆的儿子何发生上畈回来了,坐在一起吃饭,好不热闹。

饭后一起上山。何发生从他们刨过的洞里挖，一会儿就把张功措他们带来的四个布袋装满了。

张功措叫洪柱拿出三两银子，放到何叔庆手里："这些钱你收下，包含工钱饭钱，以后还少不了麻烦你。"何叔庆不肯收。

洪柱按住，说："你老人家不收，会治张大人罪的。"

酒足饭饱，一人一包白土，但觉得下山轻松多了。

张功措的主旨是想用比麻仓土更细的高岭瓷土，将影青瓷做出一些新器形，他看过史书记载，说是隋朝曾以昌南器为"陶础"，他也想让影青瓷向大器方向试烧。

洪柱心领神会，他用瓷泥捏出个鸡头。粘到壶体上，烧出可以注酒的鸡头壶，还做出了娃娃枕、虎头枕。只是这些很难批量成型。

洪柱依稀记得上官家的定窑梅瓶，上了窑车。用手蘸蘸清水，一踩窑车一团瓷泥变化无穷，因口部要收小，他就拉到肩部以上收手，然后又拉口部，然后晾坯。

几天后，洪柱将晾干的坯接在一起，张功措也赞梅瓶的器形优雅。

回到湖田，他跟妻子香妹说了，要她为梅瓶设计图案，想在泥坯上刻画，形成积釉显示花纹。

香妹说："娟娟到底在京城待过，现在画得很好，让她先试吧。"

洪柱告诉她，娟娟和小柱去寺前教做釉灰了。

于是香妹答应了，第二天带上些刺绣团花纸样就跟洪柱一起来了官瓷厂。

洪柱小心谨慎完成利坯，将梅瓶搬到台子的转盘上，找到一块石墨条，让香妹画样。

香妹心灵手巧，她已经将缠枝的样式记在心里了，她轻轻手拨转盘，分三个方向等分，然后用石墨条照团花样描了三朵牡丹，又在下面错开描了三枝莲花，再用枝叶缠连起来。

香妹勾好稿子，洪柱请张功措和几个师傅来看看。

张功措拨动转盘，梅瓶转动了，有点眼花缭乱；慢下来，缠枝的画面缓缓掠过，往复循环，真是百花呈祥。

"弟妹真是聪明伶俐，是洪柱的好帮手。"张功措夸赞道。

香妹用洪柱削好的竹笔依样扒出纹路，洪柱喷好影青釉后，就进炉了。

开窑那天，张功措没去县衙，和洪柱一起守在炉前，香妹也来了。

没有想到的是，洪柱从还未完全降到常温的炉子里抱出梅瓶，放到台子上，却险些栽倒。梅瓶上的影青釉发色很好，线刻的纹路中积釉发绿，显示的缠枝花纹恰到好处。但腰部明显塌了下来，肩部与瓶口相接处明显开裂。

洪柱垂头丧气，一屁股就蹲下了。香妹陪着流眼泪。

张功措脸色也很沉重，他说："史书可是记载，新平可作陶础，我们仔细想想，是什么地方出了问题。吃一堑长一智嘛。"

他又说："柱子，你把上官师傅请来，他经验丰富，或许他有主意。"

上官师傅围着梅瓶看了又看，瓶口太小，只能放进去三个手指，摸不着胎壁，他拿着香妹用的竹笔轻轻敲打梅瓶颈部，敲打塌下去的腰部，不时将耳朵轻轻贴近聆听，一言不发。

他跑到外面，从腰间取下烟筒和烟袋，闷着吸了一袋烟，才回到屋内。

上官师傅对张功措说："张大人，我看要从几个地方改进。"

他叫过洪柱说："你看瓶的腰部的塌陷，可能出在两处，一是腰部胎体薄了一些，不能承重，再者是瓶体高了，大了，要试一下，可否用麻仓土掺高岭瓷土混合，不同配比，多试几次，如我们一起当初试影青釉一样，找到一个最佳方案。"

张功措赞许道："上官师傅言之有理。"

上官师傅指着颈部裂开处说："还有这里，从表面来看，裂开处位于相接位置，但没有全部脱接，这表明炉温不均匀。这种馒头窑，朝着窑口方向炉温要高，后面要低些，自然将接处撕开了。需要特制的匣钵，将瓷器置匣钵烧制，保证瓷器在窑中通体受热一致。"洪柱听上官师傅讲来，自觉惭愧。

他们马上将麻仓土瓷泥与高岭土制的瓷泥，严格分几种配比在揉泥台上充分混合再练，做成几块坯晾干再试烧。上官师傅选定，麻仓土三股，掺高岭土一股，硬度和韧性最好。这次剔花，香妹把娟娟也喊来了。

当洪柱再次进入窑中，将倒扣的特制匣盖小心揭开，一阵淡青碧色的光芒迸散开来，一尊完美无瑕的影青梅瓶挺立在匣钵里。柱子抱起梅瓶走出窑门。

梅瓶如临风的仙子，披着一件缠枝团花的锦袍，在人们久久的期盼中，终于降临世间，青晖映照，天下昌南。

张功措欣喜地说："我们进行的是前所未有的创造，我们将留下永照千秋的工艺。"

香妹忘情地扑到洪柱怀里："成功了，我们成功了！"娟娟说："嫂子，我好羡慕哦。"

上官师傅仍然在关切地注视着梅瓶，脸上也露出了难得的笑容。

张功措走到上官云林跟前，紧紧拉住他的手说："上官师傅功不可没啊。"上官师傅说："这里积淀了昌南几代瓷工的经验。陶瓷都是在传承中创新。还有一个事，不知老夫该不该讲。"

"你尽管说来。"张功措说，"我们是在向您请教啊。"

上官云林将张功措拉到静处说："张大人，你们是官窑厂，试烧瓷器是不计成本的，这种老式馒头窑，炉温不匀。"洪柱也走过来，他说："上官师傅说得有道理，厂里能否再建一座小一点的窑，让窑温再集中些，专门用来试烧新瓷器。"

张功措说："好！趁着上官师傅没走，我们就来画个图，把这事定下来。工部拨下来的专项银子还有，用在建窑上合理。"

洪柱叫香妹找来了石墨条和纸，几个人就在台子上画起来。柱子在纸上先轻轻画了头坯，上官云林接过石墨条，又反复修改，形成了一个方中带圆、下部大、上部小，很像马蹄下部的蹄甲的草图。

张功措点头："炉焰一定都要往上集中，窑体不要太大，长有丈五就罢，高度还可低些。我看内膛画得像马蹄，就叫马蹄窑吧。"

喜鹊"喳喳"地叫了，与悦耳的爆竹声交相呼应。

昌南又有喜事。霍家小姐娟娟与杨梅亭村李家小柱结婚了。

赛宝滩新平瓷行门前挂起了大红灯笼。霍仲玉老先生请了伙计在开封看店，他专门搭船回昌南参加孙女的婚礼。湖田、杨梅亭霍窑都空出场地来，请全村人吃酒。

县丞张功措代表县衙和官瓷厂来祝贺，霍定正高兴地说："两个小孩因瓷结缘，御瓷奖金全给娟娟作陪嫁了。"

迎亲的唢呐声沿着南河流畅，像哗哗的流水一样欢快。洪柱陪弟弟小柱来霍家接新娘。小柱将娟娟抱进花轿时，偷偷吻了一下，娟娟红着脸说："今天晚上罚你跪搓衣板。"

在杨梅亭李家，大伯霍永正禁不住劝酒，喝醉了……

第二十九章　皇储赵恒谒太庙　大事尽可托吕端

至道元年（995）八月。

赵炅册立寿王元侃为皇太子，更名赵恒，并兼判开封府。

雄伟华丽的大庆殿，张灯结彩更加喜气洋洋。赵炅和皇后穿着用金线绣着飞龙、凤凰团花和缠枝的盛装徐步走来，赵炅的十二旒冕平天皇冠，和皇后的华贵凤冠，随着步履的节奏有规律地迸发出光芒。

皇上和皇后在龙座上坐定，等待着皇太子的到来。

赵炅的心情既复杂又深感欣慰，在经历了元佐、元僖的打击后，他几乎崩溃的心灵空间终于被自己的第三子充满了希望，从赵恒这么多年的作为来看，他已经具备了皇储的品质和能力。选定了皇位继承人，赵炅心情舒畅多了。

皇后心里感慨万千，尽管赵恒不是自己亲生，但受他母亲所托，将他带大，也花了心血。突然，她想到了幽冷南宫里的元佐，不觉打了个寒战。

皇太子赵恒头戴十二梁远游冠，身穿最鲜艳的金线团绣朱明锦袍。他迈着稳健的步伐走上汉白玉云龙石阶，他身后分列着太子太师、太傅、太保和少师、少傅、少保等东宫官员。

赵恒在父皇和皇后身前跪了下来，三拜九叩拜。

赵炅看着自己年轻英俊的皇太子，把大宋全部的希望托付于他，他放心了。他十分隆重地将皇太子的宝册平放在儿子的双手上，又捧过沉重的用明黄绸缎包着的宝玺，再放在宝册上。他抚着太子的手说："给你改这个恒字，就是希望你能够持之以恒。"

这么隆重这么沉重的托付，让赵恒的眼眶也湿润了。

册封仪式第三天，是皇太子拜谒太庙。整个开封城都轰动了。百姓都想一睹这位负有盛名的年轻太子，万民空巷，人头攒动。人们在街巷中被推搡着向太庙涌去。

皇宫东华门，首先出来的是禁军擎着三十六面飘扬的旌旗，再是披坚执锐的马军校尉，然后是东宫三师三少的辂车，大鼓长号乐队之后，是皇太子威风凛凛贴身骑军卫队，中间是皇太子赵恒骑着佩金戴银的芦花驹，接着还有手执旗幡的侍卫，最后是身着甲胄的三千禁军。

太庙里面举行皇太子拜谒仪式，守备森严。皇太子谒庙还宫，就要进入闹市了。

骑军贴身卫队中，张耆骑着枣红马为皇太子导引，王继忠、夏守恩、夏守赟、刘美则分别护卫在皇太子的四周。

最热闹的地方往往是最容易出事的地方，张耆老成多了，目光犀利环视着一切。

忽然迎面飞来一支利箭，张耆以迅雷不及掩耳之势"唰"地一刀，箭应声断为两截。

"刺客！"卫队中早已有人两个箭步就跃上了箭射出来的茶楼窗口，拽住刺客的黑袍。

这时，茶楼另一包厢的雕花窗被猛地推开，飞下三名黑衣人，卫队锁紧阵势。黑衣人却淹没在人群中，趁势跑掉了。

"将刺客带回开封府！"张耆吩咐。可是茶楼下来的卫士却凑近对他说："刺客已吞药死了，没有缴获，只是手臂上刻着头黑狼。"

"又是黑狼帮的人。难道他们还能够推翻大宋恢复北汉吗？"

"这是第三次了。"皇太子原本愉悦的心境被搅得警惕起来。他明白，暗处的敌人只能用卑鄙的暗杀来行事。大宋面临的主要还是与契丹、党项外族之间的战争状态，他的使命是要让宋朝强大起来震慑对手，实现各族之间的和平安宁。

令赵恒没有想到的是，过了几个月，不知什么原因，父皇竟把寇准又贬回青州，朝堂之下也少不了议论。

有一天朝会结束时，赵炅感到箭伤处痛得厉害，又坐下了。两个内侍太监忙过去搀扶，被赵炅推开了。

赵炅向站在阶下首席的皇太子招了招手，赵恒三步并作两步，赶到父皇身边，原来父皇是要他扶着去崇政殿。

父皇已经五十八岁，皇冠下垂下的是花白的鬓发，额头和眼尾已缀上了很深的皱纹，最好看的那稍稍弯曲有时轻轻飘拂的美须已经相嵌着不少银丝。赵恒有点悲戚，父皇与太祖一起开启了大宋的乾坤，文武兼治，才有了今天这样的局面，却因为箭伤变得这样的苍老。

他扶父皇在软榻上斜躺下，而赵炅依然握着他的一只手。

赵恒有点忍不住，还是问了："父皇，寇准……"

赵炅笑了笑，说："首辅与参知政事各领一班不利于一统，寇准太直，先让他下去吧，日后你再把他召回来，他就会更加忠诚。以后朝中的事，群臣都要请示吕端，由吕端拿出决策方案。"

赵恒说出了自己的疑惑："外人说吕端糊涂。"

"吕端先后任四任开封府尹的判官，离开他不行。他是不愿意与人争辩，作秀。但那是小事，吕端大事不糊涂。"赵炅说着，用力握紧了赵恒的掌心。父子两人身上的温暖互相传递着，彼此都能感觉到血脉搏动。

峨眉山的僧人茂真，河南道士王得一用独门秘方将太宗的箭伤控制住，让赵炅将繁杂纷乱的国家大事再做了一些安排。但是赵炅的生命还是在慢慢走向尽头……

第三十章　宰相智擒王继恩　赵恒登基金銮殿

至道三年（997）五月，曾经何等英明的皇帝已陷于迷离之中，就在帐帷旁边的阴暗角落里，一桩邪恶的宫廷政变正在筹划之中。

大总管王继恩知道，皇太子赵恒一旦登基，对他的权势是致命打击，必须将赵恒扼杀于未即位之时。

一旁以泪洗面的李皇后几天几夜守护在赵炅身边，人是迷迷糊糊的，也许过不了多久，她就变身成皇太后了。王继恩走近，送上一碗人参汤："皇后，你喝下补补身子。"

皇后用小匙搅了搅，分几口喝了。王继恩试探着："皇后，这继位天下都是立长不立幼，元佐还在，还是长吗？"

这话对一个昏庸的妇人是中听的，皇后想元佐府中的李妃毕竟还是自己的侄女，她问："这事能行吧？"

王继恩说："我已联盟了国舅李继隆、参知政事李昌龄、知制诰胡旦，叫知制诰胡旦造好一份皇上的遗诏。国舅李继隆是殿前兵马都指挥使，李昌龄、胡旦都是元佐府中老臣，只要我们一致，皇上宾天之时，让元佐先进宫登基，有皇后的懿旨在，形成定局，朝堂就由我们说了算了。"

中书省内，昏黄的灯光映照着宰相吕端微胖但仍很精明的脸庞，他有时候会起来让身上的衣服舒坦一点，让一些简单的动作来掩饰他心中的焦虑。

这时，旗牌官来报："开封府张耆将军送来书札。"

张耆单腿跪下拜见宰相，然后双手呈上皇太子赵恒的一封书札。

吕端闩上厅堂大门，然后打开开封府的大号信封，抽出用宣纸写的一幅书法，上书："吕端大事不糊涂。"下面盖了一方皇太子宝玺红印。

吕端老泪纵横，几乎要跪下来接这张寄托着父子两代信任的书法了，张耆上前将他扶住了。

"吕相，太子还有要事商量。"说着，张耆从甲胄中取出另一封信札。

吕端打开，太子的书札上写道："为防不测，我拟调上官正、高琼将军领军火速赶往京城，巩固城防。拟在必要时由张耆将军率部接管王继恩的御林军。请吕相盖中书省大印生效。"

下面是拟好的几道军令。

吕端打开紫檀柜门，捧出大印，按在印盒里蘸了几下，然后端端正正地盖在命令上。

吕端对张耆说："我也有几天没有看见皇上了，宫内以不影响皇上养息为由，规定没有皇后懿旨不得入内。请告诉太子，我会一直在这里关注。张将军要随时与我保持联系。"

又是一个不眠之夜。赵恒在开封府的书房里，审视着窗外变幻的风云，弥散在半空的黑云极像狼烟，月亮有时似乎要被这涌来的云烟遮住。但月亮在冉冉升腾，云烟又无可奈何地散开了。最终，一轮明月还是毫无遮拦地高悬中天，以它的银辉普照在因入夜而变得安静的汴京。

赵恒的司录参军刘娥，已经靠在书案上睡着了。在最后殊死搏斗的时刻，刘娥必定要守候在她的男人身旁。

吕端安插的眼线已经在起作用了。

先是禁军的一名卫士报告，王继恩他们已将病危的皇上赵炅移到万岁殿了，这已是在为后事做准备了。

仅仅过了一天，当昏黄的暮日从皇城的角楼落下，就要拉下夜幕的时候，一名御医从中书省路过，悄悄塞给卫士一颗药丸。吕端从药丸中取出一个纸团，摊开一看，上书"大渐"。

吕端马上拿起毛笔，在自己的象牙执简上疾书"大渐"，吩咐"立即飞骑送太子。"

吕端心急如焚，拔腿就向万岁殿急走。卫士生怕这位年近花甲的老相摔倒，急忙提了一盏"中书省"的灯笼跟上。

吕端在卫士的搀扶下，跌跌撞撞赶到万岁殿前，王继恩正从台阶上下来，看见吕端，他奸邪的脸都变形了，他是与李皇后商量，去宣元佐来即位的。

他只好对吕端说："皇上已经宾天。"

吕端忍住悲痛，机智地说："既然皇上已经仙逝，就要把遗诏拿出来宣读了。"

王继恩眼睛都圆了，他急于将遗诏抢到毁掉，便问："遗诏何在？"

吕端说："二十天前，皇上单独召见老臣，交给我他亲笔写的遗诏，让我收好。我就把遗诏锁到中书省书房的大柜里了。"他转身对卫士使了个眼色，说："那我们再回去取遗诏。"

王继恩连忙说："吕相，我陪你去取吧。"他也带了个小太监跟着来了。

进了中书省，吕端带王继恩来到书房前，待他取出铜匙打开门锁，王继恩就迫不及待冲了进去。

吕端说："就在左边那个大柜里，遗诏在上面。"

就在王继恩急不可待打开大柜的时候，吕端已经"咔嚓"一声将书房的门重新锁上了。

王继恩这才知道上当了，他绝望地砸着书房的门，像公鸭子似的干号着。

吕端说了声："你这贼阉人竟敢借着皇帝宾天之时谋逆，罪不可赦！"中书省的卫士们早已铁桶似的将书房禁锢起来。

吕端匆匆走进万岁殿，李皇后抬起哭干泪水的眼睛，一看不是王继恩和元佐，知道大事不好，但她还是说："历朝历代继位，都是立长不立幼吧？"

吕端这时也顾不得了，他义正词严地说："先帝立寿王为皇太子，谒太庙，告祖宗，受万民瞻仰，正是为了今日他能继承大统。皇后可不能糊涂啊。王继恩谋逆已经被擒，李继隆、李昌龄、胡旦参与谋逆已被控制。"

一位小太监匆匆进来禀报："皇太子已到万岁殿前。"

赵恒身穿皇太子服，走进万岁殿。身后跟着三师三少诸官员。

皇后看见赵恒，又恸哭起来："皇儿呀，你父皇已仙逝了。"

赵恒上前扶住皇后，泪如泉涌，泣不成声。他让太监给他套上孝衣，上前在父皇的灵床前跪下，哭拜。

吕端走近皇后："现在该请皇太子灵前即位了。"皇后赶紧点头。

吕端将赵恒扶到龙椅上坐下，大声说："奉大行皇帝遗诏，皇太子灵前即位！"一位太监将早已准备好的明黄龙袍披在赵恒的身上。

吕端率东宫众臣及所有人跪下三拜九叩，齐声喊道："愿皇上万岁万岁万万岁！"声音震撼皇城。

至道三年（997）五月八日，赵恒灵前即位。

赵恒要吕端发布第一号诏令：

　　朕命张耆为殿前禁军都指挥使，夏守恩为皇城司使，刘美为殿前马军副都指挥使，立即接管皇宫禁卫事务。

第二天一早朝会上，公布皇上已经晏驾，令群臣参拜新君。

吕端看不清珠帘后的人，就喊："请内侍升起珠帘。"

珠帘缓缓升起，坐在宝座上的正是头戴皇冠、身穿龙袍的当今天子赵恒，吕端这才率领文武百官跪下，山呼万岁。

赵恒听着阶下山呼万岁之声，终于放心了。

赵恒尊李皇后为皇太后；同时追尊生母李氏为贤妃，进尊号为皇太后，追谥元德；封太子妃郭氏为皇后。赵恒下诏："先朝庶政，尽有成规，务在遵行，不敢失坠。然而缵图伊始，惧德弗明，所宜拔茂异之才，开谏诤之路，惠覆疲羸。庶几延宗社之鸿麻，召天地之和气。"

群臣再次伏地，山呼万岁。文武百官从诏令中读到了赵恒继承父辈事业的意志，也感觉到了新帝锐意兴革立志图强的决心。一束旭光正从格栏栅窗透射进来，新的红日光芒已升起在金龙盘柱的明堂，一位华夏明君正向他们走来。

第三十一章　新帝恸哭送太宗　刘娥慈悲领绮霞

新帝登基，百事待举。内侍太监来报，宰相吕端觐见。赵恒在灵殿中守灵，尽管依然在悲痛之中，他还是急忙下台阶来迎接，并作揖行礼。

吕端一看吓坏了："怎么敢让皇上行礼？"赵恒说："你曾是先帝的首辅大臣，现在又在帮朕，朕尊敬老师是应该的吧。"他命周怀俊赶制木阶方便吕端，为吕端制作一张高度适中的软座。

赵恒迅速签发了一连串不能等待的旨意，一是大赦天下，二是论功过赏罚。王继恩流放均州，贬李昌龄为行军司马，李继隆早年征战有功，未削爵降职，但没有军权，胡旦伪造遗诏流放浔州。

吕端立下大功备受信任，在首辅的基础又加封为右仆射。开封府一系列官员得到了晋升。

赵恒下旨恢复了赵廷美的秦王爵位。追赠德昭为太保，德芳为太保。

元佐自始至终没有参与政变，赵恒复了他的楚王爵位，赵恒的其他弟弟都得到了晋封。

守备森严的大理寺。

幽暗狭长的通道，一直延伸到关押要犯的地狱一般的牢房，几个牢头打开铁锁，带出干瘦如枯柴的王继恩，和几乎不能动弹的胡旦，狱吏向他们宣读了最后判决。

当王继恩听到他被流放均州时，竟大叫起来："我是两朝重臣……胜者为王，败者寇……"

胡旦倒在地下干哭起来。

先帝赵炅，谥号神功圣德文武皇帝，庙号太宗。

太宗皇帝国葬那天，乾天门道路两边挤满了围观的百姓。

张耆率六百名身穿甲胄、外罩白衣的禁军开路，举着白幡的一百二十名旗手后面，六十名小太监边走边撒着纸钱。又是一百二十名长号、唢呐和鼓手组成的丧乐队，奏出沉重低缓悲痛的哀乐。

八匹银装素裹的白色高头大马，拉着白木车，上面安放着大行皇帝的灵柩。

披麻戴孝的赵恒扶着灵柩，哭干了泪水，声嘶力竭，嘴唇依然在嚅动着，几位亲王分两边跟着灵柩，哭得呼天抢地，盖过了铁蹄声和低缓的哀乐。

负责礼仪的官员宣布仪式结束，请赵恒换下丧服穿上礼服回宫，赵恒攀附灵柩又痛哭起来，他不肯脱下丧服，直到灵车出乾元门离远了，赵恒才骑上卫士们牵来的芦花驹，在张耆护卫下，穿着丧服一路回到皇宫。沿途百姓都感动不已，纷纷议论，如此有孝心的皇帝一定能治理好天下。

按照祖制，冬至之前，太宗皇帝的灵位将从皇陵运回开封皇家祖庙，赵恒问参知政事李至："先帝的灵位运回开封时，朕准备亲自迎接并作为前导，是否可行？"

李至说："皇上能够这样，可以作为千秋万代效仿的风范。"

赵恒说："先帝的遗志朕定要继承。立太子时，先帝拍着朕肩膀，语重心长地说：'皇儿呀，给你改这个名字，就是希望你有恒心，励精图治，振兴大宋。你定不能忘记。'"

李至和在场的大臣全都匍匐着跪下了。

东华门大街清静幽雅的宝珠寺前，停下一乘二人抬小轿，走下一位高贵优雅的夫人，她对轿夫说："你们就在此处等候我吧。"

她轻抬莲步，迈过一道道门坎，来到寺中央的大雄宝殿。

夫人从一位年轻的尼姑手里，接过三炷香点燃，她低眉颔首，在蒲垫上跪定，虔诚地拜了三拜，默默地许愿。她美丽的双唇微微嚅动，只有她自己才能感觉到胸腔里的声音：

"请佛祖保佑民女刘娥，早日回到三哥身边……"

梵音萦绕，回荡在大殿屋宇间……

刘娥抬起头，法力无边的佛祖，高高端坐，仿佛在慈祥地对她微笑。

她站起来，移步功德箱前，恭恭敬敬将供奉放入。

尼姑说："施主，请随贫尼去住持禅房喝茶。"

刘娥没有登记名字，说："我就到院子里走走吧，不用惊动师太。"

"请施主抬步。"忽然，随着一句轻轻的童声招呼，一位眉清目秀手持扫把的小尼姑立在她面前。

刘娥下意识立刻抬起脚来，一朵刚随风落下的白玉兰花，险些被她碾压，她迅速移开脚。刘娥莞尔一笑，表示没有看清脚下。

小尼也微微一笑，笑容里带着感激，她缓缓弯下身子，捡起那朵白玉兰花，与树底下的落花放在一起。

小尼再次接触到刘娥温柔和善的目光，脸上显露出惊讶，她从未见过如此美丽高贵的女人，有如天仙，无可媲美。

刘娥双手合掌："阿弥陀佛。"也打量起眼前的小尼：也许她还只有八九岁，一顶稍大的尼帽罩住她未剃度的头发，几缕青丝落在发亮的额头上；自然卷起的睫毛间，闪烁着一双黑亮的大眼睛；她微抿嘴唇淡淡笑着，白皙的脸泛起红润；一身明显改小的灰色僧服，裹住她颀长的身子；麻鞋上有几点黄泥。她被刘娥端详得有点不好意思，低下头去。

"小师父，请问你的法号？"刘娥问。

"施主，贫尼清玉。"清玉合掌答道。

刘娥捧起她的手来："清玉，你带我去住持师太处吧。"

转进后院一处圆门，迎面正走来两位尼姑，年轻的是接待捐赠的那位，另一位慈眉善目年纪略长。

"师太，就是这位女施主，布施颇丰。"年轻尼姑说。

"贫尼惠音，请施主到禅房一坐。"惠音住持向刘娥做了请的手势。

刘娥随惠音住持进了禅房，便问起清玉来。

惠音说："八个月前，她继父家中的人将她送来宝珠寺出家，贫尼收下了，看她尘缘未尽，未给她剃去青丝，让她带发修行。"

又是孤女，刘娥一听，心生怜意，说："小小年纪，没有亲人，唉。"一声哀叹，眼泪就流下了。

惠音说："施主优雅高贵，竟如此善良，还与清玉如此有缘，牵手时恍若姐妹。清玉进寺时，贫尼算过，八个月之后，她一定遇上贵人。贫尼敢问，施主怜香惜玉，可收养此女否？"

刘娥满含泪水，立即点头。美丽可爱的小清玉，也会有美好未来。

惠音立即将门外的清玉唤进来，问道："清玉，这位女施主愿意收养你，你愿意跟她去吗？"

清玉就跪下了，声音很清晰："清玉愿意。"

惠音望了一眼刘娥："这位女施主如此年轻，不知叫清玉如何称呼？"

刘娥将清玉扶起来，说："你就喊我姐姐吧。"

清玉依偎在刘娥怀里，刘娥要帮她揭掉尼帽，她却说："等等。"

清玉再次跪下，对着惠音叩了三个响头，含泪说道："谢谢师太大恩，清玉没齿不忘。"

惠音在柜子里取出一个包袱，里面是清玉来时穿的衣裙，帮她换上，略小了。惠音感叹地说："八个月了，长高了。"她将清玉颈上挂着的半块玉佩扶正，说："你还记得弟弟吗？"

清玉仰起头来，告诉刘娥："弟弟叫用和，被卖给别人了，他的身上也带着半块玉佩。"

包袱里有一张纸，写着清玉的家世，她姓李，祖父李延嗣，任过金华主簿，父亲李仁祖，也是读书人，战乱中只剩下母子三人，母亲改嫁，姐弟也离散了。

刘娥帮清玉重新绾了个发型。

惠音帮清玉整理好包袱，她说："孩子，你遇上贵人了。"

刘娥重新牵起清玉的手。

惠音将她们一直送到寺门外，轿子还在那里等候。

在轿子里，刘娥摸着清玉的小手说："你离开宝珠寺了，姐姐为你取一个名字，唐人有诗句：绮霞低映晚晴天。以后你就叫绮霞吧。"

绮霞抬起头来笑了……

第三十二章　美人喜进盈月殿　永福慈宁两请安

赵恒下朝后，又接着来到了日常理政的崇政殿。

已经晋升为大内都知事的周怀俊进来禀报："殿前都指挥使张耆将军求见。"

"宣他进来。"赵恒道。

英气勃勃的张耆大步走进，跪下叩拜："张耆拜见皇上，愿吾皇万岁万岁万万岁！"

"张爱卿请起。"

张耆调皮地眼珠转了转，说："微臣昨晚回家，遇见了皇上的一位挚友，他向皇上问候，并托微臣带来一封信札。"他上前一步，再跪下，将一封朱红纸封口的信件，高高举过头顶呈上。

赵恒吩咐周怀俊："给张将军赐座。"

皇上格外小心地揭开封口，取出信件。

澄心堂纸的信笺上写着：

> 看朱成碧思纷纷，憔悴支离为忆君。
> 不信比来长下泪，开箱验取石榴裙。

赵恒一看，泪珠滚出眼眶，他的小娥抄写的是武媚娘在感业寺出家为尼时，写给唐高宗李治的诗，极尽相思之苦，诉说了对李治的刻骨深情。他登基以来，二人第一次分开两个多月，小娥借诗抒怀，倾诉对三哥无时无刻不在思念。他含泪说道："十五年携手相依，历历在目。朕岂敢有负小娥。只是登基这两月来，日夜理政，处理百事。现在皇后进宫了。朕已经着手安排接刘娥进宫，还要给她一个正式的名分。张爱卿，还是你去与她说，过不了几天，待盈月殿收拾一新，挑个吉日朕即派人去宣旨接她。"

一个艳阳高照的日子，大内都知事周怀俊怀揣圣旨，在张耆引领下，来到紫云别苑。

周怀俊宣旨：

奉天承运皇帝诏曰：

蜀女刘娥，天生丽质，仪态万千，聪明慧雅，温文善良，品貌双全，德才兼备，紫云别苑，相伴储君，深得圣心宠怜，今册封刘娥为美人，即刻进宫。

钦此

刘娥换上皇上赐的宫服，华容芬芳，千娇百媚。她到书房将鼗鼓插入琵琶布袋，准备带上大轿。

周怀俊说："请娘娘放心，皇上早已交代，这里的一切，包括皇上在这里的文稿、书籍，会全部移往盈月殿。"

刘娥牵起穿戴一新的小绮霞的手，十分留恋地看了看紫云别苑，她将这些年光阴全部融进生命的记忆，然后掀起轿帘，端端正正坐进去，朝承载着希望和未来的皇宫进发……

她的前面，是手持圣旨的大内都知事，是皇上的殿前禁军都指挥使，通过宣德门时，禁军卫士们都用忠诚的目光示意。

盈月殿全部的内侍太监和宫女，早已等在殿前迎候这位绝代佳人……

当夕阳的余晖快要从盈月殿的翘檐上落下的时候，门外传来内侍太监的急报：

"刘美人速速接驾……"

刘娥还没有换下进宫的华服，她三步并作两步，带领宫女太监们在院内跪下了。

赵恒身披紫红丝绒斗篷，大步流星走进了院门。

第三十二章 美人喜进盈月殿 永福慈宁两请安

"臣妾刘氏恭迎圣驾，愿吾皇万岁万岁万万岁！"刘娥双手伏地，没有抬头。

"爱卿请起。"赵恒伸出双臂，俯下身子将刘娥扶起。

侍女帮赵恒卸下斗篷，他就在上位坐下了。

"爱卿请坐。"听到赵恒召唤，刘娥牵起裙裾准备坐下，一眼望见了院中神采奕奕的张耆。

刘娥望了一眼赵恒："在家里，请张将军也坐吧。"

坐在一起，又像回到了紫云别苑。

张耆喝了一口香茗，笑着对刘娥说："皇上是从皇后那里过来的。皇后也是明白之人，她说'今天是刘美人进宫之日，皇上还是去看看她，和她一起用晚餐吧。'皇上就带着臣到娘娘这里来啦。"

赵恒说："是的。这郭氏倒还贤惠，比潘妃聪明多了。"

刘娥说："明早我去给皇后请安，一并谢她。"

她接着又跪下了："臣妾奏请一件事，请皇上追尊已故潘妃为皇后，允她进宗庙。"

这是赵恒万万没有想到的，他感动地拉起刘娥："她对你那么狠，想不到你还以德报怨，你真的原谅她了？"

"她和王继恩害得我失去了孩子，这是永远无法原谅的。我在大相国寺为她请佛时，就不希望她死去。今天臣妾奏请为她正名，是为皇上着想，不想圣上为此事作难。"

赵恒说："朕准奏了。张耆你明天告诉杨亿，让他起草诏书。"

盈月殿没有准备琼浆玉液，浓浓的米酒醇香弥漫了整个宫殿。

十五年了，赵恒和刘娥仿佛回到初恋的那个夜晚。刘娥靠在赵恒怀里，幸福地说："小娥知道皇上将这里取名为'盈月'的意思，让臣妾又能重温'明月轩'的第一夜了。"

新君勤政，五更时分，赵恒就起身上朝去了。

刘娥没有再睡，她梳洗更衣，吃了一些面点，就去永福宫向皇后请安。

郭后没有过分地修饰打扮，发髻高绾，袅袅娜娜地出来了。

内侍太监："宣刘美人觐见。"

刘娥没有抬头，上前跪伏下了："臣妾刘娥为皇后请安。愿皇后千岁千岁千千岁！"

郭后下阶将刘娥扶起："刘美人请起，我们都是皇上的旧人，早就是知音，不必多礼。你年长于我，我就称你为姐姐吧。"

"不敢。臣妾感谢皇后进襄王府后，以礼待我，对我信任有加，嘱我女扮男装陪皇上入川，臣妾万分感激。从未谋面，早已心心相印。今日能进宫，全凭皇后鼎力相助。"刘娥遵照皇后懿旨在旁边坐下了。

坐了一会儿，皇后旁边的帐围被掀起，一位宫女牵着一位活泼可爱的小皇子进来，皇后见了赶紧拉在怀里："祐儿，快叫刘姨娘。"

"刘姨娘。"祐儿还行了个礼。

刘娥："祐儿好可爱。皇后真是好福气。"她朝外说了声："快把礼物呈上来。"

等在门外的宫女徐步进来，双手捧着一只华丽的深红锦盒。

锦盒打开，里面放着一柄洁白透明的玉如意。刘娥说："是和田玉，进宫前我专门到大相国寺为祐儿求的，开过光了。"

祐儿伸手想拿出来玩，被郭后制止了："祐儿，这件宝贝我们要供在案台上观赏，不能随便取出来。"

这时外面传来一阵笑声，走进一位仪态万方的宫妆少妇，先上前向郭后行了礼请安。

郭后笑着说："妹妹请起。"又侧过脸向刘娥介绍："这位是梦芸，杨婕妤。"

刘娥忙站起来："刘娥见过杨婕妤。"她知道，这是赵恒为襄王时，李皇后所赐的侍妾，进宫已封婕妤。

杨梦芸赶紧回礼："在王府时就久仰刘姐姐大名，今日在宫里相见，真是有幸，刘姐姐乃女中豪杰，曾助圣上成就千秋功业。"

郭后也动了真情："皇上能够克敌制胜，浩然登基，实属不易。我们姐妹三人，今日同在宫中，也要如同以前，要情同姐妹，齐心辅助皇上。"

刘娥在永福宫，被一种浓浓的温暖融化，她更加感觉赵恒伟丈夫的魅力，一个正直的英武男子汉，身边必然不会是污秽邪恶的女人。

小皇子不愿听大人说话，有点闹了。

刘娥几乎与梦芸同时站起来告辞。

走出永福宫，梦芸亲热地上前挽住刘娥的手臂："刘姐姐，小妹今天要到盈月殿去见识一下姐姐的才艺。"

在盈月殿用膳后，她们坐在一起品茗。梦芸早就知道刘娥善琵琶鼗鼓，真心称羡，就吵着说："刘姐姐你这么有才，怪不得能拴住圣上的心，能展示一下你的绝活吗？"

刘娥见梦芸无拘无束，就将她胳肢得笑个不停，末了，才说："我昨天才进来，那些东西还在紫云别苑，要待大内府安排人去运呐。"接着叹了一口气说："事情多，许久都没碰了，进了宫也许会更少了。"

刘娥说："妹妹，你是太后宫中出来的，待会儿等太后午休好了，你陪我去向她请安吧。"

几个月来，因为对赵恒的愧疚，太后心情一直不好，斜躺在软榻上养神。

梦芸像一阵风一样满脸笑容飘进来，太后也乐了："你这丫头又来啦。"两位小宫女看见梦芸来了，晓得她是这里宫女起来的婕妤娘娘，羡慕极了，连忙去泡茶了。

听得一声"儿妾刘娥向太后请安"，太后这才在梦芸的搀扶下坐起来："刘娥平身。"她说，"皇上叹息长期滞留宫中的宫女让人怜悯，已下令清理，叫家人领走了二百多人。刘娥能在这时进宫实属不易，皇上记情啊，谁让他与你十五年携手相依呢？"

刘娥站起来含笑望着太后。

太后并不老，才四十几岁，不过心灰意懒而已。梦芸如以前一样来帮太后梳拢发髻，太后拨开她的手，仔细凝视刘娥，半晌说："你这孩子既端庄又妩媚,难怪皇上都离不开你。"

刘娥连忙躬身拜谢,她满怀感激地说:"当年如不是您下懿旨救我,儿妾早就不在人世了。"她挽起衣袖,露出那只祖母绿翡翠手镯,说道:"这只手镯一直不敢离身,太后的恩情没齿不忘,铭刻在心。"

"只是那个孩子没了……"太后提起往事,竟掉下泪来。

往事不堪回首,刘娥也伤感起来。

倒是梦芸晓事,忙把刘娥拽到边上琴台处,从琴盒里取出一把镶嵌宝石的琵琶,说:"刘姐姐,你看看这把琵琶,原是唐太宗赐给文成公主的,上面用最早的藏文刻着文成公主的名字。文成公主在吐蕃松赞干布为她修建的布达拉宫里,每天用琵琶声表达对大唐的刻骨思念。她去世后,吐蕃使者将这把琵琶送回了大唐。后来安史之乱,长安陷落,琵琶也流落到了民间。辗转几百年,被太后的父亲李处耘将军收藏,成为太后最珍贵的陪嫁。"

慈宁宫一下子寂静无声,人们的思绪仿佛都飘向了白雪皑皑的高原,回到了那个遥远的年代……

第三十三章　广西打井灾病除　昌南考察瓷业兴

咸平初年（998），赵恒首要做的就是稳定边疆。而西南边境地区位于十万大山之南，十分闭塞。这里气候炎热，山上石多树少，人们若是在夏季劳作、行走极易中暑。许多地方饮水只能靠下雨时积水，或到河沟取水，常有生病中毒的事发生。他想起了诸葛孔明七擒孟获，感到对西南边疆的稳定，应重在治理和教化。

工部侍郎、蜀中才子陈尧叟忠诚，稳重，成了西南地方长官的首选。

赵恒召见陈尧叟，诏命他为广南西路转运使，择日起程。

汴京城外，十里长亭，同窗同乡同年好友来为陈尧叟送行。同僚宋湜作诗相送："怜君将命拜新恩，送别都门亦断魂。雨歇佳林秋更暖，瘴连梅岭日多昏。"

此去山路崎岖，陈尧叟没有携带车轿，而是骑南方矮马前去，带了两名随员。他在马上向诸位好友拱手告别，拉长声调："莫愁前路无知己，天下谁人不识君！"好友们齐声回应，目送陈尧叟远去。

河池，这是宋代广南西路新设的一个县。

这里的山层峦叠嶂，磅礴起伏，如褐色的海浪。夕阳就要落下去了，可还是这样的毒热。

乐青山寨的路旁，人们围得如铁桶一般，中央的地上挖了一个直径三尺的洞，洞深约有六尺，两个赤裸着臂膀的汉子还在洞内，上面的人正用绳子扯上装土的筐子。

在众多的穿着各色服装的人群中，广西转运使陈尧叟和一名长者一起，正在指挥洞内的人……

陈尧叟抓起一把刚扯上来的土，捏了捏，感觉手掌上有点湿润了。

"再挖下去。"陈尧叟说。长者用方言对下面的人复述了一遍。

两个汉子再挖下去，镢头打湿了，下面是砂土。

土再被装上来，洞底汩汩地渗出水来，慢慢地漫过了两个汉子的脚背，他们高兴得狂喊起来。

很快，水升到了人的腿肚子那么高。

上面的人用绳子放了一个瓦罐下去，吊了一罐水上来。

打水的人将瓦罐捧给长者，长者接过，尊敬地举起来，呈给陈尧叟："大人，请您先饮。"

河池县令带着四乡八寨的能人来到了乐青山寨，观看这口他们从来没有印象的水井，品尝甘泉。

乐青山寨的水井已经在陈尧叟的指导下用石片垒好了井圈，还在两边分别装上了两个木杈，中间放上一段圆木，缠上绳子，装上手柄，做成了一个辘轳。

当辘轳吊上瓦罐，一瓢瓢清水送到众人面前，人们喝着清水，心里也仿佛淌过清泉。

喝到了井水，这边生病中毒的人少多了。广南西路各地不多时都凿建了水井。

立春之前，一场浩大的植树热潮又全面推开，大片的荒山两年就变绿了。

陈尧叟还命各地在路旁每隔二三十里就建起一座凉亭，让行人避雨、歇凉、饮水。

一天，邑州府衙门前响起了隆隆击鼓声，惊动了陈尧叟，一位农民跪在堂前哭诉，说是他妻子被巫医害死。陈尧叟立即派出捕快捉拿。恰好巫医正在跳神蛊惑病人，当即抓获重判。各州县均取缔了巫医在民间的一切活动。

陈尧叟在月影下踱步，苦思冥想，怎样才能让医药常识在这里尽快普及呢？他抬起头来，看到了云边的月亮，恍然明白，只有像月光一样普照，才能产生警世的作用。

陈尧叟从张仲景《伤寒杂病论》等医书上摘下一些药方，并派员到民间收集常见病的中药验方,编成《集验方》,刻碑立于要道旁,方便百姓抄录采用。并招募郎中,配制汤药,免费提供救助。对这些善举,同科进士杨侃赠诗赞叹:"马困炎天蛮岭路,棹冲秋雾瘴江流。辛勤为国亲求病,百越中天不治州。"

昌江徐徐缓缓地自北而来,鼓足风帆的舟船依次排列至水烟弥漫的远处;艄公的号子声高亢激昂,随着碧波荡漾;蜿蜒的河岸边,搭建着一间间棚屋,巨大的水碓欢乐地旋转着,犹如百鼓齐鸣……

"陶舍重重倚岸开,舟帆日日蔽江来",正是咸平二年(999)昌南的繁荣情景。

中渡口码头。一棵遮天蔽日的江南古樟下,立着浮梁县令胡舜智、县丞张功措和几个随员,在此等候自饶河而上的钦差大臣和饶州官员。胡舜智不时用双手搭篷遮住阳光,眺望远方如练的江面。

山环水绕处,出现了一艘官船,向北驶来。工部郎中陈彭年、饶州知府王祖明立在船头。只见前方码头旁数十条船依次排开,瓷工们踏着跳板上上下下忙碌着,陈彭年不由得夸赞起来:"我是南城人,早就听说过昌南,今日目睹昌南制瓷业如此繁荣,真是名不虚传。"

王祖明应道:"江南一带自南唐以后近二百年没有战乱,昌南制瓷业也因此得到发展。原来只是说'北白南青',昌南与越窑都是青瓷,如今定窑的白瓷工艺在这里重现,更有影青瓷脱颖而出,瓷器趋于玉化,受到商家欢迎。中断多年通往西域的瓷器贸易也兴旺起来,而且昌江水路畅通,自饶河入鄱湖而长江远销南洋各国了。"

说话间,官船已至中渡口,靠码头后,王祖明陪同陈彭年走下官船。

胡舜智忙率众人上前迎接。知府王祖明是他早就认得的,另一位必是钦差了。

王祖明做了个手势介绍:"钦差大人,工部郎中陈彭年。"

胡舜智问:"大人,你们路上辛苦,先去县衙歇息如何?"

陈彭年笑了笑说:"昌江行船平稳,一路休息,还是先去制瓷作坊吧。"他介绍了这次奉旨出差浮梁的来意,皇上即位之后,咸平之初就部署振兴工商业,陶瓷是边贸重要商品,因为北方诸窑尚在战区,熄火停烧。昌南陶瓷兴旺,加之影青瓷崭露头角,深受朝廷重视。这次来浮梁重在调查,看规模,察品质,便于日后安排事务。

张功措说:"这里有一家县衙管的官瓷厂,还有星罗棋布般的民窑,也很不错,影青瓷就是霍窑先出产的。"

陈彭年马上说:"那就先去霍窑吧。"

浮梁县准备了几辆平板牛车,铺上了干净垫布,让官员们平稳地坐上。

牛车一直行到湖田村头晒场上。

陈彭年、王祖明、胡舜智、张功措下了牛车。湖田村里正和霍定正、洪柱他们连忙迎上前去,欲跪下,拜见钦差大人,被陈彭年拦住了:"众乡亲不必多礼。"

客人们在霍家客厅里坐定。香妹用影青瓷茶盏泡来上等的浮瑶仙芝,淡绿的茶叶与翡绿一号浑然一体,沁人心脾。

陈彭年站起来:"我是南城人,从小听说昌南制瓷要经过七十二道工序,今天来了见识见识。"

洪柱说:"原料加工中,用水碓碾瓷石、过滤、练泥,在水碓房那边;拉坯、利坯、上釉,在这边。"

一位二十几岁的师傅,坐在旋车上,手上一把薄片似的利坯刀,脚一踩,车上的斗笠碗转动起来,利坯刀在轻轻压进,坯上的瓷泥如面片似的飞扬。一会儿,师傅将一只精致的斗笠碗取下,放在晾坯的隔板上。

陈彭年问:"小师傅,你做瓷器几年了?"

"十二年了,从小跟着大人干,什么都做熟了。"

上釉主要有蘸釉、荡釉、浇釉、刷釉、轮釉,还有洒釉,即吹釉、喷釉。

只见一位微胖的师傅，手拿一釉壶，里面插着吹釉嘴，他用手拨弄着放着执壶白瓷胎的一块铁轱辘，轱辘在惯性驱动下飞快地转起来，胖师傅一吹，釉就呈雾状喷出，瓜棱执壶上均匀地喷满了白白灰灰的釉。

"看他吹釉似吹箫，小管蒙纱蘸不浇……"陈彭年竟摇头晃脑念起来。

胡舜智好奇地问："大人，你对昌南陶歌也了如指掌？"

陈彭年笑道："工部官员应该的。"

张功措说："自霍窑献出影青瓷配方后，釉灰生产也专业化了，影青瓷在昌南迅速普及。"

离开霍窑，当牛车在接近湘湖的时候，左边出现一片高低错落的土坡，依稀可辨，这是一处废弃的窑址。

张功措说："这是唐中晚期生产青瓷的蓝田窑。邻县乐平还有一处更早些的南窑窑址，有十三条龙窑，黄巢反叛时停烧。"

陈彭年饶有兴致："停下看看。"

废墟尘土中裸露出一些叠烧在一起的青瓷大碗。

陈彭年蹲下身去，捡起一根瓷支柱，想轻轻擦掉上面的黄泥，但黄泥与瓷柱融为一体，难以擦去泥痕，他感慨地说："我们触摸历史，但无法走进消逝的年代。"

回到中渡口，登上官船。

官船起锚，依旧拉满风帆，向县衙方向驶去。

胡舜智陪钦差和知府立在船头，极目展望。

昌江蜿蜒碧透，清澈见底，河床上积淀的瓷片依稀可见。

陈彭年赞叹不已："这昌江真是天下无比啊！"

"钦差大人，"胡舜智接话，"昌江的源头在徽州祁门，县城有巨石夹流水，称为阊门，屈原《离骚》中'阊阖'意为天门，昌江乃天河泻于人间，自然无比。昌南水土宜陶，水无杂质也是关键，据说取这里瓷土运至别处，烧出的瓷器质量远不如此。"

陈彭年凝神注视，称誉道："昌南乃制瓷宝地，带动了周边州县，养活了多少百姓，我回去后定要面呈圣上，将昌南列为重点。"

官船吃水深，不能行至瑶里，就停靠在县城码头。钦差和知府携随员们入驿馆住下。

傍晚，胡舜智、张功措陪同钦差、知府两位大人在县衙附近散步。

一抹红霞停缀在红塔背后，将这九层砖塔映衬得格外巍峨高耸。红塔佛名"大圣宝塔"，始建于建隆二年（961），那时太祖刚刚建立大宋，意气风发，百废待兴，红塔应运而生，寄托了百姓对安宁太平的期望。

浮梁县衙坐落在西边，一卧一立，与红塔交相辉映。县衙坐北朝南，主体建筑呈三列由南向北依次排列，分别为大堂、二堂、三堂及花厅，东西厢房为吏员和衙役们办公场所。

唐元和年间，改新昌为浮梁。天宝元年，浮梁县迁于此，县衙始建，被唐玄宗钦点为"五品"。

行至大堂，陈彭年看到刑杖，笑着说道："胡兄，当年你立判豪强，伸张正义，声名远扬啊。"

王祖明随之赞道："是啊！章海旺一倒，浮梁从此好安定。"

胡舜智连连拱手："惭愧，惭愧。岂不闻县官不为民做主，不如回家卖红薯。"

三人都哈哈大笑起来。

第二天一早，几位大人携随从一行十人，快马直奔瑶里。

约莫一个多时辰，马队跃上一个坡后，就望见了云蒸霞蔚中的瑶里。

一弯明溪从郁郁葱葱的山林中徐徐流来，从村前淌过。夹岸伞盖似的古樟下，重檐青瓦，烟气缭绕。几只篷船靠在码头边，民夫们正忙碌着往船上装运瓷石釉果。张功措订购釉果来过瑶里多次，故较熟悉，他说，春秋吴越争霸后期，夫差自杀，其后人落难，躲入山中，在这里定居下来。数百年后，家族中吴芮奋起，秦始皇委他为番君，楚汉之战后，被刘邦封为长沙王。吴姓为一旺族，皆源于此。窑里西汉建镇，唐中叶起，这里就有不少陶瓷作坊，因瓷窑出名而名瑶里。

"瑶里如瑶台一般,美若仙境,且制瓷历史久远。今日不虚此行。"陈彭年融情于景。

几位大人在张功措的陪同下看了几家釉果生产作坊,又快马来到饶南。这里古树参天,溪边水碓声声,淘泥过滤的小池沿路一字排开。在村后樟林旁,十几条龙窑傍山而建。龙窑上青瓦棚盖宛如一个个超大的伞盖,每座龙窑有八至十个伞盖。沿窑身而上坡顶,仿佛一条条巨龙升腾。

张功措说:"龙窑由唐代传承而来,搭烧瓷器多,产量很大。这里还烧青瓷,供应普通市场。而影青瓷坯薄易变形,烧制技术高,都用馒头窑烧了。现在官瓷厂烧制影青瓷精品,量小,则设计了一种体积小易掌握火候的马蹄窑。"

陈彭年点头称是,王祖明、胡舜智也向张功措投去赞许的目光。

从饶南回县城,行到靠近东河的地方,传来一阵阵轰鸣声,回响在青山之间。

陈彭年好奇,一夹马肚,片刻便到了河边。

虬龙般的古柳垂挂着万千枝条,任风吹拂。水碓接着水碓,沿江排开;一间间工棚连片接栋;淘泥池、滤泥池、练泥池首尾相接;江边码头上,人们忙着将一担担瓷泥块装上船只。一两只水鸥掠过明镜似的江面,划起白色的涟漪。

"重重水碓夹江开,未雨殷传数里雷……"随后赶来的王祖明也吟起了诗句。

张功措说:"从东埠到瑶里出产的瓷石,性质相近,因瓷土最初出自瑶里麻仓山,就都称为麻仓土。"

胡舜智说:"本县到任几年来,有时间就阅读当地史志,也与县丞下来察看。昌江两岸,以及东河、南河两岸,一锄挖下去就是上等白土,制瓷资源极为丰富。再者,以昌南为中心,祁门、休宁、乐平、余干都分布着不少瓷土矿,叫白土峰、白土村的地方比比皆是。"

陈彭年高兴地说:"我记在心里了,回京城有材料向朝廷禀报了。"

张功措接着说:"各位大人,卑职还想说一下,前年我去邻县乐平涌山看釉灰原料,涌山里正带我攀上鸡头峰,到了一处古人住的仙岩洞,里正在洞内收集了古陶罐、陶豆,可以说是我们的陶瓷始祖,冶陶工艺是从那里传向四面八方的,那里是乐平与浮梁的分水岭,分别流入昌江和乐安河,又汇入饶河,饶河流域就是陶瓷文明的发祥地。"

王祖明夸赞道:"张县丞表述完整,冶陶从这里开始,又因这里水土俱佳,进化为瓷,如朝廷一推动,则百尺竿头更进一步了。"

张功措拱拱手:"知府大人,卑职在涌山听说:乐安河支流大源河附近有座仙人洞,古人已经能够种稻。冶陶技术更进一步,是涌山古人下山传到那里的。"

"你的讲述对研究陶器进化为饶玉的历史很有见地。"胡舜智忍不住夸赞下属,说:"在地方为官,就要了解一方、研究一方,才能推动一方发展。"

陈彭年超前,与王祖明并驾齐驱,他笑道:"王大人以后可要邀我去瞻仰古人遗址哦。"

东河变得宽阔起来,一座古老的石拱桥横卧在河面上,对岸依水而建东埠粉墙黛瓦的房屋外侧,紧贴着一排排吊脚楼。

"这吊脚楼的木桩,是运瓷石釉果的船户用来拴住木船的。"张功措说,"东埠盘山而上,有一高岭村,据说某年冬天,一位何姓村民在风雪中救助了一位老人,经老人指点,挖下去满山都是白土,这种瓷土有别于麻石土,还在试烧之中。"

一阵哨音传来。碧透的东河里,一只装着釉果的小船飘然而来。这里水面不深,年轻船户长竿一点,用力一撑,小船飞也似的穿过拱桥远去。

官员们会心一笑,也纵马奔驰……

回到官道上,扑面而来的是鹅湖的万亩茶园,一行行一梯梯的绿油油茶树,从坡谷跃上山坡,又伸展蔓延至望不到边的起伏山丘……时值谷雨,正是新茶上市之时,一群群身穿蓝底白花衣裙的采茶女子,轻悠悠地游走于茶树之间，山歌在采撷的灵巧手指间荡漾，好一幅美尽天上人间的采茶图。

胡舜智收缰勒马，跃下马鞍，在茶树上摘下几片白花花毛茸茸的新茶，对陈彭年说："浮瑶仙芝，以色艳、香郁、叶醇、形美著称。浮梁在唐代就是瓷茶大县，元和年间，浮梁每岁出茶八百万驮，税十五万贯。白居易诗句中就有'前月浮梁买茶去'，表明当时浮梁已是盛产茶叶之地。"

张功措接着说："我来浮梁后，才知道这里的茶叶还有一个绝妙之处，昌南远销西域和南洋的瓷罐瓷瓶，都装满茶叶，大大减少了瓷器的破损。西域千里戈壁，南洋万里海疆，皆为浮梁瓷茶之路。"

陈彭年笑着说："这里真是物华天宝啊。"

官船停靠在昌江新平码头等候，陈彭年、王祖明向胡舜智、张功措告辞。

陈彭年拱手道："我此去过鄱阳湖入长江，会在鄂州上岸，与随行人等换快马直奔汴京，撰写奏本禀报皇上，昌南就静候佳音吧。"

陈彭年、王祖明立在船上招手，直至消失在昌江转角的林荫中……

第三十四章　皇后宰相皆清廉　减税免赋解民忧

赵恒已经年过三十了，只有郭后生有一子，他对赵祐倍加疼爱。

下朝后，他叫上内侍太监，来到寿成殿看儿子。赵祐已经起床了，看见父皇来了，有点怯生生地行礼请安。郭后笑着说："皇儿懂事了。"她身边一位穿着华丽服装的少妇，连忙跪伏参拜皇帝。郭后看皇上与儿子在一起很高兴，就介绍客人："这位是我的嫂子，她来宫里是想请皇上为她弟弟写一赐婚的诏书。"

赵恒说："可以呀。上次我为刘美与惟玉也写了赐婚的诏书。"

郭后说："刘美是马军副都指挥使，随皇上出征西川有功，钱惟玉乃吴越王郡主，皇上写诏书，无论从表彰奖励还是安抚都说得过去。臣妾虽贵为皇后，出身将门，世代忠良，廉洁清明，但臣妾不愿亲戚都想因我沾光，而有损郭家声誉，影响皇上的咸平之治。"

郭后说："我准备吩咐皇城司，支出我的脂粉钱作为礼金。我也已经说服了嫂子，要她回去传我的话，婚礼要隆重但不许奢华、铺张。"

这一席话暖到赵恒心里去了，他下意识地抱紧了皇儿。

清晨，赵恒迈着矫健的步伐，走进紫宸殿朝堂。阶下文武百官立即撩袍伏地，山呼万岁，喊声如洪钟大吕，振聋发聩，呈现出一派精诚团结的气象。

赵恒目光扫视过去，很快发现领班的宰相李沆没有来。辅佐自己登基的吕端因年事已高已经辞去相位，赵恒让原太子太师、参知政事李沆拜相，他非常希望这几位忠心耿耿的老师再帮扶几年。他禁不住发问：

"李相何事未来？"

"李大人因病告假。"负责朝会的太监刘新培答道。

散朝之后，赵恒吩咐张耆随从，带着杨亿、钱惟演，还有两名匆匆赶到的御医，赶赴李沆的相府。

第三十四章 皇后宰相皆清廉 减税免赋解民忧

皇上驾临相府大门时，门前早已跪了黑压压的一片。

赵恒看见李沆竟拖着病体，也跪在众人前面，赶紧趋步上前，将他扶起，亲自和杨亿、钱惟演搀扶着李沆进入里屋，让他在厅堂里摆着的一张躺椅上坐下。

赵恒在中堂案台前坐下。御医紧靠着李沆身边，为他号脉。

一个不大的厅堂，一下子来了好多人，显得很拥挤。

御医跪下："启禀皇上，李大人是风寒之疾，全身发烧滚烫，其他无碍。"

"那你赶快开方子吧，你要亲自煎药，驱风寒药最要掌握火候。"赵恒叮嘱道。

李沆想坐起来，又是一阵咳嗽，钱惟演还是扶他躺下了。

"恕臣下不能起身给皇上请安。"李沆边咳嗽边断断续续地说。

"李相不必多礼。朕想说的是，你任首辅已不少日子了，这厅堂太小，应改建一下，三司已经安排拨款五百金，今天给你带来了。"

李沆又挺起来躬了一下身子："谢皇上隆恩。议事时都在中书省，家里厅堂够用了。我已经拿了俸禄，朝廷财政现在还不宽裕，还是留着办其他事吧。"

赵恒转向杨亿："你们看李相多么深明大义，大宋上下要是都同皇后和李相一样，我们就有希望了。"

四月间又是春荒季节，青黄不接，民情吃紧。赵恒下朝之后，食寝都在崇政殿。他在昏黄的烛光下，翻阅着一沓沓的奏折，有点疲倦了，靠在龙床上眯上了眼睛。内侍太监张怀德将一床丝绵的薄被盖在他身上，他睁开了眼睛，又坐了起来。

赵恒在开封府已经形成了处事的原则，当天的事情要及时了解，掌握情况，以便迅速处理。

他翻开一份来自三司的奏书，一看娟秀整齐的小楷，就知道这是曾经的状元王钦若写的。王钦若在奏书中说，自五代以来，各州县一直在累计百姓欠的赋税，并未因改朝换代得到减免；而且，因为拖欠赋税的人员抓得太多，不少地方的监狱已经人满为患。为此，他请求采取紧急措施予以减免。

赵恒感到事情紧急，立即吩咐内侍太监张怀德："宣王钦若。"

召来王钦若已经是一个时辰以后了。

王钦若个子小，颈下有个肿瘤行动不便。他几乎是一路小跑进宫的，站在阶下答话，帽子遮住的头发间还淌下汗来。

"王爱卿，你呈报的数字是怎么来的？"赵恒问道。

"启奏皇上，三司的账上是一直都有的，只是每年递增罢了。"王钦若是敬业的，答得头头是道。

赵恒诧异："先皇都不知道吗？"

"先皇是清楚的，留给圣上来处理，民心就归顺了。"王钦若说。

"赐座。"赵恒说，"王爱卿，我们今天就把这件事商量解决好。"

既然太宗就有减免历代税赋的打算，赵恒下诏，减免所有自五代以来百姓所欠交的税赋，并释放因此被关押的民众。由三司会同各路、州、县监督实施。

王钦若了解民间疾苦，他提出，春荒时节，百姓没有粮食没有种子，可以由政府按户按人口先借给，秋收时再收回国库。

赵恒赞扬了他："朕听说你在亳州时，体恤百姓疾苦，将未干的谷子先收进库，然后按先后顺序再发出去，得到先帝认可。你提出的春荒时节由政府贷粮的措施很好。其他行业要发展，也可以采取这种扶助生产的措施。"

王钦若迅速离座伏地谢恩。

赵恒看见王钦若矮小顺从的样子，有点好笑。能够免除百姓之忧，他也如释重负了。

赵恒在做王爷的时候，就好动，没事喜欢带着张耆出去走走，也可了解民情。现在，每天经中书省等转呈上来的奏折，要一一批阅，不时还有枢密院的机密战报，坐久了觉得有点胸闷，他就站了起来。

刘娥见皇上处理国事，夜以继日，就知道，自己如不出来为国辅君,只知道在宫中每日玩乐,就对不住最初的情愫了。

内侍匆匆来报:"刘美人已到殿外。"

"宣她进来。"

看见刘娥的笑脸,赵恒的心情顿时变得明朗。

刘娥说:"臣妾给皇上送了人参银耳汤来,补气清火。"

"爱卿坐吧。"

刘娥一扫满案的奏折,便一册一册整理起来。忽然,她看到一封陈尧叟的奏折,笑着说:"这是我蜀地同乡的,我看看他说了什么,可以吧?"

赵恒说:"他是紫云别苑的朋友,你关注一下何尝不可。爱卿本身就是才女,原来就为朕提出过许多高见。朕累了,你帮朕看看吧,也可以提出你的处理意见,跟朕说一下,就为朕代批吧。"

"臣妾谢谢皇上的信任,我试试看吧,臣妾才不愿意看见我的皇上太累呢。"

"先帝因陈尧叟才华出众,还直接提升了他父亲陈省华,加上他弟陈尧佐,父子一家三人同在朝廷为官,真是一个才俊辈出的时代啊!"刘娥接着说。

赵恒已在看另一份奏章,他没有抬头,但非常赞成刘娥的话:"陈尧叟被朕派到广西任转运使,治理边疆,历练之后,必成大器。据反映,他与境外安南关系也处理得很好。北方已经够我操心了,南方绝不能生战火。"

刘娥看了陈尧叟的奏章,高兴地说:"这个巴蜀老乡有才学但不是书呆子。他禀报在广西推广打水井,普及医药常识,减少了疾病发生。还在推广种苎麻,可以用来织布,减少棉花的短缺。臣妾以为,应该肯定广西的做法,也可以在其他相应地方推广。还有一事,陈尧叟访得安南占城稻一年两熟,希望三司安排江南地区试种,取得经验后逐步推广。衣食无忧,这正是大宋所向往的啊!他已通过漕运将稻种运来了。"

益州刺史张咏的奏章中夹着一张印着"纹银五百两"字样的票证,刘娥觉得是个新鲜事,赶紧呈给皇上。张咏禀报,川蜀地区因山高路远,百姓交易极为不便,民间开始出现一种叫"交子"的银票。

刘娥闪烁着智慧的眼睛,说:"这交子是一个创造!"

赵恒接过交子,看了看,高兴地说:"能够方便贸易,可以在官督民办的原则下试行,然后让三司逐步推广。"

这时,内侍太监来报:"枢密院曹彬将军求见。"

曹彬是开国元勋,三朝元老,赵恒赶紧起身迎接。

白发苍苍的曹彬谢过皇上,对刘娥没有跪伏行礼:"见过娘娘。"

刘娥起身:"皇上与曹将军有军机大事要议,臣妾先告退了。"

赵恒示意她重新坐下:"后宫也应知道国家大事,关心国家安危。"

曹彬禀报:"北方边防飞骑来报,辽国萧太后和耶律斜轸,率十万兵马侵入我宋地,已兵临遂州城下。"

赵恒问:"遂州宋将何人?"

曹彬介绍:"杨延昭,人称杨六郎,就是在雁门关陈家谷壮烈捐躯的杨业老将军之子。此人忠勇双全,只是遂城兵马太少,只有三千人。"

赵恒说:"命大名府傅潜伺机增援。"他在阶下踱了几步,思索了一阵,下令道:"请曹老将军迅速调集二十万兵马,朕决意亲率大军出征,禁军张耆领军护卫。"

曹彬说:"遵旨。只是寒冬腊月皇上亲征……"

赵恒说:"朕的父皇、伯父,大宋天下都是他们金戈铁马征战沙场打下的,先辈在敌人面前从来就是无所畏惧。辽人屡屡犯我大宋,高梁河之役使先帝长期承受箭伤之痛苦,以致英年早逝,朕牢记在心。现在敌人再次来犯,正是给朕以战机,朕御驾亲征,就是为了率领全国军民,同仇敌忾,狠狠痛击,打得他不敢来犯,营造和平的边境。"

曹彬已老泪横流:"皇上,老臣调兵去了。"

第三十五章　六郎浇冰保遂城　赵恒雪天亲出征

大雪纷飞。

遂州城头。几支昏黄的松明火把，映照着城墙残缺的垛口，连续战斗极度疲惫的官兵们，就抱着刀枪蜷缩在墙角，任白雪缀积在须发和眉梢。

一个全身甲胄的高大身影，仍面向城外扫视着星火点点漫延至遥远沙丘的辽营。他就是遂城宋军主将杨延昭。

契丹人善骑骁勇，萧太后和耶律斜轸的军马有十万人；而遂城只有三千兵士，城里有点力气的百姓也都自发上了城楼，经过数天的血战，准备的原木和石块也用光了。向大名府主帅傅潜请求支援的战报，已先后派数人突围送去，但迟迟不见回音。天一亮如何应战？

"杨将军，杨将军……你喝点酒，暖暖身子。"杨延昭身后"扑通"一声，一位传令兵走快了滑倒在地上，温了酒的锡壶被他抱在怀中。

杨延昭一把将传令兵牵起，他身上发出"嚓嚓"的响声，淋湿的外衣已经结冰。

杨延昭接过锡壶喝了一口酒，滴水成冰，他一把摸过去，自己的眉毛和胡须也结冰了。

杨延昭灵光一闪，吩咐传令兵："通知各城楼指挥马上到这里集中，将大家全部叫醒提水上城楼。"

所有的人都发动起来了，将水一桶一桶提上城楼，缓缓从垛口浇向城墙，水立即就结冰了。

不知不觉东方已经露出晨熹，暴雪停了，黑暗正在隐去，鱼肚白的晨光映照在城墙上，一片冰晶。

辽军统帅耶律斜轸一早就穿上铠甲，登上营寨的瞭望台。一眼望去，遂城城墙就像用冰包裹了一层，上面垛口处甚至吊下来几尺长的冰凌。"天助遂城"，耶律斜轸顿时感到一阵冰凉。

他带着几名将领来到萧太后的营帐求见。

萧太后其实已经起来。燕燕曾经是辽国第一美女，虽说现在已是半老徐娘，但即使在战时，作为太后的她，化妆是每天绝对少不了的。

听侍女报将军们已经到帐外，萧太后很快停下了梳妆，披上裘皮大氅来到外间。

耶律斜轸与众将领参拜后，分两边坐下。

耶律斜轸通报了遂州城墙的情况，表示很难再攻了。

萧太后撩起帐上的皮窗，搁上千里眼，仔细观察。

她强调："宋军只有一口气在喘息，我们说什么也要攻取遂州，而决不能后退，让宋军死而后生。"她用起了激将法，"十四年前，杨延昭的父亲杨业，不是在雁门关陈家谷被你和萧达凛活捉的吗？今天难道你就拿不下杨延昭？"

耶律斜轸被打脸了，苦笑着回答："臣遵旨再组织进攻就是了。"

天空虽然已不再风雪弥漫，但依然是阴沉沉的，一片昏黄。

萧太后也已披上铠甲来到辕门。

有萧太后的亲自督战，辽军将士分几排架起云梯往前冲，云梯根本无法在冰墙上摆稳，一靠上墙就滑翻了。吼声如雷，辽军士兵十分顽强。遂城百姓连夜拆掉自己的房子，将砖头摆上了城墙，木石如雨，辽军避之不及就滑倒在地，被砖头砸得血肉模糊。

耶律斜轸对萧太后说："这里滴水成冰，被杨延昭占尽天时。花太大的代价去攻取遂城，结果会得不偿失。臣以为，我们不如绕开遂城，南下直逼瀛州，兵贵神速，一定会换来成功。"

萧太后裘皮帽下露出的几缕银发，也已结了冰霜。她摆摆手，说："那就先停下来吧，再议。"说罢走进了大帐。

又是一个不眠之夜，杨延昭在苍茫的夜色中发现辽军已经在拆卸营寨了。

凌晨,探子来报:"辽军撤了。"

城楼上的将士和百姓都异常兴奋:"经过苦战我们终于赢了!"

杨延昭还在思索着,他下令:"各城楼指挥迅速集中还有战斗力的兵士,守候在城门旁,在辽军主力撤退后,迅速出击,打他的后卫,截取辽军的后勤物资,以弥补我军的损失。"

辽军万万没有料到宋军还有力量出战,一下就溃不成军,丢下物资,拼命追大队人马去了。宋军没有穷追,缴获了不少军械马匹粮食,全城沸腾了,吃上了滚滚烫烫的一顿大餐。

赵恒出征没有乘坐皇辇,而是骑一匹西域进贡的雪白追云驹,穿银白锁子甲,披一件深红丝绒战袍,神采奕奕,威风凛凛,好一个年轻英俊气宇轩昂的大宋皇帝。

那天在崇政殿试穿铠甲和战袍,刘娥就像十多年前,禁不住紧紧抱住赵恒连喊三哥,全然不顾一旁的宫女和内侍太监。

在张耆的禁军引领下,大军很快从澶州渡过黄河。旌旗猎猎,马蹄声声,两岸百姓自发赶来送行,齐声高呼:"旗开得胜!"

冬日融融,大地苍茫。二十万大军的脚步和沉重的马蹄,在雪道上发出冰碴撕裂的吱吱声。少年时代的豪情激励着赵恒,他似乎感到祖上骁勇善战的血性已在身上发酵,血管里沸腾着临危不惧的勇气和胆略,他的心情有些亢奋,盼着早日到达前线,指挥金戈铁马的大军杀敌御寇。

出了澶州,风沙弥漫,一片荒凉。途中,看到有为逃避战乱而仓皇南逃的难民,有因痛苦熬煎而哀号的伤兵,还有被征调而来顶风冒雪运送粮草的民夫……这一切,又让赵恒感慨万千。没有燕山和长城作为抵御漠北敌人的屏障,华北平原就成了契丹铁骑长驱直入的通道,几日之内战火便可直抵汴京。父辈们奋战了二十年,无法按唐的版图重新夺回燕云十六州;到了自己这一代,在与辽的较量中,大宋一定要占到上风压倒敌人,才能实现久远的和平,让处在水深火热中的百姓脱离战火,重归安居乐业。

前军已报杨延昭在遂城取得的胜利，辽军转而南下。赵恒担心大名府因傅潜畏缩不前而失守，故率军往衡水方向直插大名府。

耶律斜轸也得到情报，宋朝皇帝亲率大军往大名府而来，一心想生擒从来没有上过战场的赵恒，急率三千先锋兵马不停蹄旋风般赶来。萧太后年龄大了，坐车不快，已被甩在百里之外。

两军在大名府东南的辛庄相遇了，辽军见宋军黑压压兵强马壮，队伍延伸至天边，不由自主停止了脚步。耶律斜轸仗着契丹的强弩射程远，下令放箭。哪知道辽军的箭弦都是用牛皮制的，受大雪浸湿早已失去弹性，拉开了也只是射出去丈二远。

狭路相逢勇者胜。张耆、刘美率禁军早已掩杀过来，银枪挑处，勇不可当。刀光剑影中，辽军倒下一片。二十万大军席卷而来，步军手持盾牌，大刀专砍马腿。不到片刻，辽军纷纷倒下。耶律斜轸见势不妙，带着几名亲兵突围，往来路回奔。跑了几十里开外，遇到萧太后。兵败如山倒，见大势已去，萧太后无法改变形势，也只好随大军往北退兵。

宋军大胜，士气高涨，跟随赵恒浩浩荡荡向大名府进发。

傅潜已经带着众将在东城外迎候。大名府的宋军中有一些是曾经跟随宋太宗出征的，今天看见新一代国君英武顽强，山呼万岁，欢声雷动。

赵恒在大堂坐定，众将纷纷站立两旁。

赵恒英俊的脸上没有笑容，一声号令："将傅潜拿下！"

两名雄壮的禁军一扭一提，将傅潜按倒在天子面前。

"十四年前因为王侁的贪生怕死和潘美的失察失信，耶律斜轸在雁门关陈家沟俘获了杨老令公。这次你大敌当前却按兵不动，几乎又折朕大将杨延昭于耶律斜轸刀下。朕委你为北方边防主官，你畏缩不前，辜负了朝廷和民众的期望，本应就地处斩，姑念你年轻时也有战功，就流放房州吧。"

傅潜即刻就被带走了。

赵恒下诏:"速召遂城主将杨延昭、蔡州主将杨嗣来见。"

待杨延昭、杨嗣二将赶来,已是第二天傍晚了。

赵恒处理完要事,听见两将风尘仆仆已经赶来,披上裘皮大氅,来到外厅。

杨延昭、杨嗣还没见过新一代皇帝,伏跪在地上久久不起。

赵恒上前将他们扶起,吩咐:"赐座。"

赵恒详细询问了遂城的战况,杨延昭一一禀报,他说:"遂城在大宋的最北边,太平兴国六年(981),先帝改遂城县为威虏军,就是要让威虏军成为震慑辽军的堡垒,我们绝不能让辽军攻破这个堡垒。"

赵恒不时点头赞许,说道:"当年高梁河之战,爱卿和老令公,与朕楚王兄一起冒死救出先帝,朕早就闻爱卿骁勇之名。只是爱卿乃杨老将军第四子,怎么称作杨六郎?"

这时,立在帐帷边的张耆闪出,奏道:"启禀皇上。辽人以为天上北斗七星中,第六颗星是专克辽国的。辽军惧怕杨延昭将军,说他是第六颗星下凡。杨六郎之名由此而来。"

赵恒恍然大悟:"原来如此。二位杨将军,你们都是天上的星宿战将,克敌制胜。大宋需要更多的骁将镇守边关,彪炳史册!"

赵恒颁发诏令:"杨延昭晋升莫州团练使,杨嗣调任保州团练使。"

莫州更靠近辽境,保州就在莫州的西边,呈犄角之势,有二杨镇守,赵恒感到更放心。

赵恒深思了一番说:"这次交战后必定有一段平静。威虏军团要迅速组建一支四万人至八万人的骑兵部队,朝廷会抓紧在西北购买最好的马匹来装备军队。"

说到这里,赵恒提高了声调:"两位杨将军听令。"

杨延昭、杨嗣迅速站起来:"臣听令。"

"威虏军团的骑兵就交给两位杨将军了,从组建到训练演习、战时指挥,全由你们负责。"

两位杨将军拱手:"遵旨!"

内侍太监禀报："已在驿馆安顿两位杨将军。"

赵恒笑道："朕要与两位将军同饮。"

内府的宴会厅虽然不大，但有四边的铜雀立柱灯光，也显得隆重而辉煌。赵恒在这里设宴犒劳两位杨将军，为他们庆功。

赵恒端坐在正座，长案上是温热的宫廷御酒。张耆按剑远远地站在帐帷下，一双猎鹰似的眼睛扫视着一切。

杨延昭、杨嗣二将分坐在两边，长年戍守边疆，第一次受如此恩宠，竟显得有点拘谨不安。比杨嗣要小几岁的杨延昭每次向赵恒敬酒都习惯性地单膝下跪，高高举起建阳黑盏一饮而尽。以至于杨嗣敬酒时，也要如杨延昭一样跪下，赵恒止住："爱卿无须多礼。"

几杯下腹，赵恒脸红了，他解下裘皮大氅，内侍太监把大火盆里的炭火减弱了些。周怀俊进来，轻轻地对赵恒说："启禀皇上，大名府官员来报，这里选出的几位美人，歌舞训练了几个月，可否让她们来表演助兴。"

赵恒点点头，扫视两位杨将军，笑着说："好哇，两位将军战场上辛苦了，欣赏欣赏歌舞。"

杨延昭、杨嗣几乎同时作揖："谢皇上。"

进来三位美女，美艳动人，跪下伏地："愿皇上万岁万岁万万岁！"

赵恒说："请起。"

前面领舞的那一位一解披风，露出一身草原短装。她身穿一件火红的滚有皮毛的坎肩，宽松的麂皮袖筒里露出一双玉手，一件褐色束腰皮裙，黑色的皮裤紧紧束在马靴里。一霎时，随着手腕的转动和马靴蹬地，腰之飞旋，她手上的银镯发出清脆的铃声，唤醒了赵恒对刘娥拍击鼗鼓时的回忆。

两位伴舞的女子倒是汉服装扮，不露手腕的宽大长袖跟着节奏左右摆动，衣裙垂地，裙裾随着腰肢的扭动而摇曳。

红衣女子斜斜地朝赵恒抛去媚眼，轻舒歌喉，唱道：

天苍苍，野茫茫，

风吹草低见牛羊；

风萧萧，路迢迢，

烈酒情郎欲火烧……

唱到这里，红衣女子停住，双手抱拳作揖，娇嗔地说道：

"请让小女子敬上一杯酒，为高高在上的皇帝祈福……"

说罢，她飞快地靠右，在杨嗣的案桌上取过一个建阳黑盏，端起酒壶斟上一杯，双手捧杯，朝着主位上的赵恒，趋步上前……

突然，一只飞镖疾来，击中红衣女的手腕，黑盏落地，地毯湿了一大片。案桌下一只正在觅食的波斯猫一惊，匆匆逃窜，竟趴在地毯上死了。

"大胆妖女，竟敢谋害圣上！"张耆一个箭步，已将红衣女子擒住。原来红衣女酙酒时，有一个银镯靠住酒盏，漏下几粒白粉。这一切早被密切关注着的张耆看在眼里。

红衣女低头咬住衣领角，颈脖一歪，就七孔流血死了。张耆掀起她的衣袖，果然，她的小臂上刺着一只黑狼。张耆心想："又是这帮人，竟然混到选美队伍里了。"

"我们是当地人，与她不是一起的。"两位伴舞吓得跪下申辩。

赵恒站起来对二杨说："让二位将军扫兴了。"

杨延昭回禀："圣上受惊了。听妖女嗓音，确系关外人氏，竟充当刺客。幸好张将军出手迅速。"

二杨就在大名府驿站歇息了。

朔风呼啸。赵恒夜不能寐，他想到曾因女刺客的美色而心动，还联想到刘娥，感到羞愧；绝色美人，且能歌善舞，原形毕露竟是蛇蝎心肠，而刘娥美丽绝伦，却人品高尚，智勇双全，和亲人为正义敢于赴汤蹈火。

直到天蒙蒙亮，赵恒烦扰的心境才逐渐平静，迷迷糊糊睡了过去，一直到正午。

张耆听见皇上房中有了响动，忙进去报捷。瀛州都部署范廷召派飞骑来报，辽军大败全部逃回辽境。

十天前，范廷召得到辽军即将来犯瀛州的消息，请求傅潜增拨援兵三万，没有回音。时间紧迫，范廷召带上三十骑，策鞭就上大名府来了，欲亲自来搬救兵。

范廷召战功赫赫也是老将了，他来不及抖净战袍上的尘雪，捋了一把沾满冰碴儿的白须，径直就闯进了傅潜的大堂，指着傅潜大骂："你手握重兵，怎么久不增援？你这么性情胆小，竟不如女人。"傅潜被他骂得狗血淋头，只好分兵八千增援瀛州，命他在高阳关迎击辽军，并许诺再派兵增援。

此时，辽梁王耶律隆庆已至瀛州。范廷召匆匆摆下方阵迎敌，不料辽军御前侍卫萧柳勇猛过人，单骑冲进方阵，枪挑刀砍，宋军败走。而高阳关都部署康保裔应约来援，在瀛州西南的村庄，与辽军激战，孤军被围，康保裔力战而亡。

范廷召军兵撤进瀛州后，稍作休息就接到情报，辽军在大名府大败，正向莫州方向逃走，耶律斜轸在逃窜中突发心衰无救而死。

范廷召重新率军出击，追击辽军，于莫州城东三十里处击溃辽军，夺回被掠去的老幼数千人，缴获众多鞍马、兵仗。

耶律隆庆迅速与母亲萧太后会兵一处，退入辽境，撤回幽州。

赵恒在头天极度扫兴的情绪中，忽然收到范廷召的捷报，不由得大喜，又是豪情满怀了。

第三十六章　大姐驸马皆诚服　皇子齐诵《劝学诗》

班师回到汴京，赵恒第一件事就是去永福宫看儿子。赵祐长高了，但依然是那么瘦弱。赵恒没有询问他的功课，心疼地将他从皇后身边牵过来，搂在宽大的貂皮大氅里，额头贴在儿子的额头上，让身体传去心中的温暖。此时的他情愿抛弃一切事务与妻儿们厮守在一起，享受天伦之乐。赵祐是懂事的，父皇现在只有他一个儿子，大宋王朝靠他接班，他喃喃地对父王低语："我一定好好读书……"

在崇政殿里，赵恒听完了留守宰辅李沆的禀报，阅览了紧要需处理的奏章。

他看见坐在矮榻上的老师许久站立不起来，忙走过去将李沆扶起，认真地说道："李相，你以中书省名义颁令，上次定的选美取消，各地已入选在训练礼仪的，一律遣返回家与父母团聚。并加上一条，以后不许再提选美一事。"

李沆有些茫然不解，皇室子嗣不多，这选美之事他也是同意的，皇上已做了决断，他不便反问，只能作揖遵旨。

赵恒上了轿辇，直奔盈月殿。

刘娥率宫人们，全部跪伏接驾。赵恒连忙将刘娥扶起，携手在厅堂坐下，刘娥的目光看了又看，亲切地说："皇上全胜而归，震慑辽邦。壮我国威，举国欢欣。皇上此番出征虽饱受风霜，却更显雄姿英发，今日得见天颜，臣妾就放心了。"

赵恒深情地望着刘娥："朕也是如此，为了国家和百姓，只能上前。过了黄河，朕看到一片黄沙，生灵涂炭，就下了决心，一定要给来犯之敌以重创，以战迫和，还我大宋安宁。"

晚膳上，刘娥揭开一青瓷煲，是热气腾腾的珍珠糯米肉丸，她夹了一个，放赵恒面前："这是皇上最爱吃的，臣妾亲自下厨做的，请皇上品尝。"

赵恒笑着说："这次可把朕馋坏了。千里之行，征途中朕可是与将士们一起啃窝窝头的。到了行宫，虽然带了御厨，但北疆没有食材，巧妇难为无米之炊。朕宴请杨延昭、杨嗣二将军，也没有像样的菜肴。"

说到这里，赵恒情不自禁地握住了刘娥的手，说道："朕今天交代中书省，废除了选美令，将已入选正在训练的女子全部遣返，回家与父母团圆。以后不再有选美。"

"这是为何？"刘娥惘然。

赵恒说："朕会细细说给爱卿听。"

在温热的暖床上，裹住贴着身上的棉被，赵恒抱住刘娥浑圆的肩头，告诉她在大名府遇到混入选美的女刺客之事。

刘娥说："好险。幸好张耆在皇上身边，他眼疾手快，及时破获。"

赵恒有些惭愧："朕看到那女的妖冶艳丽，舞姿舒展，银铃骤响，朕便想到了你，险些被她迷住，若误喝毒酒，就命丧黄泉了。那样一个美女，瞬间就七孔流血死去，惨不忍睹。如果还有刺客混入选美，进入皇宫，岂不阴谋得逞。黑狼帮多次刺杀朕，深陷复仇的小圈子中不能自拔，他们是不可能毁灭大宋的。朕继承先皇遗志，为天下人谋安宁，有多少人能够像爱卿你这般理解朕呢？战争已经两百多年，不能再打下去，人尚且要有自知之明，国家何尝不是如此？以宋的实力，倘若不能收复燕云十六州，朕就要采取新的战略，以战迫和，创造大宋与辽的和平，那样，两族之间就和解了。"

刘娥说："那就朝着这个方向努力。咸平以来，政通人和，国力逐渐强盛，强国强军，多打胜仗，因势利导，就能实现以战迫和的战略。"

日理万机，赵恒回到汴京，第二天就上朝了。

文武百官来得很整齐，群臣山呼万岁之后，对皇上亲征旗开得胜是一片称颂之声。

赵恒站起来，走到龙案前面，他挥动右手，严肃地说："耶律斜轸是在遂城之战失利的情况下大败的,杨延昭以少胜多克敌制胜,那才是真正的天狼星。辽人不是一仗就可以制服的,他们一有机会还会过境骚扰,甚至长驱直入,威胁汴京。大宋每年对辽战事要用掉高达近三千万两白银的费用,百姓辛苦交来的赋税我们要用于发展生产、建设国家,不能都在战火中烧掉。"

赵恒用目光扫视到曹彬,接着说:"曹老将军,我们总的战略是稳住党项,集中精力、兵力对付辽军,只要他们敢侵犯,我们就狠狠地打回去,要发扬杨家将的雄风,敢于消灭来犯之敌,争取每战必胜。我们要寻找机会,争取在大的战役中取得决定性胜利,占到主导地位,才能以战迫和,从而实现长久的和平。"

"皇上英明。"枢相曹彬连连躬身作揖,满朝文武大臣齐声颂扬。

中午,刘娥陪着赵恒从盈月殿膳厅出来。她知道皇上要来,又亲自下厨,做了将军红烧肉、鲤鱼焙面,还配了胡辣汤,特蒸了开封灌汤包。

刚刚坐下,门卫进来禀报:"皇城司来人,说宫门外有一位道姑,说是娘娘的故人,要见娘娘。禁军头领磨破嘴皮,也无法打发她走,道姑有五十多岁,禁军不知如何处理,特来请示娘娘。"

刘娥一听,两道好看的蛾眉竟皱了起来。她感到诧异,她平生并未有过道家故人,只知道素未谋面的道家陈抟大师关照了她,雍熙四年(987)陈抟大师谢世震动京城,她听说了即在紫云别苑设灵位拜祭大师。如今心里只牵挂着佛门的恩人普元法师,不知何时能够报答。仔细一想,一位道姑,况且还是老人,或许她有什么难事,见见但也无妨。

"臣妾去宫门看看。"刘娥征询赵恒。

赵恒点点头,说:"皇城应是安全的。"他立即指派周怀俊准备辇车,护送刘娥去宣德门。

八个武功太监一路小跑,跟在辇车后面。

刘娥轻轻掀起轿帘,远远看见宣德门外一位气度不凡的道姑,手扶浅蓝宽边帽檐,正朝里面观望。

刘娥下了辇车，缓缓朝宫门外走来。

道姑却喊起来："刘娥，我是大姐。"

刘娥感到迷惘。

道姑看到刘娥疑惑，索性将宽边帽一揭，露出高绾的发髻，上面束着尊贵的皇家凤冠，坦然说道："我是大姐，秦国昭庆长公主。"

刘娥一听，这才想起来，秦国昭庆长公主，这是一位带有传奇色彩的皇族女子。

她是宋太祖赵匡胤的长女，当今皇上赵恒的堂姐。她十九岁妙龄的时候，被太祖指婚嫁给内殿供奉官都知王承衍。

王承衍乃忠武军节度使、同中书门下平章事王审琦的儿子。王审琦在"陈桥兵变"中建有功勋，为奖掖他，太祖告诉他意欲联姻，王审琦求之不得。此时王承衍已婚，太祖让他的妻子乐氏改嫁，将王承衍提升为右卫将军、驸马都尉。太祖让自己高贵的公主下嫁王承衍，竟是为了他和大臣的友谊。

刘娥赶紧上前，扶住公主的双手，亲切喊道："大姐。"

公主望望刘娥，说："你这样知性完美，大姐早有耳闻。我找三弟有事，怪不得都说，找到你就能见到皇上。"

刘娥请公主一同上了辇车，公主又将帽子戴上。

赵恒还在客厅等候，一看刘娥真的引来一位道姑，还搀扶着她，非常亲热。道姑一进客厅，揭开帽子："三弟……皇上，大姐跪下了……"

赵恒这才反应过来，她是大堂姐，秦国昭庆长公主，急忙上前扶住："皇姐，这是在家里，无须多礼。"公主出嫁前，喜欢抱着年仅两岁的三弟玩，这都是赵恒后来听养母李后说的。

公主继承了太祖耿直果断的性格，她一坐下立刻开门见山："皇上，大姐是来为儿子王继隆求个正刺史的官位。我如在家里讲明必遭到驸马和儿子的反对，大姐只好扮作道姑来见。我平常出游，就是如此装扮。"

赵恒思忖了一会儿，认真地说："皇姐，朕即位之后，与中书省、吏部制定了制度，正刺史系朝廷公议，不可以随意任命。朕不能一人私下决断，还望皇姐见谅。"

公主知道无望，只好啜了一口茶，点点头。

这时，王继隆赶来了，匍匐在地上不停磕头请罪。

赵恒站起来说："朕知道，这是皇姐的意思。你只有在现在的职位上勤勉努力，做出显著成绩，中书省和吏部才会推荐你，绝不可因是皇亲国戚而自傲。你平身吧。"

王继隆这才起来，搀扶秦国昭庆长公主告辞。刘娥已经准备了很多礼物，送给这位大姐。

赵恒吩咐周怀俊："备辇车送长公主回府。"

出征劳顿，回到京城的赵恒仍不可能轻闲。汴京留守、老宰相李沆不能决断的奏章还有很高一叠。

赵恒在崇政殿看了半晌奏章，站起来想踱踱步。

内侍太监来报："驸马都尉石保吉宣到。"

赵恒吩咐赐座，接着拿过搁在一边的一份案卷，让太监交给石保吉阅看。

石保吉一看，脸色都变了。

案卷是开封府转呈的一封状书，告驸马都尉石保吉强抢民女。经查实，这家染坊向石保吉家借贷，期至未能清还利息，石家就把这家的女儿扣留了。

驸马都尉石保吉是赵恒的堂姐夫，宋太祖次女延庆公主的丈夫，曾立下许多战功，是当朝赫赫有名的一员大将。

赵恒指出这件事影响极坏，令他迅速释还民女，否则御史台就要介入交大理寺办案了。

石保吉赶紧下座，重新跪拜，说："禀报皇上，臣失察了。这准是府中虞候们干的。臣回去后立即放回民女，查个水落石出，惩治犯事者。以后要加强管束家人。"将军为皇威所震慑，心悦诚服，立即照办。

赵恒夜不能寐，草就《宗室座右铭》，秘书丞抄后赐予各宗亲。

紫宸殿上，赵恒亲自宣读了《宗室座右铭》，朝堂上鸦雀无声。

赵恒语重心长地说："这次出了澶州，看到华北平原一片贫瘠，百姓流离失所，朕的心里十分不安。皇亲国戚首先要廉洁自律，朝廷大臣事事都要以大宋利益为重。皇后亲戚大婚，她为避免张扬奢华，说服了亲戚，只向朕要了一纸赐婚书；李相乃首辅，朕命三司拨五百金为他扩建厅堂，李相再三谢绝。皇室宗亲如能像皇后一样，朕哪来后顾之忧？朝中大臣都能够如李相忠诚清明，大宋就一定能够兴旺发达。没有规矩，不成方圆。朝廷以后还要颁发诏令，用制度来约束大臣的行为，要一心为了国家，一心为了百姓，营造清正廉明的风气。"

赵恒下朝之后，在崇政殿阅看奏折。内侍太监来报："刘美人已到殿外求见。"

赵恒说："宣她进来。"

刘娥满面春风地拜见，说："臣妾知道皇上忙，过来陪皇上批阅奏章。"

"朕刚才已经批了一个时辰了，头有点晕，不要接着看了。今天天气好，外面春光灿烂，一起去资善堂看看祐儿吧。隔了几天，有点想他了。"

刘娥深知她的三哥，位居九五之尊，叱咤风云，但心地非常细腻，只有祐儿一个儿子，视为掌上明珠。她赶紧应允："臣妾陪皇上一起去。要请皇后吗？"

"不用了，皇后也有宫中事务要处理，朕与爱卿一道去，顺便到后花园走走。"

养心殿的北面是资善堂，皇子读书的地方。资善堂过去，有一处小小的校场，皇族子弟可以在此习武骑射和比试。

皇上来到资善堂，正在朗读的皇家子弟感到惊讶，骤然停住。

年仅八岁的赵祐虽然身子显得单薄，但十分机灵，他很快走出座位，伏下跪拜："皇儿愿父皇万岁万岁万万岁！"

其他少儿们也都跟着跪下了。

赵恒上前一步,俯下身子:"孩子们起来吧。"

赵祐经常在永福宫见到刘娥,很亲热地来到她身边:"刘姨娘好!"

赵恒摩挲着儿子的小手:"祐儿是不是感觉有点凉?"

赵祐很懂事:"多谢父皇关心。皇儿还好。"

赵恒很怜惜地说:"你来资善堂不久,读书好吗?"

赵祐依偎在父亲的膝下,抬起头说:

"禀报父皇。资善堂有许多孩子,皇儿不觉得孤单。读书当然好啊,皇儿诵读父皇的《劝学诗》:

富家不用买良田,书中自有千钟粟。

安居不用架高堂,书中自有黄金屋。

出门莫恨无人随,书中车马多如簇。

娶妻莫恨无良媒,书中自有颜如玉。

男儿若遂平生志,六经勤向窗前读……"

孩子们跟着齐声朗诵。

赵恒、刘娥和资善堂翊善、学官也加入了诵读……

第三十七章　黄河治水宴功臣　占城新稻香朝堂

到了三四月间,黄河冰化,汹涌的黄水夹着冰凌奔腾而来,河水暴涨,黄河沿线的堤岸由干裂而浸泡松软。咆哮的黄河在澶州以下北大堤撕开决口,千百年的泥沙积淀,河床已高于堤内地面,喷泻的河水似脱缰野马,冲出决口,四处奔袭,堤北平原化为一片汪洋。每次黄河一决大堤,淹没良田无数,风雨中的灾民在泥水里挣扎,饿殍满地,哀鸿遍野。

汴京也雷电交加,暴雨如注。正当赵恒和朝臣们为此紧急磋商时,黄河下游又有一处溃堤。河水泛滥,百姓流离失所,灾情紧急。

"一定要大规模治理黄河。"赵恒攥紧了拳头,刚刚披坚执锐亲征归来的青年皇帝下定了决心。他脑海中闪过一个高大刚健的身影,就是曾在广西转运使任上做出业绩的刑部侍郎陈尧叟。当年黄河在郓州决堤,先皇就是急调江州司马、陈尧叟的父亲陈省华北上抗洪,终使黄河复归原道。

赵恒诏令陈尧叟、冯拯分别为河北、河东安抚副使,火速赶往灾区指挥救灾抗洪。

正在亳州巡查的陈尧叟,突然接到快马送来的诏令,命他直插澶州,不必返京。

陈尧叟接过尚方宝剑,就在坐骑的鞍甲上,草就一封奏折,请传令太监带回,他向朝廷请求速调五千兵员支援。

日夜兼程,陈尧叟和随从们迅速赶到了澶州黄河南岸,汛期浮桥早已拆除,他们在风雨交加中找到一只渡船,涉险渡河,登上黄河大堤。

陈尧叟回首眺望奔腾咆哮的黄河,知道皇上将此重任赋予他,是希望他继承父亲的勇气和才干,加速抢险救灾,安抚百姓,他一定不辱使命。

在澶州府大堂，陈尧叟刚毅的脸像尚方宝剑一样冷峻，他向全体官员宣布命令：

一、州府和县里尽可能抽出衙役，要深入到洪区，组织更多的船只营救和转移灾民。

二、尽快打捞水里的浮尸，在高地上挖深坑掩埋。在洪水退出的地方，遍撒石灰消毒，预防发生大的传染疾病。

三、州府和县仓放粮赈灾，可按地方户籍人口发放，灾民聚集的场所要尽快营搭粥棚安排施粥，不能饿死人。

四、决堤的两端要组织人员，运送木桩、石块和沙包上堤，从两端打桩，投放石块和沙包，逐渐缩小决口，待水位稍低，即刻合龙。

五、各司其职，有违者重罚，严重违令者立斩。

陈尧叟卸下官服，将长衫塞在腰间，系上一双草鞋，带着随员们直奔灾区。

在一处小丘上，陈尧叟下了小船。士兵正用长竹竿扎的长矛，打捞顺水漂来的浮尸。人死去的已经不能复生，活着的亲人却在呼天抢地哭喊着。陈尧叟过去安抚的时候，眼睛也湿润了。

陈尧叟身材魁梧健硕，穿着草鞋在泥水中跋涉，陷得很深，他干脆俯下身子脱掉草鞋提在手中，到干地上再穿起来。他的祖上是北方河朔人，前蜀高祖时才入川，故身材高大并保持着北方人的豪爽。

他们坐船涉水来到范县。

这里已经在开仓赈灾了。

看见来了官员，一位书记员抱来一大摞账簿，说："灾民连年春天贷的粮食和种子，已经拖欠得太多，加上现在发的岂不永远还不清。"

陈尧叟立即更正："现在是朝廷给灾民发赈灾粮，这是救急性质的，你莫要记在旧账簿上。但领粮的灾民要在名字上按手印，账目要清楚能经得起核查。"

书记员才知道这脚穿草鞋的发话官员是钦差大臣，赶紧唯诺说是。

陈尧叟交代澶州官员，全面统计灾民们历年来的欠账，以便尽快向朝廷禀报。

城关镇的大榆树下聚集了四处逃难来的灾民，他们围着新搭的几个粥棚，期待着官家施舍的粥充饥。

看着来了官府的人，灾民们自觉地让开一条路。

陈尧叟走近粥棚。熬粥的大锅里翻滚着一片浑黄，发出难闻的霉味，弥漫的水雾与呛人的柴烟混杂在一起。他伸出右手在麻包里摸出一把米，米已经发霉，他用左手食指和拇指一捏，米即成粉末。他走出人群，问澶州官员："州里粮仓里都是这种米吗？"

澶州仓司十分肯定地回答："卑职前往粮仓查看过，粮仓里是上好的白米。"

这时，一队陈尧叟安排下去的便衣监察，抓来一个着衙服的仓吏和两个肥头大耳的粮商。

他们当场抓获仓吏与不法粮商将赈灾大米调包为霉米，人赃俱获。被调包的大米正如数运到。灾民们欢呼起来。

陈尧叟宣布："按照宋律，涉侵赈灾粮食，仓吏与不法粮商立斩。"就在范县衙门前广场，钦差陈尧叟手捧尚方宝剑监斩，直接由范县执行对贪赃仓吏、不法粮商的死刑，震慑了蠢蠢欲动的仓鼠们。

在崇政殿，赵恒与中书省、工部大员们商议了治理黄河的长远策略。

从咸平三年（1000）开始，黄河沿线州县每年都要大规模地加固大堤，从新郑以下至黄河入海地区，都要抓住秋冬黄河干涸和冰冻时期，安排民工，上堤总人数应不少于三十万，今后如有决堤，唯当地长官是问，撤职查办。

工部从现在起派人沿黄河大堤勘测险情，根据险情制定整修加固具体方案。

朝廷批准按陈尧叟奏章转来的澶州统计，免去澶州灾民历年来实际所欠冗账二十一万，并免去当年赋税。

枢密院按照诏令，从新郑调拨的五千精兵，已到达澶州。

新郑水军行营副指挥使徐浩亲自领队。徐浩浑身散发出昂扬的气息，他拱手向陈尧叟报到，请求立即奔赴决口现场。

欢迎仪式热烈而简朴，陈尧叟一抹美须，端起建阳大盏，向全体将士敬酒，高亢的蜀音慷慨激昂："官兵兄弟们，澶州的黄河大堤就靠你们了！决口一定要堵上，黄河一定要复道。澶州的百姓感激你们，送来了未被冲走的猪羊和粮食，会把可口的饭菜送上大堤！"

陈尧叟、徐浩和将士们一饮而尽。

停了一段时间雨，黄河仿佛安静了一些，撕开的决口已有三十丈宽，泻下的洪水变得平缓，使初始打桩降低了难度。

大堤上运来了已削尖的两丈多长的木桩，和铁匠们昼夜打造的大锤。东西两头的将士已经开始分队作业，试着将木桩插在豁口旁。有些兵士发现豁口边上是斜坡的，便马上脱掉衣服跳入水中，扶住木桩，同伴们则抡起大锤，砸向木桩。此起彼伏的号子声响彻起来，与沉闷的黄水泄洪声交响在一起。

陈尧叟看到抡锤的士兵们也跳入水中，湍流就在他们的身边泻过，赶紧对徐浩说："你交代他们要注意安全。"

"请大人放心，这五千精兵都是从水军中挑选出来的，就是坠入洪流，他们也会游回来。"

一根根木桩深深地扎入堤底，一袋袋沙包和石块被卡在木桩之间，将洪水挡住。稍稍松动，沙包就被洪流冲走了。士兵们一只手把紧木桩，一只手拽紧沙包定位，修堤就这样艰难地推进……

中书省送来了另一位安抚副使冯拯的奏折，赵恒看到他报告维修大堤在黄河郓州以下也已展开，各地按照工部确定的重点，军民上阵，兴修水利。庆幸的是，雨季已经过去，修堤必有成效。

就在黄河灾情稍稍缓解之时，西北边境又传来吃紧的情报。党项族首领李继迁虽然已经被安排了节度使的位置，但在母亲去世之后，他还是时时想着称王，这次，他又打劫了宋军向灵州送的粮草。

赵恒强忍怒火，但还是没有急于出手，他要按照既定的战略，集中兵力以防辽军南下。他清楚地知道，现在正北面更经不起战乱，如有闪失让辽军乘机而下，将会打乱他的部署。

他派出宰相张齐贤出巡灵州，掌握情况。

李继迁挑战了吐蕃六谷部的利益，六谷部联络了吐蕃几个部落的力量，向李继迁展开反击。

张齐贤命令西北宋军坚守城池，不要介入其中。他向朝廷的奏章中提出"暂观"，恰好与皇帝的战略合拍。

李继迁休整几年的党项军战斗力明显下降，交战几次之后，党项军裹着毡房向西逃窜，吐蕃军很快越过祁连山阙，占领了陇西大部地方。

五月底，澶州的黄河大堤决口围堵已到决战时刻，豁口只剩下二丈余，水流如瀑布般喷泻。

陈尧叟登上大堤，徐浩赶来接应。这些天来，他不知道多少次来到大堤，和百姓们一起送饭，带着州府官员们一起搬运沙包。

水流越来越急，插下的木桩若不及时打下去，就会被冲走；沙包如未卡住，瞬间就会被急流卷去。一队队兵士换班跃进水中，攀住木桩，与洪流搏斗。

陈尧叟想起了父亲陈省华在水中带领军民堵堤的场景，热血沸腾，将衣服一剥，穿着短衫，把紧木桩也下到水中，帮着兵士们运送沙包，徐浩带着突击队进入豁口。

官员的身先士卒，在兵士中引起震动，纷纷下到水中，手挽手形成几道人墙，挡住急流。桩一根根被打下去，沙袋一包包被夯实。

豁口越来越窄，越来越平缓……

决口合龙了！

所有人因此而欢呼，再继续紧张地搬运沙包加固加宽，生怕大堤在瞬间被毁于一旦。

几个不慎被洪水冲走的士兵，不知漂出了多少里，重新又回到大堤上，徐浩和同伴们与他们拥抱，帮他们披上衣服，大堤上才沸腾起来。东西两头的兵士们，冲往中间拥抱在一起，将陈尧叟围起来，把他高高举向苍穹……

张齐贤回到京城。

他在灵州兵营派出的快马暗探,沿着祁连山麓跑了数千里,一直踏进大沙漠了,也没打听出李继迁的音讯。

在崇政殿的朝堂上,赵恒舒了一口气,不费一兵一卒,做到了西线无战事。而曾与李继迁常年对决的李继隆将军却诙谐地说:"这次党项的汗血宝马可是跑得快呀!"

从澶州回到汴京,陈尧叟就赶来向皇上复命。赵恒命内侍太监赐座。

借着窗户射进的斜阳,赵恒清晰地看到,尽管陈尧叟进宫穿了整齐的朝服,但仍然掩遮不了他脸上的黝黑和一道道伤痕。

"陈爱卿,你这次澶州治洪辛苦了。你父亲和你两代人,都为治理黄河建功立业,堪为大宋全体官员的楷模。你任过广西的地方长官,致力改变贫瘠地区的面貌,打井、行医、推广苎麻种植,增加农户收入,教化百姓,造福一方,这个目标是与朝廷一致的。你现任刑部官员,黄河的全线修堤还要你按照工程要求下去巡查,严格执法。"

陈尧叟谢恩告退。

日将落时,忽然一太监来传,宣皇上召见。陈尧叟即随他进宫,弯弯曲曲走了一会儿,来到一座宫殿,在雕花汉白玉栏杆前,已有丁谓、杜镐等人先到,陈尧叟到后,太监进殿禀报。

帘子卷起,赵恒大步走出,令诸臣不要叩拜,他邀大家进殿做客,只是宴会,不必多礼。

殿内灯烛通明,宴席准备得非常丰盛。皇上的御座设在宴席的东面,赵恒坐下后招呼诸臣入席,而陈尧叟的席位就设在皇上对面,如同常人家宴的宾主之位。

陈尧叟哪里敢入座,他惶恐地陈述自古以来未有君臣这样列坐的礼仪。

赵恒不高兴了，他说："今天陈爱卿回京，就算是为你接风了。也没有邀请中书辅臣参加，只是宣朝中担任秘书和文馆职位的几位作陪。今年有几件事很高兴，天下安宁，治黄告捷，我只想与诸位促膝坐坐，共享快乐，说说笑笑，不必再多推辞。"

陈尧叟等都要趋下台阶称谢。赵恒再次制止，说："此等礼数，暂且都放下。"

陈尧叟他们正襟危坐，仍然诚惶诚恐；而赵恒却是谈笑风生，分外兴奋。

酒过三巡，内侍太监给诸臣每人端上一个漆盘，放着红锦囊，里面都是珍宝。

陈尧叟等人起身称谢。

赵恒说："大宋战胜了极其严峻的困难，百姓趋于安宁。如能风调雨顺，年景丰收，朕何尝不想与诸位天天聚会畅饮呢？"

一夜欢宴，结束时已近四更天。君臣皆醉。

汴京的八月，同样感到燥热。夏日的早朝，百官们穿着朝服，全副装备，很不好受。散朝前，大内都知事周怀俊宣布："皇上有诏，请各位大臣留步。"

内侍们从殿外抬上两个大木蒸笼，掀开盖子，热气腾腾。

周怀俊说："这是今年的新米……"

有些大臣就在下面嘀咕："今年的稻谷要到九月底呢，现在哪来的新米，不可能。"

不少人没有在家用早膳，五更天到现在早已饥肠辘辘，纷纷在旁边竹篓里拿起十分精致的青白瓷碗，用饭勺舀起白白的米饭，送到口里，尽管有点糙，但还是香喷喷的，非常可口。

"好吃，好吃。"一片赞颂之声。

"这是安南来的占城稻，经刘美人在汴京城御田精心培植成功，一年两熟双季稻。这是早稻新米，晚稻已接着栽种，成熟期是八十四天。

今天请诸位尝尝新米。朕已下令，在江南和黄河以南一切有条件的地方推广，一年增加一季收成，该增收多少粮食啊！"赵恒喜形于色，边说边用手比画着……

而刘娥此时还在御膳房，已经和梦芸在这里忙了一早上，教厨师们用多少水浸米，仔细掌握蒸饭时间，让大臣吃的开封占城稻米饭尽可能香喷爽口。

自从在陈尧叟的奏章里知道还有"占城稻"这种双季稻，刘娥就一直考虑如何在开封试种，她的主张得到了赵恒的支持。她选择了靠汴河较近的紫云别苑，方便引水，在本来不大的园子里硬是开出一亩御田。王继忠帮她专门请了两位种过水稻的老农，陈尧叟从广西给她调来了最好的占城稻种。在皇上和御前都指挥使张耆安排下，她经常女扮男装去紫云别苑照料新稻，有时甚至也亲自除草，看着她的稻子茁壮成长。

前天，当她把最好的稻米带到宫中，赵恒看到雪白珍贵的"开封占城稻米"，兴奋地搂住他最亲近的娥娥，亲了又亲。如果在濒临黄河的开封能试种成功"占城稻"，那么退一步说，在长江以南的广大地区推广是绝对有把握的，大宋将因此甩掉饥荒。强大的国力才是推动和平的保证。

大内都知事周怀俊前来盈月殿宣旨，晋封刘娥为修仪。

第三十八章　阅罢牡丹看龙门　少林寺僧保明君

西京洛阳来报，牡丹花开了，今年开得特别茂盛。

赵恒觉得心情特别好，拟巡幸西京，准备以宰相张齐贤为东京留守。在盈月殿用膳时，赵恒对刘娥说："朕和爱卿一道去，看看洛阳牡丹。祐儿最近身体不适，就让皇后在家带祐儿吧。"

传说当年武则天刚刚称帝，为了显示她的权威，正值腊月，长安飘雪，武则天却提出来第二天去御花园观赏百花。她题写了一首诗，诗名《腊日宣诏幸上苑》：明朝游上苑，火速报春知。花须连夜发，莫待晓风吹。武则天诏令上苑里的所有花儿，必须在一夜之间全部盛开，否则就不客气了。她写了这首诗叫人去上苑读给枯枝们听，读完就把诗烧掉了。第二天，武则天带着群臣来看花，只见上苑中寒风凛冽，但那些花却开得恣意鲜艳。群臣惊愕，都认为武则天真有天命。武则天却察觉到了唯有牡丹没有开放，一怒之下就将牡丹贬谪到洛阳了。牡丹倒也争气，在任何地方都不如在洛阳开得饱满艳丽。而武则天的这首诗却收在了《全唐诗》里，成为千古绝唱。

这后花园中几株牡丹也开花了，但肯定比不上洛阳牡丹。

刘娥眉眼中露出无比灿烂的光辉："这次我要盛装陪同皇上。当年唐玄宗令李白为杨玉环题诗，李白就以牡丹比兴，写道：'云想衣裳花想容，春风拂槛露华浓。若非群玉山头见，会向瑶台月下逢。'千古传诵，杨玉环也因此有了羞花的美誉。"

开封至洛阳虽不遥远，但也有几百里。皇帝出巡，带着皇辇和仪仗，行进迟缓，张耆是殿前都指挥使，保卫皇上安全是他第一要务。

第一夜，大队人马就在新郑歇息了。刘娥自从进宫以后，全部心思都在辅佐赵恒，从未出去游玩。这次得以放松，洛阳悠久的人文历史在她心中活跃起来，她兴奋得彻夜难眠。

清晨，刘娥刚睡着，就被赵恒胳肢醒了。

赵恒道："娥娥，早点起来，待会儿到巩县，朕还要带爱妃去祭拜皇陵。"

刘娥醒了，她心有触动，说："臣妾是先帝贬逐之人，就远远地跪拜吧。"皇上还是硬要带着刘娥。

在皇陵祭拜，仪式隆重，大半天过去，就天黑了。

张耆早已安排，一行人就在巩县城中住下了。

当浩浩荡荡的队伍进入洛阳城，刘娥揭开轿帘一角，就看见了满城绽放的牡丹花。

西京紫微宫，一直被完好保存，太祖、太宗西巡时，这里也是理政之所。进驻紫微宫后，难得清闲的赵恒竟也兴奋得像个孩子，他来到刘娥下榻的清华殿，看到刘娥正在整理旅途中乱了的鬓发，赵恒催促："别弄了，朕来过紫微宫，一起先去后花园观赏牡丹，待会儿就要入夜了。"

刘娥笑着说："臣妾去见牡丹花神，当然要盛装哦。"她已换上了一件墨绿色的丝绒长裙。

在众宫女簇拥下，刘娥跟随赵恒信步踏入御花园。

御花园里，姹紫嫣红。高耸的紫薇亭，太湖石砌起的假山和许多树木，被一片牡丹的花海包围了。牡丹以粉色为主，白色和大红色的次之，还有紫色、黄色。紫微宫当值跟在旁边，不时介绍："这是姚黄，这是魏紫，这名叫夜光白。"

刘娥又恢复了她的顽皮，她张开双臂，向一株粉色牡丹扑去，听到身后宫女们的笑声，她下意识地回转身来嗔怪地瞪了一眼。

赵恒说："小娥，就在这里。宣画师进来。"

她听到赵恒召唤，移步那株粉色牡丹后面。一朵朵如盘大小的牡丹围聚在刘娥胸前，被她的墨绿色丝绒宫裙映衬，显得娇嫩无比。刘娥玉手扶住一枝硕大的花朵，将脸靠近，她浓黑高绾的鬓发，被浓妆描画过的弯弯眉毛，一双晶亮如黑宝石般闪亮的丹凤眼，秀挺的鼻梁，微抿的丹唇，展示出无比雍容华贵。她略显丰腴、白皙中透出娇红的脸庞，与面前名为"娇容三变"的牡丹，相互映衬，溢出让人心旷神怡的光辉。说也奇怪，那几朵靠近刘娥的牡丹，绽放的花瓣竟缓缓地收敛了，不再高傲，不再张扬。

赵恒禁不住赞叹："朕看见了娥娥是如何羞花的，画师赶紧画下来。"他深情地望着刘娥，沉吟了一会儿，命宫女摘来一朵嫣红的牡丹，亲手为刘娥插在高绾的发髻上。

在展开的玉色绢轴上，翰林院画师顾宗元用白描勾下刘娥的娇容姿态，花头的位置也大致安排好。他说："不敢让娘娘站太久了，待臣回去之后，再工笔敷以重彩，以形写神，形神兼备，画好后再呈皇上。"

赵恒道："好！'名花倾国两相欢，常得君王带笑看。'顾爱卿一定要画出刘修仪的风采，成为传世佳作。"

到了洛阳，少不了要来白马寺拜谒。

相传汉明帝刘庄夜宿南宫，梦见一个身高六丈、头顶放光的金人自西方而来，在殿庭飞绕。次日晨，汉明帝特将此梦告诉众臣，博士傅毅启奏说："西方有神，称之为佛，就如殿下所梦见的那样。"汉明帝即派使臣去西域拜求佛经佛法。两年之后，印度高僧摄摩腾、竺法兰和东汉使者一道，用白马驮载佛经、佛像返回洛阳。汉明帝敕令兴建僧院，为纪念白马驮经，取名"白马寺"。"寺"字即源于高僧下榻的官署"鸿胪寺"之"寺"字，后来"寺"便成为中国寺院的一种泛称。这是中国第一次西天求经的产物，诞生了中国第一部中文佛经和中文戒律，成为名副其实的中国佛教的祖庭释源。

走进山门，西侧有一座《重修西京白马寺记》石碑，石碑记载着宋太宗赵炅下令重修白马寺的功绩。在赵恒顶礼膜拜时，刘娥却远远地躲在后面，先帝当年对她的严令，至今仍占据着她心中一处黑暗的小空间，有时不能自拔。

赵恒见状，便牵着刘娥变得冰冷的手，匆匆穿过阴森森的巨大柏树林，来到大雄宝殿。赵恒烧过香之后，刘娥点了长长的一炷香，长跪不起，为那许多年前失去的孩子祈福，眼角流出了泪水。

去伊河之滨的龙门石窟，赵恒拉着刘娥一道上了皇辇，就让那乘八抬大轿空着。

赵恒帮刘娥擦去泪水，撩起皇辇的窗帘说："娥娥，你看这就是曹子建得见洛神的地方，河洛之水。洛川水波浩渺，仙子临风，飘然至那长满杜蘅草的岸滨。"

刘娥说："我读过《洛神赋》，这是曹植怀念甄妃的诗赋。"

赵恒说："洛神本为宓妃，是伏羲的女儿。诗人将她写成自己挚爱心中日夜思念的甄氏。他形容她，容光焕发如秋日下的菊花，体态丰茂如春风中的青松，明洁如朝霞中升起的旭日，鲜丽如绿波间绽开的新荷。她秀美的颈项露出白皙的皮肤，发髻乌黑高耸如云，长眉弯曲细长，红唇鲜润，牙齿洁白，一双顾盼的闪亮的眼睛，两个甜美的酒窝。朕初读《洛神赋》就在想，什么时候能让朕遇上洛神。后来遇上了娥娥，才明白，小娥就是朕的洛神。"

刘娥说："诗赋很美很美，但曹植与甄妃不得团圆。不如臣妾，可以时时陪伴皇上。"

赵恒说："是啊。诗人写道，正当他惆怅犹豫和迟疑之时，仙子已徘徊于香气浓郁的小路上，流连在幽幽花香的杜蘅草丛中，越过水中的岛屿，翻过南面的山岗，云车载着她随风而去，曹公子只记得她回转时白皙的颈脖，一双秀丽的美目……"他紧紧地将刘娥揽在自己温暖的怀中。

皇辇离开洛河之滨，穿过几十里驿道，来到一条河边，从河里微风中荡漾的杜蘅草来看，这条河与洛河是相连的。赵恒又说："曹子建在恍惚之中追赶洛神，就追到这边。这条河叫伊河，你看，河的两边分别为龙门和香山，原来叫伊阙，隋炀帝杨广来到这里说：'这里对着洛阳我的皇宫，以后改为龙门。'因此后人就称龙门了。"

马上要登山，赵恒和刘娥就在皇辇里都卸下了宽大的皇袍和长裙，换了短装。

龙门山靠伊河的一侧道路还算平坦，但通山上石窟的路是在石壁上凿出的石阶。龙门石窟最早的窟龛和造像开凿于北魏孝文帝年间，年代已经很久了。张耆、夏守赟、刘美几位将军和贴身侍卫们，簇拥和搀扶着皇上和刘娥，不敢有一点闪失。

在宾阳洞内，爱好书法的赵恒、刘娥，看到了唐代书法家褚遂良所书的"伊阙佛龛之碑"，碑刻楷书刚健，方圆兼济，笔势自如，舒展优美。高约丈六，宽六尺，气势上极为铺张，舒卷自如，开张跌宕。赵恒与气喘吁吁的钱惟演很激动，用手指比画着，在左手手掌上摹写，揣摩这初唐楷书艺术典范。

洛阳知府高知文官服束在腰间，陪着皇上，兴致勃勃，一路走来。他说体现盛唐气派的不仅是这石碑，奉先寺佛龛更是无与伦比。

山路崎岖，石阶陡峭，众人都关注着脚下。听得一声"奉先寺到了"，刘娥一抬头，一座巨大的石雕佛像仿佛突然降临面前，只见大像双眸微微向下，正视着自己，刘娥忙双手合掌作揖。高知文介绍道："奉先寺有着龙门石窟中规模最大、艺术最为精湛的群雕，因为它隶属于当时皇家寺院奉先寺而俗称'奉先寺'。唐高宗咸亨三年，武皇后捐脂粉钱二万两所建。这里共有九躯大像，面形丰腴，形态圆满，极为动人。中间卢舍那大佛，为佛祖释迦牟尼的报身佛。佛经说，卢舍那即光明普照，雕像高约六丈，头高丈三，耳高约七尺。"

赵恒兴致勃勃："这里朕也是首次来。这尊大佛是宫廷画师画下武则天像再照着做的。都说武后面凶，我看慈祥、温存、美丽无比、魅力无穷。"

刘娥接着说："她是佛的化身，自然慈眉善目，才能佛法无边。卢舍那大佛确实太美了，眉弓微微耸起，鼻梁挺正，一双丹凤眼微睁，俯瞰天下。嘴唇线条清晰，似在微笑。脸庞丰腴，分明是盛唐高贵的女性特征。"

钱惟演说："云冈石窟的大佛也有近五丈，但是男像。就是从卢舍那开始，佛像均带有慈悲、温存的女性特征了。观音像更是完美女儿身了。"

刘娥说："我崇敬武后，她为女人争得了尊严。武后这么美丽，还有同男人一样治理天下的才能，我还要仔细端详，记住她伟大而动人的仪容。"

赵恒说："爱卿也同样优秀，你辅佐朕，大宋的成功也能达到盛唐的高度。"

下得山来，行至一林前，赵恒和刘娥在皇辇内突然听到一片喊杀声。掀开轿帘，只见有三四十个蒙面黑衣人，正迎面杀来。

张耆、夏守赟、刘美和侍卫们以皇辇为中心，边抵挡边后撤。拉皇辇的八匹马有两匹腿部受伤倒下了，皇辇不动了。幸好赵恒和刘娥还是穿着短装，赶紧下来，侍卫们牵过马来，他们迅速上马，张耆等将他们保护在里层，边战边走。

高知文高呼一声："往这边来！"队伍避开了正面，撤向另一条山道。

突然，山林间冲下一百多位手持水火棍的僧人，高喊："少林寺僧前来救驾！"

张耆吩咐刘美："你等在此守卫。"说罢便带着夏守赟与僧人们迎战蒙面人了。

张耆银枪挑去，黑衣人连连后退，夏守赟手持双剑冲杀，歹徒们鬼哭狼嚎。少林寺僧人们行动敏捷，跳跃之间水火棍横扫过去，黑衣人倒下一片，只有几个有坐骑的逃走了，没死的全部被侍卫们捆绑起来。

少林寺僧值禀报："少林寺得知皇上出巡西京，处处留心护卫，得悉黑狼帮欲在龙门一带阻截，特奉住持之命下山救驾。"

张耆一把扯下一个蒙面人的黑巾，再撕开他的衣襟，果然，肩头上刺着一只黑狼。

张耆对高知文说："这些人先交洛阳审讯，再押送大牢。"

一位身披袈裟白须飘飘的少林寺长老从树林走出来，领着僧人们拜见了皇上和娘娘。

赵恒也合掌作谢:"当年少林寺十三太保救唐王。今天这么多僧人来救驾,朕要重赏,还要褒奖这种见义有为的少林精神。"

皇辇已换马,赵恒和刘娥重新坐了上去。

赵恒揽住刘娥:"今天爱卿受惊了?"

刘娥回答:"臣妾随同皇上上过战场,不怕。今天也是卢舍那大佛显灵保佑我们了。"

僧人们排成双队,跟在侍卫之后,一直将队伍送至新郑地界直通开封的大道。

两个月后,洛阳知府高知文奏报:在修武境内云台山一处找到黑狼帮老巢,已抓获黑狼帮帮主刘元谅侄子,所剩残余已派官兵将其全部剿灭。

第三十九章　望都继忠陷敌阵　痛失爱子再点兵

北方边界狼烟再起，辽军来袭。

枢密院接到边报后，赵恒即诏令华北各战区严阵以待，消灭一切来犯之敌，威虏军团骑兵上万汗血宝马也到驰骋沙场的时候了。

这次辽军集结八万大军南下，由辽梁王耶律隆庆领军。但是当他们正向保州口靠近的时候，突然大雨倾盆。辽军骑兵的弓弦，都是牛筋、皮革制成的，遇水即失去了弹性，辽人无法作战，陷入困境。

但是耶律隆庆没有气馁，他率领辽军包括铁林军在内的精锐，即便靠肉搏战也可以杀出一条血路。辽军按照原计划，冒雨继续行进。

在耶律隆庆仍然猖狂已极的时候，威虏军团的精锐骑兵部队，在李继宣、魏能、杨延昭、杨嗣、张斌、田敏这些骑兵骁将的带领下，已经集结到了威虏军团遂城一带。

年轻的前锋张斌首先与辽军交战，辽军没想宋军彪悍的铁骑如此勇不可当，像尖刀一样直插过来。耶律隆庆挡不住，自己的骑兵溃不成军，一退就进入了辽境。张斌一看，定州的三位将领还没有率军跟上来，就果断下令撤军。

耶律隆庆一看来了机会，立刻率领铁林军反扑过来。

智勇双全的张斌决定要将辽军引到威虏城下，让强大的宋军形成包围圈，宋军布阵的优势彰显出来，张斌带着骑兵一路疾奔，撤回大宋境内，进入威虏军城。

辽军追了上来。

莫州、北平寨、定州方面的大宋骑兵从四面八方掩杀过来。

杨延昭一杆神枪如银蛇飞舞，率领六千骑兵已经抄到了辽军后面，占据了咽喉要道。

耶律隆庆的铁林军与宋军激战，辽军阵营崩溃，兵败如山倒，纷纷夺路而逃。

面对绝望疯狂败退的辽军，杨延昭的骑兵就如寒光闪烁的天狼星，排山倒海似的冲杀过去。

辽军有数万之众，杨延昭只有数千兵马，肉搏激烈，伤亡惨重。

忽然辽军后面又扬起狼烟，喊杀声震天撼地，李继宣的骑兵大部队已经追了上来，斩杀了铁林军的诸位将领，辽军溃败，只有耶律隆庆带着数骑逃回了辽境。

宋军取得了宋辽战争史上前所未有的胜利。

捷报传到汴京，君臣欢欣，赵恒诗兴大发，又提笔写诗，表彰英勇善战的大宋骑兵英雄。

而在辽国的上京王宫里，耶律隆庆匍匐在母亲萧太后脚前，痛陈与威虏军骑兵激战而遭惨败的经过。

萧太后脚一抬，将耶律隆庆踢了个踉跄："逆子！你将我辽邦的精锐都败光了，有何颜面回来见我。押出去斩了！"

辽王耶律隆绪连忙起身拦住母亲，狠狠地瞪向耶律隆庆："弟弟，你还不赶快退回王府去！"

咸平六年（1003），休整一年后的辽军再度发难，越过边境，杀向宋军要塞望都。

辽军在南京统军使萧达凛和南府宰相耶律奴瓜率领下进围冀州望都。镇定高阳关三路都部署王超，和定州副都部署王继忠迅速率六万大军救援。宋辽两军前锋在望都城南交火，辽军冲击宋军大阵不利，损失严重。

第二天，萧达凛重率辽军来战。他仔细观察了宋军阵形，发现东侧偏离宋军主阵，立即率军猛攻。宋军将领王继忠发现粮队被劫，连忙率轻骑接战。萧达凛迅速派耶律奴瓜率军截堵，重兵将王继忠包围。王继忠与大阵之间的空当已经完全被辽骑控制，他只能率军向另一方向突围。王继忠奋力作战，无奈寡不敌众。

边关紧急，王继忠是与张耆一道要求请调前方的，张耆为定州行营都钤辖。

黑夜战乱，待到天亮之后，王超才发现副都部署王继忠没有撤出来，已成孤军之势。这时，张耆率军赶到，听说王继忠被围，迅速回杀过去，但王继忠已全军覆没。

赵恒得知王继忠英勇殉难的消息，悲愤难当，急招张耆回京，询问王继忠殉难之事和北部边境军情，优诏赠王继忠大同军节度使，在王继忠家设灵堂，赵恒带着刘娥登门哀悼，加封王继忠四个儿子为官。

赵恒将在王继忠家料理后事的张耆带回宫中，一同和刘娥去了她的盈月殿。

"张爱卿你不必回北营了，朕的身边也需要你。王继忠战死之后，我更感到旧府中出来的人难能可贵，你十二岁就在王府伴随朕，如同手足一般，衷心可鉴。爱卿仍任殿前都指挥使。"

"遵旨。"张耆听了皇上一番感人肺腑的话语，热泪涌了出来，忙跪下谢恩。

"臣妾也替张将军谢皇上。"刘娥接着说，"张将军坐镇禁军，皇宫里就安全了。"

失去友人的风暴刚刚过去，一场更大的飓风又向皇朝袭来……

五月的开封，早上还是天晴，未过辰时，从东北翻滚过来的阴云一下就布满了天空。

永福宫里，郭皇后焦急万分。皇儿赵祐辰时就和护送的太监们去资善堂了，他是坐一辆小辂车去的。

随着一道划破长空的闪电，一声霹雳在头顶炸响，天空顿时狂风大作，飞沙走石，暴雨倾盆。

咆哮的狂风摧开了资善堂的格栅窗，骤雨急扑而入。资善堂翊善、侍读和护送的太监们乱作一团。九岁的赵祐却镇定得像个小大人，喊道："现在不能出去，待雨小了才能走。"

电闪雷鸣，疾雨如注，顷刻间天地变成白茫茫一片，皇城里的树木被吹得咔嚓咔嚓作响，狂风呼啸，猛烈地撞击着门窗，到处是鬼哭狼嚎似的声响……

郭皇后全然不顾风雨交加，冲到永福宫前院里，双手合掌祈祷。

暴风骤雨在半个时辰后渐渐变小，资善堂翊善赶紧叫护送的太监们将皇室子弟们扶上辂车回家。

赵祐扶着栏杆上了辂车。永福宫在皇城后苑的前面，离靠近小校场的资善堂较远，拉车的太监和护卫太监们一路小跑。谁知又是一阵暴雨急至，一道道闪电撕破天幕，滚滚巨雷震耳欲聋。风狂雨急，拉车太监看不清路，停下空出一只手来抹了一把眼里的水。就在这时，一棵榆树的巨大枯枝从天而降，砸在赵祐的辂车上，辂车的顶盖已被压塌。

几个太监哪顾得上自己的伤痛，急忙来搬压在车上的枯枝。暴雨还在下个不停，费了九牛二虎之力将卡住的枯枝挪开，辂车已经被压坏，车轮无法动弹。太监们打开车门，全身湿透的皇子赵祐已晕了过去。

忽然，一匹快马飞来，跳下的正是殿前都指挥使张耆，他抱起赵祐，又翻身上了赤兔追风驹。他右手紧紧地将赵祐抱在怀里，左手牵缰，两腿一夹马肚，向着永福宫奔去。

永福宫宫门大开，郭皇后还站在风雨中等待……

翘首以盼，接到的竟是张耆和昏迷不醒的皇儿赵祐。

御医院来了十个御医，煎了许多汤药，可赵祐依然紧闭牙关，高烧不醒。郭皇后也病倒了。梦芸刚生儿子没有来永福宫，刘娥和后宫嫔妃都来了。

赵恒声泪俱下："祐儿，祐儿……"他呼唤着，紧抱着全身滚烫的儿子，吩咐御医："再热姜汤来，朕来喂。"

他喂了几勺，依然喂不进去。赵恒端起姜汤含了一口在嘴里，靠近儿子的嘴，让汤药慢慢渗进去。刘娥看在眼里，想起了赵恒也曾这样救她，禁不住热泪盈眶。

忽然，赵祐睁开了眼睛，他看见父皇，轻声地哭道："父皇，祐儿好怕。"赵恒流着泪抱紧儿子。赵祐又说:"祐儿还要去读书。"赵恒点点头,将脸颊靠紧儿子的脸。

赵恒吩咐御医们轮值,日夜守护。但是,御医们还是无力回天,十天后,不到九岁的赵祐因寒湿入肺和惊吓过度而殇。

祸不单行,梦芸不足月的儿子不多时也夭折了。

赵恒中年丧子,几乎倒下了。郭皇后卧床不起,梦芸也是终日以泪洗面,刘娥的心都碎了。

宋朝重要办事机构建在一起,以便皇帝及时召见。枢密院三进三出的院落,离宰相办事的中书省不远。

早朝后,赵恒驾临枢密院。朝堂上听枢密院事王继英介绍了望都之役后的边疆形势,赵恒决定亲自与枢密院来部署下一个阶段的防御。皇帝才是宋朝军政真正的主心骨,从头到尾赵恒始终掌握对辽作战的谋划,他才可能决断在胜利的前提下,拍板"怀柔",为大宋创造和平发展的历史机遇。

王继英,曾任襄王府导史兼内知客事,开封府左清道率府副率,咸平二年(999),任枢密都承旨,后任枢密院事。

枢密院议事厅正面墙悬挂着一张宋辽军事地图,清晰地用城垛的图示画出了自渤海山海关起沿燕山绵延至西北雁门关的长城,标出了幽州(即辽南京)及关南之地的瓦桥关、雄州、霸州,和以南的瀛州、莫州、定州、天雄,澶州军团所在地,用大一号三角红旗插上为标记,其他各驻军用小红旗标记。辽军边境重兵集结地用绿色方旗标记。

赵恒自小就喜欢与弟弟一起,他扮作元帅发号施令。现身为皇帝暨三军总指挥的赵恒,真正开始恢复儿时游戏了。

他面对巨大的军事地图,根据宋辽双方现在的兵力分布,结合历年来宋辽之战的战例来安排,王继英站在旁边聆听,枢密院秘书们则记录皇帝的每一句圣旨。

"骑兵是辽军的最大优势,契丹人建辽已经数十年,军队建制基本健全，原来以家庭为战斗小组的机制正在改变。他们的骑兵不拘泥于条条框框，速度快，灵活，行动敏捷，战斗力强。自咸平以来，朕已重点组建了威虏军团骑兵，训练有素，已经能与辽骑对抗，这已在咸平四年（1001）威虏军团战役充分体现出来。"赵恒的分析很中肯，王继英在一旁点头。

赵恒继续说："河北广大疆土，包括关南之地乃祖宗所传，绝不可以丢失。因此，王爱卿，你传诏令，朕要求各地于今秋冬起，抓紧修固城池，要固若金汤，护城河和华北各沟渠要疏浚通水，能有效阻挡辽军大军团冲击。"

接着，他和并不是武将出身的枢密院事王继英一起制定了北方防御方案。

赵恒用手指在地图上的北方重镇间游弋，一边思索一边布局。他说，今敌势未辑，尤须防御。屯兵虽多，必择精锐要害以制之。凡镇、定、高阳三路兵悉会定州，夹唐河为大阵。又分兵三路，以六千骑屯威虏军，魏能、白守素、张锐领之；五千骑屯保州，杨延昭、张延禧、李怀岂领之；五千骑屯北平寨，田敏、张凝、石延福领之，以当敌锋。若南越保州，与大军遇，则令威虏之师与延昭会，使其腹背受敌，乘便掩杀；若敌不攻定州，纵轶南侵，则复会北平田敏，合势入北界邀其辎重，令雄霸、破虏以来互为应援。命孙全照、王德均、裴自荣领兵八千屯守边军，李重贵、郑守伦、张继文领五千屯邢州，扼东西路，敌将遁，则令定州大军于三路骑会击之。令石普统军万人于莫州，卢文寿、王守俊监之。俟敌北去，则西路顺安军袭击，断西北之路。如河冰已合，贼由东路，则命刘用、刘汉凝、田思明领兵五千会石普、孙全照成犄角攻之。自余重兵，悉屯天雄，命石保吉领之，以张军势。

枢密院秘书们已全将皇帝的部署记下，并迅速标记于地图上。

战前，赵恒就已经做了相当程度的准备工作，静候着辽军的到来。

第四十章　改元景德任宰相　知白临川识晏殊

咸平六年（1003）腊月，赵恒下诏：自正月始改元景德，意为宽大厚德。

也许，年号的变更能够带来国家命运的改变。

正月十七，元宵灯会的欢乐还洋溢在汴京的大街小巷。而是夜，全城的百姓却在大地的摇晃中惊醒，发生地震了。

皇宫同样能感受到强烈的震动，殿前都指挥使张耆第一个赶到了盈月殿前，他庆幸的是，皇上已经和刘娥披上锦袍，站在殿前的空地上。

主仆的关系是这样的融洽。每逢灾难降临，张耆的忠诚都能给赵恒增添一份镇定。赵恒命张耆除了留一部分禁军保护皇宫外，分兵奔赴京城各处，查看灾情，救助灾民。

刘娥欲言又止，待张耆飞身上马，她还是喊住了："张将军，你可否关照一下新平瓷行？"

"遵命。"张耆顷刻消失在夜幕之中。

地震的震源在汴京太深的地底下，这次只使城内太破旧的房屋倒塌，幸好禁军出动及时，并未有太大的伤亡。张耆派专人来报告，新平瓷行的牌匾震歪了，已挂正，店内几个红山陶罐破了，无大碍。

正月二十三，地震又给汴京带来一个惊心动魄的夜晚。

自上次地震以来，赵恒一直住在崇政殿里，以便处理急事。

刚入子夜，忽然一阵轰隆隆声从地底深处传来，房屋摇晃。值夜太监赶来服侍皇上，赵恒命人迅速将水淋灭盆中炭火，披好衣服离开大殿。来到门外，只见远处地际线边闪过几道极光，如千军万马席卷而来。

一个时辰过去了，余震才逐渐消停。

张耆和京城守备禀报，百姓都紧急疏散至户外，受伤人员已得到救治。

正月二十四，冀州又发生地震。既而邢州、瀛州以及益州、雅州、黎州都先后地震。

天翻地覆的景德元年（1004），注定了是个不安分之年。

赵恒和衣躺在崇政殿里，夜里醒来他就在想大宋一定能够挺过难关。

三月，李太后薨，赵恒悲痛欲绝，辍朝十日。诸事都是刘娥在调理。

夏天，"圣相"李沆病逝。第三次出任宰相的吕蒙正暴中风疾，也被迫退出高位。面临着内忧外患的大宋，选相已是刻不容缓。赵恒想起先帝的话，脑海里首先闪过的便是已调回京城任三司使的寇准。当年先皇问计于他，自己才被定为王储的。但他性情刚烈，出语无忌，不能与众臣和合，更顾忌他有时不顾君臣之别，胆敢顶撞圣上，甚至让皇帝下不了台。赵恒遍览一连串已经任职参知政事以及枢密院长官的名字——冯拯、王旦、陈尧叟、王钦若、王继英，但都觉得还不能位居宰辅，不是最合适人选。

赵恒想起了曾任开封府判官辅佐自己的毕士安，他以进士而仕地方官，后调京城，还任过开封府尹和翰林院学士兼秘书监。毕士安以仁德稳重而建有威望。

下朝时，赵恒留下了毕士安，说："爱卿，朕准备任你为宰相，主持政事，再给你配一位助手，共辅朝纲，你认为何人适合？"

毕士安却推辞道："宰相必须才华横溢且能力出众的人才能胜任。朝廷中只有寇准忠贞正直，刚毅坚强，能够辅佐皇上决断大事，唯有他才能担当。微臣愚笨，不是首辅之才。"

赵恒没有赞同，说："寇准太任性，不能服众。"

"寇准正气凛然，刚正不阿，能秉公执法，舍身报国。如今皇上仁德惠泽天下，安民富国，国内安定。现在边境辽邦集结大军，又欲南侵，况国事繁多，寇准虽然屡遭小人妒忌，但从大局来看，他曾在枢密院任职，在军事上有克敌制胜的远见，刚好能让他施展才能。"毕士安再次为寇准力争。

在他能够封为寿王、后来入主东宫为太子这件事上，赵恒对寇准是非常感激的。先帝在他即位之前，重将寇准放到地方，是为了以后让他提携寇准，从而使寇准感恩于他，但他对寇准闻名的刚直还有所顾忌。赵恒制定了对寇准采取"小步快跑"的提携办法，不断提高寇准的地位。先迁工部侍郎、同州、凤翔府，再迁刑部，权知开封府。咸平六年（1003），任寇准为三司使。

赵恒为毕士安的一心为国和自谦所感动，说："爱卿，你说的话朕记下了。"

第二天朝堂上，令众臣震惊的诏令是：任命毕士安、寇准同任宰相，毕士安兼修国史，是首相。寇准为毕士安的助手，军事要情一律先送宰相寇准。枢密使为王继英。

寇准刚上任，大理寺就收到署名"申宗古"的人的告状，状告寇准曾勾结安王赵元杰谋反。如谋反确有其事，寇准将遭灭顶之灾，不仅丢掉相位，还会被关进大理寺死审待斩。皇帝最忌讳大臣与亲王私通，寇准面对这个突如其来的险恶的告发案，想到当年赵廷美之事，束手无策，百口莫辩。

赵恒理解毕相上任前原来为寇准作的辩护，知道伸张正义、主持公道的人在要职上，必定要得罪小人，这件事也是显出寇准对恶人的震慑。深思熟虑之后，赵恒将此事交当年曾任开封府判官的毕士安来审理。

告寇准与赵元杰勾结谋反的申宗古，是个平民无赖，他怎么能知道大臣和亲王之间最机密的私事呢？而且赵元杰在头年七月已经病逝，告这样的黑状就是要死无对证。离奇的是，这事居然被立案上报朝廷。

当过开封府判官的毕士安懂得怎么审案，在这件事上，仁厚就是软弱，毕士安第一步就是把申宗古扔进大牢，严刑拷问，追问他背后支撑的黑手。将内幕查清后，他没有深究，而是直接上报给皇帝，寇准是被陷害的。

毕士安将这个胆大妄为、甘愿被人当枪使的申宗古一刀砍了。

就这样，寇准平安无事，毕士安保护了一位忠心耿耿的大臣，使得他与大宋景德一起名垂千古，光耀后世……

赵恒很满意这个结果。

为了即将到来的大战，赵恒以毕士安、寇准并平章事，王钦若仍为参知政事，王继英为枢密使，同知枢密院事，冯拯、陈尧叟并签署枢密院事，组成了核心机构。

豫章郡。

一江秋水携着秋风泛起细浪，漫过江中微微起伏的沙洲，细流潺潺，重新汇聚成宽阔的江流，向着下游奔涌而去……一抹晚霞，由南向北展开，忽然一行白鹭跃江而起……

江南安抚使张知白推开窗户，饱览赣江美景，触景生情，思绪里都是初唐少年才子王勃和他的名句。

落霞慢慢散了，白鹭也已飞去，张知白带着几分忧伤，走进屋来。

巡抚衙门的人也都回家了，张知白却好像听见西厢房还有人在读词，他停下脚步凝神细听：

……池上碧苔三四点，叶底黄鹂一两声。日长飞絮轻。

"好词！"张知白禁不住喊出声来。

屋内闪出一位青年小吏，赶紧行礼："大人。"

张知白问："你叫什么名字？刚才那首词是你所作？"

"大人，属下戴琪，那首词不是我写的，是一位临川同乡，神童晏殊的词——《破阵子·春景》。"

戴琪说："晏殊五岁时，便能填词作诗，才华惊人，远近闻名，现在才十四岁，博览群书，落笔成章。"

"又是一个王勃。"张知白脑子里闪过这个念头,又问道:"你知道晏殊家住哪里吗?今天晚了,要么明天你带我去。"

戴琪答道:"晏殊是临川府文港沙河人,离豫章不远,属下陪大人去便是。"

来到一处僻静的乡间庄园,戴琪敲敲门。晏殊父亲开门,看到身穿三品官服的张知白,一惊。

戴琪忙说:"晏伯父,这位是江南安抚使张知白大人,今天来看看晏殊。"

晏父忙把张知白迎进,请上坐。听到厢房传来琅琅读书声,张知白径直走过去。一位还带着稚气的少年,坐在案前手捧书卷,聚精会神地咏诵,听得人声,并不胆怯,马上站起来招呼"老伯"。

张知白点点头,拿过案上的一张诗笺,细细看来,诗笺上用二王笔法的清秀行楷写道:

浣溪沙

红蓼花香夹岸稠,绿波春水向东流。小船轻舫好追游……

张知白笑着说道:"不错不错,词好字也好。"

晏殊忙请张知白在书房坐下。

晏父泡来香茶,对张知白说:"大人,小儿不懂事,请见谅。"

晏父拽过晏殊:"快见过江南安抚使张知白大人。"

晏殊欲跪下拜见,被张知白拦住了。

晏殊倒是先开口了,说:"久仰张大人,拙作请大人斧正。"

张知白见这少年立在那里才跟坐着的自己差不多高,眉清目秀,博学多识,像个大人般侃侃而谈,甚是喜爱。他生出一个主意来,就试探晏殊:"如果皇上亲自出题试你,你惧吗?"

晏殊答道:"那才好呢。当今皇上,亲切待士,重才爱民,天下皆知,有何可惧。倘若能够面圣,是我一生最大荣耀,岂不是完成了我最大心愿。"

张知白再问："假若让你去京城参加科举考试，你敢不敢？"

晏殊不假思索，说道："仕途通达，是读书人梦寐以求的理想。小人早已做好考试准备，各种试题都已练习。"

张知白见他如此回答，即站起来说："就这样定了，老夫还有公务，先走了。"刚迈了两步，又折回来，在案上找了几张诗笺跟晏殊说："你誊抄一下，老夫在此等你。"

晏殊："好吧，这是新作，没有留底，誊写可以改正差误。"小小年纪，笔走龙蛇，一会儿誊写完毕。

张知白回到京城，已是九月，宋辽战事吃紧，朝廷没有精力来组织庞大的科举考试。

赵恒接过张知白呈上的晏殊词抄，看了清丽雅致的词句，禁不住说："神童，真是神童！我大宋人才辈出啊。等明年吧，不必省考直接进入科举考试。"

正午时分，赵恒吩咐周怀俊："起驾盈月殿。"

皇辇还未停下，周怀俊就大喊："刘修仪速速接驾。"

赵恒迈进院门，刘娥已率众人跪伏迎驾了。

刘娥："臣妾愿吾皇万岁万岁万万岁。"

"快平身。"赵恒上前搀扶起刘娥，"朕本来就是要来给爱卿一个惊喜的，谁知这周怀俊乱喊。"

赵恒迫不及待地拉着刘娥进了书房，说："你猜朕带来了什么？"

"那容臣妾想想。"刘娥怔了一会儿，含羞地说："我想不出，还是请皇上先告知吧。"说罢，还是像年轻时那样娇恬地搂住赵恒。

赵恒从衣袖里抽出晏殊词抄，刘娥瞄了一眼，随即松开手，接过词抄读起来：

　　小径红稀，芳郊绿遍。高台树色阴阴见。
　　春风不解禁杨花，蒙蒙乱扑行人面。

刘娥略带蜀地方言的声音，清脆又响亮，抑扬顿挫，如一串串磁性的铃声……

赵恒深情地注视着刘娥因为激动而绯红的脸，说："爱卿，你可知道这词是一位十四岁少年所作？"

刘娥说："皇上自小就才华横溢，也偏爱神童，杨亿、钱惟演都是神童。"她永远不会忘记在紫云别苑，正是这些小弟弟给她讲书、教她作诗。

"朕的爱妃更是女中才子，天赋才情，读到佳作，心中自然共鸣。"赵恒的夸赞出自内心。

刘娥又读了两首，说道："这小孩居然能做到寄情于景，情景交融，以后若能见他，当面向他请教。"

"朕已命江南安抚使张知白，明年就带晏殊来参加科举考试。"赵恒春风满面，他为神童的涌现而兴奋，更多的人才为大宋所用，必定会出现一个光华灿烂的时代。

两人又缠绵在一起，还是刘娥先说："臣妾几乎忘了，快去用膳吧。"

第四十一章　奉诏千里送御瓷　生擒劫匪救香妹

奉旨送御瓷去汴京，张功措在船头双手搭篷，挡住迎面的阳光，极目眺望……

一望无垠的平原上，出现了一座古朴幽远的小镇，那便是饶州府郡——鄱阳。远远望去，一排排房屋或宽或窄，或高或低，错落有致，青瓦白墙，略显沧桑，随形就势构成了古镇老街和一条条巷道。城后的树荫里露出红墙黄瓦来，方圆百里闻名遐迩的永福寺香火旺盛，延续了二百年。

昌江的东边是绵延十余里的三里庙的荷塘，娇艳的荷花一枝枝从墨绿叶中挺立出来，摇曳着向远方的客人展示粉色的微笑。

张功措现在是浮梁县令了，胡舜智已调往青州任职。昌南瓷业兴旺，工部和饶州府举荐张功措接任。吏部、中书省一查，张功措是进士出身，任浮梁县丞已经七年，业绩显著，即呈报皇上。

赵恒素来对昌南瓷器就有好感，虽然没有见过张功措，但不少御瓷底款刻写了"臣张功措监制"，他早已知晓这个名字，御批准奏，延续旧例浮梁县令仍为五品正堂，并诏命新任县令张功措携御瓷进京觐见。

张功措身穿五品大红绯衣官服，肩上落下的深紫色丝绒披风不时飘动，显得格外意气风发。押运御瓷责任重大，此去汴京路途遥远，恐生变故，张功措只用了一艘中型民船，舱内装瓷器，甲板上隔成了几个小间。

县衙都头焦晃带了一名捕快护航。御瓷上殿，少不了有些搬运的力气活，张功措令洪柱夫妇随行，香妹可以帮忙洗衣做饭。娟娟也要跟去，县令考虑要联系京城新平瓷行，且娟娟可以仿画些好图来，就答应她了。

上官云林也来了，县令要他在京城多看看，从灿若星辰的工艺品中效仿。

昌南被誉为饶玉。从昌南顺流而下经过饶州府，知府大人自然要登船察看贡瓷。

船慢慢驶近芝阳码头，靠岸抛锚。饶州知府王祖明听得快马通报，从府衙迅速来到江边，走下码头。

张功措赶紧解下披风下船，迎上前去行礼："大人，卑职拜见。"

洪柱搀扶王祖明走过跳板，登船。娟娟用影青茶盏泡上茶来。

王祖明点点头，对张功措说："张县令，我们还是先看贡瓷吧。"

下到货舱，洪柱打开一个个锦盒。上官云林站在边上，有时用他略带北方口音的浮梁话做说明。带的瓷器数量不是很多，但件件都是精品：茶盏盖和茶托碟上剔刻了简约的花纹，翡绿积釉如美玉般透亮；瓜棱壶制作得更加精巧；可以注酒的鸡头壶迥异玲珑；一只只斗笠碗上的花纹多姿多彩。

令知府大人最为满意的，是呼之欲出的瓶类大器。影青梅瓶丰肩收腰小口，婀娜多姿，宝石绿缠枝团花剔纹，犹如棉袍围在仙女腰间。还有线条优美的玉壶春瓶、天球瓶和式样新颖的双耳福统瓶。

张功措揭开一只大的蓝色锦盒，里面配了木胆，他示意洪柱将瓷器抱出，放在台子上。

王祖明俯身细看，是口影青釉瓷缸，高度如家里盛米的瓦缸差不多，但圆径已达尺八，缸体略扁，造型高雅大度，光滑如玉，剔上二龙戏珠的影青纹饰，装饰精美。虽然缸体很厚，但丰腴的瓷缸迸射出浅绿色的光辉，犹如一颗巨大的璀璨宝珠。

王祖明褒奖了，他说："太好了，这几年昌南自影青瓷脱颖而出以来，不断出新，朝廷十分满意。对你的政绩，圣上明察秋毫，你才有此进步。"

知府大人调侃了，说道："倘若柳河东还在，我饶州再请他撰《进瓷器状》。"

张功措说道："大人才华出众，文采四溢，照样可以写出美文。"

王祖明说:"这次是皇上亲自下诏,就不必了。"

二人走上甲板,就在船上桌边坐下,端起茶盏品茶。

几只白色的水鸥,追逐着朝船台扑来,又展翼飞去。

这里已是鄱江,江面显得宽阔起来,汇集了昌江和乐安河顺流而下的无数舟帆,正一艘艘争相驶向浩瀚无际的湖面。鄱阳湖,它不会像大海一样狂暴不羁,汪洋清波,漫随风扬雨飘,千古悠悠,这里永远保持着深沉和庄重。

金乌西坠。西边的天空刹那间变得那样的辉煌瑰丽,水天连接,整个水面都染上一层耀眼的金黄。渔歌唱晚,数十只小渔船挟着晚霞,向芝阳港湾归来,惊起一阵阵飞鸿,水波荡漾,让人心驰神往。

王祖明说:"天色已晚,张县令在县上难得来州府,我今天已设便宴,一则为你饯行,二是祝贺你晋升。你带上官师傅和洪柱一起去,我们速速下船。晚上你们就在驿馆歇息。"

宴毕,知府大人吩咐内吏带上官云林和洪柱去了驿馆,他和张功措信步来到二堂。

二堂是知府与官员们议事的地方,西厅则是王祖明的书房。

墙上有一幅立轴,画面上,一轮落日挂在天边,芦荻之中一只孤舟,一位戴头巾的老头倚篷而卧,画家将一抹暮色淡淡地染向湖边。左上角题为:白香山夜泊鄱江。

"身病向鄱阳,家贫寄徐州。"张功措说,"是画落魄江州时的白居易,他任江州司马时,也曾去浮梁看望兄长。"

王祖明说:"这幅画是芝阳镇一位老画家送给我的,先挂一阵吧。白居易的时代,盛唐已经过去,衰败逐渐到来,与他在江州时的个人遭遇也是一致的。他不是无病呻吟。"

"但是,我们则要幸运得多。大宋结束了中原二百多年战乱的局面,正处在上升时期。尤其是经历咸平盛世,当今皇上乃励精图治、奋发有为的君王,勤政为民,身体力行,是我们各级官吏的风范。就我们二人来说,饶州山有林麓之利,泽有蒲鱼之饶,风调雨顺,物产富庶,鱼米之乡，太平安宁。浮梁县是甲等大县，自汉唐始就以瓷茶闻名。在西域千里戈壁，人们看到昌南瓷器如美玉一般，纷纷发问：这是什么？昌南！昌南都成了瓷器的代名词了。应该爱饶州、爱浮梁、爱昌南，看重我们所处的职位，有所担当！"

张功措早已热泪盈眶，俯身作揖道："听大人谆谆教诲，卑职醍醐灌顶，终身受益，一定铭记在心，感念不忘，忠于职守，鞠躬尽瘁。明日凌晨，属下起程，恕不能来告辞了。"

芝阳码头的忙碌不分昼夜。张功措的船早早起锚，随着一艘艘扯起风帆的舟船驶向鄱阳湖……

出湖口，便是长江，顺流而下，四天便到了扬州，转入运河便是往汴京方向去了。

将要进入泗洪河道，两岸仍然绵延着芦苇湿地。已进初夏，芦苇青绿的叶子，野性十足地随风翻浪。

芦苇茫茫，船在苇浪里穿行。不时有很高的苇叶掠过船舷。这天还是东南风，张功措仍然命船工扯起风帆速进。苇荡里忽然响起一阵哨声，一只舢板箭也似的闪到了前面。

进了泗洪县境，河道渐渐变窄了，远处村庄里已升起缕缕炊烟，黄昏正向淮北平原撒下灰暗的帷幕。

前面河岸边，一棵榆树伸展着浓密的树枝，下面有几级石阶码头。

洪柱说："大人，今天在淮河逆行，船工摇了一天橹，要么就靠岸歇息吧。"

张县令看了眼前情形，已进汴河下游，就同意了，命船泊在榆树边。

晚饭后，香妹抢着说："我去码头洗衣，娟娟你洗好了碗就下来帮忙。"

"好的，嫂子。"娟娟答应道。

桅灯昏黄的灯火跳跃着，香妹蹲在码头上洗衣。

约片刻时间，洪柱没有听到香妹洗衣的动静，冲到船头一看，码头上已不见香妹人影，一堆衣服摆在码头上，河面上漂着几片苇叶。

洪柱大叫起来："不好了，香妹不见了！"

焦晃都头说："早先我怕在芦苇荡里出事，他们还是来了，准是芦苇荡里的劫匪。"

张功措立即吩咐都头："你带上令牌、工部公文速去北岸青阳镇，泗洪县衙设在那里。找到县令，速派捕快前来营救香妹。"

焦晃都头上岸后借了一匹快马，飞奔泗洪县衙。

泗洪县令一听是运送御瓷的船只出事，立刻找来泗洪都头。

泗洪都头见到同行，告诉焦晃："兄长不用担心，这准是芦苇荡里的小毛贼，他劫人终究是要敲诈财物，半夜定来骚扰。我已知道出事地点了，你速回保护大人。我立刻调马队、快船潜伏附近，到时擒拿就是了。"他又交代一名泗洪捕快："你与这位长官同去，潜伏船上，还是以吹铁哨子为号。"

月黑风高，那盏灯笼没有熄灭，还在桅杆上随着苇荡的风摇晃着。

人都在内仓里等候着，张功措没有说话，安稳如山。洪柱的心里像有一百只蝎子在挠心。焦晃都头抓住他的手，轻轻安慰他："香妹一定能被救出来。"

泗洪捕快说："我们都头已完成包围。"

突然，"哗"的一声，船头扔上来一个东西。洪柱急冲上去，展开包在石头上的纸，借着光一看，上面写着："速将白银一百两放在码头上，即刻送人于此。"洪柱即将一个装着银两的包抛在码头上，可以听见沉甸甸银子落地的响声。

这时，一条舢板箭也似的从码头边飞上前去，一名劫匪伸出手来，去抓石板上的包袱。

焦晃都头踩住船头纵身一跃，鹰爪似的手掌已抓住匪徒的后领。几乎是同时，泗洪捕快的铁哨子尖厉地响起来，划破长空。舢板后面的匪徒见势不妙，丢掉长篙，就将绑作一团的香妹推入水中，企图逃走。

泗洪捕快已跳下舢板，与劫匪厮打起来。洪柱迅速从船头跃入水中，营救香妹。刹那间，两艘快船分别从前后截住舢板，都头的马队已冲到码头上。

洪柱将香妹救上码头，解开绳子。香妹泣不成声，与洪柱紧紧抱在一起。娟娟含泪过去，香妹又与娟娟相拥而泣。

劫匪们束手就擒，他们做梦也想不到有这么多官兵捉拿他们。身穿五品官服的张功措走下船来，向泗洪都头和捕快们致谢。泗洪都头踢了劫匪一脚，说："你们这些毛贼，胆敢抢劫押送御器的官船，就等着死吧。"

第四十二章　瓷工游历开封城　皇上命名景德镇

柳色如烟翠如织，铁塔摩空入云天。一行人逆行数百里终于来到了望眼欲穿的汴京。

张功措和洪柱几个人带了几件御瓷去皇城工部。工部侍郎陈彭年看到影青瓷的进步，少不了一番褒奖。陈彭年还要带张功措去吏部报到，去中书省拜见宰辅。

陈彭年问过上官师傅好，又对洪柱说："我们是老熟人了。你是官瓷厂的领班吧？"

张功措说："大人您记性好，他现在是官瓷厂督办。"

陈彭年说："圣上召见张县令时，争取将你带上，以便解释制瓷的一些问题。"

张功措交代洪柱："我还要到吏部和中书省，你们几个就去逛逛京城闹市吧，看看古玩，说不定对做瓷器有启发呢。"

汴河两岸，都是人头攒动的商铺，目不暇接。上官云林走进一家古玩店铺，迎面台子上摆放着一个青铜大方鼎。四周紫檀木架上陈列着各色古董，绿锈斑斑的青铜器居多，香炉、灯具、青铜剑、方天画戟，琳琅满目。

北方出土的印纹彩陶，器形繁多，古朴简约，唐三彩陶器沾着泥土，仕女陶俑、波斯人陶俑、骆驼、高头大马应有尽有，让人目眩神摇，只有几只青瓷瓜棱壶和几套茶盏。

香妹说："要是把我们的影青梅瓶放进来，可就把这些比下去了。"娟娟拿出一个小本子，用她特制的石墨笔精心描画起来。

洪柱笑道："我们是当代瓷器，这是古代的，没法儿比。"

"倒是许多物器值得我们参考借鉴。"上官师傅说，"那些青铜香炉还有彩陶器形，尤其是唐三彩的造型，人物、走兽，都太生动了，可以为我们所用。"

上官师傅想了想，又接着说："这是古董店，我们买不起。等会到了仿古市场，买些唐三彩新品带回去。"他已经在心里牢牢记住了不少器形。

再过去不远，就是闻名天下的大相国寺。

寺里香客如云，不少善男信女都斜挎一个香袋，每到一处都合掌礼拜进香。

在大雄宝殿里，香妹拉着洪柱一道跪拜许愿。佛祖慈眉善目，金刚怒眼圆睁。他们走到后壁，巨大后壁上塑着南海的彩色波浪，正中立着救苦救难南海观世音菩萨，手执玉壶春瓶，一边是龙女捧珠，一边为善财童子合掌。

香妹赶紧拉着洪柱跪下再拜。娟娟也在边上挨着跪拜。

上官师傅也跪下许愿。

回码头路上，他们进了一家木雕店。

迎面香案上供着一尊坐着的观音木雕像，约有两尺高，形象慈祥和美，形态活泼。菩萨左手垂下，指头向下，右手置于胸前，手指向上掌向外，表示了佛为普度众生施无畏的大慈悲心愿。左脚抬起于座上，右脚放下。衣服顺着身体的姿态自然垂下，一根根弧线的衣纹上装饰着点点圆珠。木雕佛像呈现的美到极致的优雅，让娟娟顷刻间憋住气息。

娟娟再次从衣袖中掏出小本本，用石墨笔对着观音木雕像描绘起来。店主也许被娟娟的虔诚打动了，从博古架后拿出一块木板，给了她一张大纸，让她垫着，这下娟娟描绘的线条更加流畅了，她仿佛看到画板上的勾勒正在幻化成一尊最美的影青观音坐像……

香妹很快也勾好了一张弥勒菩萨像，笑容可掬，衣服落在腰间，盘腿而坐。

出来便是西角楼街，大家老远就看见了新平瓷行的匾额，娟娟三步并作两步跑入家中，拉出霍老伯："爷爷，家里来人了。"上官师傅和洪柱都是霍窑的人，霍老伯是熟悉的。老人家就要到御街京味第一楼去请他们吃饭，可是大家怕奢华，执意不肯。娟娟说："要么我去叫店里送开封灌汤大肉包和胡辣汤来，您老人家就在客厅里陪大家坐。"

洪柱一口气吃了八个大汤包，说："还是这过瘾，实在太鲜。"香妹说："这胡辣汤再辣点就更好了。"大家哈哈大笑起来。

霍老伯摸摸孙女的头，娟娟竟哭起来。

霍老伯感叹地说："娟娟雍熙三年（986）回昌南的，一十八年，只一弹指间，爷爷还是你出嫁时见的你。你怎么不带孩子来给我看看？不过你们是出公差，不方便。"

娟娟抹去眼泪，抬起头来对霍老伯说："我好想刘娥姐姐，好想，好想。"

霍老伯眼里闪着亮光，他告诉娟娟："刘娥现在是修仪娘娘了，住在宫里，岂是你能见得到的。正月里地震，她还派了张将军来照护我呢。"

"回去我要为她塑一尊观音影青瓷像，下次我一定能见到她。"娟娟心里盘算着，她不相信张将军、夏大哥就不认得她了。

一株株婀娜多姿的岸柳垂下碧绿的长长的枝条，阵风吹来，柳枝飘拂，划破微微泛着波纹的水面，像美丽的少女在静静地梳洗秀发。

香妹靠着洪柱："这里真好看，就像我们家里的昌江。"

堤边热闹非常，有唱戏的、耍猴的、遛狗的，前面一个大校场辕门上拉着一面旗幡，里三层外三层，人们围成一个大圆圈，洪柱牵着香妹硬是挤了进去。只见一位金甲武将骑一匹枣红马，舞一根方天画戟，和三位英雄打得昏天黑地。人们指指点点，穿绿袍的是关公，络腮胡子是张飞，舞双剑的是刘备。洪柱只是在镇上听过"三英战吕布"说书，哪见过这等场面。他紧紧抓住香妹的手跟着梆子喊，香妹一把挣脱："你把我捏疼了。"

玩到下半晌，回到船上，县令张功措早已回来了。工部已派人来船上将御瓷全部搬去入库，并正式告之，明天上午早朝后，皇上在紫宸殿观赏御瓷接见张功措。陈彭年特地令人将两匹快马留了下来。

张功措没有去驿馆，仍住在船上。

初夏，皇城已早早地醒来。开封是有百万人口居住的大都市，"汴京富丽天下无"，"万国舟车会，中天象魏雄"，"琪树明霞五凤楼，夷门自古帝王州"，便是汴京城的繁华画卷。许多桅杆上还亮着灯笼，星火点点。码头依然戴着神秘的面纱，但朦胧中人们忙碌的骚动，已揭开了京城的晨曦。

马上就要面见君王，张功措彻夜难眠，能够面君，也许是他一生中最为荣耀的事。当年金榜题名也未能参加殿试，京城为官者也须四品以上，才能参加朝会。张功措刚刚洗漱完毕，香妹就端来了一盆青菜泡饭煮年糕上来，说："大人，这年糕还是从昌南带来的，要吃得饱饱的。"

洪柱从船舱出来，他今天穿上了一件崭新的浅绛色的袍服，戴着同色方巾，显得特别精神。

吃好早餐，张功措再穿上五品大红官服，戴好乌纫。

二人快马疾驰到工部，陈彭年刚下早朝在那里等候，御瓷样品已装上工部运送货物的马车，进入皇宫城门。大庆殿北面的紫宸殿，是皇帝临朝的前殿，朝会和重要的接见都在紫宸殿举行。陈彭年急急趋步进殿，向皇上禀报。

大内都知事、大太监周怀俊走出殿外，喊道："皇上口谕，命浮梁县令张功措及随员觐见。"

一进大殿，张功措便跪伏下去叩拜，说："臣张功措拜见皇上，愿吾皇万岁万岁万万岁！"洪柱跪伏在县令后面，大气不敢出。

听得"平身"之后，二人才立起身来。

大殿金碧辉煌，云顶檀木作梁，水晶玉璧为灯。大殿由多根红色巨柱支撑着，每根柱上都雕刻着回绕盘旋活灵活现的金龙。两边廊柱旁立着青铜香炉，渗出缕缕青烟。细密如雨丝的白羽轻纱，悬挂两边。两头微微翘起的龙案后面，大宋天子赵恒正襟危坐在宽大的龙椅上，笑容可掬，面对着朝堂上的臣子们。

宰相毕士安、寇准，参知政事王钦若，知枢密院事陈尧叟，知制诰杨亿和工部侍郎陈彭年分立在两边廊柱前。从大殿门前一直平铺到阶前的红地毯中间，已经摆上了被誉为饶玉的各类影青瓷。

各类茶具、文具仍放在锦盒里展示。影青梅瓶、龙缸、双耳福统瓶、玉壶春瓶、天球瓶都放在地毯上，在灯火的照射下如通体透亮的美玉，映出翡翠般的清辉。

陈彭年从列队里闪出："启禀皇上，昌南影青瓷这两年又有许多改进，能够在物件上剔刻各式花纹，再喷影青釉，显得更加晶莹剔透；再者，在瓷土的配制上取得重大突破，能够在窑火烈焰中烧制较大物品而不塌了。现在的物件器形高贵雅致，美不胜收。昌南瓷器远销西域和南洋各国，交易中已将昌南称作瓷器了。"

赵恒站起来，走到瓷器边细细观看。他摸着影青瓷斗笠碗光滑而很薄的碗边，赞不绝口："真是白如玉，明如镜，薄如纸，声如磬啊！"他指着梅瓶上的花纹，对张功措说："这种花纹设计得好看，花形饱满，枝条旋转连接，影青釉在花纹间发色青翠，显得疏密相间，错落有致。"

张功措忙移步上前："启禀皇上，这种花纹称作缠枝，让枝条随着器形变化，连接团花，团花有牡丹、莲花、海棠等。用竹笔刻泥坯上，然后施釉，刻制积釉处烧制后就尽显花纹了。"

赵恒问："张卿，这些影青瓷都是你们官瓷厂烧制的？如今大宋要发展边境贸易，北方战乱未平，瓷窑关闭，昌南要拓展生产能力承担起重任啊！"

张功措赶紧说："臣一定谨记皇上谆谆教导。官瓷厂与民窑互相学习借鉴。影青瓷是民间霍窑发明的，现在已在昌南普及。制瓷的每一次进步，县里都会安排官瓷厂向民间瓷作坊推广普及，形成较大生产能力。就是高标准的批量生产任务，也能通过官搭民烧的形式高质量完成。现在已有不少外邦客商来昌南订货，昌南正在将官瓷厂北侧至昌江码头建为瓷器街，以适应商贸繁荣之需要。官瓷厂的督办这次也来了，一起聆听皇上的当面嘱托。"

洪柱赶紧站到了张功措身后。

赵恒问道:"昌南地名因何而来?"

陈彭年接着回答:"唐开元年间,新平改为新昌,昌南因在新昌之南被称为昌南。现在制瓷人员聚集,窑火旺盛,水路畅通,已形成陶瓷重镇的规模了。"

赵恒笑着对张功措说:"那好,朕来为你们正名。今年是景德元年(1004),景德乃宽大厚德之意,就以景德为名置镇昌南,以表达朝廷的厚望。"

"景德镇,这个名称好!"毕士安赞道。寇准、陈尧叟、陈彭年纷纷响应叫好。

赵恒嘱咐宰相毕士安:"着三司给浮梁拨银十万两以发展景德镇瓷业。"

王钦若悄悄与张功措搭讪:"我老家临江军新喻。"

张功措轻声回答:"大人,请多关照。"

这时知制诰杨亿已拟好圣旨,请皇上审阅。

赵恒看过,说:"准了,杨卿。用玺,交周怀俊宣旨。"

周怀俊急忙过来,从杨亿手中接过圣旨。掌玺太监用玺后,周怀俊喊道:"浮梁县令张功措接旨。"

张功措赶紧伏地。洪柱在后面也跪下了。

周怀俊念道:

奉天承运皇帝诏曰:

  江东东路饶州浮梁,所辖昌南,制瓷始于汉世,盛名扬于初唐;昌江水清,瑶里矿富,水土宜陶,瓷业兴旺。昌南美瓷,白如玉,明如镜,薄如纸,声如磬,精巧玲珑,誉满天下,行销西域南洋,蕴我工商希望。为弘扬大宋之宽大厚德,奖掖有加,着自景德元年始置镇昌南,名景德镇。

  钦此

张功措伏跪叩首："浮梁县领旨，谢皇上隆恩。愿吾皇万岁万岁万万岁！"

赵恒说："张卿平身吧。据说唐玄宗曾给浮梁窑厂御笔题名，朕今天可是以景德年号命名一个镇啊！景德镇一定要成为天下陶瓷第一雄镇，不辱使命。朕知道，以前御瓷底款你标记'臣监制'，以后就可以用'景德'了。"

张功措感激地重又俯身："微臣一定谨记于心。"

横空出世，寄托着皇帝的重托，汇聚了天下陶瓷人的心愿，景德镇就这样应运而生。银河在这里从天而降，成为碧水昌江；上天在这里埋藏下漫山遍野的瓷土；古人在这里留下了最早的印纹陶罐；制陶工艺从这里走向各地，瓷的诞生又选择了这里。至高无上的皇帝，终于给这块陶瓷圣地命名，留下一个永远的辉煌。

赵恒笑着对众臣说："先皇五十寿辰时，朕曾敬献昌南出品的白瓷文具作为寿礼，得到先皇赞扬。明年景德二年（1005），将举行盛大科举考试，朕欲赠新晋进士每人一套影青瓷文具，以示褒奖。就由工部下达计划，向景德镇定制三千套御瓷文具。景德镇一定要不负诏命，造出最好的御瓷送到汴京来。"

张功措再次跪拜："臣遵旨，昌南能达到御瓷质量的民窑已有很多家，官瓷厂都进行了考察造册，如需求量大，则采取'官搭民烧'，进行筛选，不达质量者及时清退。吾皇隆恩巨铭记在心，景德镇一定不负圣望，让御瓷在盛典上绽放光华。"

在工部，陈彭年跟张功措交代："以后，你们烧制的御瓷就标记'景德年制'，用印章揿在胎底上。"

第四十三章　辽军南下频战报　郭后病重嘱刘娥

一个民族的兴盛，一个崭新时代的到来，都是有着先兆的。赵恒这次任命毕士安和寇准为首、次宰相，以及寇准谋反疑案的昭雪，为大宋在景德元年（1004）的非凡作为，做了一个正气骤升的铺垫。

很快，北方就传来了辽军南下震撼大地的马蹄声。

辽主耶律隆绪、萧太后和宰相、枢密使韩德让，以萧达凛为主帅兼领先锋，率二十余万兵马，以迅雷不及掩耳之势旋风南下。自咸平四年（1001）威虏军城战役辽军惨败之后，辽对宋的战争方式，已经悄然发生变化，不再拼死拼活耗损兵力攻城略地，而是转变为骑兵快速袭扰，长驱入内。

军情告急，赵恒和毕士安、寇准、王继英一起商议。

赵恒早已在等这一天，与辽军主力对峙，要彻底挫败辽军锐气，以战争的胜利换来长久和平。赵恒思索后说道："只有战胜辽军，没有其他退路，战胜者才有资格言和，和则我大宋河北民众安矣，漠北契丹民众安矣。待辽军再进，朕将亲征以决胜。三位再在一起聚议。"

毕士安想不到赵恒心中早有定夺，忙说："兵来将挡，水来土掩，让河北诸州将领率军抵御，给辽军以沉重打击，挫其锐气，消耗实力。亲征之事可望徐图。"

寇准皱皱眉头说道："皇上乃三军统帅，亲征则抵十万精兵。"

王继英跟着说："从咸平以来的宋辽之战来看，我军已占上风，尤其是咸平二年（999），圣上亲征大胜，组建威虏军团骑兵后我军实力增强，取得威虏军城大捷。望都之战虽然前期失利，但这次圣上如能亲征，必将鼓舞士气，推动战局向我方胜利的形势发展。"

战报已经传遍了北疆的各大战区，所有军队进入备战状态。

定州大阵，威虏军团，北平寨，保州，前方十五万宋军养精蓄锐，准备已经超过整整一年，决战时刻终于来临，宋军的勇士们严阵以待。对于入侵者，等待他们的将是铁壁铜墙……

威虏军城是定州大阵的前锋，重中之重。但是，只安排了六千兵卒。主将魏能和副将张锐早就等待着拼搏的到来。

而辽军两年前曾经领教过威虏军骑兵的厉害。没有大军兵临城下，只有百名辽兵追击宋边民过来。正当他们在劫掠财物时，突然被大队宋军包围，全部歼灭。辽军立即杀来，魏能奋勇厮杀，但是敌众我寡，魏能率军退入城内。而此时，北平寨的猛将张凝却在斜刺里杀出，把已经和魏能消耗了大半军力的辽军立即摧垮。辽军仓皇败退，向大部队求援。

但是萧太后对这个"又臭又硬"的威虏军城不感兴趣，辽军抛开威虏军城，向宋军的下一据点进发，他们竟然选中了北平寨。

北平寨的主将田敏拥有天子特赐的御剑，可以随机应变。他在北平寨的前沿杨村主动出击，在以五千铁骑与辽军先锋硬碰硬的野战中，宋军大获全胜。田敏又安排了下一个行动，他派出去的探子回报辽王耶律隆绪在往北十里远安营扎寨。田敏和一路疾行回来的张凝一合计，太好了，当天夜里田敏率精兵夜袭辽营。

杀声四起，辽营大乱，耶律隆绪大惊失色，召问："今战者谁？"萧达凛答："谓田厢使。"耶律隆绪叹息："彼锋锐不可当。"赶紧下令全军开拔，转向别处。

辽军的前锋正向前赶路，突然间，路边树林里乱箭齐发，一时人仰马翻，箭如雨下，辽军只得落荒而逃。其实树林里只有十几名杨延昭派出来打探军情的宋军，军头为振武小校孙密。

辽军憋着一肚子屈辱，来到保州城下，可是他们面对的就是辽军的克星——杨六郎。杨延昭虽然只有五千骑兵，但他这次只在城里防守。辽军久攻不下，想起四年前那次败局，只好撤退转移。

辽军集中所有兵力，越过了威虏军城、北平寨、保州等边境，直奔定州而来。

宋军北方主帅王超已在唐河沿岸列阵，步骑相间，按御赐"阵图"布置，不差分毫，等待辽军来攻。但辽军却绕开唐河，直插瀛州。

辽军围困了瀛州，激战在瀛州城下进行。萧太后与耶律隆绪亲自擂鼓助阵，攻城的士兵被宋军抛下的滚木礌石砸翻，后面的士兵扶起云梯又继续往上爬。

瀛州知州李延渥乃将门虎子，智勇双全，他将兵马、本地厢军，和提前组集的强壮百姓，合为一股，轮番换防，坚持以逸待劳，成为一支劲旅。久攻无果的辽军展开了更凶猛的攻势，箭矢像雨一样密集，几寸大小的垂板上竟插了百余支箭。攻城战持续十多天，辽军一无所获，伤亡惨重，被打得仓促撤军。瀛州守军还缴获了大量辽军物资。

华北平原一望无际，根本就没有任何的天然阻碍，辽军突然间就出现在了大阵的背后，直接威胁雄州、冀州、贝州，对澶州形成合围之势。战争的格局瞬间被打破，天平倾斜了，告急的文书雪片一般地从河北，甚至河南，飞进枢密院。

十万火急的军情边报一夕五至，纷纷送至枢密院。王继英按朝廷新规，先送给宰相寇准。当王继英、陈尧叟将第五封边报送至中书省，见前四封仍在寇准案上搁置，十分生气，问寇准什么时候禀报皇上，寇准却笑笑："明日早朝再奏不迟。"

王继英一听急了，拿着第五封急报，和陈尧叟一起，就直接上崇政殿了。

赵恒与参知政事王钦若正商谈三司之事，一听王继英等求见，知道边情紧急，立即吩咐："宣枢密院二位觐见。"

王继英呈上边报，有点赌气地告状："这是今天收到的第五封急报，还有四封送给寇相，他竟扣压说，要明日早朝再呈报。"

赵恒一看边报，二十万辽军已绕开定州直接南下，也感到形势紧迫，虽然他早有对策，但觉得还是多听听，或许有高见。

"王爱卿，耶律隆绪和萧太后率二十万辽军已绕过定州南下，朕想听听你对形势的看法和对策。"赵恒直接点名王钦若。

王钦若已为参知政事，深得皇上信任，他深深懂得作为皇帝的近臣，必须体现耿耿忠心，要为皇帝的安全深谋远虑。他双袖一提跪伏下去，奏道："微臣请皇上移驾金陵。目前已近冬日，黄河面临冰封，辽骑迅速骁勇。倘若二十万大军趁势渡河，汴京危矣。金陵有长江天险，皇上可避其锋芒，仍可千里之外运筹帷幄，调兵遣将退辽。"

赵恒一听，心想，还有这等忠心。他将目光转向枢密院二位，又点名："陈爱卿，你有什么看法，也可以讲给朕听。"

陈尧叟见王钦若是跪下说的，自然也跪下了，他魁梧的体魄与矮小的王钦若形成鲜明的对照，跪着也比王钦若高了一截，他说："微臣以为，从近年来宋辽的战争来看，辽军并没有占据上风。在军事力量对比上，我大宋在定州行营就部署了十五万大军，其中有相当一部分精骑，澶州有十万大军严阵以待，配备了新式兵器。辽军如强攻不下，必恐我定州大军切断退路。"

陈尧叟停了一下，又说："从皇上的安全起见，如要南撤，我看不如西巡成都。成都乃天府之国，且有江河山陵阻拦。万万不可迁往金陵，金陵虽有长江天险，但亡国之都不可取也。"

王继英说："如此国策大事，当由皇上亲自决断，绝不可草莽行事，酿成败局。"

这时，寇准已气喘吁吁夹着四封边报到了殿外。

赵恒吩咐："宣寇相觐见。"又转过来："王爱卿、陈爱卿请起！"

寇准拜见之后，接着就说了："枢密院来告臣下了吧，我对他们说了，不必因几封边报引起恐慌，皇上早有决断。"

来的都是近臣，况且宰相也赶到了，赵恒吩咐："给各位爱卿赐座。"

"寇爱卿，你来得正好。辽军南下，边情紧急，有人劝朕南幸金陵，也有人建议西巡成都，朕想听听你的意见。"

寇准一听就蹦起来，他犀利的目光盯着王钦若，南幸金陵的主意肯定是这个南方矮子出的；他又望向陈尧叟，只有他来自成都，陈尧叟被寇准扫了一眼，觉得不好意思，低下了头。

寇准扬起一只手，"唰"地往下一劈，他几乎是喊道："这是什么主意？帮皇上出此下策的人应该斩立决！"

寇准朝赵恒拜道："不论是南幸金陵还是西巡成都，都是陷皇上于不孝不义之中，守不住先帝江山乃不孝，置万千百姓于战火乃不义，落千古罪名。大敌当前，民族危亡，唆使君逃逸者即叛国，对于国贼，朝野当毁之，全民当诛之！"

王钦若、王继英、陈尧叟都同时站了起来。

赵恒想不到在自己的崇政殿里，火药味竟然这么浓，他为了调和大臣间的矛盾，就说："众位爱卿先回去吧。"

寇准慌了，上前一步，拽住赵恒的龙袍："既然军情紧急，臣下还是想听听皇上的决断。"

赵恒有些恼怒，一甩长袖："君无戏言，朕一个月前，就与两位宰相和王枢密使说了，一旦军情紧急，朕一定重新披挂上阵亲临前线，明日早朝，朕当宣布亲征。枢密院即日起，将朕亲征澶州诸事安排妥当，报与寇相。"

寇准热泪盈眶，退后一步和诸臣跪下："吾皇万岁万岁万万岁。"

秋天的早晨，东边的天空集结着连天的红霞。今日的朝臣比哪一天都来得整齐。头天傍晚崇政殿发生的争论，和皇上决断亲征澶州的消息已在汴京大臣中传播。皇宫的琉璃瓦在彩霞映照下显得格外辉煌，仿佛预示着祥瑞的先兆，使人们感到振奋，给众臣带来慰藉。

毕士安拖着病躯也早早地来了，他和宰相寇准及众亲王，率领文武大臣跪拜，山呼万岁。

清晨的赵恒精神焕发，他站立起来，走到龙案前，坚定地说："累得边奏，辽军避我北方重兵锋芒，绕过我各重镇，南下已过瀛州，不日将直抵黄河北岸，威胁我东京屏障澶州。河北平原，敌骑蹂躏，百姓流离失所，国家危在旦夕，朕已决定亲征澶州，卿等共议，只议与亲征有关具体事宜，不许妄议南幸及西巡。"

毕士安率先奏道："皇上英明，决断亲征，士气必定大振，一定能击退辽军。"

赵恒将目光投向王继英、陈尧叟："陈爱卿你将昨天对宋辽历年大战的分析，以及对宋辽目前军事力量的对比，再在朝堂上复述一遍。"

陈尧叟："微臣遵旨。"他重新展开了精辟的论述。

陈尧叟的讲述得到了寇准的赞许，他知道昨天错怪他了。

"臣下启奏皇上，枢密院对军情的分析和估计是正确的，目前的任务就是调兵遣将，让勤王的各路军队迅速向澶州集结，形成合力，以保证战役的胜利！"寇准奏道。

班列中闪出一位须发花白的武将："臣李继隆愿赴澶州领兵决战。"

又一位挺拔俊朗的老将出列："臣石保吉愿领骑兵出战澶州。"

赵恒一看舅爷、姐夫都带头出列了，非常高兴。李继隆、石保吉身经百战，敌军为之胆寒，赵恒立即允诺：

"朕诏命李继隆将军以山南东道节度使领澶州行营都部署，兼驾前排阵指挥使，即日赴澶州部署军事。石保吉将军为驾前马军都指挥使，共赴澶州。"

王钦若闪出班列："微臣愿赴北方战场，以雪昨日妄议南幸之耻。"

"好，朕诏命王爱聊以参知政事兼知天雄府，总管天雄一切政务与军事。枢密院要安排兵马护送王爱卿先于辽军抵达天雄府，以组织军民防御。"赵恒立即下了诏令。

陈尧叟也热血沸腾，他说："国难当前，微臣愿上前线。"

赵恒说："准。陈爱卿就以枢密院特使北渡黄河巡视西北各军营。"

"寇相和枢密院王继英都要随朕出征。毕爱卿身体有恙，你就留守京城吧。"赵恒将宽大衣袖一拂，"散了吧，都去及早准备。"

三十而立，赵恒三十岁继先帝登基，咸平六年（1003）来，大宋政治军事经济文化各方面已经发生了巨变。三十六岁，自古以来认为人要三十六岁才完全成熟。今日朝堂上，这位刚过三十六岁的年富力强英明决断的皇帝，面对危急，沉着稳重，刚毅勇敢，总揽朝纲，指挥若定，文武百官感到大宋有望。

"愿吾皇万岁万岁万万岁!"大臣们伏地叩拜。

散朝后,赵恒惦记着久病不愈的郭后,就去了永福宫。

郭后斜靠在厅堂的软榻上,脸色蜡黄,消瘦的身子上,盖着一条西域的驼毛毯。刘娥、梦芸也在这里照料。

郭后看见皇上进来,就挣扎着要起来,与刘娥、梦芸一样行大礼。

赵恒忙上前将郭后按住,对刘娥、梦芸说:"两位爱妃请起。"

郭后的声音有些沙哑:"臣妾已经知道皇上要亲自出征,沙场险恶啊。"

赵恒说:"你们不要多虑,我大宋兵强马壮,仅前方宋军就有三十五万,辽军只有二十万众,我守卫汴京还有重兵。辽军要南侵,社稷有难,朕焉能置身事外!"

"那文武百官呢,做什么去了,枉食国家俸禄,危难时竟要天子亲临前线吗?臣妾不放心哪……"郭皇后泪花盈盈,愤然说。

"先帝都能率军征战沙场,朕的身上流着他们的热血,能在这种形势下无动于衷吗?四年前朕不是带兵亲征得胜而归吗?放心好啦。"赵恒安慰三位内眷。

郭后无奈地叹了口气,将噙泪的眼光望着刘娥,她说:"皇上要亲征,我的身子这样,是不能鞍前马后地陪伴了。姐姐,当年襄王赴蜀平乱,我就拜托你陪同。如今,我请求你还随同皇上亲征,他身边有个人,也好照顾。况且,你还有些武艺,抵得一个卫士。"

刘娥应答:"臣妾遵从懿旨。"

赵恒却面有难色,说:"先帝历次出征,从未带过内眷,朕就不破这个先例了。"

刘娥:"臣妾的军职是司录参军,刘鄂仍以此职入伍随行。臣妾只带两件东西,一把青云剑,一架古筝。"

赵恒应允了,说道:"也好,刘娥足智多谋,要事也可以提个醒。张耆这次仍然负责殿前侍卫,你这个司录参军就归在他的名册了。"

赵恒还要回崇政殿看边报,刘娥、梦芸起身,恭送皇上后,也就此向郭后告辞。郭后憔悴的脸上,一双大眼睛闪着泪光,拉着刘娥的手,久久不肯放开……

第四十四章　张耆请命率先行　赵恒披挂再出征

贝州行营都部署石普派人向皇上呈上一封密奏。赵恒拆开一看，感到吃惊，不由得喊出声来："王继忠他……没有死！"

王继忠在密信中写道："臣惭愧战败被俘，已为辽臣。北朝钦闻圣德，愿修旧好，冀皇上委重使北上，开启议和之门。"

赵恒将王继忠的信交给毕士安，说："王继忠没死，倒成了议和的穿线人。不过这封信使朕得到一个重要信息，辽邦萧太后母子也有议和的愿望。"

毕士安看了信，认为可以派员议和。

赵恒明确拒绝，他始终坚持自己的观点，先遣使意味乞和，大宋不首先遣使求和。他要等待时机，在大战役中战而胜之，使辽畏服，占据主动地位，为和谈取得主导条件，这样才能使和平长久。

寇准不赞成先遣使，他说："我大宋不能去求和，求和的代价，必定是屈辱的。辽方占据上风，势必提出收回三关即关南之地，这恐怕朝野上下，包括皇上在内都是不能接受的。"

赵恒一拍龙案："以前历代和先帝手里承继下来的土地，岂可从朕手里丧失！"

赵恒提起笔来，给王继忠写了一封手诏，他在手诏中写道："辽主及萧太后若有议和诚意，何不遣使南来？……"手诏仍交石普手下带回设法交王继忠。

张耆听说王继忠已经降辽，极为愤慨，他趋步上前："臣请旨，即日前往澶州府及沿线，为圣上亲征考察行营及沿途安全诸事。禁军暂交殿前副都指挥使刘美率领。"

赵恒说："张爱卿，朕准奏了。"

辽渤海军萧巴雅尔及先锋萧观音努接萧太后令，马不停蹄，向大名府赶来，意图牵制天雄军团，而后再向澶州方向辽军支援。

然而，天雄军的旗帜经历了战火硝烟，却依然在大名府城楼迎风飘扬。

王钦若到任不久，实际上已是主帅，天雄军都部署原为老将周莹。周莹两鬓飘霜，大敌当前，仍以社稷为重，呕心沥血，不辞辛苦，协助王钦若，揆兵事，布防务。

天雄军埋伏六百弓箭手于北门，放下吊桥引萧巴雅尔进入，不料被他识破。萧观音努率二万余人攻西城和南门不下，死伤无数，夜半逃遁，天雄军紧追遭辽军伏击，陷入前后夹击之中。王钦若和周莹迅速遣兵救援，保住了大名府。

接连失利，萧太后恼羞成怒，冒着后路被截断的危险，辽军绕过宋军固守的城地，直扑澶州而来。

张耆带着三十六名禁军精骑，沿汴京直通澶州南岸的官道疾驰。

张耆座下的赤兔追风驹，是皇上登基时赐给他任御前都指挥使的宝马。张耆双腿一夹，赤兔马奔得更欢，像一团跳跃的火焰，一队精骑如离弦之箭，飞向澶州。

当天下午，张耆一行就抵达了韦城，他把皇上亲征第一站行宫就定在韦城县衙门，要求县令迅速清扫布置停当等候，留下六名禁军督察卫戍。第二站选在卫南，这里离澶州南城非常近，也可以直接下榻南城驿馆，更符合安全要求，张耆对皇上的房间及作为前殿的大厅都做了检查，然后过桥登上北城城楼，沿城墙巡查东北西三面。

在澶州城楼上，张耆与早已先行到达的李继隆见面。李继隆原先任殿前都指挥使，后由张耆接任。

张耆上前一步作揖："末将拜见李老将军。"

李继隆忙接住："张将军，勿多礼。你若返回面见皇上，请代呈，李某将城防事务全面安排，床子弩和六百名弓箭手已经到位，十万澶州大军精神焕发，静候皇上指挥。"李继隆亲自陪同张耆查看了弓弩防线和步军工事。

在澶州校场点将台上，张耆见到了驾前马军都指挥使石保吉，身经百战的驸马都尉披一件枣红丝绒大氅，神采飞扬。

整齐的澶州铁骑军，清一色的西夏汗血宝马，八千剽悍的骑兵手握银枪，斜挎弓箭，腰佩龙泉利剑，威势赫赫。

清晨，张耆就冒着黄河边吹来的凛冽寒风，只带四骑返程，飞赴汴京，策马扬鞭。二百四十里，三个多时辰张耆就进宫了。见殿前都指挥使归来，禁军卫士们在寒风中纹丝不动，只行注目礼。

面圣之后，张耆将有关亲征一系列安排详尽禀报，并将澶州城防布局和骑兵状态仔细做了描述。张耆留下了三十二名禁军分别督促行营安全，他说："前线将士得知皇上将率军亲征，士气高涨，誓师决胜澶州。"

赵恒说："张卿是朕藩邸旧臣，二十年如一日，朕一向视爱卿为心腹，有爱卿在朕身边，亲征何虑之有？"

张耆闻言，感激涕零，伏地拜谢道："谢皇上视微臣胜过家人，军情紧迫，安排已妥，臣奏请即刻起驾亲征。"

十一月十八起驾亲征，是司天监选定的黄道吉日。可是，上午的太阳却变得昏黄，日偏食出现了。

身穿戎装的赵恒一看，脸色变了，急传司天监邢芮。

邢芮感到头一下胀大了，无可奈何，他装作镇定，疾步来到皇上驾前。

赵恒质问："亲征恰逢日食，是何预兆？"

刑芮抖抖衣袖，掏出一本皇历，翻阅之后，神情镇定地奏道："日抱珥，黄气充塞，有和解之象。"

也是一身戎装的司录参军刘鄂点了点头。

赵恒闻奏觉得这样解释可以，也会意地点了点头。

周怀俊将一件貂皮大氅披在皇上肩上，赵恒推掉："朕上前线这么奢华，如何面对将士？把它剪成围脖，登澶州城楼时，赏给守城功臣。"

一支旌旗猎猎的车队，驶出汴京东城新宋门，沿着东北方向的官道，浩浩荡荡前行。

张耆骑着他的赤兔追风驹，始终守护在皇辇的旁边，六百名禁军精骑在前面开道，皇辇之后又是禁军护卫，然后是寇准、王继英、杨亿等大臣的车马，八千名禁军精骑在后护卫。高琼的八万精兵紧紧跟随。

速度不慢，下午申时车队到达第一站韦城。日偏食早已过去，西边的天空出现了冬日难得的满天彩云。

赵恒踏进韦城行宫，司录参军刘鄂和张耆紧随身后。县衙内侍卫全部换成了张耆挑选的禁军精兵。

韦城县令跪伏在前院庭前，不敢抬头。赵恒从他身旁经过时，说了声："平身吧。"

赵恒经过大堂，走进第二进院，这里安排了皇上住所，周怀俊和一班太监早已守候在这里，办公案台和里面寝宫均安排得当。

"启禀皇上，卑职有要事急奏。"刘鄂拱手作揖。

只有张耆在身边，赵恒如同往常，说道："爱卿请讲。"

刘鄂说："微臣刚才见沿途沟壑，均已冰封，现已过冬至，想黄河已冰封断流，如果冰结得很厚，辽骑极易强渡黄河，这对我们极为不利，对皇上安危形成严重威胁。请皇上下诏，令沿河军民立即行动，尽破黄河之冰，以防辽军渡河。"

赵恒赞许，吩咐张耆："迅速诏令黄河沿线各州知府及县令，尽快调集军民破冰，张卿务必派得力禁军精兵最快时间传令。"

内侍太监来报："宰相寇准、枢密使王继英求见。"

赵恒示意刘鄂就在寝宫不必出来，即走到外间。

寇准看见大案台上靠边放了架古筝，不禁惊讶皇上还有如此闲情逸致。

王继英按顺序呈上几份边报：

> 萧太后督战瀛州，萧达凛兵败南下。
> 萧巴雅尔、萧观音努未能攻下大名府，南下。
> 耶律隆绪、萧太后已达澶州城外，安营扎寨。
> 萧达凛攻破德清，正南下。

赵恒已经闻见战火的硝烟味了，他分析道："辽军到后，澶州决战马上就要开始。"

寇准预见："也许辽军主帅萧达凛现在的行动还只是火力侦察。"

王继英的话不无道理：萧太后求战心切，但求胜更加心切，她一定在等待萧达凛的兵马到来，对澶州形成合围，加重她议和的筹码。

澶州北城西城楼外，辽军的营寨里，萧太后正在烛光下阅看各处快骑送来的军情。辽王耶律隆绪踏着冰雪向母亲营帐走来，他太依赖母亲了，从十二岁时父王逝世开始，母亲就一直大权在握，不用他操劳和紧急处理什么，更有国相韩德让的辅佐。二十年来，母亲将国事军事处理得无可挑剔。

这时，宰相韩德让、主帅萧达凛也到了，萧太后忙出来到外室与他们商议攻城之事。

帐外朔风呼啸，旗杆上的旗幡哗啦啦吹动，堤外冰封的黄河却没有怒吼。大宋军民早已将河凿穿冰面形成深壑，也许还有暗流在冰下涌动。但已是严冬，构不成大河东去的气势了。

雪地上传来踏冰的嚓嚓声，脚步走近。卫士通报，王继忠将军求见。

萧太后："宣他进来。"

王继忠在帐外踢掉靴子上的冰碴，抖了抖披风上的积雪，掀帘进帐。

他依次拜见了耶律隆绪、萧太后、韩德让和萧达凛，从袖筒里抽出一封密函，双手呈给萧太后。

这是赵恒离开汴京前给他回复的手诏。信使还是厉害,从瀛州一直追到这里,扮作辽军独闯大营,费尽周折终于将手诏交给他。王继忠刚才将他送走,便匆匆赶来向萧太后禀报。

手诏很短,没多少字,萧太后一眼就看到了关键。她将手诏交给耶律隆绪:"宋王质问,要想议和,为什么我们不先遣使?"

萧达凛拳头重重砸在案台上:"那就等我拿下澶州城吧。"

王继忠觉得在此很难堪,赶紧告辞了。

黄河边的晨曦,昏暗中只露出一抹苦涩的鱼肚白。寒风凄厉,似鬼哭狼嚎,席卷着黄沙,扑打在脸上,守卫在澶州城垛口的宋军弓箭手们,不时就要用裂开的巴掌抹去积在眉毛睫毛和眼睑上的黄沙,睁大眼睛扫视远方。

李继隆在每个城垛口都安排了新配备的床子弓弩,这种新式弓箭能射三百步,每拉动一次可连发几支三棱箭。城楼上的弓箭头领叫张瑰,他掌弩已经十年,百发百中,累建功勋,由一名普通士兵到现在率六百名弓箭手。

张瑰从西城沿线巡查,当沿城墙走到东北方向,他鹰一样的眼睛突然发现依稀的曙色中,飘着旗幡的辽军辕门大开,一排魑魅黑影,正向澶州城挪动着。张瑰驻足不动,定睛细看,辽军是徒步走来的,他们腰间挎着马刀,而肩头却是扛着铁铲,后面即是扛着云梯的步军。显然,这批辽军是来破坏护城河的工事的,他们是想趁着天还未亮挪开一些沙包,拉开几处口子,方便攻城时好插云梯进来。

辽军的营寨里,披挂待发的八千精骑就守候在辕门后,只待宋军冲来,立即从三处辕门杀出,将其截围。

张瑰当即向城楼中的值班副将报告,副将观察后,与张瑰商议决定,让城垛的弓箭手尽量不露头出来,待辽军进入射程后再全面射击,副将还通令城楼下的骑兵做好出击准备,等候命令。

辽军在晨曦中近了,张瑰先是一句"就位",弓箭手两人一组负责一架轻型弩弓。这种弩弓弩槽中可装三支羽箭连射,弩弓安装在机械上，一人瞄准另一人负责击发。射程和杀伤力都比人工拉开的弓增加数倍，可射二百五十步至三百步远。

"射击！"忽听得张瑰一声号令，弓箭手紧扣扳机，弩弓连发，辽军在惨叫声中倒下一片。面对乌压压的辽军，无须瞄准，弩弓再发。辽军试图抬着云梯后撤，但黑暗中后面的人仍向前面压来，自相踩踏，人仰马翻。

"呼啦啦"一阵连响，北城楼吊桥已经放下，百名精骑从城内冲出，向着溃乱的偷袭军队刀砍枪挑，辽军被全部消灭。

天渐渐亮了，雪地里淌着一片殷红。

战马嘶鸣和杀伐的哀号，从遥远的东北方传来，把躺在辽宰相韩德让怀里的萧太后惊醒，她迅速推了韩德让，然后飞快地穿戴好，在卫士陪护下回到自己的营帐，唤传令兵立即将耶律隆绪和萧达凛唤来。

萧达凛也是一个时辰前得到北线辽军偷袭的通报，萧巴雅尔突然行动的目的，就是想抢头功。无视上峰、独往独来的野性在这些部落头领出身的辽将中不时迸发，已成平常。萧达凛向辽王耶律隆绪禀报后，还是没有胆量惊扰萧太后的美梦。

正当他们憋住气息静听远处的厮杀时，澶州城楼上突然响起了清脆的铜锣声，收兵。

石保吉生怕冲出城的精骑被截围，果断下达了撤回的指令。宋骑没有任何损失。

萧巴雅尔的骑兵已被抬着云梯后撤的步兵堵住，乱成一团。

萧太后一听宋军的鸣锣声，知道萧巴雅尔不可能得手了，美丽的脸庞涌上杀气，她张开的右掌突然攥紧："这头秃驴，将他押来宰了！"

萧达凛望着萧太后，有些茫然。

韩德让忙劝住萧太后："大战之前，不可自毁大将。胜败乃兵家常事，先记上一笔，后面再看吧。"

远处的厮杀声已趋于平静，黄河边带雪的北风还在怒号。

一个时辰后，传送战报的飞骑在澶州通往卫南的大道上，遇上了赵恒的亲征大军。

赵恒喜读捷报，龙颜大悦，吩咐张耆取了一条貂毛围脖，赏给送战报的骑兵，然后吩咐，加速向澶州行进。

黄河将澶州城分成两块，南城与北城。南城规模较大，北城较小。

一百艘特制的木船，分两艘一组，在河面上展开，将南城和北城连接在一起。

南城与北城以浮桥相连。冰封的河面已经断流，南北两边河面已被人为地凿出两道深深的沟壑。经过几年的加宽加固，两岸的黄河大堤格外宽阔雄壮。

第四十五章　渡河驾临澶州城　张瑰射杀萧达凛

正午,赵恒的亲征车驾抵达澶州南城,南城驿馆是张耆为皇上安排的行宫,赵恒在驿馆用过中餐,就将寇准、王继英等找来,准备立即过河,登上北城城楼。

冯拯等一批文臣还在死谏,劝赵恒就在南城,不必上北城。

驾前都指挥使高琼奏请赵恒登临北城,以鼓舞守城官兵士气。被冯拯斥责:"汝一介武夫,有何资格妄议?!"

高琼面向冯拯豹眼圆瞪:"汝有何用?写首诗能否退敌?!"

赵恒选择了支持高琼:"朕决意亲征,就是为了与全体军民同仇敌忾,战胜敌人。今晨澶州首战辽军告败,朕已经到了澶州,岂有不过河之理?"他转身诏令张耆:"立即起驾,过河登城。"

为了皇上的绝对安全,张耆、高琼两位将军说服了赵恒,没有坚持骑马上桥,依旧坐进了八匹宝马并驱的皇辇。司录参军刘鄂没有坐进随员的车驾,一身戎装骑马相随。

也许是天意,就在亲征车驾到达澶州南城时,接连几天的风雪渐渐消停;皇辇抵达黄河南岸时,天空豁然开朗,久违的太阳竟从蒙蒙雾霾中露出笑容,将暖暖的日光投向这支旌旗高扬的军队,照向军民坚守的澶州。

大宋皇帝的銮驾是红木的,坚固而又沉重,在驶进浮桥的瞬间竟然被卡住了,驭手们鞭笞八匹骏马,只拱了一下,依然上不去。

后面车中的冯拯探出头来:"天意啊,还是请皇上回驾南城行宫。"

高琼狠狠瞪了他一眼,跳下坐骑,招呼张耆也下马来。两位将军用宽厚的肩膀扛住皇辇的圆轮往上顶,禁军中几位年轻的将领纷纷上前,用手掰住车轮的支撑往前推。高琼放开嗓门喊了三声号子,车轮稳稳当当上了浮桥。

赵恒掀开窗帘,皇辇已过了浮桥,驶进澶州北城。

李继隆、石保吉在这里已经守候多时,身穿铠甲的二位将军拱手参见皇上后,就一左一右为皇上登楼开道。

年轻英武的皇帝神采奕奕,健步登上城楼,向守城的兵士们挥手致意。李继隆指着守立在巨大床子弩边的张瑰,向赵恒介绍:这就是今晨带领弓箭营击溃辽军偷袭的张瑰。

赵恒吩咐周怀俊取了一条貂毛围脖,为张瑰围上,并将剩下的交给李继隆、石保吉两位将军,奖给有功的将士。

张瑰受宠若惊,单腿下跪叩谢隆恩,山呼万岁。

阳光照耀在巨大的明黄伞盖上,辉映着绚丽的光彩。城楼上下都齐声欢呼"万岁万岁万万岁",此起彼伏,震天撼地,惊动了千步之遥的辽军营。萧太后知道大宋天子真的亲临北城了,她竟突然感到有些心慌意乱,下意识捂住心口,安慰自己,绝不能怯阵。

赵恒在城楼上,望见了辽军的营寨从西、北、东三面将澶州城围困,虽然貌似强大,但澶州城早已壁垒森严,数十万军民同心协力,犹如坚不可摧的铜墙铁壁。自己的亲征,带来如此震撼的民众欢呼,他感到从未有过的兴奋。

石保吉奏请皇上去校场视察骑兵。

见斜阳西坠,寇准出列,奏道:"皇上今天路途辛苦,等会儿请早点到北城行营休息。臣就留在城楼上值夜,与众将军坚守在一起,如有要事,臣及时禀报。"

赵恒说:"那寇相辛苦了。"又吩咐周怀俊:"记得派人给寇相送御寒的棉袍。"

寇准看见了随员大臣行列中的知制诰杨亿,喊道:"杨学士,你也留下来,陪我下棋。"

赵恒在澶州校场检阅了骑兵。清一色的魁梧大汉,清一色的西夏悍马,真可谓兵强马壮。咸平以来,国家从增加的收入中安排经费,用于购置西夏马匹,装备骑兵。从几次北疆宋辽之战来看,大宋的骑兵不逊于辽军，军备建设是有效的。

张耆早已将澶州北城行营安排好，赵恒很满意。

司录参军刘鄂招呼张耆，交给他一架古筝、一坛御酒，说："张将军，你将这送去给寇相吧。对了，还有皇上交代周怀俊准备的棉袍。"

在作为指挥所的小阁楼里，寇准抬起头来，看见楼梯处张耆上来，后面的禁军捧着一坛御酒，抱着一架古筝，还有两件锦缎的棉袍。张耆拱拱手道："严冬夜长天寒，恐寇相和杨待诏受冻，特送来御酒、古筝和棉袍。"

寇准信手拨了一把，古筝发出响亮的声音。

古筝是在皇上案台上见过的，御酒、棉袍是皇上亲自交代的，寇准心里有数了，赶紧谢过。

寇准与杨亿已经开始了围棋对决。

琴架支好，古筝安放在琴架上了。张耆冒出一句："寇相，好像诸葛孔明在三国里也弹古筝哦。"这句暗示十分明显，今夜是要他寇准唱戏的。寇准完全明白了，是让他学诸葛亮千古留名呢。

一名军士打开食盒，取出几碟小菜，有花生米、白切猪耳朵等。

"请寇相、杨待诏受用吧。"张耆就此告辞。

寇准将小楼上的几名观察哨找来，要他们用好手中的"千里眼"，关注辽军营寨的一举一动，发现异常及时报告，不得有误。

好酒的杨亿早已忍不住了，打开御酒瓶塞就往两只建阳黑盏中斟了满满两盏酒。

几盏酒下肚，寇准感觉热从心里出来，他一捋胡须，笑道："我们就闹他个通宵，动静不能小，声音能大则大，先划拳，输了喝酒！"

杨亿响应："划拳我不怕你，你包喝酒就是了。"

两人摩拳擦掌，扯开嗓子，"五魁首，八匹马"地吆喝起来。

划了几个回合，寇准将披上的锦缎棉袍又脱了下来，从墙上取下一把佩剑，边歌边舞起来：

岂曰无衣？与子同袍。

王于兴师，修我戈矛，与子同仇！

岂曰无衣？与子同泽。

王于兴师，修我矛戟，与子偕作！

岂曰无衣？与子同裳。

王于兴师，修我甲兵，与子偕行！

　　诗经《秦风·无衣》，这是古代三秦大地上一首慷慨激昂的战歌。杨亿坐下来，随着寇准长歌的起伏拨弹古筝，咏歌与古筝声共鸣，在两军对垒的夜空中回荡……

　　城楼上的动静惊扰了北城行宫里的赵恒，他到外间问张耆怎么回事，张耆笑了笑道："这寇相和杨亿在喝酒划拳，弹古筝起舞，兴奋着呢，这样肯定不冷。"

　　赵恒一听乐了："这倒甚好！摆开疑兵阵了。辽军早间偷袭惨败，夜里更不敢来了。"

　　赵恒从容回到内间，讲与刘娥听。刘娥偷着乐，这是她一手策划的，她不好道破，只会心地笑了笑。

　　劳顿了几天的赵恒，感到一下子轻松起来，宽衣上床，很快进入了梦乡。

　　临战之夜，听到澶州城楼上传来的划拳吆喝声和放歌弹筝声，辽营人心惶惶，摸不清情况，好像进了迷魂阵。

　　又是一个清晨，夜不卸甲的弓箭营威武军头张瑰，从东北城一直巡查到了西城区。他只是裹着一床棉被靠在城垛边睡了会儿，摸摸颈上分外暖和的貂皮围脖，那是皇上的赏赐，对一名军人是无上的荣耀。他揉揉眼睛，注视着城外的动静，东北处辽军大败的战场一片狼藉，应将巡查重点放在西边。火头军来了，带来了热气腾腾的小米粥和玉米面馍。张瑰将他的弓箭手一一叫醒，吃了热乎乎的早餐。

张瑰一边嚼着馍，一边用"千里眼"观察敌人。只见辽营辕门打开，出来一队人马，共有九骑，向着澶州西城楼方向缓缓前来。

这里最宽的一处城垛，安装着一架最大的床子弩，是由张瑰亲自操作扳机的。

这架"三弓床弩"是由兵部兵器司近年研制成功的，已达到了弓箭发展的巅峰。其结构是在一个特制木架上面装三张大弓，利用三张强弓合并起来的力量发射长箭，这种弓弩发射需要八头牛才能够拉动弓弦，故又称八牛弩。如果用人力则需三十人才能拉开。为使用方便，通常在三弓床弩后部两边设置两个绞盘，用转动绞盘的力量把弓弦拉开，这架床子弩需要五个人操作。

三弓长弩的箭也很大，约有一人高，制作这种箭头要用完整的原木做箭杆，以三个铁片为箭翎，锐钢做箭头，号称"一枪三翎箭"。这种箭实际上是一种带翎的枪（矛），破坏力极大。床弩还可以在弦上装箭兜，每兜装箭十余支，同时射击，可多个命中。床弩的射程可达三百大步（超过一里）。

张瑰从"千里眼"看出，那队辽军行进一里左右，就停住了。为首的将军头戴裘皮翻檐帽，帽子上两边裘皮吊穗一直垂到胸前，他用"千里眼"正对着澶州城这边看。他周围八位的穿着和坐骑起码都是参将以上所配。张瑰马上拿了一支六尺三翎箭安装在槽道里，指挥四个弓箭手将绞盘旋紧，自己则始终瞄准辽将微调着方向。

忽然，那辽将手一挥，双腿一夹马肚，众骑跟着他一起又前进了几十步。

射手最重要的就是会捕捉良机，因为机会稍纵即逝。张瑰憋住气息，他清晰地看到瞄准器"望山"中间，箭簇头正对准辽将，他低低喊了一声："射。"右手一扳"悬刀"，一支利箭"嗖"的一声向前飞去。只一霎间，远方那位辽军主将仰面从马上跌落下去，他周围的辽将立即下马营救,乱成一团,辽寨中骑兵赶紧冲出辕门接应。谁也没有料到,这位中箭倒下的将军正是清晨出来察看敌情的辽军统帅萧达凛。

这一切,均被城楼里的李继隆、石保吉看在眼里。

石保吉对李继隆说:"李将军,快开城门,我去了。"说时迟,那时快,石保吉已从城墙上跃下,稳稳当当落在他的坐骑上。风驰电掣,石保吉已率领铁骑冲过吊桥,掩杀过去。

辽骑包抄过来,已将落马主将救回,关闭辕门,排箭如雨点般射来。

李继隆吩咐鸣金,石保吉撤回城内。

宰相寇准和知制诰杨亿晨曦已出城楼,站在弓箭手背后不出动静,当张瑰射出三翎箭命中辽军主将、众人欢呼时,寇准拍了一把张瑰的肩膀:"好样的!老夫为你请赏。"

张瑰一看是寇准,忙拱手拜谢。

第四十六章　旗幡倒悬辽营悲　帅印闪亮宋军振

黄河边的晨风刺骨，刘娥怕皇上吃了不热的早膳会闹肚子，吩咐太监们将食盒送进里屋。

赵恒看见热气腾腾的小米粥，高兴地说："朕很久没喝过这原汁原味的粥了。"他一手端过刘娥为他盛的粥，一手抓住玉米面馍猛啃，根本不睬那些宫廷糕点。赵恒吃得暖暖和和，一转身，他的刘鄂又是一身司录参军的戎装站在他面前。

"今天再上城楼，朕也坚甲披挂。"

赵恒换了短棉袄，穿戴上一身银白锁子甲，系一条貂毛围领，披一件深红丝绒棉披风，束发金冠上插着锦雉翎毛。

刘鄂边帮他穿戴整齐，边赞不绝口："皇上真是英姿飒爽。"

周怀俊亮起嗓子喊道："宰相寇准求见。"

"宣他在外间等候。"赵恒吩咐。

赵恒信步走出里屋。寇准带着李继隆、石保吉和杨亿已跪伏下来。

"众爱卿请起。"赵恒站在案台后，面对四位大臣："寇相昨夜狂饮放歌，这一出演得好啊！"

"微臣谢皇上。"寇准答道，他看见守在一边的张耆与一位年轻的参军偷着乐。

"臣有捷报禀告皇上。"寇准将张瑰射杀辽军主将、石保吉乘胜追击的战况讲述一番。

赵恒十分振奋，他笑着指出："这都是你那出疑兵阵唱得好哇，弄得辽军将领亲自出来摸情况，又撞在神箭手上了。"

赵恒接着吩咐李继隆，在西城楼上准备一个简单的隆重仪式，要授大元帅印和尚方宝剑予寇准，由寇准统率澶州战役的各路兵马。还要晋升张瑰为将军。

当赵恒在寇准等众臣簇拥下从容登上澶州城楼时，欢呼声再次震撼黄河之滨。

赵恒和众位大臣手持千里眼观察辽营，都不约而同地发现，才短短两个时辰不到，几个方向辽营辕门边的大旗，和所有的旗幡都全部倒挂了。辽营中传来一阵阵悲恸的哭号。

杨亿修过典籍，他指出，契丹人将旗倒悬，一定是重要头领死于非命。

赵恒已经胜算在握，才不到两天，宋军两次告捷，这下萧太后还有什么赌注呢？

辽军出寨抢回萧达凛遗体的喧嚣，早已惊动萧太后，本来她就被黑夜之中澶州城头寇准的闹剧搅昏了头，一宿未眠，这清晨又得知主帅萧达凛死于飞箭，五十二岁的妇人经受不住如此沉重的打击，泪水如潮水般奔涌出来。

耶律隆绪亲自挽住自己的母亲，韩德让也在一旁挽住她的右臂，一起来到萧达凛的营帐。

萧达凛被安放在一张行军大床上，白色床单覆盖着他的遗体，显然，沾满鲜血的战袍已被换去，被三翎利箭射中的额头渗出的血迹依然显现在白床单上。

萧太后想用手揭开白床单，被韩德让拦住了："萧元帅死得很惨，看了让人更加伤心，还是尽快处理后事吧。"

萧达凛不仅是萧太后的族兄，而且是她的儿女亲家，她将二女儿嫁给了萧达凛的长子萧排押。当年辽景宗驾崩时，她还不足三十岁，孤儿寡母，势力单薄，耶律隆绪才十二岁，是萧达凛站出来，和韩德让等几位大将一起，辅佐他们。萧达凛是辽军最重要的将领，这次，他们共同策划了兵分两路南下，三面包围澶州，试图取得对宋的绝对主动权。谁知萧达凛竟与耶律斜轸、耶律休哥等几位功勋大将一样，先行而去。吾谁与归？她不禁发问。

昨天，她远远望见了大宋天子披着阳光的明黄伞盖，亲耳听见震天动地的欢呼声，深深体会到了大宋军民聚集在皇帝周围坚如磐石不可战胜的力量。她，一个五十多岁的老妇人，还能与一个年富力强勇于担当的年轻皇帝抗衡吗？奋斗了一生，鏖战一辈子，此时，萧太后比任何时候都渴望和平，渴望让宋辽的民众都安生。

二驸马、萧达凛的长子萧排押跪在地上号啕大哭，看见萧太后来了，他站起来："我一定要为父亲报仇。"

萧绰来之前已与耶律隆绪、韩德让商量，让萧排押接任萧达凛的先锋一职。

萧太后陪着女婿哭了一阵，接着一番安抚："你为先锋，一定要继承你父亲的遗志，迅速寻找战机出击取胜，为我大辽力争胜利之本。"

澶州北城楼平台上，正在举行大元帅授印仪式。

冬日的阳光，照耀着一面面迎风招展的军旗。来自步军、弓箭营和骑兵的将士分别排成一个个方阵，等候着皇上的检阅。

雄壮的军乐骤然响起，大内都知事、大太监周怀俊双手平托一个铜盘，铜盘上放着用黄绸包着的大元帅印，后面跟着一位手托尚方宝剑的年轻太监，他们将印绶和宝剑庄严地放在中央的案台上。

头戴冲天冠、身着银白锁子甲、披着深红丝绒棉披风的赵恒，稳健走上城楼的平台，居中坐下，陪同亲征的文武大臣在寇准、李继隆、石保吉的带领下走上来，分两边排列。

周怀俊宣道："兵马大元帅寇准上前接受印绶和尚方宝剑。"

寇准出列，在案前向着皇上跪下，三拜九叩拜行君臣之礼后，将双手高高举过头顶。

赵恒从龙案上拿起印绶，俯身放在寇准手中。

寇准表情严肃地接过大元帅印，交给元帅帐前旗牌官。

赵恒从案台剑架上拿起尚方宝剑，十分庄重地平放在寇准的手中，说道："朕今授予卿为兵马大元帅，代朕权决军务，赐尚方宝剑，可先斩后奏，以严明军纪。"

刚刚晋升阵前弓箭营指挥使的张瑰，已换了一身将军铠甲，更显得虎虎生威，威风凛凛。

入夜，元帅营帐里依然灯火通明，寇准召集王继英、高琼和李继隆、石保吉等商议军事。他特邀了张耆参加，尽管张耆主要负责皇上的安全保卫，但寇准希望听到张耆对全局发展的意见。

寇准说："今晚，本帅请各路将领来，在一起分析形势和我军如何克敌制胜。尽管辽军败了一次，今又丧主帅，但战争不可能就此终结。辽军一定还会反扑。今我澶州，有天子坐镇，军民齐心，坚如铜墙铁壁，辽军不敢再贸然攻城。但我们还要寻找自身的薄弱环节，加强防卫，以确保歼灭来犯之敌。"

"末将还有军务，就冒昧先说吧。"张耆指着军帐大壁上悬挂的地图，说道："以澶州为中心黄河沿线之百里，我军在各地作战时都要做防御准备。虽然前段时日我们组织军民在黄河上凿冰构壑，但还要时时监督，杜绝冰道复原，严防辽军偷渡黄河，从南面包抄澶州，使我方腹背受敌，在这件事上绝不可掉以轻心。"

寇准说："明天就下令沿河州县，再次凿冰，由大帅部派人督查。"

李继隆说："刚刚从内线得到情报，辽军意欲破坏澶州黄河浮桥。澶州南北城防的最薄弱处，就是黄河浮桥，是辽军夜间偷袭的目标。浮桥有事，澶州北城就是一座孤城，黄河以南的勤王兵马无法增援北城，将陷皇上于重围之中，本帅即刻加强浮桥防卫。"

高琼："木桥最忌火攻，现在多西北风，辽军处在上风，要绝对遏制住火攻。"

王继英忍不住击案，又将手猛地收回，他说："正好兵部有一工兵营，现住南城，他们多是架桥扎营的高手，调他们上桥，每只船上配备灭火水龙。"

张耆拱手作揖："末将先告辞了。"

寇准说："那就有劳各位明天部署到位。"

翌日巳时，辽营里出来一个人向这边走来。阵前弓箭营指挥使张瑰

第四十六章 旗幡倒悬辽营悲 帅印闪亮宋军振

用"千里眼"看到,这个人似汉人棉袍打扮,戴一顶辽邦裘皮帽。弓箭手报告:来人已入三百步射程,手无寸铁,举着一面很显眼的小白旗。

张瑰吩咐:"不要射他,让他靠近。"

来人接近桥前的护城河,战战兢兢举着小白旗,喊道:"我是王继忠,携有辽太后信要面圣。"

张瑰马上派人报告大帅府,寇准命将王继忠带进来。

"你这个叛贼,你为什么不去死?你还有脸见皇上?"寇准的质问一连串地砸在王继忠心上。

心高气傲的宰相寇准,根本就看不起王继忠这个大宋的叛将。他手里持有尚方宝剑,授印之后,他传令处决了几名弃城逃跑的官员,以杀鸡儆猴。碍于王继忠原是皇上番府的家将,寇准没有动手。但他细想,这王继忠一定是来劝和的,现在大宋已掌握绝对优势,可以直接打到辽都老巢收复失地。寇准生怕皇上上了王继忠的当,搁下事便去行宫。

寇准气宇轩昂走在前面,后面跟着两位参将。

两位旗牌官押着王继忠。王继忠铁青着脸,耷拉着脑袋,心里忐忑不安。他原是皇上的亲信,是朝廷大将,如今他不知道皇上会如何看待他的变节,但他清楚皇上一定不会杀他,因为他救过刘娥。

赵恒坐在龙案后等候,王继忠一进来就跪拜山呼,寇准看着不耐烦,将他的番帽扯掉了。

"你起来吧。"赵恒的声音十分平淡。

王继忠哭哭啼啼地讲述在望都之战中身负重伤被俘治疗。

赵恒说:"这些不必再说,朕知道。你说说什么事来见。"

王继忠从袖筒里抽出一封信札,说:"一个时辰前,萧太后传罪臣到她营帐,要我为辽邦传书呈皇上。"

赵恒接过一看,嗤之以鼻,吼道:"又是老调重弹,索要大宋关南之地是不可能的。"他将信札递给寇准。

寇准说:"不是讲了辽要想求和先遣使来谈吗?"

王继忠哭丧着脸:"我今天不是来了吗?萧达凛中箭身亡,辽军作战都没有心了。"

寇准立即一连串地放炮轰他："你是什么？一个叛将，大宋罪人，朝廷不会承认你辽使的身份。"

刘娥就在里屋，听到曾经的挚友这样狼狈，有点可怜他；但想到已经善待他的家人也可以了，王继忠叛国罪是免不了的，回来只能被处以极刑。

证实了萧达凛的死讯，赵恒镇定智慧的眼神与寇准喜出望外的目光碰撞在一起。

寇准说道："乘着萧达凛刚死，辽军士气低落，我军士气又盛，皇上正好携全部勤王之师击溃辽军，乘胜北上，收回燕云十六州。"

赵恒恐失去议和时机，注目制止寇准。

赵恒对王继忠说："你回去与萧太后说，要想求和就得拿出诚意来。"

赵恒转向寇准："寇相，派人送他出城吧，不得加害。"

寇准他们去后，刘娥走了出来。

赵恒说："王继忠是无救了，以他的身份不可能回我大宋，就让他待在辽邦吧。"

"臣妾会与张耆多关照一点他的家人。"刘娥说。

赵恒站立起来，面部极其庄严，他郑重地对自己的司录参军敞开心扉："天下的趋势正走向和平，就不能再打下去了。石敬瑭将燕云十六州拱手送给辽邦，旷日经久，朕又何尝不想收回。辽已建国数十年，萧太后执政，国力尚盛，未及衰败之期。宋辽再战，我朝并没有马上夺回燕云十六州的绝对优势。当年后周柴世宗兵马已打到上京，但奈何暴病征战失败。我太祖拿下江南，获得南唐富足财库，曾欲用财帛赎回燕云十六州，若不能赎回，则用作攻取燕云十六州的军费。而先帝一生征战，后来于高梁河之战，身中数箭，元气大伤；发动雍熙北伐，没有取胜；历年战争，使得国库空虚。自咸平以来，小战不停，每两年宋辽间就发生大的战争。百姓流离失所，河北一带田地荒芜，而国家财政每年要耗费近三千万两银子，这几年财务增长的一大部分都耗在战争上了。现在萧太后年已五十有二，耶律斜轸、耶律休哥、萧达凛几位主帅已死，她眼见无法再战胜宋军，因此产生了议和之意。今朕御驾亲征，连战获胜，朕已达到以战促和的目的了。既然要议和，重在议，促成和，朕自然不能丧失关南之地。考虑辽邦地处寒疆，不毛之地长不了粮食棉花，适当给些钱安抚吧，让他们走上正常的发展农牧之路。"

刘娥眼眶里闪烁着赞许的泪花，她说："皇上的考虑是全面的，应当走向和平，而不是将看得见的和平安宁推远。"

赵恒掂量了寇准等将士主战求胜的情绪，吩咐内侍太监找来了张耆，交代速派轻骑至汴京，传宰相毕士安速来澶州，参知政事王旦为东京留守。

第四十七章　辽军袭桥再失利　萧绰决意要求和

但是，和平之神是不会轻易降临的。就在王继忠离去仅两个时辰后，因丧父而近乎疯狂的萧排押，急于找宋军报仇，他率其先锋部队旋风般地攻破了澶州卫星城通利军，在萧太后的及时干预和制止下，才停止了血洗行动。

赵恒感到震惊，通利军的失败平衡了宋军前期的胜利，他诏令澶州统帅部，要加强战备，集中最精锐部队，战胜一切敢于来犯之敌。

大帅营帐前的大旗哗啦啦地响起了，经过了几天的放晴，傍晚又起西北风了。寇准凝视着大帅营帐前被吹得哗啦啦的大旗，传令王继英、李继隆、石保吉等大将速来，一起去巡查黄河浮桥。

旗牌官为寇准披上一件褐色的战袍，让这位挺直的儒将增添了沙场的风采。他迈着官步，带领王继英、李继隆、石保吉等大将一起踏上黄河大桥。

新任的阵前弓箭营指挥使张瑰和从澶州南城调来的工兵营指挥使姜炎，早就在桥头等候。

张瑰禀报，遵照李继隆命令，在每艘船上都安装了弩弓，共两百名弓箭手轮值。

工兵营姜炎展示了带来的水龙枪，这种灭火武器以一只大牛的牛皮缝起的密封皮囊装水，口上绑紧插入的竹竿水枪，挤压牛皮囊水枪，能喷射出三丈远的水柱。

王继英问道："皮囊结冰如何？"

姜炎指着旁边的大瓦缸说，每只船都安放了有温热水的瓦缸和加热瓦缸的炭盆，确保皮囊保持常温不会结冰。

靠浮桥的黄河大堤边，几百名兵士配备了长竿倒钩枪，以对付偷袭的敌军。要确保浮桥无损。

寇准点头，还是强调了再强调，发现敌人要及时消灭，绝不能因此影响战局。

寒夜已入丑时，黄河冰道里的西北风更猛烈了，犀利的风吼起来似群狼的嚎叫。

萧排押带着六百精兵牵着战马驮着松柴，在浮桥上游约三里处滑下了黄河大堤。军马铁蹄上和兵士的靴子上都被裹上了厚厚的棉絮，以免打滑。

辽军是半蹲着牵着战马，沿着冰河旁边前进，在狂风的怒吼掩盖下几乎没有声响。

天空黑得像倒扣的锅底，只有冰面细微的反光，能够指示方向。黑夜里眼睛的闪烁，是唯一的交流言语。兵士们行进时，撞击到沟壑的锋利冰刃，衣裤被划破，热血淌出来凝成了冰碴儿。

萧排押带着部队在冰河上摸索着，向前掠过一道大弯后，终于望见远方，黄河浮桥在船上昏暗的松明子火炬照耀下，像卧在河面上的一条长龙，隐隐约约可以辨别出桥上有闪动的黑影。

萧排押一声令下："打火，点松明子。"

顷刻间，黄河冰面上出现了一片火把排成的方阵。

张瑰率先发现了远方冰面上的变化，火把在跳跃着向浮桥扑来。显然，骁勇的辽军已跃上战马冲来，只有几十步远。

"排箭齐射。"弓箭手按照指令扳动月牙，弩弓上六尺长的兜箭，风驰电掣般散射出去，黑暗中伴随着惨叫，一支支松明火炬坠落。

在强大的排箭攻击下，辽骑不断倒下。但是，有几位猛士捡起未熄灭的松明火把，又继续拼命向浮桥的木船冲来，埋伏的宋军用长竿倒钩枪横扫，马腿被钩住立刻掀翻，跌入挖开的冰壑中。

有几骑举着火把的辽兵已经接近中心的浮桥了，宋军兵士们操起了水龙竹竿，向着几束火把浇去，火炬立刻熄灭，辽兵也被冲翻在冰河上。

有一骑辽兵擎着火炬急速冲到浮桥两船之间的夹缝里，泼上牛油点燃。

宋军集中水龙立刻就将刚刚点燃的火浇灭了。

萧排押眼看着冰面上自己的精兵倒下一片，松明子火把也都熄灭了。黄河浮桥如钢铁铸就，盘踞依然，他长嚎一声："快撤！"亡命而逃。

这一仗，寇准、李继隆、石保吉和王继英都集中在桥头的营帐里，阵前决策，直接指挥。

赵恒也彻夜未眠，张耆、高琼两位将军和司录参军刘鄂一起守护在行营，张耆安排的禁军及时报告战况。

赵恒听说辽军已被击溃逃遁时，微锁的眉头顿时豁然展开，他情不自禁地拿起了刘鄂双手："此战之后，辽军已经黔驴技穷，澶州战役我大宋可宣告胜利，和平的曙光即将升起在景德元年（1004）了。"

借着雾霾中的一抹晨曦，李继隆命令清理黄河冰道上的惨烈战场。将已亡辽兵安葬，未死者收容治疗。百匹中箭身亡的战马被运进城来，分给久未开荤的澶州军民。顿时，胜利的欢乐把大地醒来后的一切声音，汇成最雄壮的凯歌，甚至有人从家里找出鞭炮放了起来……

而辽军萧太后的营帐里，萧排押跪伏在地上，不敢抬头："末将无能，我尽力了。"似乎能听到他粗犷的呼吸中的啜泣声。

萧太后大声说："你像什么战将，抬起头来。"耶律隆绪、韩德让面对着脸上沾满鲜血、皮袍被战火烧出破洞的萧排押，哑然无声。

耶律隆绪放下君王的架子，走向妹夫萧排押，安慰他说："驸马没大伤就好。"接着交代随从带萧排押前去洗涤休息。

萧太后手中最精锐的王牌全军覆没了，她用手指扒了扒从未蓬乱的发鬓，长叹一声，对传令官说："你去把王继忠找来。"

王继忠知道辽军夜里大败，心情很复杂：大宋天子原先是他的主子，当他知悉辽军火烧浮桥的计划时，非常担心；如今辽军惨败，而自己曾是宋将，如何面对，心里已是战战兢兢。

随传令兵来到萧太后帐前，王继忠掀起帐帘，低着头走进去，参拜之后，才敢抬头。

萧太后说："王将军再去一次澶州吧，还是要见到宋王，午后即去。"

寇准一夜未眠，饭后正想靠在案台上打个盹，旗牌官来报，王继忠又来了。

吊桥那端，王继忠还是如上次那样，穿着汉服棉袍，戴着番帽，手里举着小白旗，抬起头来向城楼上探望。

王继忠看见帅旗下的寇准出现在垛口，赶紧拱手作揖："继忠参见宰相。"

寇准丝毫不给情面："你这无耻叛将，又跑来骚扰，小心本帅用尚方宝剑砍了你。"

"是萧太后要继忠来面见圣上议和的。"

寇准没好气地说："什么议和？萧绰根本没有诚意。那天你刚回去，傍晚就进攻我通利军，杀害我数百军民；昨晚又来偷袭浮桥，妄图将大宋天子困于重围之中。你们还有何面目议和？"

寇准将手一挥："你滚回去告诉萧绰和辽主，大宋勤王大军正分别从东、南和西北赶来，北面我已令杨六郎率威虏军铁骑南下，不日则将辽军反包围，你们就等着就擒吧。"

王继忠哭喊着："寇相，你老人家就让我面见圣上吧，圣上是有和议之心的。"

"你是宋军的叛将，卖国求荣，我早就说过，你没有资格作为和议使。叫萧绰另派和议使。"说完，寇准就转身去了。

王继忠无可奈何，只好拿着小白旗折回辽营。

耶律隆绪在自己宽大的营帐里，举行了萧达凛中箭阵亡后的第一次朝会。

面对文武诸臣的山呼朝拜，耶律隆绪提高了声调："众卿平身，听太后为各位讲评目前形势，以确定下一步战略。"

萧太后离开座位走到台前："众爱卿……各位受累了。"

她扬起双眉，美丽的眼睛里闪烁着不可抗拒的光辉，用她那特有的清亮的声音对大家说："以铜为鉴，可以正衣冠；以人为鉴，可以明得失；以史为鉴，可以知兴替。众卿可知否，离这澶州不远的栾州，正是五十七年前，我朝太宗皇帝南征返程，因热毒攻心而晏驾之处。辽军在中原的行为，引起了百姓的愤怒和顽强抵抗，使太宗称帝汴京一个月之后，不得不回师北撤，不幸驾崩。尔后中原更替，继承者一直怀抱收复燕云十六州的愿望。后周柴世宗北征夺走了我关南之地。为这关南三州，本太后孤儿寡母与众将士奋战了二十年，许多杰出的将领因此献出生命。一个月前，我三军挥师南征，定的目标就是收回关南之地，以回报列祖列宗。原来是要靠在天雄府、瀛州府战役取得全胜，然后三面包围澶州，以此为重码威胁宋朝，取得议和中的主动权。而现在我军连连失利，宋军西北、东南和南面的勤王部队很快就会到达澶州战区，北面杨延昭将率威虏军骑兵断我退路。澶州离我辽境甚远，稍有闪失，我军将陷入宋军的反包围之中。宋朝和我朝在几十年的战争中，各有胜负。但宋咸平以来，宋王励精图治，两次率军亲征。在几乎两年一次的大战中，我朝除了打打谷草取得一些财帛，根本无法征服中原，而宋朝也没有力量收复燕云十六州。宋朝和我辽国如能结盟，中原大地和我幽燕山川将勃发生机，民众将安享太平。"

耶律隆绪站起来走到母亲身边，说："宋辽不能再战，辽国的历史上不能只书写战争。"

他扫视了一下群臣，问道："哪位爱卿能承担和议使的重任？"

班中闪出一位气宇轩昂的大臣，是通晓汉辽文化历史和语言的韩杞，他上前一步："臣下愿意出任和议使。"

耶律隆绪看到了缩在后面的王继忠，说道："王将军，你陪同韩将军到澶州城下。"

第四十八章　两使交涉终成书　宋辽澶州喜会盟

这一次，寇准依然没有放王继忠进城，只让韩杞上了吊桥，安排他先在城楼等候。寇准带着两位大帅府的参将，去向皇上报告王继忠再临澶州城下之事，从毕士安行中书令而据的西厢房前经过。

善察人意的毕士安虽然已经老眼昏花，但他从行路匆匆气势汹汹的熟悉身影上，一下子就判断出是他的搭档寇准寇老西。他疾步走到门口，招呼寇准进到屋内。

寇准的愤怒还未消停下来，他掷地有声，指责辽方假议和、实挑衅，声称要向皇上死谏，放弃和谈，号令各路勤王大军将辽军反包围歼灭之，进而乘胜北上，收回燕云十六州。

毕士安按寇准坐下，吩咐给寇相上茶。

毕相的声音变得严厉："你现在是元帅了，你谋划军事，要打胜仗是对的，但是你不可越位，现在已有人议你挟兵自重了。只有皇上才高瞻远瞩，深谋远虑，他看到了全局。现在的局势是几十年僵持形成的，我们没有绝对的优势收复燕云十六州，契丹人也不可能拿走关南之地，辽朝萧太后也许同时认清了形势，对于大宋与辽，和平与安宁比什么都重要。"

毕士安打开一叠卷宗，接着说："你看看河北各州的奏折，再打下去，就没法儿种地，也没人种了。"

寇准回应道："这也是，现在已是腊月，年后就要部署农事，打仗何能务农？只是皇上亲征澶州，才形成今天决胜之势，议和岂不……"寇准仍不甘心。

毕士安说："宋辽不再战，不仅华北漠北烽火熄灭，西北局势也从根本上改变了：党项失去辽作依靠，必然倒向大宋，我西北的丝绸陶瓷贸易又可以畅通了，经济的发展才能让大宋富庶繁荣。"

寇准:"感谢老丞相点拨,寇准懂了。"

赵恒听寇准报告了王继忠再临澶州城下的消息,就和毕士安、寇准二相,枢密使王继英,以及李继隆、石保吉等大臣,一起议决委派曹利用担当大宋和议使。

赵恒立即召见了曹利用。

曹利用堂堂威猛且儒雅,玉树临风,一表人才,他是崇仪使曹谏之子,开国老将军曹彬之侄。曹彬去世之前,赵恒率大臣前往探视,曹彬于众多子侄中只向皇上推荐了曹利用。

赵恒当即授曹利用为阁门祗侯,崇仪副使。叮嘱他研究宋辽战史,提出一些假设,设计对策。

赵恒在召集群臣朝会的大堂里,接见了韩杞。

毕士安、寇准、王继英、李继隆、石保吉、高琼等文武大臣分列两边。

韩杞向大宋天子行过礼,呈上国书,同时阐述了国书里的主要条件。韩杞道:"此番辽军南下,并非要占领中原,而是要恢复故土,收回关南之地。"

赵恒站起来,坚定地说:"关南之地,乃大宋太祖太宗所传。朕御驾亲征,宋军接连取得胜利,辽已尽失议和的资本。若是一定要谈关南之地,朕宁可率大军决一死战。你不必说了,留下国书。曹利用,你与辽使去辽营,向辽主和萧太后阐明大宋的立场。"

韩杞想不到宋帝竟然说出"宁可决一死战",态度如此坚定,只得拜辞。

在辽飞龙使韩杞的陪同下,大宋和议使曹利用走进了辽主耶律隆绪的营帐。

曹利用见过辽主和萧太后,萧太后一看这宋使风流倜傥,气度不凡,眼睛里闪烁着智慧,嘴角边挂着机敏,挺直的鼻梁展示着不屈的个性,知道宋王是派出难对付的杰出人物了。

萧太后道:"关南之地,乃是北晋割让与辽,被后周柴荣所占去,如今还我，理所当然。"

曹利用微微一笑："萧太后是通晓历史的，燕云十六州乃一直归属汉唐，是石敬瑭背叛后唐，才将燕云十六州拱手相让的。中原继承者的最大抱负就是要收复燕云十六州，我先帝太宗几次北伐都是为此，而萧太后你在沙场上奋战二十年，也没能够收回关南之地。辽与中原的战争，已经数十年，山河破碎，生灵涂炭。宋辽之间，和则两利，斗则两败俱伤，想太后也已为征战身心疲惫，才有议和之动议。而我圣上也深明大义，将和平与百姓安宁放在第一位，才与萧太后有此议和契合点。"

萧太后冷笑着讥讽："现在是我辽军南下千里，三面围困澶州，凭这一点，大辽在谈判桌上就处在有利位置，可提收回关南之条件。"

曹利用从容不迫答道："我圣上英勇神武，两次率兵亲征，得全体军民拥戴。且咸平以来，组建强大骑兵，组成集团联防，有如铜墙铁壁。所以辽军南征以来，遭到顽强抵抗，攻瀛州，围天雄，均损失惨重。太后戎马征战，靠的是耶律休哥、耶律斜轸和萧达凛三员主将，今三人均已身亡，还能推进吗？辽军深入我境多时，粮草将尽，军心动摇，还要等大宋各路勤王之师形成合围吗？昨天我朝圣上接见辽使，就已经表明立场，大宋立国之时，便已经有了关南之地，守住祖宗江山，乃一代君王之天职。若是辽在这一点没有退让，那就只能再打下去，这也不合太后的本意。至于关外土地贫瘠，宋朝给些资助，也要看我圣上的旨意。"

听到"只能再打下去"，萧太后心头一愣，但她很快镇定下来，语气柔和了些："曹使节，你先下去。韩杞你陪曹使节。"

曹利用微微躬身，退出营帐。

萧太后用求助的目光询问韩德让，又转向耶律隆绪。

耶律隆绪说："母亲，我比宋王小几岁，我想我们的一生不能完全耗费在战争上，百废待兴，宋辽都需要富强，民众应获得安宁。关南是宋立国以来就在他们手里，宋王如失关南之地，就无法面对列祖列宗和千万民众，我看不必纠缠了吧。"

萧太后想到几十年金戈铁马，到头来只能无可奈何，眼眶里渗出了汩汩的泪水。

三人商议，觉得韩杞虽然强悍，但不够机敏，在谈判上不足以抗衡曹利用，决定增派右监门卫大将军姚柬之接待宋使和谈。

萧太后交代，要在和谈中体现宋辽的平等地位，决不能以下邦屈辱之。

姚柬之是辽国汉臣姚汉英长子，辽统和十三年进士。萧太后认为，对宋朝的外交活动，让辽国汉臣去，各方面容易沟通。

和谈中的三天，壁垒森严的澶州城与对垒的辽营似乎都平静了下来。春节仅仅还有十几天就要来临，任何人在这个时候都更加渴望祥和。

赵恒对伴随亲征的朝廷重要机构中书省、枢密院和三司的旨意是："坚持一不割地，二不和亲。割地、和亲皆是国耻。可以延续汉高祖曾赐金帛予匈奴的先例，适当给辽以帮助。"

毕士安和三司使丁谓算出，宋每年用于与辽的战争费用高达三千万两白银，如果和议达成，开放宋辽边关贸易，宋可有一百五十万两白银的收入，如给辽资助，决不能超过这个数字。

曹利用回到澶州。

赵恒在行宫的外室接见了承担重任的使节，只有毕士安、寇准两位宰相和枢密使王继英在场。

赵恒吩咐给众爱卿赐座。

御案边火盆燃得正旺，炭火驱赶走了战争带来的寒冷，将温热传递到人们的心里。

曹利用禀报了几天和谈的情况，韩杞已成陪衬，姚柬之没有那么强硬，但他是辽状元出身，斟词酌句都很认真。姚柬之传递了辽高层议定放弃关南要求的信息，曹利用觉得初战告捷，语气也变得缓和了些。姚柬之非常注重辽之地位的阐述，宋辽之间，汉人与契丹人之间，都应该是平等的。曹利用赞同这种观点。宋给予辽的无偿援助作为兄弟之间从道义上来讲是可以的，但是具体数字还没有议定。

和平就要降临在曾经生死厮杀的澶州战场，安宁伴随景德元年（1004）将赐福予大众百姓。

赵恒抑制不住心中的激动，褒奖曹利用："曹家不愧为功勋之家，曹爱卿议和有功，将在大宋的历史上写下隆重的一笔。"

赵恒对毕士安率三司计算出的数字心中有数，他语重心长地对曹利用说："连年战争，国库空虚，你还要为国善辩，岁币决不能突破一百万两白银。"

皇上最后的语句斩钉截铁，曹利用牢记心里，站起来："臣曹利用领旨。"

这时，寇准已静悄悄候在朔风劲吹的门外。

曹利用以宽大的衣袖挡住风沙，遮住了眼睛，被寇准一把拽到旁边，道："本帅有令，你许辽不得超过三十万两白银！超过的话，本帅以尚方宝剑斩你项上人头。"

曹利用惊出一身冷汗，连忙答应："大帅之命，利用遵之。"

寇准放开曹利用，问他："你何时回辽营再议？"

曹利用道："已近年关，事不宜迟，当明日上午赴辽营再谈。"

在辽营和谈的营帐里，曹利用与辽方儒将姚柬之再次会面。姚柬之谦恭礼让，不卑不亢；曹利用同样是将军风度和文人气质并举，不失礼节而又在原则问题上寸步不让。辽无奈之下，只得同意曹利用铁定的三十万两岁银数目，双方草拟了盟约条文：

共遵诚信，虔奉欢盟。以风土之宜，助军旅之费。

每岁以绢二十万匹，银一十万两，更不差臣专往北朝，只令三司差人送至雄州交割。

沿边州军，各守疆界，两地人户，不得交侵。

或有盗贼逋逃，彼此无令停匿。

至于陇亩稼穑，南北勿纵骚扰。

所有两朝城池，并各依旧存守。淘濠完葺，一切如常，即不得创筑城隍，开掘河道。

曹利用携盟约草案再进澶州，向皇上禀报，请示。

曹利用进入行营时，诸臣皆问：商定了多少银两？因盟约尚未经皇上审定，曹利用均以摆手回之。

到了皇上的办事外间，赵恒看到曹利用，首先关心的也是银两问题，问道："曹卿议定了多少？"

曹利用一路上都用手势，习惯地伸出三个手指。

赵恒厉声喝道："三百万两？朕不是交代你吗？"

曹利用慌忙跪下，从衣袖里抽出盟约草案，双手呈上，急急说道："禀告圣上，是三十万，不是三百万两。"

赵恒闻之大喜，说道："曹爱卿平身。"认真看过盟约草案，又递给匆匆赶来的毕士安、寇准和王继英。

曹利用再次禀报："还有不写成条文的约定，宋辽结盟，两国皆为兄弟之邦，辽主尊我皇为兄长，我皇尊萧太后为叔母。"

赵恒思忖了一下，说："这样好，两国结为兄弟，国主自然这样相称，兄长对弟给予资助，理所当然了。"

曹利用返辽第三个回合后，辽军按照统帅部命令，全部后撤三十里。受辽主与萧太后委派，辽和议使姚柬之赴澶州，在行宫大堂，将盟约条款文本呈送宋皇赵恒审定。

赵恒阅后道："条款经双方多次议定，体现了宋辽之间的相互尊重，利益均衡，平等、务实，同意签署。"

赵恒要寇准以元帅府令河北各路各州军队，不得阻击辽军北归。

赵恒发布诏令，即将具有战争字义的地名更改。"威虏军"改为"广信"，"静戎"改为"安肃"，"破虏"改为"信安"，"平戎"改为"保定"，"宁边"改为"永定"，"定远"改为"永静"，"定羌"改为"保德"，"平虏城"改为"肃宁"。

辽使姚柬之叩谢宋皇，他说："宋辽搁置争议，着眼大局，化干戈为玉帛，迎来欣欣向荣的发展生机，使百姓得以休养生息，安度和平岁月。"

赵恒忙叫曹利用扶起辽使，赞扬姚柬之在促进宋辽和解中发挥了重要作用。

赵恒召见王继英，要枢密院会同兵部，并由工兵营火速搭建一座规模宏大而朴实无华的会盟圣坛。

赵恒的额头显得非常亮堂，他的心里正翻滚着沸腾的浪花，但他的语调依然平静又那么慎重。

他说："我们没有割地，没有和亲，没有做对不起祖宗、对不起百姓、不能载入史册的事情。黑暗之后是黎明，我们将战争引入了和平，这将是一次世纪的会盟。中原的沃土也曾是历来战争的沙场，历史上有过春秋时期四次大的会盟——葵丘会盟，践土会盟，黄池会盟，徐州会盟，这些会盟在春秋诸侯战争的历史进程中，都起到了推动一个地区一个时期和平发展的作用。而我们这次会盟，使厮杀了几十年的宋辽两国携手走向和平，意义非常重大且深远。所以，王爱卿，你要将搭建会盟圣坛之事抓紧做好，体现隆重而无奢华。"

这是中华历史上一次史无前例的会盟盛典。

宋辽会盟仪式在澶州北城门外的大广场上举行，按照赵恒的诏令，王继英带领工兵营，夜以继日，搭建起一座规模宏大而朴实无华的会盟圣坛。坛北木梯两边分别插上了十二面宋旗、十二面辽旗。坛中央是一张大案台，上面摆着两份即将签署的盟约文本，案前是长方形的青铜香炉。

这一天格外晴朗，天空没有灰沉沉的雾霾，冬日的太阳露出难得的笑容，无尽和煦的阳光普照中原大地。

彩旗飞扬，锣鼓齐鸣。

当宋皇赵恒和修仪刘娥，辽帝耶律隆绪、萧太后分别带领文武大臣走向祭坛北侧时，响起震耳欲聋的鞭炮声。

赵恒伸出双手和耶律隆绪双手拉在一起，随后携手登上祭坛木梯。刘娥上前一步牵起了她心中敬慕的巾帼豪杰萧太后的手，萧太后微微笑着向刘娥致意。同样，萧绰也听说过大宋皇帝身边这位美丽绝伦、才华横溢的刘娥。

赵恒和耶律隆绪走到摆着盟约文本的案台前，刘娥和萧太后依然纤纤玉手相牵，站在两位君王身后，宋辽大臣们则分两边排开。

宋特命全权和议使曹利用，辽特命全权和议使姚柬之，代表两国君王分别用汉语和契丹语宣读盟誓文书。

赵恒和耶律隆绪拿起毛笔，饱蘸浓墨，在决定历史进程的两本盟约文本上签下自己的名字，然后交换文本分别交给曹利用和姚柬之，赵恒和耶律隆绪的手又紧紧拉在一起。

这时，宋、辽的两位内侍总管分别擎着已点燃的三炷龙香，呈献给两位君王。

赵恒和耶律隆绪信步走到案前，同时拜天祀地，将龙香插入香炉。中华大地上的宋、辽两位首领从此结为兄弟。

两位总管分别端来两个盛酒的紫檀木盘。

弟耶律隆绪向兄长赵恒敬上用牛角黑盏盛着的草原奶子酒。

赵恒回敬了耶律隆绪用影青釉瓷盏盛着的三香御酒。

大宋的军民和辽军的代表欢呼起来。

从白山黑水到粤北岭南，从渤海之滨到丝路楼兰，在中华大地上，只要民族和睦相处，就会出现繁荣兴旺。景德元年（1004）澶州会盟，昭示着中华各族一个百年和平的到来。

中午，赵恒在澶州城设宴，招待辽国君臣。萧太后用影青釉瓷杯与赵恒相互敬酒的时候，没有赞酒，却对手中的瓷杯赞不绝口，她对赵恒说："一开始看到这瓷器，白体凝绿，光洁冰清，以为是玉器呢。"

赵恒笑着说："叔母喜欢这景德镇的影青瓷，大宋自然相送哦。"

赵恒诏令工部，安排景德镇加紧赶制六十套，配齐执壶，茶盏加托碟及小杯。底款上要有"景德年制"字样，以纪念这个伟大的年份。

会盟次日，就下起鹅毛大雪。澶州城外辽军依然拔营北撤。

赵恒微笑看着正在梳妆的刘娥说："爱卿，你再也不用女扮男装跟着朕了。朕考虑下午就回驾汴京吧。毕士安与我们一道回，留下寇准和王继英处理后续之事。"

他又说："昨天喝了酒，很兴奋。娥娥，朕想写诗。"

朝会上，赵恒发布了回京的诏令，群臣高兴，思乡思亲心切，笑容涌上眉头。

赵恒吩咐："笔墨伺候。"

赵恒舒展衣袖，提笔吟哦，挥洒丹青，写就《北征回銮诗》：

> 锐旅怀忠节，群胡窜北荒。
> 坚冰销巨浪，轻吹集佳祥。
> 继好安边境，和同乐小康。

第四十九章　花灯万盏闹元宵　君臣欢喜游汴京

灯火阑珊，月光如水，今又元夜时，月与灯依旧。

景德二年（1005）元宵佳节，大宋汴京欢腾在一片灯海之中。

元宵节又叫上元节。正月十五为上元，七月十五为中元，十月十五为下元，是道教三个节，三元节要张灯。宋太宗淳化元年（990），免去了中元、下元张灯，只保留了上元的灯展。

从战争的紧张氛围解脱出来的汴京，有着格外浓厚的节日气氛。整座城市到处都是五颜六色的彩灯，好像天上星星降到人间。万灯千盏，闪烁光华，熠熠生辉，把京城装饰得如同人间仙境。人头攒动，人山人海，到处是喧闹着、拥挤着看灯的人群。成千上万的人们，沉浸在这由无数锦绣彩灯营造的祥和之中。

年轻但经战火焠炼而变得成熟的大宋皇帝赵恒，仍然兴奋得像二十年前一样。西边的天空还飘着晚霞，赵恒早早地吃了热气腾腾的汤圆，闲庭信步，登上了久违的皇宫宣德门城楼。久病初愈的郭皇后，修仪刘娥，婕妤杨梦芸等，都兴致勃勃，跟着皇帝，牵着裙裾上了城楼。

从宣德门城楼望去，秀丽蜿蜒的汴河倒映着各种各样的彩莲灯，牡丹灯、海棠灯、龙灯、凤灯、仙子灯、状元塔灯……平静的水面浮光耀金，如绵延的彩缎。偶尔有小船掠过，会在水面上划过一道彩色的波痕。开封府前广场、大相国寺广场等全城宽阔处，放起了接连不断的鞭炮。一束束焰火射向夜空，绽放出成千上万仿佛从银河倾下的彩色流星，隐隐约约可以看到，巡游表演开始了。

这时，一条巨龙彩灯从西角楼尽头沿着宣德门西大街往这边行进，后面用一盏盏彩灯缀在长板凳上，连成一条看不到尾的长龙。龙头接近宣德门城楼时，开始舞动起来，后面的板桥灯盏全部跟着扭动，壮观极了。舞灯的人们喝彩起来，频频向城楼致意。宫门的小太监也燃起了鞭炮，以示欢迎。

一位内侍太监匆匆赶上城楼，向赵恒和刘娥禀报：刘美将军和钱惟演学士前来拜见。太监们知道，这二位大人是刘修仪娘娘的至亲，急忙通报。

"宣二位觐见。"赵恒道，又对刘娥笑了笑。

郭皇后已经感到在城楼上站累了，就向赵恒告辞。其他宫人知道修仪娘娘家里来客人了，也都跟着离去。

刘美没有穿戎装，一件宽大的锦缎团花棉袍，仍然遮不住他已经发福的身躯。

二十七岁的钱惟演依然玉树临风，一件系在肩上的深褐色披风，随风飘起，更显得精神焕发。

赵恒感慨万千："钱爱卿到底比朕和你刘姐小九岁啊。华灯初放，值此良辰美景，我大宋才俊来首诗吧。"

刘娥响应："好啊，当年钱弟来我别苑才十岁，就聪明过人，才华横溢哦。"

钱惟演作揖答道："圣上和娘娘有命，臣哪敢不从。"他信步上前，用闪烁着智慧的眼睛，扫视了汴河两岸无尽的灯火，沉思了一会儿，又退三步，面向赵恒和刘娥，吟诵道：

> 紫禁烟光一万重，五门金碧射晴空。
> 梨园羯鼓三千面，陆海鳌山十二峰。
> 香雾重，月华浓，露台仙仗彩云中。
> 朱栏画栋金泥幕，卷尽红莲十里风。

刘娥喝彩道："好！好！"

她遗憾地说："以前我们和钱弟在宫外观看灯会，近距离，更精彩，开心极了。"

赵恒望着刘娥眼里闪烁着的美丽光辉，也想起过去的自由自在，他用眼光征询刘娥:"要不今晚朕与你们出宫自由一回吧!"

挺立在一边的张耆开口了:"外面人山人海,皇上和娘娘的安全怎么保证啊?"

"这就要考验你这位大将军了。"赵恒的回答没有含糊。

张耆望了望刘美,把他拉到一边,要他火速将住在离御街不远的夏守恩、夏守赟调来。

当二位夏将军赶到的时候,张耆已安排大家到城楼里面换上了便装。赵恒魁梧的身材穿上锦缎便装,像位大官人。刘娥没有男扮女装,还是一位身材妖娆的女眷。钱惟演则像一位奶油小生。将军们和一百名禁军侍卫都穿上了便服。张耆交代不能紧随,只要伴随,要眼观六路,耳听八方,眼疾手快,见机行事。若有情况,百名禁军会将皇上和娘娘围起来,宫中的禁卫精骑会飞速赶到。

出了宣德门,顺着御街往南,一路上彩灯高悬,品种繁多,近了就分辨出,走马灯、鲤鱼灯、坐车灯、球灯、八角灯、槊绢灯、诗牌绢灯、镜灯、字谜灯、水灯、琉璃灯、戏曲人物灯……万盏花灯争奇斗艳,目不暇接。

街上热闹非凡,人群熙熙攘攘。八名各色便衣在前,闯出一条路来,才不多时就到了开封府前广场。广场上活跃着装扮成猪八戒、孙悟空、沙和尚、铁拐李、何仙姑、吕洞宾的各色人物,百角踩高跷,还有倒骑毛驴的张果老,街人可以和他们互动。

旧城新瓦子门龙津桥边有条小吃街,在卖鹌鹑馉饳儿、圆子、炊饼、白肠、水晶脍、科头细粉、旋炒栗子、银杏、鸡段、金橘、橄榄、龙眼、荔枝,和热腾腾的桂花红枣汤、杏仁汤……

一行人真是看得花了眼了,香味扑鼻,可是谁也没带买小吃的铜钱。

走过去,空地上响起一连串清脆悦耳的声音,只见一位摇着鼗鼓的白衣少女,飞旋似的走到场子中间,银铃般的说唱声很快吸引了一圈人。想起少年时的自己,刘娥的眼眶湿润了,大官人仿佛回到了二十年前,眼睛瞟了一下张耆。张耆心领神会,立即从袖子里掏出一袋银子,上前塞给那白衣少女。当场子上的人关注到这帮大财主时,他们已走远了。

玄灯之下,还有各式各样的节目演出:小儿竹马、胡女番婆、小儿台阁、鞑靼舞、老番人、扑蝴蝶、旱龙船、神鬼砍刀、快活三郎……让人流连忘返。

张耆和夏守恩、夏守赟兄弟都是几岁就在韩王府的,刘美也有十几年了。现在,他们都是叱咤风云统领千军万马的将军,但此时此刻依旧守护在皇上身边,警觉中又带着欣喜,希望能经常有这样温故的日子。

城中的大小寺院也是人们观灯的主要场所。大相国寺中的诗牌灯用木牌所制,木牌上写着文句,供人猜谜。刘娥没有心思,什么也猜不出来。来到这里,她思绪万千,在大相国寺为潘妃求佛镇邪的事,依稀在目,想不到潘妃如此命薄,已逝去十六年了。在这佛家圣地,她在暗处悄悄合掌,祈求善良、宽容,能给自己带来好运。只有她的大官人三哥,最了解她。赵恒走近来,将刘娥的小手放到掌中摩挲。

钱惟演小书生走得快,他在前面招招手:"这里还有精彩的呢。"

临近汴河柳树群了,每棵柳树上都挂着各式各样的彩灯,光彩夺目。沿堤空地上,搭起了许多戏棚,奇术异能吸引了大批游人:击丸蹴鞠、踏索上竿、张九哥吞铁剑、小健儿吐五色水、旋烧泥丸子,还有猴呈百戏、鱼跳龙门、使唤蜂蝶、追呼蝼蚁等动物杂耍,引得小孩儿笑眯了眼。乐器演奏,惹得许多老儿跺跺脚打节拍。

夜深了,汴河边的风凉飕飕的。张耆道:"大官人,娘子,咱们回吧。"

赵恒点了点头,刘娥像儿时一样灿烂的笑靥吸引了他。有点冷,刘娥管不了那么多了,依偎在赵恒的身边:"八年来,我头一次这样高兴,圣上以实力与谦和赋予了天下安宁,这正是值得万民同庆的呀!"

夏日,曾在赵恒御驾亲征澶州时镇守汴京的雍王元份,重病无治离世。四弟逝去对重情的赵恒是一个打击,想起儿时四弟扮将军跟在扮元帅的自己后面一起玩耍，不免潸然泪下。

雍王妃李氏恶毒至极，竟然在元份病重时恶语相向，撒手不管，这是雍王病亡的主要原因；李氏还仗着儿子允让由郭皇后领养，妄言自己是未来太后，私制龙袍。这一切都经查实。赵恒下诏，将李氏削去雍王妃封号，贬为庶人，置于别所监禁。

寇准回京后第一件事，就是以大帅部名义对诸将，按入冬以来的军功和败绩分别赏罚。名单送到毕士安处，毕相看到，王钦若因天雄军损失拟降二序时，眼神不免怪异，知道寇准还在为王钦若曾建言皇上南迁金陵而愤懑，但不是中书省的文件，他觉得不便修改和指出，就置之度外了。

这次支持皇上御驾亲征和指挥澶州战役，寇准功不可没。寇准得意时历来都是趾高气扬的，他觉得先帝太宗曾将自己与魏徵同日而语，无可置疑更是当今重臣了。当他将大帅府的奏情呈报皇上时，赵恒觉得对王钦若的拟降也有些不公。王钦若一文臣，领衔天雄军保卫战，虽然军队伤亡严重，但终于让辽军兵败城下，赢得了战役，可以将功抵过。

但寇准又重提王钦若议南迁金陵之事，说："倘若不是皇上英明果敢，依了这江南矮子，哪来的澶州战役胜利，哪来的平等和约。按他的妄议之罪，可用尚方宝剑砍他的头。"

赵恒知道这寇老西的倔劲，不愿出现君王与宰相争论不休的场面。他对王钦若还是有好感的，一想，王钦若是大宋状元，让他领衔《历代君臣事迹》一书编纂吧，也能青史留名，以免做杂事误了这江南才子。以后再恢复参知政事也不过一纸诏书。

赵恒吩咐给寇相赐座、赐茶，然后说道："朕要下诏令，褒奖澶州之战大帅部，尤其是寇相劳苦功高，将名存史册。战役的结束，大帅部也已经完成使命，将所余杂事移交枢密院和兵部吧。寇相辛苦了，也应该歇息一阵，腾出精力参与处理政事。"

皇上的话言近旨远，寇准赶紧领旨。

西部局势正如老宰相毕士安所料，宋辽达成和约后，辽便不再将党项作为牵制宋朝的力量。李继迁刚死，其子李德明继承，辽即取消了对夏的援助。

李德明没有办法，只得派使前往汴京，纳还土地，再度称臣。赵恒欣慰，西北二境完全平定，没有边患了。他下诏赐李德明国姓为赵，封为定难军节度使兼侍中，西平王。

第五十章　三千英才会科考　皇上喜颁景德瓷

柳絮飞时花满城，全国瞩目的科举考试即将在汴京举行。来自江南江北大河上下的学子们，骑着高头大马，带着书童，捐着行李，涌进了开封。偌大的京城，馆驿告满。朝廷允许常住京城的波斯人、犹太人都能参加考试，优者则仕。

也有寒门士子，肩挎一卷铺盖，手提藤制书箱，寻遍汴河两岸，找到便宜的客栈即刻住下，凑着昏黄的油灯复习，饿了到外面买几块炊饼，舀一碗面汤凑合着吃。

国子监考场原只有一千个位子，远远不够，本届又在孔庙挨着外廊搭了两千个考生位子，作为考场。孔圣公像前的香火格外旺盛。

因为考场是在京城，属开封府辖区，府兵们已在考场披坚执锐巡查。主考官们早早就到了场，御史台也派员巡视。

考生们络绎不绝进场，要凭地方考试过关的证明，对照上报的姓名方能入场。

晏殊和张知白同乘轿子到孔庙门前，门前还有不少考生在等待。晏殊下轿后想跟在后面蒙混过关，被府兵挡住："你是哪家孩子，快快离去。"

张知白好笑，上前说："你请主考官出来一下。通报江南安抚使张知白面传皇上口谕。"

府兵一看，是位三品大员，要传皇上口谕，自然不敢怠慢。

出来一名主考官，是翰林学士、知制诰钱惟演，本届科举考试知贡举，少年才子，风度翩翩，看见张知白忙行礼不迭。

张知白说："皇上口谕，让临川晏殊直接参加考试。"

"领旨。"钱惟演牵着晏殊就进去了。

里面考生们见进来一位身背书包的小孩，纷纷吃惊。

钱惟演跟众位主考官碰头后,即帮晏殊安排了考位坐下。

等考题发下来,晏殊难以相信,这个题目曾经在家做过,虽说也是自己独立完成的,但他认为,做学问必须诚实,何况这是神圣的国家考试。于是,他向主考官讲了实话,要求给自己另换一个试题。可是考场上规矩很严,不能更换。

晏殊用工整的小楷写完,并第一个交了答卷。

主考官向皇上赵恒禀报科举考试之事,赵恒特别向钱惟演问起了晏殊。

钱惟演答道:"晏殊,大宋又一位神童,神气不慑,援笔立成!"

几天之后,皇上钦点晏殊与十几位成绩最好的考生参加殿试。晏殊小大人似的模样博得了赵恒的喜欢。复试晏殊时,赵恒高兴地对他说:"你的文章,朕亲自阅过了,没想到你小小年纪,竟有这么好的学问。"

而晏殊却跪下来,并把曾经做过那个题目的事情讲了出来,请皇上当堂另出题目考他。

大殿上寂静无声,众人都惊呆了。过了片刻,赵恒感慨地说:"没想到晏殊人小学问好,还这样诚实,有志气,好吧,朕就重出题考你。"

这个题目立意很深,难度更大,但晏殊很快便写好文章呈了上去。赵恒一看,称赞写得不错,还说晏殊的小楷已经达到秘书阁水平。

皇上当堂即赐晏殊为同进士出身,秘书省正字兼秘书阁读书。

宰相寇准却不以为然,他对赵恒说:"圣上,殊江外人。"意即晏殊是南方人不宜授其为进士。

对寇准的这一次以地取人之词,赵恒嗤之以鼻:"寇相以地取士,朕不能苟同。"他反问寇准:"张九龄不是江外人吗?"

张九龄,韶州曲江人,唐一代贤相。

看到皇上面带愠怒,寇准无言以对,连忙退下。

赵恒意犹未尽,他站起来,走到与御案并排的位置上,说道:"今日朝堂上朕还想说些事，让各位爱卿深省，朕先吟诵一篇诗文吧：'南昌故郡，洪都新府。星分翼轸，地接衡庐。襟三江而带五湖，控蛮荆而引瓯越。物华天宝，龙光射牛斗之墟；人杰地灵，徐孺下陈蕃之榻。雄州雾列，俊采星驰。台隍枕夷夏之交，宾主尽东南之美……'"

皇上一气吟咏，抑扬顿挫，轻重缓急，随着文章的感情起伏，骈偶对仗，朗朗读来……

朝堂上只有赵恒刚劲有力如洪钟大吕般的声音。

晏殊的小嘴也在蠕动，他在默诵着。

"阁中帝子今何在？槛外长江空自流。"赵恒吟到末二句的时候，速度放慢了，语调也降低了。

七百多字的《滕王阁序》，华夏文赋中最美的篇章，大宋天子从容背来，让大臣们惊叹不已。

赵恒重新提高了语调，说："朕不用说，爱卿们必定知道，这是初唐少年俊杰王勃的《滕王阁序》。在严格的骈体形式下，融对偶、用典、声韵等于行云流水之中，写山河壮丽，秋色旷远，再从宴会娱游写到人生际遇，表达了满腹经纶的抱负和怀才不遇的嗟叹。《滕王阁序》已成为千古不朽的传世名篇。当年王勃在海上失事的消息传到朝堂上，唐高宗甚至于一下子想不起王勃是谁；当他看到《滕王阁序》时又连连发问：'我大唐的第一天才在哪里？'他得知，王勃就是《斗鸡赋》的作者，竟懊悔不已，为此自责，深感王勃的离世与他过于严厉的贬谪息息相关。这个事例足以使历代君王和大臣们反省，对于人才要倍加爱护，不要求全责备。今天大宋就是要不拘一格选拔人才。则天皇帝乃一女身，尚能坚决地反对士族门阀的限制，改革科举。寇相啊，我们的大宋不能再以地域来作为用人标准，而应该唯才是举，大宋要让更多的江南才子杨亿、钱惟演和晏殊脱颖而出！"

三天之后，是三月十五，在大庆殿广场举行了褒奖今科进士的盛大典礼。

春天的阳光格外明媚，金色的光束斜射过来，温柔地轻吻六百名今科进士年轻的脸庞和飘拂的朝服。大宋骄子们将在这里面圣，聆听教诲，接受朝廷的重托，感到无比自豪。

当朝宰相毕士安头戴进贤七梁冠，身穿明红绯袍，手执白玉简，足履麂皮黑皂靴，走出大庆殿。

他宣布："朝廷为景德二年（1005）新晋进士举行庆典仪式现在开始。请大宋天子、当今皇上为大家讲话。"

赵恒头戴嵌宝紫金皇冠，身穿团花朱红龙袍，手扶箍腰白玉带，大步来到大庆殿外平台上。

"愿吾皇万岁万岁万万岁！"广场上响起排山倒海般的欢呼声，六百名进士"唰"地整体伏跪，三拜九叩拜。

毕士安宣布："大家起立。"

赵恒的声音有如晴空里的雷声：

"全体进士骄子们：

今天，朕在这里祝贺你们！你们是大宋的希望，是大宋未来的栋梁。你们将从汴京走向全国各地，走向你们的岗位，为百姓谋福祉，创造大宋美好的未来！

就在前不久，我们于澶州前线以大宋的胜利，换来了与辽国签订和平协议。宋辽之间的战争太久了，黄河以北山河破碎，生灵涂炭，几十年只见刀光剑影，宋辽民众皆因战争而陷于水深火热。澶州战役的大宋胜利，让契丹人正视现实，共商和平，盟约让宋辽结为兄弟，为宋辽民众带来和平与安宁！

现在百业待举，百事待兴，大宋正是需要人才的时候，让你们大有作为的时代已经来临。你们将被充实到各个岗位上，大宋的吏治将年轻而有活力，你们要以百姓为重，为百姓做事！

朕宣布，你们遇到难事，可以直接向朝廷呈送奏章，朕会及时处理。

今天，朕将会给所有新晋进士每人一套景德镇的影青瓷文具。瓷器如雨过天青,如翠临天湖,美玉天成,晶莹无比,希望大家珍惜!"

在大内都知事周怀俊引领下,今科状元、榜眼、探花,和小进士神童晏殊,循石阶而上,来到皇上面前。

赵恒将华丽锦盒装着的影青瓷文具,亲自颁发到他们手中。

在今科知贡举钱惟演安排下,一队队太监抬着御瓷文具,由朝堂上三品以上大员代为颁发给广场上的全体新科进士。

赵恒观察到,在大庆殿广场的一角,停着一辆辇车。他笑了,那是刘娥的车,是他答应她来观看典礼的。那偷偷揭起的轿帘后面,正是她无比兴奋的娇容……

秘书丞八品,官位低,薪俸不多,晏殊每日办完公事,就回到住地读书。京城里一派歌舞升平,官员们几乎都是三日一宴,五日一游,过着花天酒地的生活。而晏殊从来不参加这些活动。

"什么神童,晏殊就是书呆子,只知道读书,不晓得玩。"这话传到了毕士安耳里,宰相觉得风气不正。

赵恒听说了,认为应该褒奖晏殊,他命钱惟演带晏殊来崇政殿。

钱惟演趋步走在前面。

赵恒抬眼望去,这才注意到后面的晏殊脚有点跛,他有点心痛,心想,老天为什么不能给盛世少年英才多点完美。

晏殊上前欲跪拜的时候,"平身。"赵恒叫住了他。

赵恒特意命周怀俊:"给二位赐座。"

晏殊觉得皇上和蔼可亲,就跟着钱惟演坐下了。

赵恒看到晏殊并不拘谨,就开门见山:"晏殊,你还是孩子,怎么只知道一天到晚读书,也不出去玩玩?"

晏殊答道:"臣年纪尚小,正是读书的时候,应该珍惜光阴,多读书增长知识,才能不辜负皇上的厚望。再说,臣也不是不想去玩,吃喝玩乐得花很多银子,我没有很多钱用于玩罢了。我可以省点钱置办必需的物品。"

赵恒听到晏殊的回答之后大笑道:"晏殊你有才还能刻苦读书,并如此坦诚，朕以后一定要重用你！"

这时，周怀俊禀报："刘修仪到殿外了。"

刘娥仪态万千莲步而进……

钱惟演起来见过。

"晏殊拜见修仪娘娘……"

赵恒笑着对刘娥说："这就是你想见的大宋又一神童，晏殊。"

"果然少年英才！"刘娥打量晏殊，"本宫拜读过你的词作呢，意境太美了！"

晏殊拱手行礼："晏殊谢过娘娘。"

在宋辽议和中发挥重大作用的宰相毕士安，和澶州保卫战的功勋大将李继隆，都因年事已高，病倒。赵恒挨个亲往府中探视安抚。

第五十一章　寇准罢相知陕州　郭后驾崩留遗嘱

赵恒凝视着阶下逆光中的寇准，那么瘦削而又硬挺，七梁冠上的相位硬翅，加了装饰显得有些沉重。他对这位为国为君为民刚正不阿的长者充满了敬意，但又为近来收到的诸多状告寇准的奏折感到头痛，他吩咐：

"给寇爱卿赐座。"

"臣有本要奏。"寇准手中拿着奏折。

赵恒笑着："寇爱卿莫不是又要弹劾王旦吗？"

赵恒从内侍太监手中接过寇准递交的奏折，道："朕知道了，寇爱卿你回去吧。"

他感到为难，立起身子，在龙椅四周不大的范围中踱着方步。老宰相毕士安于景德二年（1005）十一月仙逝，赵恒就将毕士安曾推荐任汴京留守使的原参知政事王旦提为平章事，与寇相共辅朝政。

寇准自恃劳苦功高，原以为皇上会让他独掌相政，没想到王旦也会晋升相位，心中愤愤不平，觉得又和一个糯米团子样的人共事，没劲！于是隔不了几天就向皇上递上奏折，找王旦的岔子出气。

怎样才能让这两位当朝最重要的大臣同心协力呢？赵恒心中纠结着这件事。

在盈月殿，赵恒将寇准三番两次告王旦的事说了出来，刘娥"扑哧"一笑："这个寇老西心胸好狭窄。"

赵恒道："两相不和，势必影响国事。"

刘娥问："敢问皇上，王旦对寇准如何？"

赵恒答道："爱妃有所不知，王旦从未说过寇准，而且对于涉及对寇准的诬告，王旦费心查实，为之辩解，这样的案卷不下三十本。"

刘娥沉吟了一下，抬起头来嫣然一笑："有了。臣妾为皇上解忧，演一出两相和。"

半月之后。一天下午，在崇政殿里，王旦向皇上禀报了京城继续取消宵禁开放夜市的事。

寇准则以枢密院提出应加强汴京禁卫来指责王旦，说他置京城安全于不顾，放鸡鸣狗盗之辈出来捣乱。

王旦没有与寇准争执，只是尴尬地笑了笑，然后先告辞了。

赵恒记起了刘娥的"两相和"，决定要办这件事了。

他吩咐给寇相赐座、赐茶，然后将一叠奏折推到寇准面前，说："寇爱卿，你看看吧。"

奏折有三十多本，寇准一看，全是弹劾自己的，有不少是事实，只不过被夸大了，也有的是以莫须有的罪名陷害。

寇准脸都黑了，他瞟了一眼皇上，赵恒严肃着脸不看他。

赵恒又将另一叠奏折推给寇准。

寇准脸都吓青了，赶紧起身伏地："臣有负于皇上。"

"你起来看一下，这些都是王旦为你辩护的。"赵恒道。

寇准一一细看，王旦奏折里都是赞扬寇准以国家江山社稷为重，心中无私，性格耿直，也得罪了不少小人，形成了对立势力。王旦对告寇准列举的罪名都不遗余力地查实了，还他清白。

寇准看罢，禁不住老泪横流，连连说道："臣该死，误解王相了。"

赵恒站起来，依然在龙案边踱步，他说："寇卿，你乃大宋两代重臣了，立下了卓越功勋。已故毕相和如今王旦，都是真正地敬佩你，推崇你。但你身为宰相，绝不可狂妄自大，目空一切，头上长角，全身是刺，与朝廷同事格格不入，不能同处，这就是自己的不是了。景德意蕴宽大厚德，人贵有自知之明，不仅要正视本人的长处与短处，还要胸怀坦荡，宽宏大度，能够看到同人的长处与短处，善于认识事物的各方面，才能决断正确。你和王相要携起手来，同心协力，带领群臣一起勤政为民。"

寇准已经泣不成声："臣遵圣言……"

在中书省府院，寇准找到了一长条荆柴，将它插在身后的腰带上，跌跌撞撞走进王旦的处所，在王旦面前就要跪下，吓得王旦慌忙扶住："寇大人吓杀不才了。"

后来赵恒告诉刘娥此事，两人都禁不住乐了。赵恒几度感慨："两人都是好人，不然怎么会有大宋的'两相和'！"

但是，一场更猛烈的暴风雨向寇准袭来。

王钦若自天雄回京之后，被降阶二级，皇上赏识他的才华，任命他为资政殿大学士。王钦若心里恨寇准，还是怕他以什么名头将他羞辱，上朝时远远地躲着寇准。由于不任参知政事，也不好常去崇政殿面见皇上，就带着一班年轻的学士，认认真真编书。

王钦若与杨亿、钱惟演等一起，将《历代君臣事迹》采掇诠释，分类编辑，将编年体与纪传体相结合，部有总序，言其经制；门有小序，述其旨归。

其实，王钦若很有城府的心里并不平静，虽然他并没有实名上奏弹劾寇准，但他心里比谁都清楚，只要寇老西还在相府掌权，他王钦若就没有翻身的机会。他只能等待时机，直到有一天，他阅读《春秋》时，突然找到一条可以充作夺命之箭的论据，但也是一次极大胆的冒险，因为可能涉嫌攻击皇上。但无论如何，他必须将这支箭射出去，射中寇准。于是，他怀揣着《历代君臣事迹》纲目进了崇政殿。

赵恒多日未见王钦若，一翻纲目，高度嘉勉。他将此书命名为《册府元龟》，"册府"即帝王藏书的地方，"元龟"乃大龟，古代用之占卜国家大事，赋予此书为后世帝王治国理政宝鉴之意。

王钦若看见皇上心情好，胆子大了，接着说道："臣有一事禀告皇上，但可能影响寇相，不知当讲不当讲。"

赵恒从未听王钦若言及寇准，这次有些好奇，漫不经心地答道："王爱卿尽管说来。"

"臣在资政殿与同事阅鉴《春秋》时，看到城下之盟。"王钦若说道。

赵恒熟读史书，是通晓《春秋》的，也不免一愣："何谓城下之盟？"

"《左传·桓公十二年》载，楚国集中兵力攻打绞国国都时，绞国人坚守不出。楚国故意派伙夫打柴，引诱绞国人出城。绞国人从北门出城抓了三十个伙夫，第二天，更多绞国人出城去抓打柴的楚国人。但被楚人堵住北门，大败之，逼迫绞国订立'城下之盟'。寇准就是个赌徒，他将皇上骗作赌注，去签订了澶渊城下之盟。"王钦若头上冒出汗来。

赵恒义正词严："荒唐！这怎么能同日而语？大宋是战胜了辽国，没有割让关南之地、没有和亲，会盟给宋、辽带来了和平安宁。王钦若你竟敢口出狂言辱君。"

王钦若已经伏地磕头了："臣罪该万死。但众人只会担心，后人续史，怎么写都是在城下盟之。"

赵恒在盈月殿闷闷不乐，刘娥笑着询问了几次才套出话来。

待赵恒将王钦若的话一一托出，刘娥也感到不快。相随二十二年，她是最懂面前的这位至高无上的男人的。赵恒心比天高，勤勉为政，体恤民众，都归结于他造福天下青史留名的壮志凌云。这样的言论，岂不毁了他一世英名？

刘娥亲自为赵恒泡上一杯香茗，说道："战争的创伤已经在修复，和平带来的繁荣已经显现，会盟为宋辽百姓创造的福祉已广布民间，百废俱兴，政通人和，皇上的功绩已广为天下赞颂。又何必在乎凯歌声声之中，几只苍蝇的嗡嗡声呢？"

赵恒沉吟了片刻，说："朕要叮嘱中书省三司使注重这一两年的变化，在朝堂上要用数字来从正面反映和平带来的发展。这些人还想诋毁寇准，借攻击寇准之名行辱君之实。要是依寇准，他并不同意议和，真依着他寇大帅，只想乘胜打到长城。但那样，我华北大地又要重遭蹂躏了。"

他又告诉刘娥："上次两相和之后，寇老西的倔劲收敛多了。"

王钦若们放出的舆论还是起到了渲染作用，在赵恒的御案上，弹劾寇准的奏折也越来越高。没有人敢与王钦若一样提"城下之盟"，但对寇准的攻击来自各个方面。作为宰辅，不能服人，这让赵恒感到头疼。

赵恒的面前，还放着一份寇准自请外放的奏折。他吩咐宣召宰相王旦进宫。王旦当然希望寇准留下，某种意义上，寇准也是他的挡箭牌。是寇准的强硬成就了他的好人缘。

但是这次他揣摩到皇上的心思，也许正是王钦若的诽言，让皇上感到不宜与寇准太近，才让他离开汴京呢。

王旦无声地走到御案前，跪下道："寇准是有些过失，得罪了不少人，才引来这样的攻击……"他迟疑了一下，不敢提"城下之盟"。

他拱手对皇上说："求圣上宽容他，他必定会感恩于怀，从此颐养身性。"

这一次赵恒是下了决心了，寇准若远处他乡有谁再敢以"城下之盟"滋事呢？妄议朝廷正确的决策，莫非真想"斩立决，诛无赦"吗？

赵恒摆摆手，说道："他已经写了辞表了，朕若是还留他，还会招来更激烈的弹劾。朕正是出于爱护他才同意外放，以保全他的名节和功绩。"

王旦代寇准谢恩，说道："臣以为寇准当年未满而立之年，即为先帝赏识，升入二府。如离京城，也应委以一方要职。"

赵恒道："朕已思忖再三，让寇准以刑部尚书领陕州知州。"

披着一身的雪花，涉着黄土的泥泞，景德三年（1006）二月，四十五岁的寇准离开汴京，来到陕州上任。

黄河还未进入开河期，陕州实在是太冷了。寇准以喝酒著称已超过他的文才，少不了有些文人骚客，请他喝酒。酒入腹身上暖，而寇准不喝则已，一喝就醉。一天公事毕，寇准被人邀到一家正在唱秦腔的大堂里喝酒。酒过三巡寇准竟睡着了，朋友有事离开一会儿，别人就在戏班的箱子里扯了件棉袍给他套上。

朋友归来时，寇知州正靠在躺椅上打呼噜。朋友一惊，赶紧将他摇醒:"寇大人,你怎么能穿上龙袍呢?这可是要砍头的呀!"

寇准一听"砍头",看着身上,这件旧戏袍上真的缝了一条龙,吓得睡意全无,赶紧脱下棉袍,一对袖子被扯断了下来。

没多久,告寇准穿龙袍意欲谋反的密报就飞到了皇上的御案上。

赵恒讲给刘娥听,刘娥不信,她说:"寇准可是实实在在的大忠臣哦,说他造反,又是在罗织罪名。"

"朕也不信,觉得荒唐可笑。但涉及谋反之罪,不得不予以查实。"赵恒道。

王旦被皇上召见,他带了一封信札,还揣了一个鼓鼓囊囊的包袱。

王旦看了告寇准的密信后,向皇上呈上了那封信札。

赵恒打开,是寇准的"罪己书"。

罪己书

> 王相:今日吾犯忌大错,不可宽恕,乃疾草罪己书于王相,敬请代为向天子叩首,乞请治罪。吾素来贪杯,又天寒地冻,被错套穿戏服蟒袍,影响甚坏。圣上放吾于陕州为知州,要吾勤政敬业,反而贪酒误事,名节俱损,大错铸成,罪不可赦。今将戏袍奉上备查,并罪己书王相启之。再向圣上请罪。
>
> 罪人:寇准。

王旦将包袱打开,抖出一件被扯断了两袖的戏服蟒袍。蟒龙团花是用蓝线绣的。

赵恒看了,又好气又好笑。

王旦道:"戏袍被扯去两袖,意寓两袖清风。"

想起寇准的种种忠诚,赵恒动情了,道:"此案就此了结,寇卿原位不动,杜绝恶人再告。"

景德四年(1007)初夏,赵恒决定西巡洛阳、长安,安抚西北边民，考察边境贸易。

这次是出巡不是出征，从礼仪上考虑，皇上自然要带嫔妃同行。赵恒来到永福宫，告诉皇后，自己将要西巡。原来是考虑郭后病尚未痊愈，希望她还是在宫中好生休养。

没想到郭皇后兴致勃勃，竟站了起来，舒展手足，笑容满面地对赵恒说："皇上，臣妾入春以来，身子好好的。再说臣妾从未陪同皇上出去过，现在身体好了，更应该跟随在皇上身边照应。宫中诸事交给刘修仪全权处理就是了。"

郭后如此春风满面，兴致盎然，赵恒倒不好回绝了，只是一再说："此去西安旅途劳顿，非常辛苦，皇后身体能扛得住？"

郭后说："没事，臣妾比刘修仪还小好几岁呢。去洛阳、去长安都是平坦官道，不怎么颠簸。臣妾去游游白马寺，看看大雁塔，或许心情好点，身体更好呢。"

赵恒只好答应："那朕就叫宫里做准备了。"

聪慧的刘娥知晓后，绝对不会再说让郭后扫兴的话，她来到永福宫，只是问郭后宫中还有什么事要处理。

殿外一阵爽朗的笑声，梦芸也来了。

刘娥是在韩王府待过的，郭后和梦芸都是在赵恒为襄王后嫁过来的，三位王府的姐妹情同手足。

郭后握着刘娥的手，动情地说："皇上为襄王时出征西川，我就求你随同，女扮男装，跟着清剿叛乱；后来姐姐又陪同御驾亲征，金戈铁马，澶州议和，实不容易。你若是将军，都记大功了。这次再劳你，本后过意不去。"

梦芸说："皇后实在要去，梦芸陪同，路上也有个照应。"

"谢谢梦芸妹妹，你身子也柔弱，留在宫中吧。路上随行自有太监宫女，还有大臣跟车，不用操心。"郭皇后道。

皇后一席交心的话语，似涓涓清泉滋润了刘娥的心田，她和梦芸将温热的手放在郭皇后的手心上，感激地说："我们俩真是命好，遇上这么宽厚善良的皇后，宫中没有血雨腥风的内斗，大宋才有天下称颂的咸平之治，皇上才能亲征决胜，签下为万民带来祥和安宁的澶渊之盟。"

西巡的车马远去了，天边留下一抹胭脂色的彩霞。

赵恒这次御驾西巡，素服诣拜了历代帝王陵墓，在西京洛阳的行宫里为太祖太宗分别设立了神御殿。

夏州西平王李德明派来使臣，贡献西夏珍宝，赵恒在西京行宫大殿设宴，招待夏州使臣，接受万众朝贺。

赵恒天姿丰盈，神采奕奕；郭皇后华服盛妆，美丽非凡。他们一起出现在金碧辉煌的大殿，让这座古城沐上了朝霞般的光辉。

赵恒牵着郭后的手，觉得她有些微微颤抖，问她何故，郭皇后说："真的谢谢皇上！臣妾十年含辛茹苦，很少体验后位的高贵，今朝跟随皇上共登宝殿，臣妾满足了，再也没有遗憾！"

然而，人啊，有时候就是这样事与愿违，美丽贤惠的郭皇后很快就病倒了。赵恒推开宫女，亲自为她喂人参汤。她在发热中还绽放着笑脸："臣妾不要紧的，还想去洛阳的白马寺和龙门石窟。还想到长安，臣妾还要陪同皇上登临大雁塔。"

对于一位尊贵无比的皇后，这些"愿望"再简单不过了。但是赵恒视郭后病情，取消了长安之行，紧急从洛阳折返。郭后仿佛置身于云中飘忽不定，勉强靠御医开的强效药和最好的人参汤维持。几天后，郭后又回到汴京皇城里自己的永福宫中。

刘娥是第一个来看望郭后的人。

郭后恍惚的眼睛睁开了，欣喜地说："我还能看见我的姐妹。"

梦芸端来了昆仑灵芝汤，尽管她小心翼翼一小勺一小勺地喂着，但汤汁还是会从久卧的郭后的嘴角中溢出。她摇摇头，泪流满面。

听说皇后醒来，赵恒丢下正在处理的政事，来到郭后身边。看到她形销骨立的可怜样子，一股从心底升起的无限惋惜与伤感，令赵恒肺腑皆裂，肝胆俱碎。正因为当年这位并不刚烈的将军千金，嫁入他的襄王府，才驱散了原来潘妃薨后的百般凶气，使得一府长幼尊卑，融入和谐之中；她晋为六宫之首后，能够母仪天下，以普通情怀相夫教子，呕心沥血但未能保住祐儿，而自己却因悲伤过度落下病患。

皇后嘴角动了动，赵恒忙垂下身子："皇后，你受苦了，你想说什么尽管道来。"

郭后的声音低沉无力，想说的话与眼泪一起汩出："皇上，臣妾命薄，不能伴皇上到白头了……"

她那近乎呆滞的目光扫视着众人，突然凝视在刘娥身上，闪烁出未能成言的光辉。只见她费力地抬起右手，从枕下抽出一轴绢帛，然后双手呈献赵恒："皇上，这是臣妾最后的奏折，希望能立刘娥接替臣妾为后，辅佐皇上……"

言罢，她头一侧，溘然长逝了。

忽然间，从遥远的地平线滚来隆隆的初夏雷声，天空垂泪，汴京城一下子就被细雨洒湿了……

第五十二章　杨亿拒拟立后诏　暴雨疾摧赵安仁

郭后薨后，赵恒十分悲伤。批阅奏折累了，他又在御案上找出那份郭后请立刘修仪为后的奏折，看了又看，怀念那位十分贤德却没有福分的郭氏。

立后之事应该办了，他站起来，命周怀俊速宣知制诰杨亿，来为立刘娥为后拟御诏。

杨亿还担任着《册府元龟》的总纂之一，正和王钦若等一班学士忙着这部浩瀚史书的最后修订。皇上身旁近侍的前来，必定引起众人的瞩目。

"周公公此来何事？"杨亿问道。

周怀俊不加掩饰，答道："郭皇后仙逝前上奏皇上，请立刘修仪为后，皇上召杨大人拟诏。"

杨亿少时进宫，即被太宗安排为韩王侍读，素与韩王、刘娥交好。那时年幼，在韩王府和别苑受到他们的照顾，杨亿称刘娥为姐，交情甚厚。

忽然，一阵阴云笼罩在杨亿的胸间，他想起了寇准等不少朝臣对刘娥的议论，感到难以从命。他婉言拒绝："我这里正忙着呢，写一信札请周公公带去回呈皇上吧。"

周怀俊一人折回崇政殿，身后并无杨亿的身影。

赵恒自幼与杨亿交往，知晓他性格恃傲，难道有情况了？

赵恒打开杨亿的信札，果然不出所料，儿时的朋友表现出坚决的背叛：他在信中写道，刘娥无子，是绝不能封后的。皇上年轻，还会有子嗣，以后皇子继位，必定出现两个太后争斗，影响后世。

赵恒一看，肺都气炸了，把杨亿的信撕得粉碎。朝周怀俊吼去："起驾盈月殿！"

刘娥没有想到杨亿会在这样关键事情上与皇上唱反调，这位聪明伶俐的小灵童，当年在别苑讲解四书五经，吟诵汉赋唐诗，与年长的他们情谊深厚。她进宫以后，杨亿再也没有来看过她，也许是和寇准在一起喝多了酒，也成了迂夫子。

这个时候，最容易想到的就是她悲惨的童年，和被王继恩残害无子的灾难，刘娥一面强笑着安慰赵恒："皇上莫要生气，臣妾不要这个后位就是了。"一面眼中却已经盈满一眶泪水。

赵恒此时却展示出强势和镇定："朕是皇帝。杨亿乃一介书生，他恃才傲物，朕不用他就是了。朕还有江南才子钱惟演，君王家出身的小灵童，文辞更加秀美。原先朕以为他是刘美的妻兄，避嫌而已。爱卿别气坏了身子，明日朕召他来写便是了。"

刘娥依偎在赵恒的怀里，静默无声，二人的心中却极度不平静。

钱惟演七岁便随父亲吴越王从金陵移居开封，江南的阴柔和他亡国之君公子的地位，决定了他们只能在夹缝里求生存。

和儿时的朋友杨亿比起来，他的确乖巧多了。钱惟演到别苑与韩王、刘娥读书吟诗弹琴，将刘娥视作姐姐，但从未敢将赵恒视作兄长平起平坐，举止之间，温良恭俭让总是放在第一位。

已是上午巳时，钱惟演还在府中为《册府元龟》写一"门序"。王家子孙，他习惯了自家的书房，不喜欢翰林院闹哄哄的场所，此刻，他正摇晃着脑袋，用婉转动听的吴音吟诵着自己写的序文的词句。

忽听得门外一人高呼："皇上有旨，知制诰钱惟演听宣。"

钱惟演赶紧在厅堂跪下接旨。

周怀俊快步走进钱府厅堂，一挥拂尘，用尖细的嗓音宣道："皇上口谕，着知制诰钱惟演即刻进宫候旨，钦此。"然后，漫不经心扫视着钱家高贵的府堂和陈列的字画古玩。

钱惟演明白周怀俊是在等待打发跑腿钱，这是惯例。当他将白花花的一锭大银奉上，周怀俊这才笑容满面地跨上他的传令马，撒腿奔去。

赵恒还在崇政殿的御案前踱步，等着钱惟演到来。他比这江南小生大九岁,先帝将这吴越王的儿子交给他,是喜爱钱惟演的才华,想让他沾点江南的灵气。他和刘娥对杨亿、钱惟演这两位神童格外爱护,两位少年才俊的到来让别苑增添了朝气和欢乐,也确实使刘娥的才学大有长进,她由蜀地村姑蜕变为才情并茂、通晓古今的绝代佳人,以至今天可以在崇政殿陪批奏章,可以在澶州城头评点天下,在赵恒心中独具皇后不二的地位。杨亿背叛了,钱惟演还在,同是知制诰,二十多年了,和他出征川蜀,随驾洛阳,更亲近一些。

周怀俊进殿通报后,赵恒道:"即刻宣他见朕。"

钱惟演三拜九叩行君臣大礼后,听皇上吩咐平身,才立起身来。他刚届而立之年,依旧风流潇洒,温文尔雅。

赵恒含着微笑说:"郭皇后临终奏章,嘱立刘修仪为皇后,朕思考再三,以为妥当,无人超越。钱爱卿你就拟诏吧。"

周怀俊引钱惟演至西殿的案前,说:"钱大人,你就在这里写吧,我派一小太监过来,有事尽管吩咐。"

文思泉涌的钱惟演得到效忠皇上报答娘娘的拟诏良机,心情激荡,笔下生花,不多时,挥洒而就一篇文辞华丽的立后诏书:

奉天承运皇帝诏曰:

  修仪刘氏,美外慧中,风姿雅悦,静容婉柔,端庄淑睿,具母仪天下之品德;知书达礼,博学多才,宽厚善良,乃宫中嫔妃之楷模。昔于南府东宫侍朕于左右,为众人所赞许,深慰朕心。悲先皇后郭氏临终遗嘱,乞请朕立刘氏为皇后。故此朕斟酌再三,始立刘氏为一国之后,顺天意遂民心⋯⋯

"朱笔伺候。"赵恒阅过诏书,深感满意,决定签章用玺。

赵恒从一名小太监手中接过朱笔,饱蘸朱墨,潇洒地在诏书上写下"恒"字,然后对掌玺官吩咐:"用玺。"

正待掌玺官拿起玉玺,蘸好朱泥欲盖玺时,周怀俊忽然匆匆忙忙闯进来：

"禀告皇上，翰林院学士赵安仁等十几位大臣，来到殿外跪下，乞请皇上勿立刘修仪为后。"

赵恒本来心情刚刚好一点，一听此事，气急败坏，说道："立后本乃朕家事，他们偏要阻拦，就让他们跪吧。"

他对钱惟演说："已到午时，朕想你也饿了，一起去盈月殿用膳。"

他挥挥手对周怀俊说："起驾盈月殿。"将诏书一卷塞进了皇袍宽大的衣袖中。

赵恒逃也似的登上明黄大轿，周怀俊小跑跟在轿边，钱惟演也一路小跑跟在后面。

盈月殿早已准备了午膳，刘娥陪赵恒坐下，钱准演不敢越礼坐下。

赵恒有点冒火："你没听说过宴请陈尧叟之事吗？自己家里，没那么多礼节。就朕和修仪，与钱卿你，就权当在别苑吧。"

钱惟演怪赵安仁他们坏事，没心思用膳。听皇上一讲，他立即在下首坐下了。

倒是刘娥听说又有那么多大臣来闹事，心里不适，勉强吃了几口。

刘娥看了赵恒带来的未曾用玺的诏书，却欣赏起钱惟演的文采飞扬和羲之笔法来，赞不绝口，强颜堆笑。

钱惟演知道皇上午后要歇息，起身辞别。一下午，赵恒也不去崇政殿了，午休后，他和刘娥紧紧地搂在一起，一遍又一遍帮刘娥擦去泪水，愤怒地说："朕要把赵安仁这些迂腐之人全部削去官职，逐出汴京。"

夕阳已经坠下西边的宫墙，外面起风了。

周怀俊又来禀报，赵安仁他们还跪在崇政殿外，有些人已支持不住了。

刘娥劝慰赵恒："皇上，这些人表达了一部分大臣的意愿，臣妾为何要得罪这么多人呢？"

赵恒对周怀俊说："你去传朕的旨意，命他们各自回府。如不遵旨，就让他们跪下去吧，死了更好。"

夜里，有些凉意，殿外竟淅淅沥沥下起雨来。

"这下难办了，这些儒生如何淋得了雨？大臣们若生了病，臣妾封后位又焉能安心？皇上，快撤回诏命吧。"刘娥又流泪了，这次是为那些反对她的大臣。

赵恒更愤怒了："让雷把他们炸死！这些人又臭又硬，真是迂腐至极。这么多年，朕明白，朕需要爱卿，大宋江山需要爱卿，只有小娥才能一路相随。"

刘娥紧紧地抱住赵恒，她真正地体会到，她是为这个男人而生的，之前付出的一切都化作了赵恒道出的真情。

初夏的汴京天空掠过闪电，响起了惊雷，竟大雨倾盆。

周怀俊将袍子盖在头上又跑来了，他淋得像只落汤鸡，站在院子里淌水。周怀俊抹着脸上的雨水喘着气禀报："那些大臣已经横七竖八倒在水里，可能不用过夜，就会死掉。"

刘娥朝赵恒跪下了："皇上，臣妾乞请收回立后诏命，解救他们。若真倒下一个，就会影响圣上的英名。"

赵恒也急了，对周怀俊说道："罢了。你去传朕的口谕，立后诏命下不了了，派人紧急宣召殿前都指挥使张耆将军觐见。"

张耆当值，他正密切关注着局势，随时听命。

该出手了，张耆火速赶到盈月殿。

他安慰刘娥："没事，末将已交代御医院煮了一大锅姜汤。"

"禀告圣上，"张耆很快亮出底牌，"禁军已做好准备，唯圣命是从。"

赵恒说："张卿与朕想到一起去了，将他们拖到廊下，每人灌一碗姜汤，再叫精兵将他们强行送回家中，不要死在这里，沾污了朕的殿堂。"

"遵旨。"张耆飞身上马，转身消失在茫茫雨幕之中。

"哈哈哈，"刘娥噙着泪花却大笑起来，"弄得比在澶州前线还紧张。他们不是说我出身卑微吗？无非蝼蚁缘槐，鸟雀哀鸣。臣妾已经是一人之下万人之上，还不够高贵吗？他们不是说臣妾没有生子而没有福分吗？臣妾一定会养好身子，再为圣上生一皇儿，只要后位还在，皇上一定会牵着臣妾的手，共登朝堂。"

说罢，刘娥又紧紧地依靠在赵恒的胸膛。赵恒握着她的手深情地说："一定会的，一定会有那么一天的。"

宫中响起了马蹄飞奔的"嗒嗒"声，张耆已经将这些迂腐之人撵走。

后来在朝堂上，赵恒看见赵安仁和那些学生耷拉着头，没精打采，便讥笑他们："卿这么快就好了，朕以为躺倒全起不来了。那样倒好，没人闹事。"

赵安仁想解释几句，看见王旦正瞪他，忙闭嘴不吭声了。

赵恒倒提高了语调，着实褒奖了王钦若。他说："倒是王爱卿稳着，一心扑在编撰《册府元龟》上，这才是实实在在做学问的人，没跟着他们起哄。本来嘛，没人能和刘修仪相提并论，那天大雨，若不是她跪下请朕收回诏命，朕还想让这些迂腐之人再泡一个时辰。"

杨亿闪在一边柱子的阴影里，无法面对赵恒的目光。

圣旨下，刘娥被晋封为德妃，朝堂上并无非议之声。

第五十三章　赵恒再题海棠诗　惟玉智献借腹计

朝会后，刘娥来到崇政殿，陪赵恒阅看了中书省送来的奏章。她看到赵恒累了，忙说："盈月殿后院的几株海棠开得正艳，皇上过去观赏观赏吧，兴许能诗兴大发，写上几首，让盈月殿蓬荜生辉。"

走进盈月殿后院，赵恒眼睛一亮：那几株海棠树，开满了密密层层的淡红色的花朵，就像展开的缀着繁花的锦缎，绽放异彩；在暖暖的阳光下，一朵朵盛开的海棠，有如花季少女娇嫩的笑靥。一对黑蝶比翼追逐，几只蜜蜂飞舞其间，生机盎然。

赵恒满脸笑容对刘娥说："爱妃，朕心里已有诗句了，让书房准备一下。"

刘娥让赵恒在廊下的藤椅上坐下，就进屋去安排笔墨纸砚了。从中厅过的时候，她看见司茶女绮霞过来，赶紧交代："皇上在后院赏花，你送乌龙茶过去。"

> 翠萼凌晨绽，清香逐处飘。
> 高低临曲槛，红白间纤条。
> 润比攒温玉，繁如簇绛绡。
> 尽堪图画取，名笔在僧繇。

赵恒已完全从那种每日批阅奏章的疲烦中解脱了，他正沉浸于诗情画意之中，颔首凝视，轻声低吟。读到后二句时，赵恒兴奋地舒展右臂，在前方划了半圈，倏地收回腰间。

赵恒的手闪回时，差一点碰到正低眉缓步走来的绮霞手中的茶盘。一惊一乍间，茶水竟淌了出来，溅到赵恒的龙袍上。

"奴婢该死！"绮霞吓坏了，急忙跪下求饶。

赵恒兴奋中感觉手碰到了什么,又听得喃喃软语,转身一看,一位美丽的宫女跪在面前,浑身战栗,一副青白瓷茶盏在黑檀木茶盘上,茶水淌了一些在茶盘中。

赵恒见她吓得像只待宰的兔子,觉得好笑,心想:难道自己这么可怕吗?不就是溅了些茶水在龙袍上。

"不用害怕。"赵恒和颜悦色地说,"平身吧。"

绮霞简直不敢相信,微微抬起头。

又是一个刘娥!赵恒觉得似曾相识,盈月殿中的宫女也许见过,但眼前的这位酷似刘娥,眉黛青颦,千娇百媚,涨红了的面容就如绽放的海棠花一般,眉眼却因为恐惧而淌下泪水。

赵恒看到这宫女吓呆了,心生怜意,竟欲伸手将她牵扶起来。

这时,刘娥正轻舒莲步含笑走来,一看绮霞跪在地上,茶盘中淌出茶水,赵恒的皇袍也湿了一角,明白了怎么回事。

绮霞见了刘娥,重又伏地请罪:"奴婢该死!"

"这位是十年前臣妾在开封宝珠寺收留的孤女绮霞,圣上见过的。"刘娥先向赵恒说了番话,才转向绮霞:"皇上已饶恕了,还不赶快谢恩。"

绮霞叩谢后风也似的走了,赵恒望着她的身影,笑着对刘娥说:"她就像年轻时的爱妃。"

刘娥有点吃醋了:"皇上赞美他人还要用臣妾垫背。"

"她的身世与臣妾相仿,也是落难孤女。"说到这儿,刘娥的眼圈红了:"那天她戴着小尼帽站在白玉兰树下,臣妾看她怜爱,问她叫什么名字,她说法名叫清玉,她的祖父生前也是官员,任过金华主簿,父亲也是读书人,在战乱中俱亡,只剩下母亲、她和一个六岁的弟弟。母亲改嫁时将她送了宝珠寺,弟弟被卖走时只留下半块玉佩,以便日后相认。臣妾领走她时,帮她改名绮霞。"

赵恒见她伤感,忙说:"爱妃给她名字起得好。南朝有诗:绮霞映水,蛾月生天。她遇到爱妃,就改变命运了。"

"是哦。臣妾当年如不是年轻的韩王相怜，也没有贵为皇妃的今日。臣妾时时记恩呐。"刘娥破涕为笑。

刘娥念道："'春律行将半，繁枝忽竞芳。霏霏含宿雾，灼灼艳朝阳。戏蝶栖轻蕊，游蜂逐远香。物华留赋咏，非独务雕章。'皇上当年在紫云别苑写的海棠诗，早已印在臣妾心里了。一进盈月殿，臣妾便叫夏守恩移来几株最好的海棠，每逢盛开便请皇上来观赏吟诗。"

赵恒笑道："你看你，'泪痕尚犹在，笑靥自然开。'朕与爱妃速去书房吧，把刚才吟的诗写下来。"

钱惟玉来了。

到底曾经是江南王侯人家的公主，钱惟玉眸含秋水，婀娜多姿，一进盈月殿，满满的都是罗帷绮箔脂粉香。

听得钱惟玉娇滴滴一声"姐姐"，刘娥慌忙抹去泪痕走出厢房。

细心的钱惟玉察出刘娥含泪，轻轻问道："莫不是姐姐又在想那失去的孩子？"

"是哦，明天是中元节。"刘娥答道，"我追思逝去的亲人时，自然会想起可怜的孩子。在成都，我为祖母立了墓碑，有人看管，而孩子不足三月遭难却无葬身之地。嫂子，你陪我到院子里为孩子烧炷香吧。"

钱惟玉陪刘娥在园子里一棵百年的桂花树下，插上了三炷香，寄托永远的哀思。然后两人回到中厅。

"嫂子，请坐。"刘娥亮起嗓子，喊道："绮霞，上茶。"

钱惟玉在刘娥面前喜欢扮粉嫩："姐姐，你别唤我嫂子，还是像以前在别苑时那样喊我小妹。"

"你瞧瞧，你嫁了大哥就是名正言顺的大嫂，我若喊你小妹岂不失礼了。"刘娥笑道。

"我喜欢自由自在，可顾不了那么多。我今天没喊你德妃娘娘，以后你当了皇后，我还是喊姐姐。"钱惟玉依然调皮地说。

绮霞莲步轻移，轻轻将托盘里两盏茉莉花茶摆在刘娥和惟玉面前的茶桌上，莞尔一笑退下。

钱惟玉说："这不是姐姐收养的那个绮霞吗？出落得这么水灵灵的可爱，也不知以后该哪个男人消受。"

"你这个毫不正经的小妹，当了大嫂也要像个样子吧。"刘娥骂道。

"姐姐，妹妹认真说个事，你可别责怪我。"钱惟玉接着说，"妹妹虽然几岁就来了开封，但我听说过，江浙一带'借腹生子'，不足为奇。有些乡绅人家，正妻生不了孩子，就找个人上门与老爷同房怀孕，生了孩子归正妻名下，名曰'典妻'，这就是'借腹生子'。现在那些老朽不就怪姐姐没有儿子吗？就来个'借腹生子'。以子为贵，姐姐应以此梯荣登皇后尊位。"

钱惟玉一席话让刘娥多年的心结訇然中开，她想到进宫之后，不知多少名医为她号脉，不知喝了多少苦涩的药汤，依然不得怀孕，看来只有走"借腹生子"这条路了。

她握住扶手，坚定地站立起来。

赵恒到盈月殿，都要去书房，如同当年在紫云别苑一样，刘娥的书房也就是他的书房，不少诗词书画作品都出自这里。

这次赵恒一来，在中厅正座坐下，刘娥吩咐上茶。

司茶女绮霞托着茶盘，袅娜而来。赵恒见是上次的女孩，在她放下茶盅时，点头示意；绮霞嫣然一笑，徐步退下，这一切被刘娥看见并记在心里了。她想，这是不是醋意？历代君王都是三宫六院，赵恒只始终钟情于自己，但为了生育子嗣，也不得不临幸其他宫人。赵恒如把心都放在盈月殿里，也未必不是好事。

"知道爱妃近来作了一幅好画，朕想先睹为快。"赵恒说着已经起身。

刘娥跟随赵恒走进北侧的书房。

迎面挂着的正是赵恒在这里创作的《海棠诗》，秀美的羲之笔法，显出他扎实的行草功力。他儿时就向父亲提出，自己书法偏重练习行书，不把过多时间放在狂草上，以免耽误政事，得到太宗赞许。

赵恒看到画案上一张已近完成的工笔重彩人物画，画着一位十几岁左右的皇家少年，俊美的五官脸庞轮廓分明像他自己：少年头戴束发金冠，穿一身紫色团花锦缎长袍，足下一双麂皮靴。他身后一张书案，案上置放着一叠书本，书案旁的青瓷箭筒里，插着一套弓箭和龙泉宝剑。

赵恒问微微含笑的刘娥："爱妃，这是画朕吗？你并未见过朕小时候的模样啊，画得这么好！"

刘娥摇摇头。

"对了，爱妃上次还说为朕生个皇儿，这是你以朕为本入画的构想吗？"赵恒道破玄机。

没想到刘娥却抱住赵恒，将头依偎在赵恒怀里，无声抽泣起来。

赵恒抚摸着她的头发安慰道："别哭了。"

刘娥却松开手跪下了，哭道："要是孩子在也有这么大了。十几年来，臣妾看了多少名医，喝了多少苦药，都无济于事，怕是天寒地冻中的小产使得臣妾再也不能为皇上生育了。"

"都怪朕，那时没能保护好爱妃，让爱妃受难。那个造孽的王继恩已经死在均州了。一千年、一万年，娥娥都是朕最喜欢的女人。"赵恒也异常伤感。

刘娥却抱住赵恒双脚，哭着说："不！臣妾一定要为皇上再生一个，不过要'借腹生子'。"

"借腹生子？"赵恒好奇，把刘娥搀扶起来，二人坐下。

这时，绮霞已换热茶，端进来放在茶几上，缓缓退下。赵恒已记住了这个美丽的女孩。

刘娥将钱惟玉说的话一一复述。

赵恒吃惊地说："还有这事？朕明白了，爱妃是想让人代生，作为己出，不让旁人知道。"

"是的。为臣妾代生的，恳请皇上也给她一个名分。"

"那自然，不管怎样，她都是孩子生母。"赵恒说，"爱妃善良，朕照准就是了。"

"谢谢皇上恩准！"刘娥又要跪下，被赵恒拉住了。

一天，正在后院忙碌的绮霞，听到有人传唤她，匆匆来到前面正堂。

刘娥见绮霞来了，招招手，要她在侧边坐下。

"绮霞不敢。"

刘娥笑着厉声说："叫你坐就坐下，你敢抗命？"

绮霞这才坐下，倾前身子，只坐住半边椅子。

"这丫头，当初我收留你就是见你可怜，同情你，一直将你当作妹妹。带你进宫后教你读书写字，练习歌舞，增长才艺，并未让你吃苦。你长成大姑娘了，倒跟我生疏了，你还是我的妹妹，要跟姐姐贴心。"刘娥说。

绮霞是感恩的，一直将刘娥的恩情藏在心里。今天听刘娥对她说这样掏心的话语，她连忙红着脸颊颔首。

刘娥吩咐："请刘美大将军。"

客厅等候的刘美，领着一位年轻的参军，风风火火走上前来，刘美拱手作揖："拜见德妃娘娘。"

刘娥说："兄长何必多礼，请坐下。"

刘美这才坐下，那位年轻的参军立在身边。

"绮霞，刘将军是你从小认识的。"刘娥道。

绮霞点头，连忙起身："我去为将军沏茶。"

刘娥："好的，绮霞你是要好好感谢刘大将军。不过既然我们以姐妹相称，他也是你的大哥了。"

绮霞端来几盅茉莉花茶，依旧靠刘娥坐。

刘娥对绮霞说："记得当年收留你时，你告诉我说，还有一位六岁的弟弟也失散了，我就有意帮你找弟弟，让你们姐弟实现团圆的心愿。托我的大哥刘美将军亲自寻找，他曾经在开封府任都尉，遍察街巷，找尽了四十多个与你弟弟同名叫用和的人。后来大哥调任北方边境，一直没有忘记这件事。直到景德元年（1004），他调回京城，有一次在寻找中，发现一个骨瘦如柴的孩子，在推着沉重的石磨，颈脖绳上吊着半块玉佩。大哥，对吗？孩子当时确实太瘦太小，大哥将他带回军营调养，现在十七岁，已升为一名参军。你再去将那半块玉佩拿来，姐弟相认。"

绮霞这才明白，十几年久久盼望的时刻已经到来。她望了一眼刘美身后的青年，就急匆匆去后面住所取来了用手巾包得严严实实的那半块玉佩。

刘美命身边的青年取下半块玉佩，放在手巾上，两块残佩合在一起重圆了。

"用和，弟弟……"绮霞热泪盈眶，朝青年伸出双臂。

"姐姐！"李用和已跪下了，他想不到这位被娘娘称作妹妹的美丽宫女，就是日思夜想的姐姐。

刘娥朝刘美挥挥手："兄长，让他们姐弟说说话吧。"

绮霞让李用和挽起衣袖，那块手腕处的伤疤正是他们讨饭时被狗咬留下的印记。

十年，当时的苦命孩子已长大成人，苦难的历程难以数说。幸运的是，他们姐弟遇到了生命中的贵人。

一天，绮霞为刘娥整理书房，从紫檀书柜上取下一只小箱子，正待擦抹。

刘娥正好看见，就示意绮霞打开。

绮霞小心地抹去灰尘，然后将铜扣打开，掀起箱盖，她怔住了。

小箱子衬底的紫色绸缎上，平放着一件婴儿小袄，下面的衣襟似乎并未缝完。

绮霞将诧异的目光投向刘娥，只见刘娥已经泪如泉涌，瘫坐在软榻上。

绮霞连忙将小箱子盖好，挽扶住刘娥。

刘娥这才敞开心扉，边流泪边说："妹妹，姐姐同你一样，也有一个辛酸的童年。后来遇到了天底下最好的男人——当今皇上，却被人以姐姐的不幸过去说事，将我逐出王府。也正是那时，我刚怀的孩子小产于冰天雪地之中，我也落下了终身不育之症。郭后曾以遗嘱奏请皇上立姐姐为后，却一再被那些迂腐以姐姐的苦难经历和未曾为皇上生下子嗣作为借口拦下。"

刘娥将绮霞拉到身边坐下，绮霞听刘娥的哭诉，早已泣不成声，同是天涯沦落人，相同的经历，心中的共鸣让她们紧紧抱在一起，以泪洗面。

哭了半晌，绮霞忽然说："姐姐对我与用和恩重如山，妹妹惭愧，无以报答。"

"妹妹不必这样说，今天，姐姐要求你一件事。"刘娥抹去眼泪，坐直身子，非常正式地说道。

绮霞说道："绮霞女儿之身虽不能上刀山下火海，但只要是姐姐所托，就是舍弃性命，也心甘情愿。"

刘娥紧握着绮霞的手，真诚地说："姐姐的托付，是恳求妹妹代我生一儿子，名义上属姐姐所生，皇上就能够名正言顺地将姐姐封为皇后。这样，姐姐也可以保证你作为皇上眷属的地位，得到相应待遇。而且，能够保护你的用和弟弟。"

绮霞一怔，有些失神。她入宫十年，深深知道，多数宫女，幼时进宫，就不能再嫁出去，直到白发苍苍进入上阳宫待到死去。莫谈得到皇上眷属的地位，做梦也不敢想。当然，唯一的代价就是要奉献亲生骨肉——儿子。

"绮霞呀，我们姐妹曾经都是苦命的女人，那时在宝珠寺我看见你瘦削的脸上，一双水灵的大眼睛惹人怜爱，姐姐为你起名绮霞，就是希望你有一个灿烂的将来。女大十八变，今天的你眉目如画，明艳端庄；可进了宫，又不能将你嫁出去。皇上已经同意姐姐借腹生子，我正在物色人选，这对于你，是唯一的不可复得的成为皇上内眷的机遇，别人都不可能进入我的眼帘。尚且,姐姐只领养一人,以后,妹妹生的孩子同样有皇子、公主的名分。皇上是天底下最好的男子,他与姐姐是十几岁时的初恋,但为了延续子嗣,宫里也不得不有曹美人、杜美人、沈才人。你是姐姐宫中的人,看得出来,皇上对你是有好感的。我们姐妹共同侍君岂不是最好吗?"刘娥一席话让绮霞豁然开朗。

"如果姐姐选中绮霞担当此任,妹妹答应就是。况且,姐姐也是为我着想。"绮霞也握紧了刘娥的手。

第五十四章　皇城门上天书降　泰山封禅国运昌

从汴京至许州的官道两旁，微微起伏的金黄色稻浪里，不时现出正在弯腰收割的人们。大暑刚刚过后不久，农夫们为占城稻的早熟而分外欣喜，举家出动，挥镰收割，欲把这早来的丰收尽揽回家。

忽然，一位伸腰的男子发现官道烟尘飞扬处，出现了明黄的旗幡，接着是浩荡的车队，马蹄声声，禁军精骑簇拥着闪亮的皇辇，他一阵惊喜，竟大喊起来："皇上驾临！皇上驾临！"一时间，"万岁！万岁！万万岁！"的欢呼此起彼伏，在田野间回荡。

赵恒抑制不住心中的喜悦，他拉开皇辇的窗帘，伸出手来，轻轻挥动，向农夫致意。是三司使丁谓前来禀报，许州一带的占城稻长势喜人，正在进入收割时期。赵恒一高兴，诏命殿前都指挥使张耆迅速准备巡幸。宰相王旦，三司使丁谓，资政殿大学士王钦若和曾为推介占城稻立下大功的陈尧叟随行。

农夫们放下手，向官道聚拢过来。

张耆迅速跳下赤兔追风驹，肃立道边，严密注视着。

赵恒吩咐周怀俊，停下皇辇。他揭开丝帘踩着搁上的阶梯，走了下来。

农夫们见皇上这样平易近人，感激涕零，纷纷伏地叩拜。

一位长者走近，拱手作揖："小民是平原村的族长。自圣上颁行诏令，在中原旱地上试种双季占城稻，第一季一百零四天，第二季八十四天，三年来已取得明显成效，让百姓实实在在受益。如今百姓富庶，都要感谢皇上隆恩。"

"天下太平，朝廷首要考虑的是如何造福百姓。"赵恒笑着回答长者，又转向王旦："中书省制定政纲，定要倾听民众呼声。"

王旦："臣遵旨，铭记在心。"

赵恒向长者介绍陈尧叟:"是朕这位陈卿在广南西道任职时,发现占城稻,写奏章向朝廷介绍的。朝廷先在江南推广取得明显成效,然后在汴京御田试种,再推向许州新郑。民富国强,乃天下之幸啊!"

王旦接着说道:"今京师之民,比之汉唐京师,富庶十倍。"

王钦若连忙说:"如今,四海升平,九州晏安,大宋繁荣昌盛,富甲天下,超过大唐盛世。盖皇上乃圣明天子,临御十年,务行仁恤,功盖千秋,所以中外称颂。秦有始皇帝,汉有武帝、光武帝,大唐高宗、玄宗皇帝一样,都曾于盛世,封禅于泰山。"

赵恒带着随驾人员在许州巡视了两天,又匆匆回到了京城。

车队驶进皇宫,赵恒便命周怀俊直去盈月殿。

刘娥没有准备,来不及梳妆,来到前厅廊前,正欲跪下,被赵恒拦住:"朕没有命人通报,正是勿要爱妃行此大礼,免了吧。"

赵恒与刘娥相携在前殿坐下。

"咸平三年(1000),爱妃在御田试种占城稻取得经验;如今,中原占城稻已普遍种植,一片金黄,稻浪起伏,景象喜人,爱妃功不可没。"赵恒告诉刘娥,王钦若称如今已超大唐盛世,可封禅泰山以告天下。

刘娥说:"泰山雄伟磅礴,乃五岳之尊,被古人视为直通帝座的天堂,是百姓崇拜、帝王告祭的神山。'泰山安,四海皆安',值此咸平景德盛世,皇上封禅泰山,受命于天,有何不可。以此壮举,扬我国威,正好可以熨平城下之盟谬说。"

这时,有宫女送来茉莉香茶,赵恒四下张望。刘娥明白赵恒寻找的是司茶女李绮霞,她已另有重用。

几天的旅途劳顿,赵恒已经很累了,晚膳后就去了盈月殿的寝宫。

在红绡帐里,赵恒相拥着刘娥一直到三更醒来。赵恒还要回宫后第一次朝会,刘娥服侍赵恒穿衣。

赵恒伸出双臂,一面让刘娥为他套上宽大的皇袍,一面却含笑对刘娥说:"爱妃,朕夜里梦见神女了。她手执玉瓶,脚踩祥云,颔首微笑,缓缓飞来。朕记得很清楚。"

刘娥高兴了，她说："臣妾不是说，还要为皇上生一位皇子吗？莫非这正是祥兆。神女一定是来为皇上送子的。"

在当天的早朝上，赵恒就激动地向文武大臣们讲述了夜里梦见神女的情景。他喜形于色，还复述了刘娥认为神女是来送子的话语。

赵恒已届不惑之年，所生五位皇子多殁，伤感之余且望子心切。臣子们看得见满堂华烛映照下，皇上眼中热情的光亮。

出班的是资政殿大学士王钦若，他奏道："德妃娘娘的话不无道理，神女托梦一定是为圣上送子而来。泰山巍峨雄壮，直插云霄，乃五岳之尊，被古人视为直通天堂。臣奏请皇上尽早决断泰山封禅，祭天祭神。受命于天，才能聚天地之灵气，扬大宋之威仪。如让德妃娘娘之愿成为现实，将普天同庆。"

赵恒诏令中书省、三司计算赴泰山封禅所需费用。

王旦与三司使丁谓先后跪拜领旨。

入秋了，崇政殿里弥漫着金桂清香，这是周围几十株月桂花开飘散过来的。

赵恒抖抖袖子站立起来，刘娥还在整理案上的奏折。

赵恒对刘娥说："爱妃受累了。今天批完奏折，时间尚早，朕记起一件事，过些时候就是宰相王旦的五十寿辰，卿陪朕今天就去相府，提前向他祝寿。"

刘娥笑着说："臣妾同去方便吗？"

"朕是天子，卿是朕的爱妃，一同去更加显示对大臣的看重，宰相不会这点都感觉不到吧。"赵恒说，"皇辇正在殿外，一同上辇就走。"

刘娥推辞说："只有夏商周的末代昏君，才让宠幸的美女同辇。臣妾不能让世人议论。"

赵恒觉得刘娥说得有理，立即吩咐周怀俊为德妃另外准备辇车。

因有内侍太监的通报，王旦带着妻儿早就在门庭跪下了。

赵恒忙趋步上前，请王旦起来。

看见随后进来的德妃刘娥,王旦又跪拜娘娘。

赵恒坐定后,亲切地询问了王旦家里的情况。

坐在侧座上的王旦恭敬地一一回答。

周怀俊带着两位太监抬进一木槛锦缎。

正在陪着德妃娘娘的宰相夫人起身拜谢,招呼将礼品放进厢房。

一位太监端着一个紫檀圆盘进屋,盘上放着一把铜制酒壶。

赵恒拿起铜酒壶,将刘娥唤到身边,然后郑重地把酒壶交到王旦手中,说道:"王爱卿,这壶御酒是德妃祝贺你寿辰的礼物。"

王旦接过酒壶,连忙跪下谢恩道:"臣何能何德,敢劳皇上亲临,娘娘赐酒,臣肝脑涂地,也无法报答。"

赵恒说:"务请王相多多保重身体,中书省有爱卿主持,朕就放心了。"

皇上起驾离去后,宰相夫人忙着清点礼品。接过铜酒壶,她听见壶内有异声,将壶盖拔起,只见流光溢彩,一壶都是名贵珍珠。

王旦只觉得额头的皱纹间,猝然缀满汗珠,连声说:"惭愧!惭愧!皇上要问起老臣,也不用如此,本相定要忠心耿耿,辅佐明君,创造大宋太平盛世。"

转眼又是新春。

景德五年正月初三,赵恒正在大庆殿接见群臣和各国使节的朝贺。

忽然,皇城司派员禀报:城门守卫看见左承天门南边翘角上,挂着一道长约二丈的黄帛。

赵恒忙命周怀俊速去一看。

王钦若忙出班称贺,说:"去年皇上梦见神女,今又天降黄帛,均是大宋祥瑞之兆。"

周怀俊已经回来,跪奏道:"左承天门果有黄帛挂在空中,卷成一卷封住,远远看去,隐约可见有字。"

王钦若脸上露出狡黠的笑容:"此乃天书,须得圣上亲自拜受。"

赵恒道:"王爱卿言之有理。"遂迈开稳健的步伐,率群臣前往皇城宫门。

直抵宣德门前，果真有一卷黄帛挂在左承天门上。

踌躇满志的赵恒一抖袍袖，正了正衣冠，率群臣望空而拜。

周怀俊已派人搬来云梯，牢牢搁靠在左承天门翘角上，张耆命四名膀大腰圆的禁军侍卫把住云梯。

才刚刚四十的赵恒尚年富力强，他推开太监们的搀扶，一级一级，轻松地攀上云梯，取下黄帛。

"愿吾皇万岁！万岁！万万岁！"群臣全部跪伏，欢呼声震耳欲聋。

黄帛送到道场，赵恒敬香之后，方才打开，黄帛上写着："赵受命，兴于宋，付于恒，居其器，守于正，世七百，九九定。"

太祖赵匡胤北周时封于宋州，由此而发祥，付于恒，这分明是指太宗接位乃天意也。赵恒心中释然，"世七百，九九定"，七百年啊！赵宋要延续七百载，那么，他承前启后，要继往开来，应当交给后人一个怎样的局面呢？

陈尧叟乃状元之才，又气宇轩昂，赵恒命陈尧叟向众臣宣读。

陈尧叟受命朗读天书，放开夹着蜀音和北方口音的嗓门，如洪钟大吕，铿锵有力，震撼人心。他自己的心中倒起了疑惑，记起有一次到资政殿王钦若院中，看见过王钦若写的小篆条幅，这天书上的小篆分明与王钦若的笔迹相近。但他见王钦若镇定自若，举止从容，倒觉得自己心中不诚了。

众臣再次跪拜。

赵恒在众臣簇拥下，手捧黄帛天书回到大庆殿，再次敬香之后，命将天书封入金匮之中，供奉于中庭。

赵恒复在龙床坐定，诏命宰相王旦，着中书省通告全国和邻邦，即日起改元，将景德五年改为大中祥符元年（1008），并改左承天门为承天祥符门。

自寇准景德三年（1006）罢相后，赵恒意欲恢复王钦若的参知政事职位，但每次都被王旦以"太祖曾定勿以南人为相"所拦阻。王钦若清楚，王旦与寇准一样，对自己的机灵和圆滑抱有太大的警惕，而皇上对王旦倍加敬重，如欲得到更大的权力只能寻找新的空间。皇上敬畏天命，这次"降天书"迎合了皇上，成为"神女托梦"之后最大的祥瑞，必须让自己的才能在接着而来的"封禅泰山"中充分体现。

王钦若出班再奏请封禅泰山，他说："纵观历代帝王，能够去泰山封禅，一定是国泰民安，繁荣昌盛；再还有祥瑞出现，必须顺敬天命。今大宋咸平盛世超过汉唐，应当彰显。且天降帛书，尽展瑞祥，更应择其吉日，皇上亲往泰山封禅，必能声震四海。"

柳絮飞时花满城，当汴河两岸的柳絮纷纷扬扬的时候，万国来朝，来自西域、安南和海国日本的商人如一道风景，装点了京都。

西域于阗国王遣回鹘罗斯温为使节来宋朝贡。

大庆殿金碧辉煌，楠柱高耸，青烟袅袅，帷纱飘飘，犹如天上仙境。罗斯温跪奏："臣万里来朝，获见天日，愿大宋天子万岁万岁万万岁！"

"平身。赐座。"赵恒高坐在龙床上，亲切地询问一路情况。

罗斯温捋捋胡子，答道："从于阗过来，臣昼行夜息，走了一年，不知行了多少里路。"他又说："以前到中原来，遇到抢掠时有发生。如今太平安宁，于阗到敦煌道路通畅，行旅如流。从中原去的驼队和马队都载着丝绸、瓷器和茶叶。臣这次带来献给大宋的贡品有玉石、乳香、琥珀、琉璃和胡锦……"

"三司使，"赵恒道，"西域路上来的使节，除朝贡之物外，带来的货物如时间久了卖不出去，就要照顾他们的利益，由官府全部包买下来。这条商贸之道是汉武帝时张骞开辟的，如今边境安宁，国家一定要保护商贾之间的交易，促进边贸经济繁荣。"

三月间，由宰相王旦率先，文武百官、藩夷僧道及耄耋父老二万四千三百余人，五次联名上表请求皇上封禅泰山。

封禅泰山的浩大声势已经形成，赵恒诏令中书省在朝会上交众臣再议。

倒是与皇上最亲近的张耆将军，启奏道："东封泰山，遥遥千里，百官奉行，必耗钱财以百万计，臣以为当三思而行。"

赵恒心里想的是奉天书以求皇子，封泰山以建功立业，他觉得张耆的提醒也非常重要。赵恒站起来到御案前面，对群臣说：

"朕以为大宋咸平以来，逐步富庶，尤其是宋辽缔结盟约之后，中原大地上出现了从未有过的太平景象，这是需要彰显的，告之天下，才能警示官员们倍加珍视来之不易的局面，才能激励民众进一步勤奋创造更加美好的未来。因此……"

赵恒扬起右手，有力地向下收拳：

"朕将于今冬十月场光地净、五谷归仓之时，奉天书，率百官，从京师出发，往泰山封禅！但是，三司丁谓一定要详细预算这次东行的开支，凡是过于奢华之举，均要予以削减。东封泰山所有费用，杜绝向百姓征收，如确有必要，由三司所支经费向百姓购买。"

赵恒颁发诏书，以王旦为封禅大礼使，王钦若为礼仪使，陈尧叟为卤簿使，王钦若与赵安仁并判兖州，专署封禅事宜。同时下旨，封禅费用浩大，先从宫中节俭开始，并规定宫中内外除命服外，不得以金银为饰。

三司使丁谓携封禅的预算计划来崇政殿禀报，仅江浙两地一年的财政增长，支付全部开支尚有节余。

赵恒这才宽心了，他还再三叮嘱，修建玉清宫，不能向百姓摊派徭役，只能花钱雇用民夫出工。

王钦若去兖州不久，又禀报祥瑞：泰山脚下醴泉涌出；锡山洞中，苍龙现身。

太仆少卿、诗人钱惟演满怀喜悦，作赋《祥符颂》，畅音阁谱曲，三百六十人的乐队演奏于承天祥符门前广场。京城百姓广为传颂，为天降祥瑞而欣喜若狂。

六月，王钦若再次上疏言，有木工董祚于泰山醴泉亭之北见有一方黄绢飘摇草上，乃天书再降。

十月初，赵恒亲率浩浩荡荡的封禅队伍向着泰山出发了。"天书"被载以五辂，在前开路。王旦等一班文武官员随从，历时十七天到达泰山脚下。

赵恒在山下斋戒三日，始行登山。皇上头戴通天冠，身穿绛纱袍，乘步辇，拾级而上。在南天门前，封禅礼仪使、吏部尚书兼兖州刺史王钦若，早已伏跪在此迎候，献上泰山芝草。

去玉皇顶道径险峻，赵恒即降辇步行，直达玉皇庙，举行隆重的祭天大典仪式。百官朝贺，山呼万岁之声，震荡山谷，风送林涛。

赵恒随后祈于山半道左的紫霞宫送子娘娘观。

翌日，祈于社首山行祭地礼，改乾封县为奉符县，封泰山神为"天齐仁圣帝"，封泰山女神为"天仙玉女碧霞元君"。

赵恒专程来到曲阜，诣文宣王庙，幸孔林，降辇乘马到文宣王墓。拜毕，诏加孔子为玄圣文宣王，修葺祠宇及文庙。

扶持使丁谓奉天书为东封回銮的先导，晋为参知政事。沿途百姓蜂拥络绎，欢呼迎接。赵恒銮驾到陈桥时，京东、河朔之民数万人伏迎于道左。赵恒非常感动，为之涕零，下诏以正月初三（天书初降日）为天庆节。

大中祥符二年（1009）正月初三，是第一个天庆节，休假五日。赵恒在宫里赐宴并馈送朝臣礼物。汴京城春节又增添了天庆节，人们热热闹闹欢庆到元宵。

立春之后，因为天降祥瑞，泰山封禅，是国家的喜兆，朝廷又宣布免去各路百姓历年来欠下的赋税一千二百六十七万两。民众奔走相告，不少因拖欠赋税而逃离的难民因赦免而回到家乡，人们纷纷祈祷国运昌盛。

第五十五章　赵恒临幸李绮霞　牵手登高卜玉簪

五月，盈月殿里。

刘娥已经将西厢房改为寝宫，全部的款项都出自她的脂粉钱，她并没有告诉一年多来太忙的赵恒。

这天，还未到傍晚，赵恒就带着满脸的喜悦来到了盈月殿。他还在辇车的轿厢里，为刘娥带来了用青白瓷瓶插着的娇嫩荷花。

刘娥吩咐取来纸笔，画下了这几支含苞欲放的荷花。

"妙笔丹青。爱妃的白描中锋用笔挺而力透纸背，勾勒小荷的尖尖角也恰到好处；三支荷花，两支为一组，一支为单放，构图出奇而不失均衡。"赵恒称赞道。

"刚才在御花园约见了钱惟演、晏殊一批青年诗人，朕命内侍乘船往莲池中，为爱妃采撷了这几株荷蕊。"

刘娥回眸一笑："臣妾谢恩了。"她吩咐宫女将瓷瓶和荷花置放于西寝宫内。

一位宫女端来茉莉香茶。

赵恒见不是绮霞，又不便询问。

刘娥陪赵恒步入餐厅，雕花的紫檀圆桌上已经摆满了各色佳肴，青白瓷的大鱼盘中，一尾清蒸鲈鱼撒着点点葱花，热气中散发着诱人的香味。

"盈月殿的厨子已经尽知朕的口味了。来，朕与爱妃喝上一杯。"赵恒坐下后说。

刘娥狡黠地笑了笑说："今天特殊，就不喝了。"

赵恒仿佛明白了，也笑了笑："好吧。"

两人边吃边说话，差不多半个时辰。

"今天早点歇息。"刘娥引着赵恒往西边走。

赵恒诧异："寝宫不是一直在东边吗？"

"皇上随臣妾来，我为皇上在这边准备了新的寝宫呢。"刘娥边走边说。

刘娥推开一处镶着紫檀花边的房门，荷花的清香扑面而来。

赵恒一看，那青白瓷瓶的荷花置放在一张不大的红木圆桌中间。他走近圆桌，在椅子上坐着，那温馨的气息同他原来熟悉的那间寝宫一样。

"臣妾先进内室更衣静候，皇上片刻之后即进。"刘娥含笑揭开白色的帷帐，朝赵恒招招手就进去了。

赵恒早就期待着激动人心的时刻到来，迫不及待地掀起帷帐就走入内室了。

内室靠墙的香案上燃着一对大红蜡烛，将房间辉映得如新房一般。又是一道帷帐，烛光映照着龙凤雕花床前一位穿粉色薄纱衣裙的美女，她那高绾的发髻和窈窕的身姿，让赵恒怦然心动。

"娥娥，娥娥。"赵恒直闯帷帐，伸手就要抱去。

美女却转身来跪下："绮霞愿皇上万岁！万岁！万万岁！奴婢受娘娘之命在此侍奉皇上。"

赵恒想起了与刘娥商定的计划，以这种美妙的方式拉开序幕，他不由得心里赞赏刘娥的大度和机敏。为了血脉的延续，为了大宋江山，他只能如此，必须如此。幸好，刘娥安排了李绮霞。

赵恒伸出双臂，扶起绮霞："爱卿平身。"

绮霞抬起头来，含羞颔首，丰腴的脸颊白里透红，有如刚刚绽开的荷花。

赵恒将绮霞揽入怀中，顺势抱起，置于红绡帐里……

一早，赵恒依旧起来上朝。

刘娥早早地候在外厅，没有一丝忌妒，而是轻轻一声："皇上还满意吗？"

赵恒倒不好意思，低头"嗯"了声就起驾了。

朝会后,赵恒下旨,李绮霞被封为平原县君,从此彻底脱离了宫女的奴婢生涯。

每当夕阳西下的时候,周怀俊一声"起驾盈月殿",宫中的人们便怀着各种各样的心情目送着皇上的辇车。

刘娥对绮霞关怀备至,有空就去西厢房和绮霞聊天。

一次品茗,绮霞突然匆匆忙忙出去吐了。刘娥怀过,忙问:"妹妹是不是有了?还不能乱找御医号脉,让全宫的人都知道了。"

绮霞告诉刘娥:"我也不知道,只是经期早已过了。"

刘娥想起了杨梦芸,梦芸早年在太后宫中时,曾向御医学习过一段时间,能够及时地为太后号脉、施救。梦芸也是她的姐妹,甚至可以说是知道"借腹生子"计划的少数同谋者。在宫中不能轻易地找御医,否则会走漏风声,只有找梦芸了。

杨梦芸携着她甜甜的笑声走进盈月殿,刘娥低声将绮霞的状况告诉她,她笑笑:"十有八九是有了。"

刘娥和杨梦芸来到西厢房,绮霞要行大礼,被梦芸拦住了:"都是姐妹了,何必如此。"

"妹妹快将手伸出来,让姐姐为你号脉。"杨梦芸道。

三人静声静气,仿佛针掉地上也能听见。

约莫过去了一刻,杨梦芸高兴地站了起来,说:"恭喜妹妹,绮霞是有了。神女保佑啊,一定要封锁消息,好好保住胎儿。如用得着梦芸,随唤随到。"

自次日起,刘娥便注意随绮霞的怀孕在自己的腹部塞填衣物,给人造成她怀孕的印象。

赵恒来到盈月殿,发现刘娥的腹部已微微隆起,激动地立即挽住她。进了东厢房的寝宫,刘娥告诉赵恒,是绮霞真的怀孕了。赵恒高兴得立刻就要上西厢房去,被刘娥拦住了。

刘娥说:"为了保胎,皇上这一年都不能去西厢房寝宫了,绝对不能有任何的闪失。"

赵恒点头称是,坐在椅子上久久不能平静。

静穆之中,他听到一个遥远的声音传来:你的虔诚,天帝尽知,已为之安排。

他告诉刘娥,已经听到神谕了。

刘娥告诉他,李绮霞就住在西边,一切都会安排妥当,三四个月胎儿稳住了就安全了。

月桂又开花了,一阵一阵清香散溢开来,盈月殿弥漫在沁人的花香里。

赵恒说:"御花园的菊花也开了,朕和爱妃去观景台赏花吧,带上绮霞。"

"好的。"刘娥立即安排。腹部已明显隆起的绮霞见到皇上,欲行跪拜大礼,被赵恒扶住:"你怀了朕的孩子,不必多礼。朕还要好好奖赏你呢。德妃跟朕讲了你弟弟之事,就委他做个殿值吧。"

绮霞一听,热泪都滚了出来,她将双手放到左边腰间作揖:"臣妾谢皇上隆恩。"

周怀俊为两位孕妇分别安排了辇车,跟随皇辇进了御花园。

赵恒抑制不住心中的兴奋,健步登临观景台。观景台虽然比宫门城楼低,但对于孕妇也是吃力的,绮霞一不小心险些失脚,被刘娥一把拽住了。吓得赵恒忙停下脚步,回头关切地问道:"没摔倒吧?"

"不要紧。"绮霞忙回答说,她摸摸有些蓬乱的鬓发,一柄玉钗掉阶下了。那是德妃娘娘不久前赏赐的。

周怀俊已派人下去捡了。赵恒说:"玉钗掉了没事,朕赏你一枚金钗就是了。"

赵恒伸出手,将他的两位美眷拉上来,他说:"现在占卜一下,如果玉钗捡上来是完整的,生的就是男孩,倘若玉钗摔断了是生女孩。"

太监将玉钗完整交上来。

刘娥眼里闪耀着欣喜:"皇上金口玉言,绮霞一定生男儿。"

赵恒心中同样涌动着欢欣。

绮霞笑得那么灿烂,她掏出手绢,将玉钗一层一层包起来,她要珍藏一辈子。

第五十六章　娟娟千里送观音　将军山寺代报恩

早膳之后，刘娥正在喝宫女新泡的金丝菊茶，品味着秋菊的清香。

忽然，内侍太监来报："夏守赟将军求见。"

"宣夏将军进来。"刘娥说。

"卑职夏守赟向德妃娘娘请安。"夏守赟欲行大礼。

刘娥说："夏将军戎装在身，不必多礼。"

"禀报娘娘，还有一人候在外边。"

"何人？"刘娥问道。

夏守赟说："新平瓷行霍娟娟，她从景德镇来看娘娘。"

"你怎么不早说，赶紧请她进来。"刘娥说。

娟娟怀里揣着个大锦盒，进屋后，她放下锦盒，便跪伏在地："民女霍娟娟向德妃娘娘请安。"

"娟娟，快请起。坐下说话。"刘娥说。

娟娟把锦盒抱到桌子上打开，锦盒里是一尊影青瓷的送子观音，面部美丽慈祥，怀抱孩子而立，衣袍流畅而飘逸，脚踩莲花，仿佛款款而来。

娟娟望着刘娥微微凸起的腹部说，大伯安排了汴京瓷行的掌柜，爷爷回家颐养天年，告诉我们，听说娘娘怀了龙胎。娟娟就在昌南精心塑了这尊观音，搭运瓷器的船到了汴京，前天送到大相国寺开了光，这两天我一大早就在宣德门外等候，今天算是遇上了夏将军，将军还记得我，就带我进来了。

刘娥非常感动，想到那时娟娟才六岁，她说："娟娟，算起来你也有三十岁了。"

"谢娘娘，娟娟今年三十。我回到昌南霍窑，学制瓷，各种工艺都学了。托皇上洪福，景德镇繁荣兴旺。"

夏守赟说:"卑职是来向娘娘辞行的,皇上已任卑职为扬州兵营都钤辖,圣旨已下,不日起程,特来告辞。"

"恭喜夏将军,担此重任,可喜可贺!"刘娥沉吟了一会儿,说:"夏将军,我有两件事相托。娟娟妹妹正好坐你船前往扬州,你做东好生照顾娟娟,派人陪她好好在扬州游玩,然后安排船送她回景德镇。娟娟是我们的贵客啊。"刘娥说。

"卑职遵命。"夏守赟拱手行礼。

娟娟:"娘娘考虑如此周到,免去我长途搭船劳顿之苦,只是有劳夏将军了。"

刘娥忽然眼泪盈盈,说:"夏弟,姐还有一事相托。二十五年前,姐姐落难在扬州迎銮镇,遇东山云禅寺普元法师相助,方得到汴京,从此改变人生,法师恩情我常记心间却无以相报,为之惭愧。今日你去扬州任职,正好代姐去东山云禅寺还此心愿。只是去时须得便装简从,不要惊扰地方和民众。"

夏守赟再下座行礼:"这有何难,遵命便是。"

娟娟说:"待民女陪夏将军去。"

刘娥吩咐盈月殿主管取出八百两白银。六百两交夏守赟带去东山云禅寺,二百两赠娟娟带去买桂花糕给孩子吃。

娟娟推辞:"桂花糕哪用得了这许多银子?"

刘娥说:"傻妹妹,这是姐姐的一点心意。是从我名下脂粉钱中支出的,姐姐从不奢侈。"

娟娟眼里闪出泪花:"童年有多少美好的事啊。只是远去景德镇,不知何年才得相见?"

刘娥捂住肚子:"恕我不能远送。"

二人就此告辞,斜阳里留下颀长的影子……

当树上的黄叶几近落尽的时候,夏守赟从扬州派专人送来信札。

夏守赟到扬州上任后,处理了几天军务,即和娟娟上东山云禅寺来。

第五十六章 娟娟千里送观音 将军山寺代报恩

他骑着马，为娟娟叫了一乘二人抬小轿。弯弯山道上，积着不少枯黄的树叶，像是许久没有清扫。娟娟不时揭起轿帘，急迫地打量着眼前的情景。

云禅寺的山门已破旧不堪，油漆毫无光泽，一块块正在剥落，门虚掩着，夏守赟喊话无人答应，他们就推门进去了。将马系在树上，让轿夫就在前院等候。寺中不见僧人，只有秋风吹拂着一株株苍凉的银杏，在石板路上撒下一片片赭黄叶片。

各殿暗戚戚的，两边厢房都没打开。

在后面禅房中，他们终于见到了禅云寺唯一的僧人也是方丈，他就是当年的僧值觉空。他昏暗的眼中依然闪烁着一丝和善，破旧的袈裟斜披在膝上，禅座下端端正正放着一双麻鞋。

说起当年的事，觉空依稀还记得，他说，那位女施主的布包里斜插着一支鼗鼓。

物是人非，普元法师已圆寂十年了，僧人纷纷离去，只剩下觉空一人。

夏守赟与觉空说："那位女施主捐了六百两白银，留下一百两你收着，其余银两我安排人来整修山寺，招徕僧人，让云禅寺香火重新兴旺起来。"

觉空收下银两，满脸带笑，穿好麻鞋。他取出一束香来，在香油灯上点燃，说："我陪二位施主到后山去拜拜普元法师吧。"

好不容易推开多年未开启的后门，他们高一脚低一脚踏着山上的泥尘和积叶，在许多座歪歪斜斜的砖塔中，找到一座较为整齐的砖塔，觉空说："砖塔中安放着圆寂的普元法师。"

夏守赟和娟娟都跟着觉空跪下了。

娟娟轻轻地哭诉着："至高无上的法师啊，我代娘娘敬您了。是您的睿智和慷慨资助，才让大宋出了一位最好的娘娘。"

觉空非常清醒，将全部的香头用力踩灭，免得引起山火。

娟娟在每座殿里、每尊佛前，都虔诚地代娘娘跪拜、上香，喃喃地说道："云禅寺重修之后，香火一定更旺。"

云禅寺出来，他们重新骑上马，坐上轿，直奔长江码头。

夏守赟的副将带着一艘不大的官船，早已等候在此。船上安排十分周到，还有专门的丫鬟照顾娟娟。

夏守赟登上船，查看了娟娟下榻的最好的舱间。娟娟摸了摸松软的被褥，高兴得又笑又哭："将军，我都成了贵妇人了。"

夏守赟笑着说："娟娟，你可是娘娘的贵宾，还是我儿时的朋友嘛。"

他交代副将："你可不能有半点马虎，一定要将娘娘的贵宾护送到霍家新平瓷行。"

船溯江西上，行了很远很远，娟娟还在朝码头上的夏守赟摇着手。

刘娥读完信札，早已泪湿衣衫……

时至十一月，汴京已经降雪几次了。

赵恒在殿前都指挥使张耆陪同下，又一次登临皇宫城楼。整个京城都披上了洁白的冬装，瑞雪中透出宁静、祥和、纯洁，引起赵恒无限感慨，那不是诗情，而是作为这个帝国最高执政者的责任感，要保持大宋的欣欣向荣和长治久安，务必在全体官吏中强调廉洁清正。回到勤政殿，他挥毫写下了告诫百官的《文武七条》："一曰清心：谓平心，待物不为喜怒爱憎之所迁则庶事自正；二曰奉公：谓公直洁己则民自畏服；三曰修德：谓以德化人不必专尚威猛；四曰贵实：谓专求实效勿竞虚荣；五曰明察：谓勤察民情勿使赋役不均刑罚不中；六曰劝课：谓劝谕下民勤于孝悌之行农桑之务；七曰革弊：谓求民疾苦而厘革之。"

赵恒文中"清心、奉公、修德、贵实、明察、劝课、革弊"七条，是廉明政治的最高理想，有此"修齐治平"的方略，才让北宋如此兴旺发达。宋朝的经济，在大中祥符二年（1009）岁入是唐时的七倍。没有五年前的宋辽和约，就没有后来的繁荣昌盛。

经济繁荣，边贸红火，贡赋通达，税赋富足，然而御史台的奏报却反映，官员贪赃犯罪的现象减少了。"清心""修德"，就是廉政的源头，是倡廉的根本。吏部规定，官员有试用期，试用官员转正要有数名在职官员举荐；一个官员如贪贿犯罪，上司和举荐者都要受到处罚和牵连，这使得他们都很关心下级和被举荐人的德行。对御史台等相关的监察官员有着严格的规定，对失察的监察官，要实行严厉的处罚。

政治清明，推动了经济繁荣，将北宋王朝推向中国封建社会的巅峰。

开封，冬日飘下的雪花缀满了枝头，盈月殿院内一派银色雾凇。

偎在炭火边的刘娥忽然抬头，看见赵恒正迈上台阶走过来。

"臣妾叩见皇上……"刘娥正要跪伏下去，被赵恒扶住。

刘娥握着赵恒的手，隐隐感觉到赵恒刚毅的眼中含着一丝悲戚。

赵恒坐下来说："接到契丹报丧，萧太后已在上个月于上京宫中仙逝。按结盟，朕要称她为叔母啊。已派参知政事陈尧叟前去吊唁，嘱皇弟耶律隆绪节哀。"

刘娥说："那么美丽坚强的一个女人，就这样走了……"

厅堂里没有一丝声音，安静得能听见炭火在轻轻地"噼噼啪啪"地响着……

第五十七章　初夏赵祯喜降生　贬逐妄议杜才人

大中祥符三年（1010）五月十三，熹徽中，盈月殿西厢房寝宫里，李绮霞迷迷糊糊之中，觉得有一道金光照进房内，紧接着一位仙人揭帐而进。她从梦中惊醒，突然感到腹痛，宫女们忙禀报德妃娘娘。刘娥急命去请杨婕妤。

当彩霞缀满东方的时候，躺在东边寝宫里等候的刘娥，听得一声清亮的婴儿啼哭，她也急着扯掉了塞在腹部的小棉枕。杨梦芸急急跑进来，轻轻喊道："姐姐，是个男孩，母子平安，你放心吧。"

分娩的阵痛催眠了曾为之呻吟的李绮霞，她仰卧在那里，睡着了，丹凤眼合成了一条缝，粉扑扑的脸，平静得像个熟睡的婴儿。

刘娥估计早朝已散了，派盈月殿大太监雷允恭去崇政殿向皇上报喜。赵恒正在听开封府尹周起奏事，忽然，周怀俊满脸堆笑进来，神秘兮兮对着他说："恭喜皇上，生了。"周起闪过一边。

赵恒一听，忙问："是男孩吗？"

周怀俊答道："是男孩。盈月殿大太监雷允恭来报告的。"

赵恒高兴极了，仰天大笑："苍天佑我啊！"

他觉察到周起还站在边上，情不自禁地拉住周起道："爱卿，朕有大喜事了。"

周起跪下："敢问皇上何事？"

赵恒喜滋滋地说："刚才盈月殿来报德妃生了儿子了。朕去看看她。"

周起跪在那里："臣恭贺皇上大喜，泰山送子娘娘显灵了。"又说，"臣告辞了。"

"爱卿平身。"赵恒急于起驾盈月殿，见周起跟着出宫，他又停下，说："朕差点忘了。"吩咐周怀俊："你快去御书房拿些金币做赏钱。"

周怀俊从里间捧出一把金币。

赵恒对周起说:"爱卿是朝臣中第一个知道朕大喜的,先领份赏钱回家。"他让周怀俊将金币都放进周起的衣袖里。

周起忙伏地叩谢。

绮霞已经醒来,一看身边,乍一惊:"孩子呢?"眼泪已经涌了出来。

梦芸忙安慰她:"妹妹你立下大功了,不会亏待你的。孩子抱去德妃娘娘房中了,皇上待会儿会来。"

赵恒来到盈月殿,刘娥还躺在床上,褓褓中婴儿睡得正熟。赵恒温情地说:"这孩子已经像足月一般,是爱妃对李县君照顾得好。"

"皇帝之家,还愁吃穿吗?"刘娥的话意深味长。

梦芸进来了,向皇上请安。

刘娥笑着说:"臣妾请皇上给孩儿取名。皇上是大才子,满腹经纶,金口玉言。"

赵恒围着紫檀圆桌踱起步来,沉吟片刻,说道:"孩儿起名为'祯'。祯,祥也,许慎《说文》中解,祯,刚木也。能够承担重任。《礼记·中庸》谓,祯,福也,朕承受天命,皇儿降生,大宋受益;国家安宁,百姓受益,祯儿字就为'受益'。"

梦芸正抱起孩子,孩子睁开了眼睛,梦芸忙说:"祯儿,谢过父皇。你有一个吉祥的名字了。"

赵恒亲切地抚摸孩子,孩子竟对父亲露出笑意。

赵恒也笑了,笑得那么天真,也像个孩子。

刘娥说:"臣妾奏请皇上,祯儿全权交给梦芸抚养。她生过孩子,有带孩子的经验,跟臣妾就如亲姐妹一样。祯儿叫我为大娘娘,叫梦芸为小娘娘。"

赵恒立刻应允:"好哇。祯儿由朕的二位爱卿抚养,朕还能不放心吗?"

孩子的降生，让赵恒感到无比幸福，大宋后继有人，皇室后继有人，对于国和家，都是完整的天赋。他已经四十二岁，即位以来十多年的奋斗，励精图治，金戈铁马，宋辽会盟，才天下大治堪比汉唐，一定要让繁荣富强安宁和睦的局面传递下去。

刘娥问："梦芸，绮霞醒了吗？"

梦芸："姐姐，她刚刚醒来，就问孩子。"

"孩子连着娘的心。以后孩子带到你那边育婴堂了，她就难见到了。"刘娥叹了一口气，接着说："皇上不是要去看看绮霞吗？梦芸你陪着去，抱孩子让她亲亲。"

绮霞没有想到皇上会亲临西厢房来探望她。隔着帷帐，绮霞挣扎着要起来行礼，被赵恒按住了。

"爱卿你辛苦了，好好养息吧。有什么事就和德妃和梦芸说。"赵恒的话语让绮霞倍感亲切。

梦芸揭开帷帐，将孩子送到绮霞跟前。

绮霞看见孩子，眼眶滚动着泪珠，激动地将脸贴近，发自内心地说："孩子，你真命好啊，有如此好的父皇，还有德妃和婕妤两位做你的母亲，我一辈子安心了。"

赵恒感动万分，对绮霞说："朕以后还会来爱卿这里的。不要多久，朕会下诏，册封你为才人。"

皇子满月那天，盈月殿喜气盈门，热闹非凡。

刘娥并没有广泛邀请，但宫中几乎所有的妃嫔和往日有走动的亲戚都来了，带着各色各样的厚礼涌进盈月殿。

人们看到的是，德妃娘娘风姿绰约，红晕的脸上笼罩着幸福的光辉，她没怎么起身迎送，端坐在高脚的红木椅上，分明一位刚坐完月子的贵妇模样。钱惟玉身兼小妹和大嫂，升做舅母，皇亲国戚，与众不同，她一直陪坐在刘娥身旁。

过了辰时，周怀俊一声高喊："皇上驾到。"殿内所有的人员都伏地跪迎。

刘娥由钱惟玉扶着躬身迎接，赵恒大步向前搀扶，说道："爱妃免礼。"

梦芸忙抱着小皇子从内屋出来，徐步走到赵恒前面，做了前倾姿势，笑道："祯儿宝宝拜见父皇。"

赵恒抱过小皇子，温情脉脉。刚满月的孩子已经白白胖胖，睁着明亮乌黑的眼睛好奇地观察着这个新鲜的世界。赵恒与万般可爱的儿子在一起，其乐融融。

廊前人声熙攘，刘娥示意梦芸。

梦芸忙从赵恒手中接过小皇子，说："外面吵闹，怕吓着祯儿宝宝，臣妾还抱他进内厅。"

西厢房却显得冷冷清清。

绮霞坐在那里喝宫女早上煮的姜枣茶，是德妃娘娘派人送来的沂山大枣，补气养血，十分见效。

外面在为儿子做满月，她心里非常的不平静。十月怀胎，她多么想再看他一眼啊，但是，她没有勇气也不能够走出这房门。

这时，钱惟玉袅袅婷婷地来到了绮霞身边，绮霞忙起身迎接。

"妹妹，你不要多礼，你以后就是娘娘了，倒是我要向你行礼才是。"钱惟玉微笑着说道。

她是"借腹生子"的主要策划者，作为女人，她非常理解绮霞，能够洞察绮霞此刻的心理。她挨着绮霞坐下，拿过绮霞雪白娇嫩的手，在丰腴的手背上摩挲着。

钱惟玉说："在这个世界上，我们女人都是要靠男人才能活下去的。绮霞你现在是皇上的内眷了，跟过去相比可是尊贵无比了。是德妃娘娘收养培养了你，带你进宫，教你读书习字、绘画抚琴，懂礼仪，才能够与皇上对话，获得宠幸。孩子能够由德妃娘娘抱养、婕妤娘娘抚养，你也可以放心。"

绮霞："德妃娘娘的恩德永远不会忘怀，孩子交给二位娘娘，绮霞放心。"

"你要理解,这样做才能保住德妃娘娘,才能让德妃娘娘荣登皇后宝座。使我们在德妃身后的人永无后顾之忧。孩子由德妃抱养,并没有改变他皇儿的身份,反而抹去庶生而增添了他的尊贵。惟玉比你年长几岁,观棋局常言旁观者清,你明白吗?"郡主出身的惟玉竟能这样春风化雨,言动衷肠。

有宫女来通报,刘美大将军来见。

刘美再次领来了绮霞的弟弟李用和,他现在身穿鲜艳殿值官服。

看见弟弟,绮霞眼中涌出忘情的泪花。

德妃刘娥生下皇子,惊动了后宫,犹如在御花园平静的莲池中抛下石子,引起一圈圈涟漪。

杜才人家世显赫,自忖是昭宪皇太后的侄女,昭宪皇太后是太祖、太宗的生母,她原以为能被封为皇后,现在自觉没希望了,憋着一肚子气出来闲逛。

听得有人在吟诗:"清歌柳下秋千荡,彩蝶追来惹慧娘。"

杜才人一看,是沈才人在读诗。

沈才人明眸皓齿,一头乌发高高绾起,细腰高束,穿一身淡荷色的衣裙,显得分外年轻。她自景德元年(1004)入宫已经六年,仍是皇上最年轻的嫔妃之一。沈才人是已故原宰相沈伦的孙女,在后位竞争上,出身背景与杜才人不分高下,但年轻就具备明显优势。

杜才人叫停了沈才人,说:"你还有心思读诗,德妃一生皇子,咱俩都没有立后的份儿了。"

沈才人神情淡然:"不是还没提吗?"

这时候,已经半老徐娘的曹美人从一条小径走来,向二位才人躬了躬身。

杜才人又放炮了:"曹美人,你可是咸平元年(998)与德妃同时进宫,你看看,她比你大都生儿了,你还能生吗?"

曹美人一听脸都黑了,她没有什么背景,说了句"我还有事",就赶快溜了。

仅仅三天之后，杜才人就接到圣旨：

奉天承运皇帝诏曰：

朕于祥符元年下旨，除命服之外，不得服饰镶金及以金银为箔之制。才人杜氏，违禁擅用金银之服，大不敬，着即日起出家涧真洞为道。

钦此

杜才人听了，顿时晕倒在庭前。

周怀俊将她喝醒，道："杜氏，早知今日，何必当初。我这里派了人领你去，你快走吧。"

杜才人这才清醒了，泪流满面，赶紧回屋，金银之物不敢带走，拣了几件素淡衣裙，跟两个小太监走了。

李绮霞又怀孕了。夜里，她推开窗户，对着窗外的明月敬香，在心中许愿，恳求嫦娥仙子能够保佑她生女儿。

果真，上天赐给她一个女儿，为惠国公主。皇上下旨，晋封李绮霞为才人。

不幸的是，绮霞的女儿因得病医治无效早殇。为了安慰她，皇上再下诏封她为婉仪。但她陷于极度悲伤之中，从此再也无法解脱。

第五十八章 《册府元龟》庆功宴 西昆酬唱众才情

王钦若从资政殿回到翰林院，从杨亿窗前经过，好像听见参知政事赵安仁的声音，就停了下来。

赵安仁说："知制诰，德妃生了皇子，又要被立为皇后了。德妃太强势，她若为皇后势必干涉朝政。沈美人出自宰相之家，高贵贤淑，我觉得大家还是推她为好。"

杨亿说："德妃才貌双全，现在又生了皇上唯一的皇子。立后诸项都已齐备，我不能再反对了。"

宋代自太祖时就严禁大臣无事交通，所以将乌纱帽上的羽翅设计得又长又细，不让大臣在朝堂上交头接耳。王钦若知赵安仁为反对德妃立后，私下串连，就放在心里了。

早朝之后，赵恒留下王钦若，询问《册府元龟》最后的编辑、刻印进程。

"给王爱卿赐座。"赵恒命内侍太监。

赵恒高高坐在龙床上，打量着阶下恭恭敬敬低头坐着的王钦若，很难看见他脖子下面那颗讨厌的肉瘤。不可以貌取人，赵恒从不讨厌对他忠心耿耿的王钦若。他不会忘记任开封府尹时赈灾放粮，险被父皇追责，是王钦若公正地据理力谏，才让他化险为夷；景德元年（1004）建言移驾金陵，也是着眼于皇帝的安危，蒙受众臣斥责；而一旦外放知天雄，王钦若也敢于担当率军民勇抗辽军。让王钦若去总领《册府元龟》，一干数年，无怨无悔。能够泰山封禅，是王钦若力推的最大功劳，这一壮举弥补了宋辽会盟的缺失，更重要的是极大宣扬了咸平景德之治的盛景。朝廷需要像王钦若这样会办事、能将事办好的股肱大臣。

王钦若还在用他软软的江南方言，禀报《册府元龟》的最后工作。

但赵恒没有完全听进去，他脑海里仿佛出现了寇准清瘦的挺直的身影,那高亢的铿锵的音调与王钦若形成鲜明的对比。他的心里记着寇准铮铮铁骨般的赤胆忠心,这种忠心更多的是对大宋的、对民族的、对民众的。尽管赵恒不喜欢寇准的目空一切,但现在他却格外地想念这位老臣:寇准在那黄土满天的寒冷的大西北怎么样了,适当时候还是召回京城吧。

忽然,赵恒想起了一件事,他打断了王钦若的话,问道:

"王爱卿,那年东封泰山,朕曾让你与赵安仁同判兖州,你觉得他的为人怎样,说来听听。"

宰相王旦年岁已经五十有五,常因身体不适告假。赵安仁任参知政事多年,可能是要晋升宰相了。王钦若没有多思索,至诚地答道:"赵大人为人极好,他不但与同僚交情好,而且最念旧记恩,昔年的宰相沈伦对他有知遇之恩、提拔之恩,这些赵大人至今仍念念不忘,对沈宰相的后人非常关照……"

赵恒说:"朕知道了。"又回到《册府元龟》的话题上来。

数日之后,皇上下诏,罢赵安仁参知政事一职,放兵部尚书。

朝中大臣纷纷奏请立德妃刘氏为后。

而德妃却上辞表。

而后,赵恒下旨,加封宰相王旦为门下侍郎兼玉清宫使。同时,大封皇族,在世亲王均得到加封。

历时八年编修的《册府元龟》巨著终于完成。此时仍兼着总编纂的资政殿大学士王钦若前来禀报,首套刻印的《册府元龟》已送至资政殿皇上的藏书阁上架,欲请皇上亲自去检验阅看。

《册府元龟》是景德二年(1005)宋辽战争结束后,赵恒着眼文化方面的建设,即选调了最有才华的中青年文臣,命王钦若、杨亿、钱惟演、孙奭等十八人一同开始编修的,记叙历代君臣事迹,为政事历史方面的巨著。赵恒下诏,命名为《册府元龟》。"册府"即帝王藏书的地方,"元龟"是大龟,古代用以占卜国家大事,意即作为后世帝王治国理政的借鉴。全书共一千卷。

赵恒抑制不住心中的喜悦，对周怀俊挥挥手："起驾资政殿。"

杨亿、钱惟演、孙奭等所有参与编修的学士，带着翰林院的侍读侍修们，早已等候在资政殿。

赵恒健步走进资政殿，众臣跪伏参拜。

"各位爱卿平身。"赵恒面带悦色招呼道。

资政殿藏书阁书架分数排延展至后面，一排排整整齐齐地摆放着横空出世的历史巨著《册府元龟》，一千卷分门别类排列，便于查找。每册书都配置了蓝色云锦封套，封面上都贴着标签，用刚刚兴起的宋体写了书名，用小楷作了诠释。

杨亿沿着书架中的通道，为皇上导引和解说。赵恒由王钦若陪同着在书海中徐步慢行，不时停下察看。杨亿打开封套，赵恒翻阅后，侍读又重新装入书套摆好。

《册府元龟》一千卷，分帝王、闰位等三十一部，部下再分门，共有一千一百多门。《册府元龟》将历代君臣事迹，自上古至五代，按照人物阶层身份，分门别类，先后排列，是为将来典法，使开卷者动有资益。采择了《国语》《管子》《孟子》《韩非子》《淮南子》《晏子春秋》《吕氏春秋》《韩诗外传》和历代类书、《修文殿御览》分类编纂，将编年体和列传体相结合，共勒成一千一百零四门。门有小序，述其旨归。分为帝王、闰位、僭伪、列国君、储宫、宗室、外戚、宰辅、将帅、台省、邦计、宪官、谏诤、词臣、国史、掌礼、学校、刑法、卿监、环卫、铨选、贡举、奉使、内臣、牧守、令长、宫臣、幕府、陪臣、总录、外臣三十一部。部有总序，言其经制。

王钦若禀报："《册府元龟》的雕版足足有四千余箱，都在御书厂，还在继续刊印。只是木雕版容易破裂，印书非常不易。"

"王爱卿，一千二百年前，秦始皇一统天下，要统一天下量斗，丞相李斯让人刻了四十个木戳，往木斗上印字。你们也要组织工匠研究，加速突破印刷这一弱处，让我们的文化成果广泛传播。"赵恒高屋建瓴提出了新的要求。

赵恒说:"太清楼、崇文院、秘阁必须藏有《册府元龟》,还有应天书院、岳麓书院、崇阳书院、白鹿洞书院,都要存有此书,让天下莘莘学子能够查阅。"

王钦若躬身说:"臣谨记。"

赵恒吩咐周怀俊:"你去叫御膳房准备,朕今晚就在资政殿设宴,与十八学士同庆《册府元龟》成书,让宰相王旦陪宴。"

傍晚时分,资政殿宴厅已摆上盛宴。

皇上坐在主位,王旦与杨亿,王钦若与钱惟演,分坐左右,学士们二人一横案,分列两边。

周怀俊开启了一坛窖藏三十年的杜康酒,顿时,扑鼻的醇香溢满宴厅。与寇准澶州城头同饮齐名的酒仙杨亿早已按捺不住,戳戳同桌的王旦,轻声说:"王相,这可是洛阳杜康村酒泉沟的真品。"

赵恒举杯嘉奖全体学士,他说:"今天,在资政殿,朕设宴与诸位同庆《册府元龟》成书上架。杜康飘香,朕用先帝存放的美酒敬诸位,意寓太平盛世更要继承先辈,以历史为鉴。《册府元龟》与《太平广记》《太平御览》《文苑英华》可以并列了,而其规模,数倍于其他各书,居四大书之首。感谢众卿的辛劳!"说罢一饮而尽。

杨亿离皇上不远,想起年轻时候为侍读时皇上的好处,不免惭愧,他满满斟了一盏敬皇上。

"这次杨爱卿劳苦功高,待会朕题首诗相送予你。"赵恒非常欣赏这位儿时挚友的才华,他想起一件事,笑着问道:"杨爱卿,听说你们这些才华横溢的学士们在一起三年,暇时写诗酬唱,结集刊印了。舍不得送朕?"

"微臣不敢。刚刚出来,正要送请皇上教正。"杨亿说。

钱惟演已经拿了一本《西昆酬唱集》出来,跪下呈给赵恒。

杨亿说:"集子编辑了十七位馆阁文臣相互唱和的二百二十多首诗歌,以五、七律为主。追求声律、对仗,也是我们共同的诗歌主张。微臣和刘筠、钱惟演的诗占了大部分。请皇上赐教。"

接过诗集，赵恒浏览了一会儿，说："看来晚唐李商隐的影响确实大呀，朕记得钱爱卿少时就非常推崇。你们这种风格就称作'西昆体'吧，能在大宋的诗坛产生积极影响。"

赵恒起身敬王旦，说："王爱卿，中书省要安排国子监对全国的大小书院，迅速进行调查统计，要支持民间兴办书院。要对科举考试作出改革，要扩大规模，每届取士要达到千人，广泛录用有真才实学的青年到官员队伍中来，做到量才录用，人尽其才。"

王旦拱手禀报道："如今汴京富甲天下，八方争凑，万国咸通。人口逾百万，货物集南北，来华的外邦人无论国别、数量都超过唐朝，有来自西域、波斯、高丽、日本和南洋诸国。"

赵恒说："朕在开封府时就知道，汴京住着不少回回人，在此传宗接代繁衍生息，有土生蕃客、五世蕃客之说，还设立了蕃学。应当允许他们参加科举考试，可以与汉人一样获取功名。还有犹太人也乐于定居开封和宁波，他们经商有道，对其优秀者也可以录用，为繁荣边贸尽力。"

杨亿尽兴，宴席上多次举杯敬皇上，仿佛又回到了紫云别苑。

赵恒本身就是诗人，边饮边与学士们一起吟诗。

赵恒作诗一首赠杨亿：

> 琐闼往年司制诰，共嘉藻思类相如。
> 蓬山今日诠坟史，还仰多闻过仲舒。
> 报政列城归觐后，疏恩高阁拜恩初。
> 诸生济济弥瞻望，铅椠咨询辨鲁鱼。

第五十九章　皇子又读《劝学诗》　再议立后群臣拥

在杨梦芸宫里，几树海棠花也绽放了，缀放枝头的嫣红洋溢着阳春的暖意。

已经三岁的赵祯依偎在父皇的怀里，摇晃着小脑袋在背诵《劝学诗》："富家不用买良田，书中自有千钟粟。安居不用架高堂，书中自有黄金屋……"稚气的童音流利而清脆。

怀搂着活泼可爱的儿子，赵恒脑海里忽然闪过夭折的祐儿，他意识到这种伤感影响了厅堂里温暖的气氛，立即亮起嗓门，与赵祯一起背诵："……男儿欲遂平生志，五经勤向窗前读。"

赵祯扑向坐在旁边的刘娥："大娘娘，您说是父皇背得好还是我背得好？"

刘娥摸摸他的头说："当然是皇儿背得好！"

调皮的赵祯又扑到杨梦芸怀里，问："小娘娘，您说呢？"

杨梦芸将赵祯抱起来，亲着他的脸说："肯定是宝宝哦！"

赵恒哈哈大笑起来，爽朗的笑声感染了全家，一家人都大笑起来，其乐融融。

梦芸牵着赵祯到院子里去看海棠了。

赵恒叫刘娥靠近，他说："爱妃，祯儿都能背诗了，朕就要给他考虑请讲学和伴读的人选了，你看呢？"

刘娥想起了原来在紫云别苑那些阳光明媚的青春岁月，她说："皇上，给他先找年轻人讲学，容易融通，以后再慢慢适应老学究。"

赵恒显然十分赞赏刘娥的想法，说道："爱妃与朕想到一起了，满朝官员，还是年富力强者多。"他说，"陈尧叟状元出身，但已奔天命之年。杨亿学富五车，也显然年龄大了。钱惟演才华出众……"

刘娥接着说："钱惟演也三十六七岁了，早已过了小灵童的时光。"

赵恒思索了一会儿，说："晏殊风华正茂，才二十岁出头，已是翰林学士。"

"皇上考虑周到，"刘娥说，"晏殊有灵气，他的词我还记得，'无可奈何花落去，似曾相识燕归来……'"

赵恒说："晏殊诗、词、文、赋，博古通今，最关键的，他不仅多才好学，而且人品好，竭诚、忠实，让他辅导祯儿，可以放心。"

刘娥："能够受皇上的信任担任祯儿的老师，对晏殊来说，更是沉甸甸的责任。"

赵祯跟着杨梦芸回来了。

刘娥对他说："皇儿慢慢长大了，父皇会为你请最好的老师。来，娘教你念父皇写的《海棠》诗。"

王钦若首先上折，请立德妃为皇后。奏章称颂德妃刘氏貌婉心娴，秀外慧中，知书知礼，忠而能俭，敬慎居心，实乃皇上后宫懿范，宜立为母仪天下之皇后。

刘娥的川蜀同乡陈尧叟奏章列举了德妃的种种功德，如亲自试种占城稻，建言发行交子，受郭后之托陪同皇上西出川蜀，亲征澶州，是巾帼英豪、当代花木兰，等等。

使朝廷震动的是曾经婉拒撰写立后诏书的知制诰杨亿，居然在朝堂上当场跪奏，称德妃明艳端庄，才貌双全，品德俱佳，早已居六宫之首；如今又为皇上生育皇子，立为皇后乃天下所望，顺理成章。

宰相王旦虽抱病告假，也从府中交上奏章，拥立德妃刘氏为后。

一时间，朝中大臣纷纷上奏响应。

大中祥符五年（1012）十二月初一，皇上下诏中书省，因中宫缺位，晋封德妃刘氏为皇后。当赵恒不断将朝中的形势和已下诏的喜讯告知刘娥时，她却非常镇定，曾经望眼欲穿，而今心静如水。赵恒将她的手放在自己手掌中轻轻抚摸，她依偎在赵恒宽厚的胸膛前反问："难道小娥不是三哥的初恋吗？既然二十八年前皇上选择了臣妾，臣妾就要跟随皇上到白头。"

刘娥又说:"皇上,册后大典免掉吧。从郭皇后景德四年(1007)去世开始,六年了,为臣妾立后之事,风波四起,谣言百出,出身贫贱,魅惑皇上,没有子嗣,干预朝政……这些罪名像大山一样压在臣妾头上,臣妾依然站立。经历了那么多风浪,经过了那么多曲折,我已由柔弱变得刚强,不再在乎细节,还是低调些,旨意到了中书省,诏告天下就完成了。"

赵恒紧紧地搂着刘娥,曾经面对辽营铁骑无比果敢坚毅的眼睛,此刻却如此充满柔情,他说:"小娥,已经诏告天下,册后大典将于黄道吉日十二月十二在大庆殿隆重举行,这件事三哥说了算。多少年风雨历程,当年你进王府,冷冷清清,而后落难,屈居别苑,咸平之初也是一乘便轿进入皇宫,太委屈你了。你虽一介民女,但你是我的初恋啊,先帝要驱逐你,我们躲过来了;潘妃、郭后出自将相之门,却比不过你的福分;你不仅有常人无比的才情,还付出了难以想象的努力。勤奋学习,博览群书,才能垂范后宫;智勇双全,谋略过人,才能辅佐天子,兴我大宋。"

赵恒站立起来,正义凛然,他怀着无限深情直抒胸臆:"朕乃天子,这次一定要举办一个无比隆重的册后大典,为你补上迟到二十八年的婚礼!朕要向天下告白,朕与皇后情比金坚,矢志不渝。小娥尽管放心,朕会交代周怀俊,大典不能奢华。"

他拉起刘娥的手,双双并肩,仿佛正在进入册后大典的演练。

第六十章　景德瓷街庆揭牌　天子皇后喜并肩

景德镇。

昌江，中渡口码头，平缓的石阶徐徐延至喧闹的河街。

一座巍峨的汉白玉石牌坊矗立在河岸上，匾额上镌刻着"景德镇"三个大字。这是景德元年（1004）昌南奉旨置镇时建起的。昌江舒展，视野宽阔，牌坊上高挂的红绸随风飘舞，在明媚的阳光下溢彩生辉。

景德镇又一条瓷器贸易街建成，由正对码头的集祥弄街口伸展至珠山聚珠亭北麓。瓷业兴旺，号称陶阳十三里。"集祥弄瓷器街"这条新的瓷器街是张功措主持规划修建的，朝廷认为他在振兴景德镇瓷业上功不可没，张功措已晋工部郎中，负责复兴定窑、汝窑、钧窑等北方诸窑的事务。

浮梁县将"集祥弄瓷器街"揭牌仪式也定在十二月十二这天，以活跃新年的瓷器贸易。河街上，锣鼓喧天，鞭炮齐鸣。沿河的青石系马桩上，系满了骏马、毛驴、骡子，和不少号称"沙漠之舟"的高大骆驼。"九域瓷商上镇来，牙行花色照单开"，身穿各色服饰的各地客商喜气洋洋，人头攒动，往集祥弄街口会聚。

集祥弄街口马上就要举行隆重的揭牌仪式。焦晃都头已带人拦住街口，暂不让人进出。头戴乌纱、身穿大红五品官服的新任浮梁县令柳宏，满面春风，与瓷业界前辈霍仲玉老先生、上官云林师傅一起，站在街口左侧。镶嵌在墙上的匾额被红绸罩住，垂下的两根红绳分别被柳县令，和霍老先生、上官师傅牵在手中，等候着吉时的到来。两位扎着牛角小辫的男孩趁焦晃他们不留神，从街上溜了出来，捕快正要叱斥时，他们已躲到霍老先生膝下，原来是霍老先生的外孙、娟娟的儿子，和洪柱的儿子。他们伸出小手，也要拽住红绳。

"辰时正刻到，揭牌！"年轻的县衙主簿也是新任的，他目不转睛盯着日头影子急不可耐就喊了。

县令柳宏，和霍老先生、上官师傅轻轻一扯红绳，红绸飘了下来，映照着阳光的青石匾上，现出光芒闪耀的"集祥弄瓷器街"金字。在欢呼声中，客商们簇拥着县令柳宏，和霍老先生、上官师傅，涌入集祥弄，走进一家家红灯高悬的瓷器商铺。

霍家新平瓷行分号前，站着身穿长衫的掌柜霍永正，热情招呼着四下张望的客商们。

"撒拉姆，阿拉库姆！"两位背着粗布褡裢的波斯客商老远就看见了霍永正，大声招呼。他们迫不及待地从褡裢中摸出订单来，塞到霍永正手中。

霍永正满面笑容，将波斯客商迎进厅来。两位客商坐不住，就到货架上察看黑花釉瓷鼓了。娟娟用黑檀茶盘端来了两杯用影青瓷杯盛着的热茶，客商瞥见如翡翠般透亮的茶盏，眼珠子都瞪圆了，伸出大拇指："昌南，昌南！"

这时，河街上传来了嘹亮悦耳的金唢呐声，是小柱他们的舞龙队来了。

娟娟说了声"大伯，我去了"，便穿过络绎不绝的人流，挤进河街……

一位翘起胡子的汉子正掮着一挂精雕细刻金碧辉映的锣鼓担子，后面是年富力强的霍窑掌柜霍定正，他一手击鼓一手敲锣，紧锣密鼓，一鼓一板，锣鼓声抑扬顿挫。六位手持长长金唢呐的乐手，鼓起腮帮，吹着欢快的曲调……

小柱来了，他上下跳跃着，突然来个悬空翻，将手里拿着的飘着红绸的宝珠舞得令人眼花缭乱、目眩神迷，引导着后面二十四人舞的金色巨龙紧紧扑来；洪柱仍然是全镇最出色的男子汉，神采飞扬的他擎着巨大的龙头，灵活地跟着小柱的宝珠穿梭，带领着身穿黄色短装的小伙子们翻滚着飞腾着、行进着……

香妹挤到了娟娟身边，情不自禁地说："你看他们多出色！"

娟娟的心却飞到了汴京，她说："今天是娘娘姐姐的大喜日子，我们为她祝福吧。"

同一天，冬日暖暖的阳光覆盖着汴京开封。

大宋皇宫和皇城外的宣德大街张灯结彩，喜气萦绕。

宽阔的大红地毯一直延伸到大庆殿前的云龙石阶下，红地毯两边分列着文武百官。身披红绶带的三百名乐师在大臣后面排成两大方阵，奏着自春秋延续经孔子校订的《韶乐》。

金碧辉煌的大庆殿内，紫烟缭绕，灯烛通明。头戴金冠、盛装华服的大宋皇帝赵恒，早已端坐在龙椅上，心潮起伏，他记起了那个在汴河堤上的下午，想起了在紫云别苑的誓言，他如同每一天一样向往着激动人心时刻的到来，期盼着他的月中仙子的出现。他面前龙案上端端正正摆放着皇后册封书，和红绸包裹着的皇后宝玺，待会他会将这些沉甸甸的托付，一起放到刘娥的手中，实现最竭诚的心愿。

宣诏使、当朝宰相王旦站在廊下，花白胡子中露出笑意。

新任殿前禁军副都指挥使夏守赟，精神焕发，挺立在殿前。

殿前禁军都指挥使、皇后护卫使张耆将军带着八十名持戟禁军卫士，一早就守卫在盈月殿门前。辰时初刻，髻发高绾，身穿华丽后服的刘娥，在皇后伴从使杨梦芸的陪侍下，步出盈月殿。

"大娘娘！小娘娘！"活泼可爱的小皇子赵祯，挣脱了翰林院学士、老师晏殊的手，朝她们奔过来。

杨梦芸上前一步，抱起了赵祯。

赵祯将脸紧贴在小娘娘脸颊上，他又顽皮地将脸伸向大娘娘。

"别闹了。"杨梦芸说。

刘娥走近，亲热地在儿子赵祯额头上吻了一下，留下一圈红印。

"大娘娘今天真好看。"赵祯娇憨地说。

刘娥转过脸来，朝身穿三品朝服的青年才俊晏殊点点头。

四十四岁的刘娥，依然仪态万千，镂有两只熠熠金凤缀满五彩珍珠的宝冠，与发髻上面那朵娇艳的嫣红牡丹相映生辉；她的黛眉之下，一双黑宝石般的眼睛炯炯闪亮，挺直秀美的鼻梁彰显着无比高贵；丹唇微启，丰腴光洁的脸颊被围在高耸华贵的衣领中间；一袭深红色锦缎坎肩微微翘起，坎肩下一件紫色丝绒特长披风，罩在丰满修身的衣服上，围腰束住微微包臀的长裙，长长的裙裾随着刘娥莲步的缓行拖曳。

看见刘娥走来，张耆拱手行礼，二十八年，他终于见到了这个不平凡的女人的成功！

刘娥微微含笑颔首，张耆是皇上儿时的伙伴，现在是最忠实的护卫，也是她一直的朋友。

两个太监抬来舷梯。

刘娥踏上舷梯，缓步登上罩着云锦用孔雀羽翎装饰的凤辇，四个宫女侍奉着，帮忙抬起拖地的裙裾。

斜披着红色绶带的册后导从使陈尧叟，大声喊道："起驾。"

八十名举着杏黄伞盖的太监方阵开步，紧接着韶乐院的七十二名乐师奏乐，八十名靓丽宫女手挑宫灯紧随，然后是皇后的凤辇，护卫使张耆手扶佩剑骑着赤兔追风驹，带着八十名骑着一色汗血宝马的禁军精壮侍卫紧随。

从盈月殿到大庆殿广场并不远，但册后仪仗队足足走了两刻钟。鼓乐阵阵，马蹄声声，刘娥端坐在凤辇内，俨然一位奔赴新的疆场的将军，镇定自若，胸中奔涌着万里风云。

队伍进入大庆殿广场，仪仗和护卫都向两边闪开。

刘娥揭开凤辇的门帘，从舷梯而下，杨梦芸赶紧上前搀扶。

刘娥踏上大红地毯，轻迈莲步，拜伏在地毯上的文武百官，许多人并未见过这位皇后，此刻多么想抬起头来，看看这位美丽端庄而具有神秘色彩的传奇女人。

刘娥平静地双手抱拢以护丹田，在地毯上莲步徐趋。

一步一步向前，恍惚中她走了很久很久，仿佛在成都踏上离乡之路，仿佛伴着鼗鼓在汴河边戏台上飞旋，仿佛被推搡着离开王府，仿佛是在陪伴襄王出征西川,仿佛在汴京城外赈灾施粥,仿佛乘着便轿进宫,仿佛跟随皇上渡过黄河……

每一步都那么艰难,她都挺过来了……

刘娥一步步踏上云龙石阶……

端坐在龙椅上的赵恒,望眼欲穿,他早就想一睹他最亲爱的刘娥今天的风采,他疾步走出富丽堂皇的大殿。

周怀俊闪出:"由宣诏使、当朝宰相王旦,宣读皇帝的册立皇后诏书。"

披着红色绶带的王旦走到殿前,挺直胸膛,展开圣旨,读道:

奉天承运皇帝诏曰:

察德妃刘氏,美外慧中,风姿雅悦,知书达礼,静容婉柔,乃宫中嫔妃之楷模;德容兼备,温文尔雅,博学多才,宽厚善良,具母仪天下之品德。昔于王府别苑侍朕于左右,伴朕溯长江西入川蜀,深慰朕心。今入皇宫能以国家担当为己任,随朕渡黄河北征澶渊,建立功勋。为顺天意遂民心,今遵已故皇后郭氏遗奏,册立刘氏为大宋国皇后。

钦此

刘娥伏于阶下:"臣妾拜谢吾皇隆恩。愿皇上万岁!万岁!万万岁!"

风华正茂的大宋皇帝赵恒走上前去,如二十八年前第一次那样,握住皇后纤纤玉手,让刘娥转过身来,并肩而立,面向繁花似锦的汴京,面朝云霞灿烂的天空,心中是大宋的江山、百姓的安宁……

文武百官山呼,恭贺天子、皇后……

从997年赵恒登基开始,咸平、景德、大中祥符、天禧,至乾兴元年(1022年),二十五年的发展远胜唐朝。由景德元年(1004年)开创的宋辽和谐局面，延续百年。

乾兴元年（1022年）三月，皇帝赵恒驾崩，庙号真宗。十二岁皇太子赵祯即位，遵赵恒遗诏，太后刘娥临朝称制，垂帘听政，辅佐幼子，举贤纳能，任用名臣，执政十一年，国家局势稳定，经济文化持续发展，将政权平稳地移交给赵祯，使大宋保持了一百多年的繁荣。刘娥在宋朝发展史上占有极为重要的地位。

后 记

　　景德镇今年冬天很冷，零下九度又没有暖气，只好躲到惠东来写《后记》。这部小说经历了十几年的准备，在《大宋景德》就要问世的时候，思绪万千竟有如隋堤边的柳枝，随风飘起……

一

　　景德镇是我的第二故乡。

　　我十几岁的时候去过一次镇上，店铺琳琅满目、瓷器街流光溢彩，是给我留下的第一印象。在昌江的浮桥边玩耍，近距离地看见靠岸河床上的渣饼和各色瓷片，辉映着骄阳，折射出彩虹般的七彩光芒，在清澈的水底荡漾。我惊呆了，瓷都的昌江才是世界上最美丽的河流……

　　因为向往，所以有缘。1998年底，我被调到景德镇市文联，分管文艺创作，还兼任市美协副主席。责任使我必须尽快熟悉陶瓷美术，我把制瓷人都当作朋友，如饥似渴地钻研釉上新彩和青花、釉下五彩的工艺和绘制。

　　以昌江水系为脉络的景德镇农村，宛若仙境。有一次我去陶瓷艺术家王小泉的画室，看见他的许多粉彩瓷板山水画，画中的古柳、石桥、老牛和晚归的牧童，那么清新，那么富有诗意。他说，都是根据实地写生稿画的。后来我到了瑶里、绕南、东埠和南河，置身原始、淳朴、优美的田园风光中，几乎陶醉了。我有幸参加景德镇市人大组织的昌江探源，到了大洪岭、牯牛降，从溢满春色的祁门县城，顺昌江而下，穿过阊门，经过十八弯，进入大北河，碧水逶迤，两岸青山，让我心旷神怡。《大宋景德》中，有一条主线是在景德镇展开的，我很自然地写到了昌江风光、美丽茶园和陶瓷工艺。

　　景德镇那时就是一座迷宫式的小镇。有一次，我走进十八桥用瓷窑渣头砖砌成的小弄，竟转不出来了。在这些小弄里，夕阳余晖斜斜的光束中，能看到几乎每家门口都坐着飘着白发的老奶奶，戴着花镜蘸着水料在瓷板上填彩；或者十几岁的女孩，手握毛笔聚精会神在瓷瓶上描线。无论是在赛宝滩，还是在斗富弄，或者是罗家坞莲花山，有时我们会突然间意识到就在脚下两米或者更深的地方，蕴藏着一个许多年之前的斑斓世界。用锄头挖下去，也许是清乾隆时的粉彩瓷片；再挖下去，也许有明宣德年的青花碗底；再下去，也可能是元枢府的卵白瓷……景德镇文化底蕴深厚可以用这样去最形象地诠释。

　　在瓷都，我对以陶瓷为中心内容的历史极感兴趣。有几年时间，我跟着朋友们去"鬼市"，就是在蒙蒙的晨曦中，借着明亮的手电光，我第一次认识了真正的宋代湖田窑"影青"瓷，那是一套带托的盖杯，上面沾着泥土，还散发着芬芳。在几年的"淘宝"中，我确实长了见识。2010年，我调到市人大教科文卫委工作，在陶瓷研究上投入了较多时间，我和几位志同道合的好友，先后去了涌山仙岩洞、万年仙人洞古人类遗址，南窑、蓝田窑唐代遗址，湖田窑遗址、丽阳窑遗址以及王港窑、南港窑等遗址，犹如在历史的长河中畅游。大宋景德皇帝的赐名，是一千年前耸立的里程碑，至今仍光彩熠熠。毋庸置疑，景德镇首先值得我们纪念的当为宋真宗赵恒，是他赋予了这座城市一个彰显皇家意义的高贵名字，使景德镇具有不朽的生命和永远不会熄灭的光辉。

　　我曾去过圣彼得堡，目睹了俄罗斯人对彼得大帝狂热的崇拜。彼得大帝纵马奋蹄的雕像是那样生动，仿佛耸立在人们心坎上；彼得率领30万大军战胜瑞典，夺得北方出海口，从此称霸波罗的海；他亲自规划和兴建圣彼得堡，涅瓦河畔才有了这座美丽雄伟的城市。那一天，为了纪念彼得大帝的生日，圣彼得堡火车站和冬宫广场上，飘挂着彩绸，他的生命永远都在绿色的草地里呼吸。

　　而在景德镇，可以祭祀"佑淘神"赵慨，纪念"风火仙师"童宾，但从来没有人纪念这位给景德镇带来千年生机的皇帝。2004年是景德镇置镇1000年，我在2002年创作了大型瓷板画《景德瓷韵》，将宋真宗置于画面的视觉中心，用他的有力手势赞扬昌南瓷器，颁旨置镇，鲜明地诠释了景德镇千年庆典的主题。《景德瓷韵》在中央电视台播映多次，在《中国文化报》《香港文汇报》等报刊发表，被评为"影响中国——改革开放30年美术作品金奖"，陈列在景德镇御窑博物馆"龙珠阁"。

因为这次美术创作，我开始研究宋真宗及其相关材料，研究景德镇陶瓷历史。18年里，我数次到北京首都图书馆查阅《宋史》《宋会要辑稿》《宋史新编》《宋史笔断》等历史文献，还阅读了《中国皇帝全传》《新版宋史》《宋帝列传》等书籍，考察了开封、洛阳、雁门关等宋代遗址。宋真宗赵恒不仅仅对于景德镇有着特殊意义，他在浩瀚的中华历史中仍不失为一位伟大的领袖人物。他是北宋第三位皇帝，励精图治，奋发有为，尤其是在近年来的历史研究中，对他"中华第一明君"的评价声名鹊起，让我萌动了写作长篇小说《大宋景德》的念头。

二

宋真宗赵恒于997年登基，治国有方，大宋日臻昌盛，史称"咸平之治"。赵恒执政的25年，北宋经济和人口突飞猛进，平均每年增加16.6万户，户口由451万户发展到了867.7万户，财政收入由2224万两白银增加到15085万两白银。宋真宗赵恒对辽制定了"以战迫和"的战略，两次率兵亲征，景德元年（1004）在澶州战役中取得决胜，与辽签订《澶渊之盟》，为发展营造了和平环境。宋王朝重视工商业，重视兴修水利。咸平之年在黄河以南广大地区推广"占城稻"，大幅度提高粮食产量；发行"交子"，贸易繁荣；置镇景德，瓷业兴旺；战后又大力复兴北方诸窑。和平稳定促进了丝绸之路顺畅和海上丝绸之路形成。中原在工业化、商业化、货币化和城市化方面远远超过世界其他地方。"汴京富丽甲天下"，汴京——开封成为当时全球最繁荣最著名的国际化大都市。"咸平之治"，超过盛唐。

北宋前期重视文化建设，广泛兴办书院，改革科举考试，不拘一格选拔人才。赵恒清正廉明，勤勉为政。他起草《宗室座右铭》，要求皇室宗亲首先做到廉洁自律。他当面拒绝了堂姐、秦国长公主为儿子求官的请求；他亲自处理驸马石保吉家涉民案件，使他们心悦诚服。也许祥瑞是政治的需要，宋真宗赵恒即使在泰山封禅的时候，仍然保持着清醒的头脑；他登高望远，在大中祥符二年（1009）十一月，面对纷纷扬扬的白雪，作出的大文章竟是告诫百官的《文武七条》：一是清心：平心待物，不为自己的喜怒爱憎而左右正事；二是奉公：公平正直，自身廉洁；三是修德：以德服人，而不是以势压人；四是务实：不要贪图虚名；五是明察：勤于体察民情，不要苛税和刑罚不公正；六是勤课：勤于政事和农桑之务；七是革弊：革除各种弊端。"清心""修德"，是赵恒倡廉的根本，且北宋对官员有着严格完备的监督制度，对监察官员有着严格的规定，因为这些廉政举措，"咸平之治"繁荣昌盛且政治清明，一个为《清明上河图》所描绘的北宋汴京，永远定格在中国封建社会的巅峰。

三

宋真宗赵恒一生最有影响的事，是与辽签订"澶渊之盟"，这是让宋辽军民摆脱战争之苦进入和平安宁的世纪壮举。赵恒的父辈是开国皇帝，他从小玩耍时喜欢扮作元帅带兵而得到伯父、太祖赵匡胤宠爱，从韩王、襄王、寿王再到皇太子，受父兄影响，刚毅果决，对宋辽战争形势有着十分清晰的认识。咸平二年（999）他率兵亲征取得胜利，也目睹了战争给民众造成的灾难。咸平到景德年间，宋辽几乎每两年就有一次大战，宋加强了骑兵与辽匹敌，但作为北方屏障的幽云诸州为辽所掌握，还是无法解决辽的侵扰问题。

景德元年（1004），辽太后萧绰和辽主耶律隆绪准备率二十万辽军南下，又让王继忠写信给赵恒表达有讲和之意，赵恒回书言简意赅：辽若有意言和，就应先遣使。史载：丁酉，上谓辅臣曰："累得边奏，契丹已谋南侵，国家重兵多在河北，敌不可狃，朕当亲征决胜，卿等共议，何时可以进发。"但是，在千年的宋史研究中，这条实录被完全忽略无视，赵恒被歪曲为几乎误听逸言"幸金陵""巡成都"的昏君了，而且，赵恒被说成到了澶州不敢过桥不敢上城楼的胆小鬼。正本清源，赵恒才是澶州战役宋军的最高统帅，他一登上城楼，宋军欢声雷动，辽营军心涣散，萧绰心理上先败下阵来。晨曦中出来观察的辽军主帅萧达凛，被宋军弓箭营军头张瑰射杀。宋军已在与辽军主力的对抗中占据明显优势，赵恒"以战迫和"的战略已初步实现。折损主将，萧绰已无心作战，即遣使求和。赵恒曾要中书省和三司算过一笔账，宋用在每次宋辽大战费用三千万两白银，休战后仅开放雄州、霸州榷场宋辽边贸中就可获利百万两白银。经过议和，"澶渊之盟"达成，宋辽结为兄弟之国，辽帝耶律隆绪称宋皇赵恒为兄，宋皇赵恒称辽太后萧绰为叔母。宋每年资助辽三十万两白银。哥哥帮助弟弟难道还有疑议吗？

　　作为宋辽的最高领导人，赵恒和萧绰都非常明智，宋辽军事实力不分上下，谁都没有绝对的优势，战争必须付出惨痛的代价，再打下去对双方都没有好处。辽不可能从赵恒手中夺得祖宗所传的关南之地，宋军也不具备从辽夺取燕云十六州的实力。后人觉得继承汉唐大统的宋是泱泱大国，辽怎么能相提并论呢？殊不知当时契丹建国有八十八年历史，萧绰摄政，辽进入最为鼎盛时期，版图东北至库页岛，西到阿尔泰山，南至涿州霸县，与当时统治中原的宋朝形成南北朝对峙，不可轻视。在人类发展的进程中，战争与和平是相对存在的，能够审时度势，面向实际，搁置争议，休戚与共，矛盾就能化解，民族就能融合。"澶渊之盟"后，河北平原大地回春，漠北也逐步走向农业社会。

　　对宋真宗爱情的抹黑和对他的初恋刘娥的人身攻击几乎是铺天盖地的。在中国，王子与灰姑娘的动人故事本身就是极为难得的，宋真宗为韩王时与刘娥一见钟情，历经磨难，赵恒实现诺言，刘娥当上皇后。刘娥领养李氏儿子（后为宋仁宗）是皇帝允许、李氏愿意的，竟被元杂剧明话本指名道姓歪曲成"狸猫换太子",何其毒也!而天底下第一神判——包拯,其时在村野还未发迹,竟被塑造成是为宋仁宗寻母断案成名的。刘娥和其兄刘美,最初的史载身世清清白白,《宋会要》这些本朝的史书是不可能对章献皇太后进行攻击的,可是到元明时期竟生出说刘美是刘娥的前夫,谎言重复一百遍就成了真的。但只要稍稍分析就不难分出真假。宋真宗那时是皇子,绝不会接纳一个有前夫的女子,宋太宗下诏驱赶刘娥只是嫌她是贫女而已,后来诸大臣不让宋真宗立刘娥为后是谓她出身贫贱,如果刘娥隐瞒前夫,那她、刘美、张耆都是欺君之罪早已身首异处。这一切无非只是后世诽谤者彻底摧毁宋真宗和从道德从礼教上扳倒一个垂帘听政很有建树的章献皇太后的需要。

无论宋真宗怎样努力,创造了怎样富庶的咸平之治,创造了繁花似锦的东京梦华,但北宋的灭亡是一个惨烈的历史结局,后人把这个账一股脑算到一百多年前赵恒的身上,怪他签署了"澶渊之盟",导致百年无战事,北宋军事实力下降,无法抵御外族侵略。被抹黑、泼脏水,把在澶州战役中主动、积极、勇敢的宋真宗,完全丑化为一个被动、消极、懦弱的负面人物,直至当代。

世人可以忘记宋真宗赵恒,而景德镇不能,因为千年的名字上深深地镌刻着景德。我是景德镇的作家、艺术家,有责任奋笔疾书《大宋景德》,为宋真宗洗去污垢,还原一个真实的对中华民族有贡献、对景德镇有恩惠的宋真宗,同时再现北宋创新发展的景德镇。1004年,景德镇置镇,是永远载入史册的一座丰碑。

感谢著名作家、学者李舫2016年11月24日在《人民日报》著文《大道兮低回——大宋王朝在景德元年》,充分肯定"澶渊之盟"的历史作用,她强调:"澶渊之盟是中国外交史上的一件大事。中华民族搁置争议,着眼大局,互相尊重,合作共赢,为宋、辽两国带来了切切实实的发展机会,使得人民得以休养生息,安度和平岁月。"李舫先生高屋建瓴,高度评价"澶渊之盟"的深远意义:"正是以这样的包容、这样的魅力,中华民族将一切可能纳为己有,爱其所同,敬其所异,和而不同，沉淀于心，又外化于行，成为具有强大稳定性、延续性、发展性的文明，并造就了博观约取、海纳百川的精神格局和精神气度。"

她指出："宋真宗迅速创造了一个政治清明、社会进步、经济繁庶、文化鼎盛的时代……"千年之后党媒的声音，真正地为宋真宗正名了，让巩义荒凉的永定陵中的赵恒安息。

"澶渊之盟"带来了中华大地上的百年和平，北宋影青瓷的成功，将瓷器引向了一个纯净天真但光芒万丈的世界，景德元年（1004）宋真宗赵恒命名的景德镇，千年窑火不熄。在《大宋景德》中，我塑造了霍老伯、娟娟、洪柱、香妹、上官云林等陶瓷发展中的平凡人物，还写了胡舜智、张功措等主政浮梁的县官，让他们与赵恒、刘娥、吕端、寇准、张耆、陈尧叟、杨延昭、钱惟演、晏殊一起，鲜活在我们的心间……

期盼在景德镇的绿色草地里，能够耸立起一座宋真宗赵恒高大的雕像……

詹明荣

2021 年 1 月 18 日